2024年度河北省应用技术大学研究会课题『「O-AMAS有效教学模型」背景下《中国古代文学》课程的教学设计与评价机制研究』（JY2024214）成果
2024年度石家庄学院校级规划教材立项『明清时期经典小说导读』

明清时期经典小说导读

MINGQING SHIQI JINGDIAN XIAOSHUO DAODU

主编◎朱燕 王譞
编委◎王峥 赵乾坤 张伟 田建恩
王菽梅 付佳明 高伟

安徽师范大学出版社
·芜湖·

图书在版编目(CIP)数据

明清时期经典小说导读 / 朱燕,王譞主编. -- 芜湖 : 安徽师范大学出版社, 2024. 10. -- ISBN 978-7-5676-6825-6

Ⅰ. I207.41

中国国家版本馆CIP数据核字第202457NX68号

明清时期经典小说导读

朱　燕　　王　譞◎主编

责任编辑：潘　安
装帧设计：张　玲
责任印制：桑国磊
出版发行：安徽师范大学出版社
　　　　　芜湖市北京中路2号安徽师范大学赭山校区　　邮政编码：241000
网　　址：http://www.ahnupress.com/
发 行 部：0553-3883578　　5910327　　5910310(传真)
印　　刷：苏州市古得堡数码印刷有限公司
版　　次：2024年10月第1版
印　　次：2024年10月第1次印刷
规　　格：700 mm × 1000 mm　　1/16
印　　张：19.25
字　　数：270千字
书　　号：978-7-5676-6825-6
定　　价：76.00元

前 言

本书是为普通高等院校汉语言文学专业学生所编写的教材。“明清小说研究”是一门选修课，由于与“中国古代文学”中明清文学内容部分重合，因此我们在编写过程中照顾到了这两个方面，希望能够照顾“选修课”与“必修课”两种教学需要。

在作品选择方面，以明清时期的经典小说为观照对象，我们选取了思想、艺术水平俱佳，并且在小说发展进程中有独到价值的作品。从文体上分，有章回小说、拟话本；从语言表达形式上分，包括文言和白话两种形式。依次收录《三国演义》第37、38回，《水浒传》第10、23回，《西游记》第5、6、7、56回，“三言二拍”之卖油郎独占花魁、蒋兴哥重会珍珠衫、转运汉巧遇洞庭红，《聊斋志异》之婴宁、促织、席方平、瞳人语，《儒林外史》第1、2、6、10回，《红楼梦》第5、7、27、37回。体例上，一般包括原文（节选）、注释、集评和导读（或赏析）四个方面。

需要说明的是，由于章回小说分回标目，有时一个回目不能呈现完整故事，因此对于个别经典篇目，采取合并方式。如，《三国演义》诸葛亮的出山，作品在三顾茅庐之前采用了草蛇灰线法，对其进行了铺垫描写，因此为了突出诸葛亮高人逸士的品格，表现人物形象的完整发展过程，使故事首尾连贯，并照顾到本书篇幅的限制，将第37、38回加以节选，以“三顾茅庐”名之。《西游记》中孙悟空的“大闹天宫”也以此种方式呈现。

本书在编写过程中，得到了各编委及所在学校的有力支持。安徽师范大学出版社的责任编辑自始至终参与了本书篇目选择、编写体例的讨论，并提出了许多宝贵意见。因为教学的需要，本书对原版本图书的排版格式、繁体字以及少数表述做了适当处理，在此，对所有相关人员表示诚挚的谢意。

朱　燕

2024年3月29日

目　录

三国演义

《三国演义》初名《三国志通俗演义》，因版本不同，又名《三国志演义》《三国志传》等。《三国演义》受到“说话”艺术中“讲史”的影响，用通俗的语言，讲述历史兴废、朝代更替，艺术地再现三国时代魏、蜀、吴等集团之间的政治、军事、外交斗争，塑造了诸葛亮、曹操、刘备、关羽、张飞、周瑜、司马懿等艺术形象，同时展现政治理想、道德观念，成为中国古代历史演义小说的开山之作。

现存最早的《三国志通俗演义》，是明代嘉靖壬午（1522）刻本。正文题署“后学罗贯中编次”，断定作者为罗贯中，是元末明初人。据天一阁抄本《录鬼簿续编》记录：“罗贯中，太原人，号湖海散人。与人寡合。乐府、隐语极为清新”，现在传世的作品，除《三国志演义》外，署名罗贯中的有《隋唐两朝志传》《残唐五代史演义》《三遂平妖传》等。在《三国演义》的版本系统中，主要有“演义系统”和“志传系统”。清代康熙年间，毛纶、毛宗岗父子，对小说的回目、正文，进行删减、增补、修改，并进行评点，成为清代之后最为流行的版本。

《三国演义》的成书过程，经历了史传、民间传说、笔记、平话等形态，经过文人改造、完善，从而达到高超的艺术水准，充分体现累积成书的产生方式。

选文参照人民文学出版社1998年版《三国演义》。

三顾茅庐[1]

却说玄德正安排礼物，欲往隆中谒诸葛亮，忽人报：“门外有一先生，峨冠博带[2]，道貌非常，特来相探。”玄德曰：“此莫非即孔明否？”遂整衣出迎。视之，乃司马徽也。玄德大喜，请入后堂高坐，拜问曰：“备自别仙颜，因军务倥偬，有失拜访。今得光降，大慰仰慕之私。”徽曰：“闻徐元直在此，特来一会。”玄德曰：“近因曹操囚其母，徐母遣人驰书，唤回许昌去矣。”徽曰：“此中曹操之计矣！吾素闻徐母最贤，虽为操所囚，必不肯驰书召其子：此书必诈也。元直不去，其母尚存：今若去，母必死矣！”玄德惊问其故，徽曰：“徐母高义，必羞见其子也。”玄德曰：“元直临行，荐南阳诸葛亮，其人若何？”徽笑曰：“元直欲去，自去便了，何又惹他出来呕心血也？”玄德曰：“先生何出此言？”徽曰：“孔明与博陵崔州平、颍川石广元、汝南孟公威与徐元直四人为密友。此四人务于精纯，惟孔明独观其大略。尝抱膝长吟，而指四人曰：‘公等仕进可至刺史、郡守。’众问孔明之志若何，孔明但笑而不答。每常自比管仲、乐毅，其才不可量也。”玄德曰：“何颍川之多贤乎！”徽曰：“昔有殷馗善观天文，尝谓‘群星聚于颍分，其地必多贤士’。”时云长在侧曰：“某闻管仲、乐毅乃春秋、战国名人，功盖寰宇：孔明自比此二人，毋乃太过？”徽笑曰：“以吾观之，不当比此二人：我欲另以二人比之。”云长问：“那二人？”徽曰：“可比兴周八百年之姜子牙、旺汉四百年之张子房也。”众皆愕然。徽下阶相辞欲行，玄德留之不住。徽出门仰天大笑曰：“卧龙虽得其主，不得其时，惜哉！”言罢，飘然而去。玄德叹曰：“真隐居贤士也！”

次日，玄德同关、张并从人等来隆中。遥望山畔数人，荷锄耕于田间，而作歌曰：

苍天如圆盖，陆地似棋局。世人黑白分，往来争荣辱。

荣者自安安，辱者定碌碌。南阳有隐居，高眠卧不足！

玄德闻歌，勒马唤农夫问曰：“此歌何人所作？”答曰：“乃卧龙先生所作也。”玄德曰：“卧龙先生住何处？”农夫曰：“自此山之南，一带高冈，乃卧龙冈也。冈前疏林内茅庐中，即诸葛先生高卧之地。”玄德谢之，策马前行。不数里，遥望卧龙冈，果然清景异常。后人有古风一篇，单道卧龙居处。诗曰：

襄阳城西二十里，一带高冈枕流水。

高冈屈曲压云根，流水潺湲飞石髓。

势若困龙石上蟠，形如单凤松阴里。

柴门半掩闭茅庐，中有高人卧不起。

修竹交加列翠屏，四时篱落野花馨。

床头堆积皆黄卷，座上往来无白丁。

叩户苍猿时献果，守门老鹤夜听经。

囊里名琴藏古锦，壁间宝剑挂七星。

庐中先生独幽雅，闲来亲自勤耕稼。

专待春雷惊梦回，一声长啸安天下。

玄德来到庄前，下马亲叩柴门，一童出问。玄德曰：“汉左将军、宜城亭侯、领豫州牧、皇叔刘备，特来拜见先生。”童子曰：“我记不得许多名字。”玄德曰：“你只说刘备来访。”童子曰：“先生今早少出。”玄德曰：“何处去了？”童子曰：“踪迹不定，不知何处去了。”玄德曰：“几时归？”童子曰：“归期亦不定，或三五日，或十数日。”玄德惆怅不已。张飞曰：“既不见，自归去罢了。”玄德曰：“且待片时。”云长曰：“不如且归，再使人来探听。”玄德从其言，嘱咐童子：“如先生回，可言刘备拜访。”

遂上马，行数里，勒马回观隆中景物，果然山不高而秀雅，水不深而澄清；地不广而平坦，林不大而茂盛；猿鹤相亲，松篁交翠。观之不已。忽见一人，容貌轩昂，丰姿俊爽，头戴逍遥巾，身穿皂布袍，杖藜从山僻小路而来。玄德曰："此必卧龙先生也！"急下马向前施礼，问曰："先生非卧龙否？"其人曰："将军是谁？"玄德曰："刘备也。"其人曰："吾非孔明，乃孔明之友：博陵崔州平也。"玄德曰："久闻大名，幸得相遇。乞即席地权坐，请教一言。"二人对坐于林间石上，关、张侍立于侧。州平曰："将军何故欲见孔明？"玄德曰："方今天下大乱，四方云扰，欲见孔明，求安邦定国之策耳。"州平笑曰："公以定乱为主，虽是仁心，但自古以来，治乱无常。自高祖斩蛇起义，诛无道秦，是由乱而入治也：至哀、平之世二百年，太平日久，王莽篡逆，又由治而入乱：光武中兴，重整基业，复由乱而入治：至今二百年，民安已久，故干戈又复四起：此正由治入乱之时，未可猝定也。将军欲使孔明斡旋[③]天地，补缀乾坤，恐不易为，徒费心力耳。岂不闻'顺天者逸，逆天者劳'、'数之所在，理不得而夺之：命之所在，人不得而强之'乎？"玄德曰："先生所言，诚为高见。但备身为汉胄，合当匡扶汉室，何敢委之数与命？"州平曰："山野之夫，不足与论天下事，适承明问，故妄言之。"玄德曰："蒙先生见教。但不知孔明往何处去了？"州平曰："吾亦欲访之，正不知其何往。"玄德曰："请先生同至敝县，若何？"州平曰："愚性颇乐闲散，无意功名久矣：容他日再见。"言讫，长揖而去。玄德与关、张上马而行。张飞曰："孔明又访不着，却遇此腐儒，闲谈许久！"玄德曰："此亦隐者之言也。"

三人回至新野，过了数日，玄德使人探听孔明。回报曰："卧龙先生已回矣。"玄德便教备马。张飞曰："量一村夫，何必哥哥自去，可使人唤来便了。"玄德叱曰："汝岂不闻孟子云：'欲见贤而不以其道，犹欲其入而闭之门也。'孔明当世大贤，岂可召乎？"遂上马再往访孔明。关、张亦乘马相随。时值隆冬，天气严寒，彤云[④]密布。行无数里，忽然朔风凛凛，瑞雪霏霏：山如玉簇，林似银妆。张飞曰："天寒地冻，尚不用兵，岂宜远见无益之人乎！不如回新野以避风雪。"玄德曰："吾正欲使孔明知我殷勤之意。如弟辈怕冷，可先回去。"飞曰：

"死且不怕，岂怕冷乎！但恐哥哥空劳神思。"玄德曰："勿多言，只相随同去。"将近茅庐，忽闻路傍酒店中有人作歌。玄德立马听之。其歌曰：

壮士功名尚未成，呜呼久不遇阳春！
君不见：东海老叟辞荆榛，后车遂与文王亲⑤；
八百诸侯不期会，白鱼入舟涉孟津⑥；
牧野一战血流杵⑦，鹰扬⑧伟烈冠武臣。
又不见：高阳酒徒⑨起草中，长揖芒砀"隆准公"⑩；
高谈王霸惊人耳，辍洗延坐钦英风；
东下齐城七十二⑪，天下无人能继踪。
二人功迹尚如此，至今谁肯论英雄？

歌罢，又有一人击桌而歌，其歌曰：

吾皇提剑清寰海，创业垂基四百载。
桓灵季业火德衰⑫，奸臣贼子调鼎鼐⑬。
青蛇飞下御座傍，又见妖虹降玉堂。
群盗四方如蚁聚，奸雄百辈皆鹰扬。
吾侪⑭长啸空拍手，闷来村店饮村酒。
独善其身尽日安，何须千古名不朽！

二人歌罢，抚掌大笑。玄德曰："卧龙其在此间乎！"遂下马入店。见二人凭桌对饮：上首者白面长须，下首者清奇古貌。玄德揖而问曰："二公谁是卧龙先生？"长须者曰："公何人？欲寻卧龙何干？"玄德曰："某乃刘备也。欲访先生，求济世安民之术。"长须者曰："我等非卧龙，皆卧龙之友也：吾乃颍川石广元，此位是汝南孟公威。"玄德喜曰："备久闻二公大名，幸得邂逅。今有随行马匹在此，敢请二公同往卧龙庄上一谈。"广元曰："吾等皆山野慵懒之徒，不省治国安民之事，不劳下问。明公请自上马，寻访卧龙。"

玄德乃辞二人，上马投卧龙冈来。到庄前下马，扣门问童子曰："先生今日在庄否？"童子曰："现在堂上读书。"玄德大喜，遂跟童子而入。至中门，只见门上大书一联云："淡泊以明志，宁静而致远。"玄德正看间，忽闻吟咏之声，乃立于门侧窥之，见草堂之上，一少年拥炉抱膝，歌曰：

凤翱翔于千仞兮，非梧不栖；
士伏处于一方兮，非主不依。
乐躬耕于陇亩兮，吾爱吾庐；
聊寄傲于琴书兮，以待天时。

玄德待其歌罢，上草堂施礼曰："备久慕先生，无缘拜会。昨因徐元直称荐，敬至仙庄，不遇空回。今特冒风雪而来，得瞻道貌，实为万幸！"那少年慌忙答礼曰："将军莫非刘豫州，欲见家兄否？"玄德惊讶曰："先生又非卧龙耶？"少年曰："某乃卧龙之弟诸葛均也。愚兄弟三人：长兄诸葛瑾，现在江东孙仲谋处为幕宾：孔明乃二家兄。"玄德曰："卧龙今在家否？"均曰："昨为崔州平相约，出外闲游去矣。"玄德曰："何处闲游？"均曰："或驾小舟游于江湖之中，或访僧道于山岭之上，或寻朋友于村落之间，或乐琴棋于洞府之内：往来莫测，不知去所。"玄德曰："刘备直如此缘分浅薄，两番不遇大贤！"均曰："少坐献茶。"张飞曰："那先生既不在，请哥哥上马。"玄德曰："我既到此间，如何无一语而回？"因问诸葛均曰："闻令兄卧龙先生熟谙韬略，日看兵书，可得闻乎？"均曰："不知。"张飞曰："问他则甚！风雪甚紧，不如早归。"玄德叱止之。均曰："家兄不在，不敢久留车骑：容日却来回礼。"玄德曰："岂敢望先生枉驾。数日之后，备当再至。愿借纸笔作一书，留达令兄，以表刘备殷勤之意。"均遂进文房四宝。玄德呵开冻笔，拂展云笺，写书曰：

备久慕高名，两次晋谒，不遇空回，惆怅何似！窃念备汉朝苗裔，滥叨名爵，伏睹朝廷陵替[15]，纲纪崩摧，群雄乱国，恶党欺君，备心胆俱裂。虽有匡济之诚，实乏经纶之策。仰望先生仁慈忠义，慨然展吕望之大才，施子房之鸿略，天下幸甚！社稷幸甚！先此布达，再容斋戒薰沐[16]，特拜尊颜，面倾鄙悃[17]。统希鉴原。

玄德写罢，递与诸葛均收了，拜辞出门。均送出，玄德再三殷勤致意而别。方上马欲行，忽见童子招手篱外，叫曰："老先生来也。"玄德视之，见小桥之西，一人暖帽遮头，狐裘蔽体，骑着一驴，后随一青衣小童，携一葫芦酒，踏雪而来：转过小桥，口吟诗一首。诗曰：

一夜北风寒，万里彤云厚。
长空雪乱飘，改尽江山旧。
仰面观太虚，疑是玉龙斗。
纷纷鳞甲飞，顷刻遍宇宙。
骑驴过小桥，独叹梅花瘦！

玄德闻歌曰："此真卧龙矣！"滚鞍下马，向前施礼曰："先生冒寒不易！刘备等候久矣！"那人慌忙下驴答礼。诸葛均在后曰："此非卧龙家兄，乃家兄岳父黄承彦也。"玄德曰："适间所吟之句，极其高妙。"承彦曰："老夫在小婿家观《梁父吟》，记得这一篇：适过小桥，偶见篱落间梅花，故感而诵之。不期为尊客所闻。"玄德曰："曾见令婿否？"承彦曰："便是老夫也来看他。"玄德闻言，辞别承彦，上马而归。正值风雪又大，回望卧龙冈，悒怏不已。后人有诗单道玄德风雪访孔明。诗曰：

一天风雪访贤良，不遇空回意感伤。
冻合溪桥山石滑，寒侵鞍马路途长。
当头片片梨花落，扑面纷纷柳絮狂。
回首停鞭遥望处，烂银堆满卧龙冈。

玄德回新野之后，光阴荏苒，又早新春。乃令卜者揲蓍[18]，选择吉期，斋戒三日，薰沐更衣，再往卧龙冈谒孔明。关、张闻之不悦，遂一齐入谏玄德。正是：

高贤未服英雄志，屈节偏生杰士疑。未知其言若何，下文便晓。

（第38回）

却说玄德访孔明两次不遇，欲再往访之。关公曰："兄长两次亲往拜谒，其礼太过矣。想诸葛亮有虚名而无实学，故避而不敢见。兄何惑于斯人之甚也！"玄德曰："不然。昔齐桓公欲见东郭野人[19]，五反而方得一面。况吾欲见大贤耶？"张飞曰："哥哥差矣。量此村夫，何足为大贤！今番不须哥哥去：他如不来，我只用一条麻绳缚将来！"玄德叱曰："汝岂不闻周文王谒姜子牙之事乎？文王且如此敬贤，汝何太无礼！今番汝休去，我自与云长去。"飞曰："既两位哥哥都去，小弟如何落后！"玄德曰："汝若同往，不可失礼。"飞应诺。

于是三人乘马引从者往隆中。离草庐半里之外，玄德便下马步行，正遇诸葛均。玄德忙施礼，问曰："令兄在庄否？"均曰："昨暮方归。将军今日可与相见。"言罢，飘然自去。玄德曰："今番侥幸得见先生矣！"张飞曰："此人无礼！便引我等到庄也不妨，何故竟自去了！"玄德曰："彼各有事，岂可相强。"三人来到庄前叩门，童子开门出问。玄德曰："有劳仙童转报：刘备专来拜见先生。"童子曰："今日先生虽在家，但今在草堂上昼寝未醒。"玄德曰："既如此，且休通报。"分付关、张二人，只在门首等着。玄德徐步而入，见先生仰卧于草堂几席之上。玄德拱立阶下。半晌，先生未醒。关、张在外立久，不见动静，入见玄德犹然侍立。张飞大怒，谓云长曰："这先生如何傲慢！见我哥哥侍立阶下，他竟高卧，推睡不起！等我去屋后放一把火，看他起不起！"云长再三劝住。玄德仍命二人出门外等候。望堂上时，见先生翻身将起，忽又朝里壁睡着。童子欲报。玄德曰："且勿惊动。"又立了一个时辰，孔明才醒，口吟诗曰：

大梦谁先觉？平生我自知。

草堂春睡足，窗外日迟迟。

孔明吟罢，翻身问童子曰："有俗客来否？"童子曰："刘皇叔在此，立候多时。"孔明乃起身曰："何不早报！尚容更衣。"遂转入后堂。又半晌，方整衣冠出迎。玄德见孔明身长八尺，面如冠玉，头戴纶巾[20]，身披鹤氅，飘飘然有神仙之概。玄德下拜曰："汉室末胄、涿郡愚夫，久闻先生大名，如雷贯耳。昨两次晋谒，不得一见，已书贱名于文几，未审得入览否？"孔明曰："南阳野人，疏懒性成，屡蒙将军枉临，不胜愧赧。"二人叙礼毕，分宾主而坐，童子献茶。茶罢，孔明曰："昨观书意，足见将军忧民忧国之心：但恨亮年幼才疏，有误下问。"玄德曰："司马德操之言，徐元直之语，岂虚谈哉？望先生不弃鄙贱，曲赐教诲。"孔明曰："德操、元直，世之高士。亮乃一耕夫耳，安敢谈天下事？二公谬举矣。将军奈何舍美玉而求顽石乎？"玄德曰："大丈夫抱经世奇才，岂可空老于林泉之下？愿先生以天下苍生为念，开备愚鲁而赐教。"孔明笑曰："愿闻将军之志。"玄德屏人促席[21]而告曰："汉室倾颓，奸臣窃命[22]，备不量力，欲伸大义于天下，而智术浅短，迄无所就。惟先生开其愚而拯其厄，实为万幸！"孔明曰："自董卓造逆以来，天下豪杰并起。曹操势不及袁绍，而竟能克绍者，非惟天时，抑亦人谋也。今操已拥百万之众，挟天子以令诸侯，此诚不可与争锋。孙权据有江东，已历三世，国险而民附，此可用为援而不可图也。荆州北据汉、沔，利尽南海，东连吴会，西通巴、蜀，此用武之地，非其主不能守：是殆天所以资将军，将军岂有意乎？益州险塞，沃野千里，天府之国，高祖因之以成帝业：今刘璋暗弱，民殷国富，而不知存恤，智能之士，思得明君。将军既帝室之胄，信义著于四海，总揽英雄，思贤如渴，若跨有荆、益，保其岩阻，西和诸戎[23]，南抚彝、越[24]，外结孙权，内修政理：待天下有变，则命一上将将荆州之兵以向宛、洛，将军身率益州之众以出秦川，百姓有不箪食壶浆以迎将军者乎？诚如是，则大业可成，汉室可兴矣。此亮所以为将军谋者也。惟将军图之。”言罢，命童子取出画一轴，挂于中堂，指谓玄德曰：“此西川五十四州之图也。将军欲成霸业，北让曹操占天时，南让孙权占地利，将军可占人和。先取荆州为家，后即取西川建基业，以成鼎足之势，然后可图中原也。”玄德闻言，避席拱手谢曰：“先生之言，顿开茅塞，使备如拨云雾而睹青天。但荆州刘表、益州刘璋，皆汉室宗亲，备安忍夺之？”孔明曰：“亮夜观天象，刘表不久人世：刘璋非立业之主：久后必归将军。”玄德闻言，顿首拜谢。只这一席话，乃孔明未出茅庐，已知三分天下，真万古之人不及也！后人有诗赞曰：

“豫州”当日叹孤穷，何幸南阳有卧龙！
欲识他年分鼎处，先生笑指画图中。

玄德拜请孔明曰：“备虽名微德薄，愿先生不弃鄙贱，出山相助。备当拱听明诲。”孔明曰：“亮久乐耕锄，懒于应世，不能奉命。”玄德泣曰：“先生不出，如苍生何！”言毕，泪沾袍袖，衣襟尽湿。孔明见其意甚诚，乃曰：“将军既不相弃，愿效犬马之劳。”玄德大喜，遂命关、张入，拜献金帛礼物。孔明固辞不受。玄德曰：“此非聘大贤之礼，但表刘备寸心耳。”孔明方受。于是玄德等在庄中共宿一宵。次日，诸葛均回，孔明嘱咐曰：“吾受刘皇叔三顾之恩，不容不出。汝可躬耕于此，勿得荒芜田亩。待我功成之日，即当归隐。”后人有诗叹曰：

身未升腾思退步，功成应忆去时言。
只因先主丁宁后，星落秋风五丈原。

又有古风一篇曰：

高皇手提三尺雪，芒砀白蛇夜流血。
平秦灭楚入咸阳，二百年前几断绝。
大哉光武兴洛阳，传至桓灵又崩裂。

献帝迁都幸许昌，纷纷四海生豪杰。
曹操专权得天时，江东孙氏开鸿业。
孤穷玄德走天下，独居新野愁民厄。
南阳卧龙有大志，腹内雄兵分正奇[25]。
只因徐庶临行语，茅庐三顾心相知。
先生尔时年三九，收拾琴书离陇亩。
先取荆州后取川，大展经纶补天手。
纵横舌上鼓风雷，谈笑胸中换星斗。
龙骧虎视安乾坤，万古千秋名不朽！

玄德等三人别了诸葛均，与孔明同归新野。

【注释】

①选自《三国演义》第37、38回。

②峨冠博带：头戴高高的帽子，身穿宽袖阔带的衣服。

③斡（wò）旋：扭转、挽回。

④彤云：下雪前密布的阴云。

⑤“东海老叟”二句：东海老叟指吕尚，本姓姜，从其封姓，字子牙，东海人。年老贫困，钓于渭水，遇周文王，与语大悦，曰“吾太公望子久矣！”故号之曰太公望，俗称姜太公。载与俱归，立为师。武王尊为师尚父，佐武王兴兵伐纣，封于齐。参见《史记·齐太公世家》。

⑥“八百诸侯”二句：周武王伐纣时，天下反对商纣王的众诸侯不约而同地会于孟津，共同讨伐纣王。据说武王在孟津渡黄河，行至中流，有白鱼跃入船中，武王俯取以祭。参见《史记·周本纪》。不期会：不期而会，事先并未相邀而遇到一起。

⑦“牧野”句：牧野，在今河南淇县西南，周武王与诸侯联军在此大败纣王军队。血流杵：即血流飘杵，形容死伤众多。杵（chǔ）：古兵器名。

⑧鹰扬：威武貌。

⑨高阳酒徒：指郦食其，秦汉之际陈留高阳（今河南杞县）人。本为里监门吏，刘邦兵略陈留时前往投奔。刘邦因其是读书人不肯接见，郦食其大骂通报者，自称是高阳酒徒，刘才接见。时刘邦方踞床使二女子洗足，郦食其纵谈天下形势及攻陈留之策，刘辍洗，延之上座。后听其计而取陈留，封郦食其为广野君。事见《史记·郦生陆贾列传》。

⑩隆准公：指汉高祖刘邦，刘邦起兵芒砀，鼻子高大。准，鼻子。《史记·高祖本纪》："高祖为人，隆准而龙颜。"

⑪"东下"句：楚汉战争中，郦食其游说齐王田广归顺汉王，兵不血刃而下齐七十余城。后韩信忌其功，乘机率兵攻齐。齐王以为郦骗他，让郦去阻止汉兵，郦不肯，遂被齐王烹死。事见《史记·郦生陆贾列传》。

⑫"桓灵"句：谓到东汉末桓帝、灵帝之时，汉室气数已尽。按谶纬之说，秦为西方少昊之后，尚金德：汉承尧绪，尚火德，故当代秦而兴。

⑬调鼎鼐（nài）：谓掌握国家大权。鼐为大鼎，鼎鼐为古代炊具，旧以宰相治理国事，如鼎鼐之调和五味，故以喻宰相之权位。

⑭吾侪（chái）：我等，我辈。侪，辈、类。

⑮陵替：谓国家衰败，朝纲废弛。

⑯斋戒薰沐：古代举行祭祀活动前数日沐浴更衣，不饮酒食荤，不与妻妾同寝，以示虔诚。这里指拜见之前沐浴更衣，以示敬重。

⑰悃（kǔn）：真心诚意。

⑱揲蓍（shéshī）：用蓍草卜卦以测吉凶祸福。揲，用蓍草卜卦时，数蓍草的数目，将其分为若干份。蓍，蓍草，多年生草本植物，一本多茎，茎有棱，可入药，茎叶可作香料，古人常用其茎占卜。

⑲"昔齐桓公"句：齐桓公，姓姜，名小白，春秋时齐国国君。即位后任用管仲进行改革，国力富强，成功地进行多次重大军事、外交活动，成为春秋时第一个霸主。东郭野人，齐国的一个小臣。齐桓公亲自去看他，三次都没见到，臣属劝他不要再去，桓公不听，

至第五次才见到。

⑳纶（guān）巾：用丝带制成的一种冠巾，相传为诸葛亮所创，故又名诸葛巾。

㉑屏人促席：让左右侍从回避退出，把席位靠近而坐。

㉒窃命：指盗用国家权柄。

㉓诸戎：指当时我国西方各少数民族。

㉔彝、越：指当时我国西南和南方少数民族。

㉕正奇：古代兵法术语，对阵交锋为正，设计袭击为奇。

【集评】

1.（清）毛宗岗《读三国志法》：

《三国》一书，有以宾衬主之妙。如……刘备将遇诸葛亮而先遇司马徽、崔州平、石广元、孟公威等诸人：诸葛亮其主也，司马徽诸人其宾也。

2.（清）毛宗岗《三国志演义回评》（第37回评）：

此卷极写孔明，而篇中却无孔明。盖善写妙人者，不如〔于〕有处写，正于无处写。写其人如闲云野鹤之不可定，而其人始远；写其人如威凤祥鳞之不易睹，而其人始尊。且孔明虽未得一遇，而见孔明之居，则极其幽秀；见孔明之童，则极其古淡；见孔明之友，则极其高超；见孔明之弟，则极其旷逸；见孔明之丈人，则极其清韵；见孔明之题咏，则极其俊妙。不待接席言欢，而孔明之为孔明，于此领略过半矣！玄德一访再访，已不觉入其玄中，又安能已于三顾耶?

每到玄德访孔明处，必夹写张翼德几句性急语以衬之。或谓：孔明妆腔，玄德做势，一对空头，不若张翼德十分老实。予笑曰：为此言者，以论今人则可，以论玄德、孔明则不可。孔明真正养重，非比今人之本欲出售，只因索价，假意留难；玄德真正慕贤，非比今人之本不爱客，只因好名，处〔虚〕修礼貌也。

3.（明）李贽《三国志叙》：

外传多矣，人独爱《三国》者何?意昭烈帝崛起孤穷，能以信义结民，延揽天下第一流，托以鱼水，卒能维鼎西隅，少留炎汉之祚，殊足邕快人意。

【赏析】

本文选自《三国演义》第37回和第38回。三顾茅庐，是全书最重要、最精彩的部分。全书关于三分天下的论述，以及尊刘贬曹的书写倾向，使得蜀汉集团成为作品的核心。蜀汉集团的中心是诸葛亮，描写诸葛亮的关键是隆中对。隆中决策伊始所分析的天下大势，是前三十一回曹操和孙权崛起的现实。诸葛亮出山之后的章回，是隆中构想的具体实施。诸葛亮死后，姜维“受丞相遗命”九伐中原，以图蜀汉集团的王道霸业。这样的艺术构思，使得这一部分成为叙事的机杼。

《三国志·隆中对》云：“由是先主遂诣亮，凡三往，乃见。”《出师表》中云“三顾臣于草庐之中”。三顾茅庐当确有其事，但是具体细节是《三国演义》的虚构。选段之前，采取“草蛇灰线，伏脉千里”笔法。司马徽对刘备谈及“卧龙凤雏二人，得一可安天下”。徐庶认为“此人有经天纬地之才，盖天下一人也”。选段之始，司马徽再次推荐，将其比作“兴周八百年之姜子牙、旺汉四百年之张子房”，对诸葛亮作出铺垫。访亮两次不成，在惋惜之余对“三次误认”进行细致铺陈。第一次误认是能谈天下治乱的崔州平，第二次误认是山野中击节而歌的石广元、孟公威，第三次误认是雪中吟唱的诸葛均、黄承彦。作品曲尽笔法描写环境的清幽宁静、朋友的旷达睿智、亲人的隐逸清雅，从不同侧面烘托、渲染诸葛亮的非凡才智，以及淡泊明志的高风雅意，不见诸葛亮又处处有诸葛亮的神采，使读者心中充满强烈的审美期待。三顾之时，正值诸葛昼眠，半晌方醒，却又吟诗，及至问童子，方才引见。最后诸葛亮在隆中为刘备擘画出三足鼎立的蓝图，并指出刘备以荆州益州为基础，外交策略则是联吴抗曹，西和诸戎，南抚夷越，展现出诸葛亮远见卓识的战略眼光。

欲扬先抑、一波三折的笔法，使得故事情节跌宕起伏，扣人心弦。在人物刻画方面："从无处写人"，对于刘备而言，生逢乱世又蹭蹬不起，两顾不见并无退志，再以张飞焦躁、关羽怀疑作为反衬，亦见其求贤若渴、礼贤下士的诚心与品德；于诸葛亮而言，充满审美张力，符合贤者不可自轻的品质。诸葛亮以这样浓墨重彩的方式出场，与其技压群雄的智慧、报答知遇的忠诚是相匹配的。

总之，三顾茅庐，极具思想和艺术价值，值得读者细细品味。

水浒传

《水浒传》初名《忠义水浒传》。小说受到宋元话本中“说公案”“朴刀、杆棒，及发迹变泰之事”等科目的影响，敷衍成宋江等一百零八位好汉聚众梁山的英雄传奇故事。小说根据宋江起义的史实，在民间传说、话本与杂剧的基础上，经过文人加工而成，是一部典型的累积成书的作品。作品能够刻画出复杂的人物性格，并揭示其发展与变化；情节曲折、语言传神，是白话小说的里程碑。

关于《水浒传》的作者，明代有四种说法：

第一种，据高儒的《百川书志》，题作“钱塘施耐庵本，罗贯中编次”。万历年间的《七修类稿》有类似记载。

第二种，认为是罗贯中所作，来源于《西湖游览志余》《稗史汇编》的记载。

第三种，认为施耐庵所作。胡应麟《少室山房笔丛》持这一观点。

第四种，明末清初的金圣叹持“施作罗续”的观点。

至于施耐庵的生平事迹，现缺乏可靠材料。

选文参照上海古籍出版社1983年版《水浒全传》。

林教头风雪山神庙　陆虞候火烧草料场[1]

话说当日林冲正闲走间，忽然背后人叫，回头看时，却认得是酒生儿[2]李小二。当初在东京时，多得林冲看顾。这李小二先前在东京时，不合偷了店主人家财，被捉住了，要送官司问罪，却得林冲主张赔话，救了他免送官司；又与他赔了些钱财，方得脱免。京中安不得身，又亏林冲赍发[3]他盘缠，于路投奔人，不意今日却在这里撞见。林冲道："小二哥，你如何地在这里？"李小二便拜道："自从得恩人救济，赍发小人，一地里投奔人不着，迤逦[4]不想来到沧州，投托一个酒店里姓王，留小人在店中做过卖。因见小人勤谨，安排的好菜蔬，调和的好汁水，来吃的人都喝采，以此买卖顺当。主人家有个女儿，就招了小人做女婿。如今丈人、丈母都死了，只剩得小人夫妻两个，权在营前开了个茶酒店。因讨钱过来，遇见恩人。恩人不知为何事在这里？"林冲指着脸上道："我因恶了高太尉，生事陷害，受了一场官司，刺配到这里。如今叫我管天王堂，未知久后如何。不想今日到此遇见。"

李小二就请林冲到家里面坐定，叫妻子出来拜了恩人。两口儿欢喜道："我夫妻二人正没个亲眷，今日得恩人到来，便是从天降下。"林冲道："我是罪囚，恐怕玷辱你夫妻两口。"李小二道："谁不知恩人大名？休恁地说。但有衣服，便拿来家里浆洗缝补。"当时管待林冲酒食，至晚送回天王堂。次日又来相请。因此林冲得店小二家来往，不时间送汤送水来营里，与林冲吃。林冲因见他两口儿恭敬孝顺，常把些银两与他做本钱。

且把闲话休题，只说正话。迅速光阴，却早冬来。林冲的棉衣裙袄，都是李小二浑家整治缝补。忽一日，李小二正在门前安排菜蔬下饭，只见一个人闪将进来，酒店里坐下，随后又一人闪入来。看时，前面那个人是军官打扮，后面这个走卒模样，跟着也来坐下。李小二入来问道："可要吃酒？"只见那个人将出一两银子与小二道："且收放柜上，取三四瓶好酒来。客到时，果品酒馔只顾将来，不必要问。"李小二道："官人请甚客？"那人道："烦你与我去营里请管营、差拨两个来说话：问时，你只说有个官人请说话，商议些事务，专等专等。"

李小二应承了，来到牢城里，先请了差拨：同到管营家中请了管营，都到酒店里。只见那个官人和管营、差拨两个讲了礼。管营道："素不相识，动问官人高姓大名？"那人道："有书在此，少刻便知。且取酒来。"李小二连忙开了酒，一面铺下菜蔬果品酒馔，那人叫讨副劝盘来，把了盏，相让坐了。小二独自一个穿梭也似伏侍不暇。那跟来的人讨了汤桶，自行烫酒，约计吃过十数杯，再讨了按酒，铺放桌上。只见那人说道："我自有伴当烫酒，不叫你休来。我等自要说话。"

李小二应了，自来门首叫老婆道："大姐，这两个人来得尴尬[5]。"老婆道："怎么的不尴尬[5]？"小二道："这两个人语言声音是东京人。初时又不认得管营，向后我将按酒入去，只听得差拨口里讷出一句高太尉三个字来，这人莫不与林教头身上有些干碍？我自在门前理会。你且去阁子背后听说甚么。"老婆道："你去营中寻林教头来认他一认。"李小二道："你不省得。林教头是个性急的人，摸不着便要杀人放火。倘或叫的他来看了，正是前日说的甚么陆虞候，他肯便罢？做出事来，须连累了我和你。你只去听一听再理会"。老婆道："说的是。"便入去听了一个时辰，出来说道："他那三四个交头接耳说话，正不听得说甚么。只见那一个军官模样的人，去伴当怀里取出一帕子物事，递与管营和差拨，帕子里面的，莫不是金银。只见差拨口里说道：'都在我身上，好歹要结果他性命。'"正说之时，阁子里叫将汤来。李小二急去里面换汤时，看见管营手里拿着一封书。小二换了汤，添些下饭，又吃了半个时辰，算还了酒钱，管营、差拨先去了。次后那两个低着头也去了。

转背不多时，只见林冲走将入店里来，说道："小二哥，连日好买卖。"李小二慌忙道："恩人请坐，小人却待正要寻恩人，有些要紧话说。”有诗为证：

谋人动念震天门，悄语低言号六军。
岂独隔墙原有耳，满前神鬼尽知闻。

当下林冲问道：“甚么要紧的事？”李小二请林冲到里面坐下，说道：“却才有个东京来的尴尬人，在我这里请管营、差拨吃了半日酒。差拨口里讷出高太尉三个字来，小人心下疑惑。又着浑家听了一个时辰，他却交头接耳，说话都不听得，临了只见差拨口里应道：‘都在我两个身上，好歹要结果了他。’那两个把一包金银递与管营、差拨：又吃一回酒，各自散了。不知甚么样人，小人心下疑，只怕恩人身上有些妨碍。”林冲道：“那人生得甚么模样？”李小二道：“五短身材，白净面皮，没什髭须，约有三十余岁。那跟的也不长大，紫棠色面皮。”林冲听了大惊道：“这三十岁的正是陆虞候。那泼贱贼，敢来这里害我！休要撞着我，只教骨肉为泥！”李小二道：“只要提防他便了。岂不闻古人言：‘吃饭防噎，走路防跌？’”

林冲大怒，离了李小二家。先去街上买把解腕尖刀，带在身上。前街后巷，一地里去寻。李小二夫妻两个捏着两把汗。当晚无事。次日天明起来，早洗漱罢，带了刀，又去沧州城里城外，小街夹巷，团团寻了一日。牢城营里，都没动静。林冲又来对李小二道：“今日又无事。”小二道：“恩人，只愿如此。只是自放仔细便了。”林冲自回天王堂，过了一夜，街上寻了三五日，不见消耗，林冲也自心下慢了。

到第六日，只见管营叫唤林冲到点视厅上，说道：“你来这里许多时，柴大官人面皮，不曾抬举的你。此间东门外十五里有座大军草场，每月但是纳草纳料的，有些常例钱取觅。原寻一个老军看管。如今我抬举你去替那老军来守天王堂，你在那里寻几贯盘缠。你可和差拨便去那里交割。”林冲应道：“小人便去。”当时离了营中，径到李小二家，对他夫妻两个说道：“今日管营拨我去大军草场管事，却如何？”李小二道：“这个差使，又好似天王堂那里收草料时，有些常例钱钞。

往常不使钱时，不能够这差使。”林冲道：“却不害我，倒与我好差使，正不知何意？”李小二道：“恩人休要疑心，只要没事便好了。只是小人家离得远了，过几时挪工夫来望恩人。”就在家里安排几杯酒，请林冲吃了。

话不絮烦，两个相别了。林冲自到天王堂取了包裹，带了尖刀，拿了条花枪，与差拨一同辞了管营，两个取路投草料场来。正是严冬天气，彤云[6]密布，朔风渐起，却早纷纷扬扬卷下一天大雪来。那雪早下得密了。但见：

凛凛严凝雾气昏，空中祥瑞降纷纷。
须臾四野难分路，顷刻千山不见痕。
银世界，玉乾坤，望中隐隐接昆仑。
若还下到三更后，仿佛填平玉帝门。

林冲和差拨两个在路上，又没买酒吃处，早来到草料场外。看时，一周遭有些黄土墙，两扇大门：推开看里面时，七八间草屋做着仓廒[7]，四下里都是马草堆，中间两座草厅。到那厅里，只见那老军在里面向火。差拨说道：“管营差这个林冲来替你回天王堂看守。你可即便交割。”老军拿了钥匙，引着林冲分付道：“仓廒[7]内自有官司封记：这几堆草一堆堆都有数目。”老军都点见了堆数，又引林冲到草厅上，老军收拾行李，临了说道：“火盆、锅子、碗碟都借与你。”林冲道：“天王堂内，我也有在那里。你要，便拿了去。”老军指壁上挂一个大葫芦，说道：“你若买酒吃时，只出草场，投东大路去三二里，便有市井。”老军自和差拨回营里来。

只说林冲就床上放了包裹被卧，就坐上生些焰火起来。屋边有一堆柴炭，拿几块来生在地炉里。仰面看那草屋时，四下里崩坏了，又被朔风吹撼，摇振得动。林冲道：“这屋如何过得一冬？待雪晴了，去城中唤个泥水匠来修理。”向了一回火，觉得身上寒冷。寻思：“却才老军所说二里路外有那市井，何不去沽些酒来吃？”便去包裹里取些碎银子，把花枪挑了酒葫芦，将火炭盖了，取毡笠子戴上，拿了钥匙出来，把草厅门拽上。出到大门首，把两扇草场门反拽上锁了。带了钥匙，信步投东。雪地里踏着碎琼乱玉，迤逦里背着北风而行。

那雪正下得紧，行不上半里多路，看见一所古庙，林冲顶礼道："神明庇佑，改日来烧钱纸。"又行了一回，望见一簇人家，林冲住脚看时，见篱笆中挑着一个草帚儿在露天里。林冲径到店里，主人道："客人那里来？"林冲道："你认得这个葫芦么？"主人看了道："这葫芦是草料场老军的。"林冲道："原来如此。"店主道："既是草料场看守大哥，且请少坐，天气寒冷，且酌三杯，权当接风。"店家切一盘熟牛肉，烫一壶热酒，请林冲吃。又自买了些牛肉，又吃了数杯。就又买了一葫芦酒，包了那两块牛肉，留下碎银子。把花枪挑着酒葫芦，怀内揣了牛肉，叫声相扰，便出篱笆门，仍旧迎着朔风回来。看那雪，到晚越下得紧了。古时有个书生，做了一个词，单题那贫苦的恨雪：

广莫[⑧]严风刮地，这雪儿下的正好。扯絮挦绵，裁几片大如栲栳[⑨]。见林间竹屋茅茨，争些儿被他压倒。富室豪家，却言道压瘴犹嫌少。向的是兽炭红炉[⑩]，穿的是绵衣絮袄。手拈梅花，唱道国家祥瑞，不念贫民些小。高卧有幽人，吟咏多诗草。

再说林冲踏着那瑞雪，迎着北风，飞也似奔到草场门口开了锁，入内看时，只叫得苦。原来天理昭然，佑护善人义士。因这场大雪，救了林冲的性命。那两间草厅，已被雪压倒了。林冲寻思："怎地好？"放下花枪、葫芦在雪里，恐怕火盆内有火炭延烧起来，搬开破壁子，探半身入去摸时，火盆内火种都被雪水浸灭了。林冲把手床上摸时，只拽得一条絮被。林冲钻将出来，见天色黑了，寻思："又没把火处，怎生安排？"想起："离了这半里路上，有个古庙，可以安身。我且去那里宿一夜，等到天明，却做理会。"把被卷了，花枪挑着酒葫芦，依旧把门拽上，锁了，望那庙里来。入的庙门，再把门掩上，旁边止有一块大石头，掇将过来，靠了门。入得里面看时，殿上塑着一尊金甲山神，两边一个判官，一个小鬼，侧边堆着一堆纸。团团看来，又没邻舍，又无庙主。林冲把枪和酒葫芦放在纸堆上，将那条絮被放开，先取下毡笠子，把身上雪都抖了，把上盖白布衫脱将下来，早有五分湿了，和毡笠放在供桌上，把被扯来，盖了半截下身。却把葫芦冷酒提来慢慢地吃，就将怀中牛肉下酒。

正吃时，只听得外面必必剥剥地爆响。林冲跳起身来，就壁缝里看时，只见草料场里火起，刮刮杂杂的烧着。但见：

雪欺火势，草助火威。偏愁草上有风，更讶雪中送炭。赤龙斗跃，如何玉甲纷纷；粉蝶争飞，遮莫火莲焰焰。初疑炎帝纵神驹，此方刍牧；又猜南方逐朱雀，遍处营巢。谁知是白地里起灾殃，也须信暗室中开电目。看这火，能教烈士无明发，对这雪，应使奸邪心胆寒。

当时林冲便拿了花枪，却待开门来救火，只听得外面有人说将话来。林冲就伏门边听时，是三个人脚步响，直奔庙里来，用手推门，却被石头靠住了，推也推不开。三人在庙檐下立地看火，数内一个道："这条计好么？"一个应道："端的亏管营、差拨两位用心！回到京师，禀过太尉，都保你二位做大官。这番张教头没的推故。"那人道："林冲今番直吃我们对付了，高衙内这病必然好了。"又一个道："张教头那厮，三回五次托人情去说：'你的女婿没了。'张教头越不肯应承，因此衙内病患看看重了。太尉特使俺两个央浼二位干这件事，不想而今完备了。"又一个道："小人直爬入墙里去，四下草堆上，点了十来个火把，待走那里去？"那一个道："这早晚烧个八分过了。"又听得一个道："便逃得性命时，烧了大军草料场，也得个死罪。"又一个道："我们回城里去罢。"一个道："再看一看，拾得他一两块骨头回京，府里见太尉和衙内时，也道我们也能会干事。"

林冲听得三个人时，一个是差拨，一个是陆虞候，一个是富安。自思道："天可怜见林冲！若不是倒了草厅，我准定被这厮们烧死了。"

轻轻把石头掇开，挺着花枪，左手拽开庙门，大喝一声：“泼贼那里去？”三个人都急要走时，惊得呆了，正走不动。林冲举手，肐察[11]的一枪，先拨倒差拨。陆虞候叫声：“饶命！”吓的慌了手脚，走不动。那富安走不到十来步，被林冲赶上，后心只一枪，又搠倒了。翻身回来，陆虞候却才行得三四步，林冲喝声道：“好贼，你待那里去！”批胸只一提，丢翻在雪地上，把枪搠在地里，用脚踏住胸脯，身边取出那口刀来，便去陆谦脸上搁着，喝道：“泼贼，我自来又和你无甚么冤仇，你如何这等害我？正是杀人可恕，情理难容。”陆虞候告道：“不干小人事，太尉差遣，不敢不来。”林冲骂道：“奸贼，我与你自幼相交，今日倒来害我，怎不干你事？且吃我一刀。”把陆谦上身衣服扯开，把尖刀向心窝里只一剜，七窍迸出血来，将心肝提在手里。回头看时，差拨正爬将起来要走。林冲按住喝道：“你这厮原来也恁的歹！且吃我一刀。”又早把头割下来，挑在枪上。回来，把富安、陆谦头都割下来。把尖刀插了，将三个人头发结做一处，提入庙里来，都摆在山神面前供桌上，再穿了白布衫，系了搭膊，把毡笠子带上，将葫芦里冷酒都吃尽了。被与葫芦都丢了不要，提了枪，便出庙门投东去。走不到三五里，早见近村人家都拿着水桶钩子来救火。林冲道：“你们快去救应，我去报官了来。”提着枪只顾走，有诗为证：

天理昭昭不可诬，莫将奸恶作良图。
若非风雪沽村酒，定被焚烧化朽枯。
自谓冥中施计毒，谁知暗里有神扶。
最怜万死逃生地，真是魁奇伟丈夫。

那雪越下的猛，林冲投东走了两个更次，身上单寒，当不过那冷，在雪地里看时，离的草场远了：只见前面疏林深处，树木交杂，远远地数间草屋，被雪压着，破壁缝里透出火光来。林冲径投那草屋来，推开门，只见那中间坐着一个老庄客，周围坐着四五个小庄家向火：地炉里面焰焰地烧着柴火。林冲走到面前叫道：“众位拜揖，小人是牢城营差使人，被雪打湿了衣裳，借此火烘一烘，望乞方便。”庄客道：“你自烘便了，何妨得！”

林冲烘着身上湿衣服，略有些干，只见火炭边煨着一个瓮儿，里面透出酒香。林冲便道：“小人身边有些碎银子，望烦回些酒吃。”老庄客道：“我们每夜轮流看米囤，如今四更天气正冷，我们这几个吃尚且不够，那得回与你！休要指望！”林冲又道：“胡乱只回三两碗与小人挡寒。”老庄客道：“你那人休缠休缠。”林冲闻得酒香，越要吃，说道：“没奈何，回些罢！”众庄客道：“好意着你烘衣裳向火，便来要酒吃！去便去，不去时，将来吊在这里。”林冲怒道：“这厮们好无道理！”把手中枪看着块焰焰着的火柴头，望老庄家脸上只一挑将起来，又把枪去火炉里只一搅，那老庄家的髭须焰焰的烧着，众庄客都跳将起来。林冲把枪杆乱打，老庄家先走了，庄家们都动弹不得，被林冲赶打一顿，都走了。林冲道：“都去了，老爷快活吃酒。”土坑上却有两个椰瓢，取一个下来，倾那瓮酒来，吃了一会，剩了一半。提了枪，出门便走。一步高，一步低，踉踉跄跄，捉脚不住。走不过一里路，被朔风一掉，随着那山涧边倒了，那里挣得起来。大凡醉人一倒，便起不得。当时林冲醉倒在雪地上。

却说众庄客引了二十余人，拖枪拽棒，都奔草屋下看时，不见了林冲。却寻着踪迹赶将来，只见倒在雪地里，花枪丢在一边。众庄客一齐上，就地拿起林冲来，将一条索缚了。趁五更时分，把林冲解投一个去处来。不是别处，有分教，蓼儿洼内，前后摆数千只战舰艨艟[12]：水浒寨中，左右列百十个英雄好汉。正是说时杀气侵人冷，讲处悲风透骨寒。毕竟看林冲被庄客解投甚处来，且听下回分解。

【注释】

① 《水浒传》第10回。

② 酒生儿：酒保。

③ 赍发：资助。

④ 迤逦：曲折绵延。

⑤ 不尴尬：不正派，鬼鬼祟祟。

⑥ 彤云：阴云。

⑦ 仓廒（áo）：仓库。

⑧ 广莫：同“广漠”。

⑨ 栲栳（kǎolǎo）：由柳条编织的器物。

⑩ 兽炭红炉：兽形火炉中燃着红炭取暖。

⑪ 肐（gē）察：拟声词，即“咔嚓”。

⑫ 艨艟（méngchōng）：战船。

【集评】

1.（明）无名氏《水浒传一百回文字优劣》：

世上先有《水浒传》一部，然后施耐庵、罗贯中借笔墨拈出。……若管营，若差拨，若董超，若薛霸，若富安，若陆谦，情状逼真，笑语欲活，非世上先有是事，即令文人面壁九年，呕血十石，亦何能至此哉？亦何能至此哉？此《水浒传》之所以与天地相终始也与！

2.（清）金圣叹《水浒传》第九回回评：

夫文章之法，岂一端而已乎？有先事而起波者，有事过而作波者。读者于此，则恶可混然以为一事也。夫文自在此而眼光在后，则当知此文之起，自为后文，非为此文也；文自在后而眼光在前，则当知此文未尽，自为前文，非为此文也。必如此，而后读者之胸中有针有线，始信作者之腕下有经有纬。

3.（清）金圣叹《水浒传》第九回夹评：

一路写雪，妙绝。

4.（清）金圣叹《水浒传》第九回回评：

以一个人（林冲）杀三个人（差拨、陆谦、富安），凡三四个回身，有节次，有间架，有方法，有波折，不慌不忙，不疏不密，不缺不漏，不一片，不烦琐，真鬼于文，圣于文也。

【导读】

本回突出了《水浒传》“逼上梁山”的主题。《水浒传》对林冲的描写主要集中在第7—11回，从逆来顺受到奋起反抗的情节展开过程中，细致刻画出林冲软弱、缜密、果断等多重性格，完成从委曲求全、心存幻想到手刃仇敌、彻底决裂的转变。

面对高俅父子的凌辱、陷害，林冲始终隐忍克制、妥协退让。即使他的生活世界，只剩下盆盆罐罐，也只是想着慢慢挨过去，终有回到东京的时候，无意反抗“乱自上作”的社会。当陆虞候、富安、差拨等人烧掉草料场，林冲再无退路，终于在生死抉择中迸发出英雄的胆气，实现自我蜕变。作品写出了林冲性格转变的过程及原因，因此成为一百零八位好汉中，刻画得最精彩的人物。

这回的写法极有特点。第一，自然环境的描写能够与情节发展、人物塑造相配合。文中多次写“雪”，林冲从牢城营去往草料场，出发时写道：“风渐起，却早纷纷扬扬卷下一天大雪来。”从草料场外出打酒时写道：那雪下得正紧；回来时，写道：看那雪到晚越下的紧了。雪下得越来越大，及至最后压塌草厅，一方面暗示林冲大祸将近，生存环境愈发恶劣：另一方面反映出世道的寒凉与浇薄。第二，情节曲折，描写细腻。作者不惜笔墨，反复描写“火”。买酒前盖上火盆，房塌后检查火种，与草料场的人为纵火形成对比，塑造出林冲始终不想造反的内心世界。第三，利用“巧合”构建情节。林冲在此地恰巧遇见曾经救助过的李小二，陆虞候等人恰巧在李小二开的酒馆里谋事，借李小二夫妻之口，透露高俅的阴谋，为林冲买刀杀人做好铺垫，同时补出林冲扶危济困的性格特点。

金人瑞感叹此一篇妙绝，诧为“奇事”，惊为“奇文”，写得“忽断忽续，忽明忽灭”，值得读者细细品味。

横海郡柴进留宾　景阳冈武松打虎[1]

话说宋江因躲一杯酒，去净手了，转出廊下来，跐[2]了火锨柄，引得那汉焦躁，跳将起来，就欲要打宋江。柴进赶将出来，偶叫起宋押司，因此露出姓名来。那大汉听得是宋江，跪在地下，那里肯起？说道："小人'有眼不识泰山'！一时冒渎兄长，望乞恕罪！"宋江扶起那汉，问道："足下是谁？高姓大名？"柴进指着道："这人是清河县人氏，姓武，名松，排行第二，今在此间一年矣。"宋江道："江湖上多闻说武二郎名字，不期今日却在这里相会，多幸，多幸！"柴进道："偶然豪杰相聚，实是难得。就请同做一席说话。"

宋江大喜，携住武松的手，一同到后堂席上，便唤宋清与武松相见。柴进便邀武松坐地。宋江连忙让他一同在上面坐，武松那里肯坐。谦了半晌，武松坐了第三位。柴进教再整杯盘来，来劝三人痛饮。宋江在灯下看那武松时，果然是一条好汉。但见：

身躯凛凛，相貌堂堂。一双眼光射寒星，两弯眉浑如刷漆。胸脯横阔，有万夫难敌之威风；语话轩昂，吐千丈凌云之志气。心雄胆大，似撼天狮子下云端；骨健筋强，如摇地貔貅临座上。如同天上降魔主，真是人间太岁神。

当下宋江在灯下看了武松这表人物，心中甚喜，便问武松道："二郎因何在此？"武松答道："小弟在清河县，因酒后醉了，与本处机密相争，一时间怒起，只一拳打得那厮昏沉。小弟只道他死了，因此一迳地逃来，投奔大官人处，躲灾避难，今已一年有余。后来打听得那厮却不曾死，救得活了。今欲正要回乡去寻哥哥，不想染患疟疾，不能够动身回去。却才正发寒冷，在那廊下向火，被兄长跐了锨柄，吃了那一惊，惊出一身冷汗，觉得这病好了。"宋江听了大喜。当夜饮至三更。酒罢，宋江就留武松在西轩下做一处安歇。次日起来，柴进安排席面，杀羊宰猪，管待宋江，不在话下。过了数日，宋江将出些银两来与武松做衣裳。柴进知道，那里肯要他坏钱[3]，自取出一箱缎匹绸绢，门下自有针工，便教做三人的称体衣裳。

说话的，柴进因何不喜武松？原来武松初来投奔柴进时，也一般接纳管待：次后在庄上，但吃醉了酒，性气刚，庄客有些顾管不到处，他便要下拳打他们：因此满庄里庄客，没一个道他好。众人只是嫌他，都去柴进面前，告诉他许多不是处。柴进虽然不赶他，只是相待得他慢了。却得宋江每日带挈他一处，饮酒相陪，武松的前病都不发了。

相伴宋江住了十数日，武松思乡，要回清河县看望哥哥。柴进、宋江两个，都留他再住几时，武松道："小弟的哥哥多时不通信息，因此要去望他。"宋江道："实是二郎要去，不敢苦留。如若得闲时，再来相会几时。"武松相谢了宋江。柴进取出些金银，送与武松，武松谢道："实是多多相扰了大官人。"武松缚了包裹，拴了哨棒，要行。柴进又治酒食送路。武松穿了一领新纳[4]红绸袄，戴着个白范阳毡笠儿，背上包裹，提了杆棒，相辞了便行。宋江道："贤弟少等一等。"回到自己房内，取了些银两，赶出到庄门前来，说道："我送兄弟一程。"宋江和兄弟宋清两个送武松，待他辞了柴大官人，宋江也道："大官人，暂别了便来。"

三个离了柴进东庄，行了五七里路，武松作别道："尊兄远了，请回。柴大官人必然专望。"宋江道："何妨再送几步。"路上说些闲话，不觉又过了三二里。武松挽住宋江说道："尊兄不必远送。常言道：'送君千里，终须一别'"。宋江指着道："容我再行几步。兀那官道上有个小酒店，我们吃三钟了作别。"

三个来到酒店里。宋江上首坐了，武松倚了哨棒，下席坐了，宋清横头坐定。便叫酒保打酒来，且买些盘馔、果品、菜蔬之类，都搬来摆在桌子上。三人饮了几杯，看看红日平西，武松便道："天色将晚，哥哥不弃武二时，就此受武二四拜，拜为义兄。"宋江大喜。武松纳头拜了四拜。宋江叫宋清身边取出一锭十两银子，送与武松。武松那里肯受，说道：“哥哥，客中自用盘费。”宋江道：“贤弟不必多虑。你若推却，我便不认你做兄弟。”武松只得拜受了，收放缠袋里。宋江取些碎银子，还了酒钱。武松拿了哨棒，三个出酒店前来作别。武松堕泪，拜辞了自去。宋江和宋清立在酒店门前，望武松不见了，方才转身回来。行不到五里路头，只见柴大官人骑着马，背后牵着两匹空马来接。宋江望见了大喜。一同上马回庄上来。下了马，请入后堂饮酒。宋江弟兄两个，自此只在柴大官人庄上。

话分两头。只说武松自与宋江分别之后，当晚投客店歇了。次日早，起来打火，吃了饭，还了房钱，拴束包裹，提了哨棒，便走上路。寻思道：“江湖上只闻说及时雨宋公明，果然不虚。结识得这般弟兄，也不枉了！”

武松在路上行了几日，来到阳谷县地面。此去离县治还远。当日晌午时分，走得肚中饥渴，望见前面有一个酒店，挑着一面招旗在门前，上头写着五个字道：“三碗不过冈”。

武松入到里面坐下，把哨棒倚了，叫道：“主人家，快把酒来吃。”只见店主人把三只碗，一双箸，一碟热菜，放在武松面前，满满筛一碗酒来。武松拿起碗，一饮而尽，叫道：“这酒好生有气力！主人家，有饱肚的买些吃酒。”酒家道：“只有熟牛肉。”武松道：“好的，切二三斤来吃酒。”酒店家去里面切出二斤熟牛肉，做一大盘子，将来放在武松面前；随即再筛一碗酒。武松吃了道：“好酒！”又筛下一碗。恰好吃了三碗酒，再也不来筛。武松敲着桌子叫道：“主人家，怎的不来筛酒？”酒家道：“客官要肉便添来。”武松道：“我也要酒，也再切些肉来。”酒家道：“肉便切来添与客官吃，酒却不添了。”武松道：“却又作怪！”便问主人家道：“你如何不肯卖酒与我吃？”酒家道：“客官，你须见我门前招旗上面明明写道：‘三碗不过冈。’”武松道：“怎地唤做三碗不过冈？”

酒家道：“俺家的酒，虽是村酒，却比老酒的滋味：但凡客人来我店中，吃了三碗的，便醉了，过不得前面的山冈去：因此唤做‘三碗不过冈’。若是过往客人到此，只吃三碗，更不再问。”武松笑道：“原来恁地。我却吃了三碗，如何不醉？”酒家道：“我这酒叫做透瓶香，又唤做出门倒。初入口时，醇醴好吃，少刻时便倒。”武松道：“休要胡说！没地[5]不还你钱，再筛三碗来我吃！”酒家见武松全然不动，又筛三碗。武松吃道：“端的好酒！主人家，我吃一碗，还你一碗钱。只顾筛来。”酒家道：“客官休只管要饮，这酒端的要醉倒人，没药医。”武松道：“休得胡鸟说！便是你使蒙汗药在里面，我也有鼻子。”店家被他发话不过，一连又筛了三碗。武松道：“肉便再把二斤来吃。”酒家又切了二斤熟牛肉，再筛了三碗酒。武松吃得口滑，只顾要吃：去身边取出些碎银子，叫道：“主人家，你且来看我银子，还你酒肉钱够么？”酒家看了道：“有余。还有些贴钱与你。”武松道：“不要你贴钱。只将酒来筛。”酒家道：“客官，你要吃酒时，还有五六碗酒哩！只怕你吃不的了。”武松道：“就有五六碗多时，你尽数筛将来。”酒家道：“你这条长汉，倘或醉倒了时，怎扶的你住？”武松答道：“要你扶的，不算好汉。”酒家那里肯将酒来筛。武松焦躁道：“我又不白吃你的！休要引老爷性发，通教你屋里粉碎！把你这鸟店子倒翻转来！”酒家道：“这厮醉了，休惹他。”再筛了六碗酒，与武松吃了。前后共吃了十五碗。绰了哨棒，立起身来道：“我却又不曾醉！”走出门前来，笑道：“却不说‘三碗不过冈’！”手提哨棒便走。

酒家赶出来叫道：“客官那里去！”武松立住了，问道：“叫我做甚么？我又不少你酒钱，唤我怎地？”酒家叫道：“我是好意。你且回来我家，看抄白官司榜文。”武松道：“甚么榜文？”酒家道：“如今前面景阳冈上有只吊睛白额大虫，晚了出来伤人，坏了三二十条大汉性命。官司如今杖限[6]打猎捕户擒捉发落。冈子路口，多有榜文。可教往来客人，结伙成队，于巳、午、未三个时辰过冈，其余寅、卯、申、酉、戌、亥六个时辰，不许过冈。更兼单身客人，务要等伴结伙而过。这早晚正是未末申初时分，我见你走都不问人，枉送了自家性命。不如就我此间歇了，等明日慢慢凑的三二十人，一齐好过冈子。”武松听了，笑道：“我是清河县人氏，这条景阳冈上，少也走过了一二十遭，几时见说有大虫？你休说这般鸟话来吓我。便有大虫，我也不怕！”酒家道：“我是好意救你，你不信时，进来看官司榜文。”武松道：“你鸟子声！便真个有虎，老爷也不怕！你留我在家里歇，莫不半夜三更，要谋我财，害我性命，却把鸟大虫唬吓我。”酒家道：“你看么！我是一片好心，反做恶意，倒落得你恁地！你不信我时，请尊便自行！”正是：

前车倒了千千辆，后车过了亦如然。

分明指与平川路，却把忠言当恶言。

那酒店里主人摇着头，自进店里去了。这武松提了哨棒，大着步，自过景阳冈来。约行了四五里路，来到了冈子下，见一大树，刮去了皮，一片白，上写两行字。武松也颇识几字，抬头看时，上面写道：

近因景阳冈大虫伤人，但有过往客商，可于巳、午、未三个时辰结伙成队过冈。勿请自误。

武松看了，笑道：“这是酒家诡诈，惊吓那等客人，便去那厮家里宿歇。你却怕甚么鸟！”横拖着哨棒，便上冈子来。

那时已有申牌时分，这轮红日，压压地相傍下山。武松乘着酒兴，只管走上冈子来。走不到半里多路，见一个败落的山神庙。行到庙前，见这庙门上贴着一张印信榜文。武松住了脚读时，上面写道：

阳谷县示：为景阳冈上，新有一只大虫，近来伤害人命。现今杖限各乡里正并猎户人等打捕，未获。如有过往客商人等，可于巳、午、未三个时辰结伴过冈。其余时分及单身客人，不许过冈。恐被伤害性命。各宜知悉。

武松读了印信榜文，方知端的有虎。欲待转身再回酒店里来，寻思道：“我回去时，须吃他耻笑，不是好汉，难以转去。”存想了一回，说道：“怕甚么鸟！且只顾上去看怎地！”

武松正走，看看酒涌上来，便把毡笠儿背在脊梁上，将哨棒绾在肋下，一步步上那冈子来。回头看这日色时，渐渐地坠下去了。此时正是十月间天气，日短夜长，容易得晚。武松自言自说道：“那得甚么大虫？人自怕了，不敢上山。”武松走了一直，酒力发作，焦热起来。一只手提着哨棒，一只手把胸膛前袒开，踉踉跄跄，直奔过乱树林来。见一块光挞挞大青石，把那哨棒倚在一边，放翻身体，却待要睡，只见发起一阵狂风来。古人有四句诗单道那风：

无形无影透人怀，四季能吹万物开。

就树撮将黄叶去，入山推出白云来。

原来但凡世上云生从龙，风生从虎。那一阵风过处，只听得乱树背后扑地一声响，跳出一只吊睛白额大虫来。武松见了，叫声：“阿呀！”从青石上翻降下来，便拿那条哨棒在手里，闪在青石边。

那个大虫又饥又渴，把两只爪在地下略按一按，和身望上一扑，从半空里撺将下来。武松被那一惊，酒都做冷汗出了。说时迟，那时快，武松见大虫扑来，只一闪，闪在大虫背后。那大虫背后看人最难，便把前爪搭在地下，把腰胯一掀，掀将起来。武松只一躲，躲在一边。大虫见掀他不着，吼一声，却似半天里起个霹雳，振得那山冈也动，把这铁棒也似虎尾，倒竖起来只一剪。武松却又闪在一边。原来那大虫拿人，只是一扑，一掀，一剪：三般提不着时，气性先自没了一半。那大虫又剪不着，再吼了一声，一兜兜将回来，武松见那大虫复翻身回来，双手抡起哨棒，尽平生气力只一棒，从半空劈将下来。只听得一声响，簌簌地将那树连枝带叶劈脸打将下来。定睛看时，一棒劈不着大虫：原来慌了，正打在枯树上，把那条哨棒折做两截，只拿得一半在手里。

那大虫咆哮，性发起来，翻身又只一扑，扑将来。武松又只一跳，却退了十步远。那大虫却好把两只前爪搭在武松面前。武松将半截棒丢在一边，两只手就势把大虫顶花皮肐膪地⑦揪住，一按按将下来。那只大虫急要挣扎，被武松尽气力纳定，那里肯放半点儿松宽。武松把只脚望大虫面门上、眼睛里，只顾乱踢。那大虫咆哮起来，把身底下扒起两堆黄泥，做了一个土坑。武松把那大虫嘴直按下黄泥坑里去，那大虫吃武松奈何得没了些气力。武松把左手紧紧地揪住顶花皮，偷出右手来，提起铁锤般大小拳头，尽平生之力，只顾打。打得五七十拳，那大虫眼里、口里、鼻子里、耳朵里，都迸出鲜血来。那武松尽平昔神威，仗胸中武艺，半歇儿把大虫打做一堆，却似挡着一个锦皮袋。有一篇古风单道景阳冈武松打虎：

景阳冈头风正狂，万里阴云霾日光。
触目晚霞挂林薮，侵入冷雾满穹苍。
忽闻一声霹雳响，山腰飞出兽中王。
昂头勇跃逞牙爪，麋鹿之属皆奔忙。
清河壮士酒未醒，冈头独坐忙相迎。
上下寻人虎饥渴，一扑一掀何狰狞！
虎来扑人似山倒，人往迎虎如岩倾。
臂腕落时坠飞炮，爪牙爬处成泥坑。
拳头脚尖如雨点，淋漓两手鲜血染。
血雨腥风满松林，散乱毛须坠山奄。
近看千钧势有余，远观八面威风敛。
身横野草锦斑销，紧闭双睛光不闪。

当下景阳冈上那只猛虎，被武松没顿饭之间，一顿拳脚，打得那大虫动弹不得，使得口里兀自气喘。武松放了手，来松树边寻那打折的棒橛，拿在手里：只怕大虫不死，把棒橛又打了一回。那大虫气都没了，武松再寻思道："我就地拖得这死大虫下冈子去。"就血泊里双手来提时，那里提得动，原来使尽了气力，手脚都苏软了。武松再来青石坐了半歇，寻思道："天色看看黑了，倘或又跳出一只大虫来时，却怎地斗得他过？且挣扎下冈子去，明早却来理会。”就石头边寻了毡笠儿，转过乱树林边，一步步捱下冈子来。

走不到半里多路，只见枯草丛中，钻出两只大虫来。武松道：“阿呀！我今番罢了！”只见那两个大虫，于黑影里直立起来。武松定睛看时，却是两个人，把虎皮缝做衣裳，紧紧拼在身上。那两个人手里各拿着一条五股叉，见了武松，吃了一惊道：“你那人吃了忽律心、豹子肝、狮子腿，胆倒包着身躯。如何敢独自一个，昏黑将夜，又没器械，走过冈子来！不知你是人是鬼？”武松道：“你两个是什么人？”那个人道：“我们是本处猎户。”武松道：“你们上岭来做甚么？”两个猎户失惊道：“你兀自不知哩！如今景阳冈上，有一只极大的大虫，夜夜出来伤人。只我们猎户，也折了七八个。过往客人，不记其数，都被这畜生吃了。本县知县着落当乡里正和我们猎户人等捕捉。那业畜[8]势大难近得他，谁敢向前！我们为他，正不知吃了多少根棒，只捉他不得！今夜又该我们两个捕猎，和十数个乡夫在此，上上下下，放了窝弓药箭等他。正在这里埋伏，却见你大剌剌地从冈子上走将下来，我两个吃了一惊。你却正是甚人？曾见大虫么？”武松道：“我是清河县人氏，姓武，排行第二。却才冈子上乱树林边，正撞见那大虫，被我一顿拳脚打死了。”两个猎户听得痴呆了，说道：“怕没这话？”武松道：“你不信时，只看我身上兀自有血迹。”两个道：“怎地打来？”武松把那打大虫的本事，再说了一遍。两个猎户听了，又惊又喜，叫拢那十个乡夫来。

只见这十个乡夫，都拿着钢叉、踏弩、刀、枪，随即拢来。武松问道：“他们众人，如何不随着你两个上山？”猎户道：“便是那畜生利害，他们如何敢上来？”一伙十数个人，都在面前。两个猎户把武松打杀大虫的事，说向众人，众人都不肯信。武松道：“你众人不信时，我和你去看便了。”众人身边都有火刀、火石，随即发出火来，点起五七个火把。众人都跟着武松，一同再上冈子来，看见那大虫做一堆儿死在那里。众人见了大喜，先叫一个去报知本县里正并该管上户。这里五七个乡夫，自把大虫缚了，抬下冈子来。

到得岭下，早有七八十人，都哄将来，先把死大虫抬在前面，将一乘兜轿，抬了武松，迳投本处一个上户家来。那户里正，都在庄前迎接，把这大虫扛到草厅上。却有本乡上户，本乡猎户，三二十人，都来相探武松。众人问道："壮士高姓大名？贵乡何处？"武松道："小人是此间邻郡清河县人氏，姓武，名松，排行第二。因从沧州回乡来，昨晚在冈子那边酒店吃得大醉了，上冈子来，正撞见这畜生。"把那打虎的身分[⑨]、拳脚，细说了一遍。众上户道："真乃英雄好汉！"众猎户先把野味将来与武松把杯。武松因打大虫困乏了，要睡；大户便叫庄客打并客房，且教武松歇息。

到天明，上户[⑩]先使人去县里报知，一面合具虎床，安排端正，迎送县里去。天明，武松起来洗漱罢，众多上户牵一腔[⑪]羊，挑一担酒，都在厅前伺候。武松穿了衣裳，整顿巾帻，出到前面，与众人相见。众上户把盏说道："被这个畜生，正不知害了多少人性命，连累猎户，吃了几顿棒。今日幸得壮士来到，除了这个大害。第一，乡中人民有福；第二，客侣通行：实出壮士之赐！"武松谢道："非小子之能，托赖众长上福荫。"众人都来作贺。吃了一早晨酒食，抬出大虫，放在虎床上。众乡村上户，都把段匹花红，来挂与武松。武松有些行李包裹，寄在庄上。一齐都出庄门前来。早有阳谷县知县相公，使人来接武松。都相见了，叫四个庄客，将乘凉轿，来抬了武松。把那大虫扛在前面，挂着花红段匹，迎到阳谷县里来。

那阳谷县人民，听得说一个壮士打死了景阳冈上大虫，迎喝[⑫]了来，尽皆出来看，哄动了那个县治。武松在轿上看时，只见亚肩迭背，闹闹嚷嚷，屯街塞巷，都来看迎大虫。到县前衙门口，知县已在厅上专等。武松下了轿，扛着大虫，都到厅前，放在甬道上。知县看了武松这般模样，又见了这个老大锦毛大虫，心中自忖道："不是这个汉，怎地打的这个猛虎！"便唤武松上厅来。武松去厅前声了喏，知县问道："你那打虎的壮士，你却说怎生打了这个大虫？"武松就厅前将打虎的本事，说了一遍。厅上厅下众多人等都惊的呆了，知县就厅上赐了几杯酒，将出上户凑的赏赐钱一千贯，给与武松。武松禀道："小人托赖相公的福荫，偶然侥幸，打死了这个大虫，非小人之能，如何敢受赏赐？小人闻知这众猎户，因这个大虫，受了相公责罚，何不就把这一千贯给散与众人去用？"知县道："既是如此，任从壮士。"武松就把这赏钱，在厅上散与众人猎户。知县见他忠厚仁德，有心要抬举他，便道："虽你原是清河县人氏，与我这阳谷县只在咫尺。我今日就参你在本县做个都头如何？"武松跪谢道："若蒙恩相抬举，小人终身受赐。"知县随即唤押司立了文案，当日便参武松做了步兵都头。众上户都来与武松作贺庆喜，连连吃了三五日酒。武松自心中想道："我本要回清河县去看望哥哥，谁想倒来做了阳谷县都头。"自此上官见爱，乡里闻名。

又过了三二日，那一日，武松走出县前来闲玩，只听得背后一个人叫声："武都头，你今日发迹了，如何不看觑我则个？武松回过头来看了，叫声："阿呀！你如何却在这里？"不是武松见了这个人，有分教，阳谷县里，尸横血染。直教钢刀响处人头滚，宝剑挥时热血流。毕竟叫唤武都头的正是甚人，且听下回分解。

【注释】

①《水浒传》第23回。

②跐：脚底滑动。

③坏钱：花费钱财，是一种客气的说法。

④纳：通"衲"。

⑤没地：难道，莫非。

⑥杖限：即杖限文书。旧时，官府责令下属限期完成某事，逾期予以杖罚的文书。

⑦肐膊（gēda）地：这里是一下子、一把的意思。

⑧业畜：作恶的畜牲。

⑨身分：指手段，本领。

⑩上户：富裕之家。

⑪腔：量词。用于宰杀过的羊或小牛。

⑫迎喝：喝彩欢迎。

【集评】

1.（明）李贽（一说叶昼伪托李贽所评）《水浒传》第二十三回回评：

人以武松打虎，到底有些怯在，……李是为母报仇，不顾性命者，武乃出于一时不得不如此耳。

2.（清）金圣叹《读第五才子书法》：

景阳冈打虎一篇，奇绝了。

3.（清）金圣叹《水浒传》第二十二回回评：

读打虎一篇，而叹人是神人，虎是怒虎，固已妙不容说矣。乃其尤妙者，则又如读庙门榜文后，欲待转身回来一段；风过虎来时，叫声阿呀翻下青石来一段；大虫第一扑从半空里撺将下来时，被那一惊，酒都做冷汗出了一段；寻思要拖死虎下去，原来使尽气力手脚都苏软了，正提不动一段；青石上又坐半歇一段；天色看看黑了，惟恐再跳一只出来，且挣扎下冈子去一段；下冈子走不到半路，枯草丛中钻出两只大虫，叫声阿呀今番罢了一段，皆是写极骇人之事，却尽用极近人之笔，遂与后来沂岭杀虎一篇，更无一笔相犯也。

【赏析】

《水浒传》前71回的结构，基本是人物传记形式：第3—7回，鲁智深传记；第7—11回，林冲的传记；第11—12回，杨志传记；第13—19回，晁盖等七人的传记，其间夹杂着杨志、林冲、宋江等人的故事片段；第20—40回，宋江传记，中间穿插着武松、李逵、戴宗等人的传记。一组人物写完之后，再写另一组人物，通过环环相扣的情节，把英雄人物连接起来。本回正是通过宋江穿针引线，过渡到武松出场。武松故事占据10回的篇幅，又称“武十回”。“横海郡柴进留宾”写出宋江识人眼光独到，借“灯下看美人”的寓意描写宋江对武松的欣赏，而他的仗义疏财、真诚待人的性格，使得“上上人物”武松愿与其结拜为兄弟。这与收留武松一年却多有怠慢的柴进形成鲜明对比。

“景阳冈武松打虎”，用一段奇绝文字刻画出武松“神人”的特质。

武松胆量、力气、武艺皆过于常人。上岗之前，在酒家豪饮15碗酒，吃了四斤牛肉。遇见老虎之时，勇敢相对，爆发蛮力，用五七十拳将其打死。在近乎失真的演绎中，表现出武松“神”的一面。但是作品更突出武松作为“人”的形象。武松多次提到“便有大虫，我也不怕”，“便真个有虎，老爷也不怕”。走上山岗，“那得甚么大虫？人自怕了，不敢上山”，认为是人们自己吓唬自己，为自己不是那等客官而有些得意。当老虎真的出现，武松居然“阿呀”一声，“从青石上翻将下来”，“酒都做冷汗出了”。与虎搏斗，因为慌乱，将哨棒打在树上，折成两截。最后从山岗下来，碰到猎人装扮的老虎，吓得绝望大叫“我今番罢了”。在没有遇到老虎之前，多次说到不怕，其实只是吹牛皮，见到老虎心里也是害怕。因为爱面子，害怕店小二、江湖好汉嘲笑，以及存在的侥幸心理，使得怕虎的武松最终难逃与虎一搏的命运。更为惊奇的是，作品继续描写武松五次自述过程，由开始的害怕、胆怯，变得愈发自信骄傲。这样的描写，非但无损于英雄的形象，反而使人物形象更加朴实、丰满、逼真、可信。

“打虎”一段写得一松一紧，在平静无波中又生变故，情节跌宕起伏，扣人心弦。“极骇人之事，却尽用极近人之笔”，可以和李逵杀虎参照阅读。

西游记

《西游记》是我国古代第一部浪漫主义章回体长篇神魔小说。《西游记》在出版发行后被译为英、俄、日、法、德、意等十几种文字，为世界所称颂。

吴承恩（约1504—1582），字汝忠，号射阳居士、射阳山人。祖籍涟水（今江苏省涟水县），后徙居山阳（今江苏省淮安市）。少有才名，但多次科举不中，嘉靖二十九年（1550年）补为岁贡生，嘉靖四十五年（1566年）在年逾60岁时以贡生资格升为长兴县丞。后被人诬为贪污入狱，罢官，隆庆二年（1568年）得以平反，应召任荆王朱翊钜府第纪善。隆庆四年（1570年）辞官回乡，万历十年（1582年）去世。主要作品有《西游记》《禹鼎记》《射阳集》《春秋列传序》《射阳先生存稿》等。

选文参照山东文艺出版社2007年出版的《四大名著经典汇评本〈西游记〉》。

大闹天宫

话表齐天大圣到底是个妖猴，更不知官衔品从，也不较俸禄高低，但只注名便了。那齐天府下二司仙吏，早晚扶侍，只知日食三餐，夜眠一榻，无事牵萦，自由自在。闲时节会友游宫，交朋结义。见三清[1]，称个“老”字：逢四帝[2]，道个“陛下”。与那九曜星[3]、五方将、二十八宿[4]、四大天王[5]、十二元辰、五方五老、普天星相、河汉群神，俱只以弟兄相待，彼此称呼。今日东游，明日西荡，云去云来，行踪不定。

一日，玉帝早朝，班部中闪出许旌阳真人，俯囟[6]启奏道：“今有齐天大圣，无事闲游，结交天上众星宿，不论高低，俱称朋友，恐后闲中生事。不若与他一件事管，庶免别生事端。”玉帝闻言，即时宣诏。那猴王欣欣然而至，道：“陛下，诏老孙有何升赏？”玉帝道：“朕见你身闲无事，与你件执事。你且权管那蟠桃园，早晚好生在意。”大圣欢喜谢恩，朝上唱喏而退。

他等不得穷忙，即入蟠桃园内查勘。本园中有个土地拦住，问道：“大圣何往？”大圣道：“吾奉玉帝点差，代管蟠桃园，今来查勘也。”那土地连忙施礼，即呼那一班锄树力士、运水力士、修桃力士、打扫力士都来见大圣磕头，引他进去。但见那：

夭夭灼灼[7]，棵棵株株。夭夭灼灼花盈树，棵棵株株果压枝。果压枝头垂锦弹，花盈树上簇胭脂。时开时结千年熟，无夏无冬万载迟。先熟的，酡颜[8]醉脸：还生的，带蒂青皮。凝烟肌带绿，映日显丹姿。树下奇葩并异卉，四时不谢色齐齐。左右楼台并馆舍，盈空常见罩云霓。不是玄都[9]凡俗种，瑶池王母[10]自栽培。

大圣看玩多时，问土地道：“此树有多少株数？”土地道：“有三千六百株：前面一千二百株，花微果小，三千年一熟，人吃了成仙了道，体健身轻。中间一千二百株，层花甘实，六千年一熟，人吃了霞举飞升，长生不老。后面一千二百株，紫纹缃核，九千年一熟，人吃了与天地齐寿，日月同庚。”大圣闻言，欢喜无任。当日查明了株树，点看了亭阁，回府。自此后，三五日一次赏玩，也不交友，也不他游。

一日，见那老树枝头，桃熟大半，他心里要吃个尝新。奈何本园土地、力士并齐天府仙吏紧随不便。忽设一计道：“汝等且出门外伺候，让我在这亭上少憩片时。”那众仙果退。只见那猴王脱了冠服，爬上大树，拣那熟透的大桃，摘了许多，就在树枝上自在受用。吃了一饱，却才跳下树来，簪冠着服，唤众等仪从回府。迟三二日，又去设法偷桃，尽他享用。

一朝，王母娘娘设宴，大开宝阁，瑶池中做蟠桃胜会，即着那红衣仙女、青衣仙女、素衣仙女、皂衣仙女、紫衣仙女、黄衣仙女、绿衣仙女，各顶花篮，去蟠桃园摘桃建会。七衣仙女直至园门首，只见蟠桃园土地、力士同齐天府二司仙吏，都在那里把门。仙女近前道：“我等奉王母懿旨，到此摘桃设宴。”土地道：“仙娥且住。今岁不比往年了，玉帝点差齐天大圣在此督理，须是报大圣得知，方敢开园。”仙女道：“大圣何在？”土地道：“大圣在园内，因困倦，自家在亭子上睡哩。”仙女道：“既如此，寻他去来，不可延误。”土地即与同进，寻至花亭不见，只有衣冠在亭，不知何往。四下里都没寻处。原来大圣耍了一会，吃了几个桃子，变做二寸长的个人儿，在那大树梢头浓叶之下睡着了。七衣仙女道：“我等奉旨前来，寻不见大圣，怎敢空回？”旁有仙使道：“仙娥既奉旨来，不必迟疑。我大圣闲游惯了，想是出园会友去了。汝等且去摘桃。我们替你回话便是。”

那仙女依言，入树林之下摘桃。先在前树摘了二篮，又在中树摘了三篮；到后树上摘取，只见那树上花果稀疏，止有几个毛蒂青皮的——原来熟的都是猴王吃了。七仙女张望东西，只见向南枝上止有一个半红半白的桃子。青衣女用手扯下枝来，红衣女摘了，却将枝子望上一放。原来那大圣变化了，正睡在此枝，被他惊醒。大圣即现本相，耳朵内掣出金箍棒，晃一晃，碗来粗细，咄的一声道：“你是那方怪物，敢大胆偷摘我桃！”慌得那七仙女一齐跪下道：“大圣息怒。我等不是妖怪，乃王母娘娘差来的七衣仙女，摘取仙桃，大开宝阁，做蟠桃胜会。适至此间，先见了本园土地等神，寻大圣不见。我等恐迟了王母懿旨，是以等不得大圣，故先在此摘桃，万望恕罪。”大圣闻言，回嗔作喜道：“仙娥请起。王母开阁设宴，请的是谁？”仙女道：“上会自有旧规。请的是西天佛老、菩萨、罗汉，南方南极观音，东方崇恩圣帝、十洲三岛仙翁，北方北极玄灵，中央黄极黄角大仙，这个是五方五老。还有五斗星君，上八洞三清、四帝、太乙天仙等众，中八洞玉皇、九垒[11]、海岳神仙，下八洞幽冥教主[12]、注世地仙。各宫各殿大小尊神，俱一齐赴蟠桃嘉会。”大圣笑道：“可请我么？”仙女说：“不曾听得说。”大圣道：“我乃齐天大圣，就请我老孙做个席尊，有何不可？”仙女道：“此是上会旧规，今会不知如何。”大圣道：“此言也是，难怪汝等。你且立下，待老孙先去打听个消息，看可请老孙不请。”

好大圣，捻着诀，念声咒语，对众仙女道：“住！住！住！”这原来是个定身法，把那七衣仙女，一个个睖睖睁睁[13]白着眼，都站在桃树之下。大圣纵朵祥云，跳出园内，竟奔瑶池路上而去。正行时，只见那壁厢：

一天瑞霭光摇曳，五色祥云飞不绝。
白鹤声鸣振九皋，紫芝色秀分千叶。
中间现出一尊仙，相貌昂然丰采别。
神舞虹霓晃汉霄，腰悬宝箓无生灭。
名称赤脚大罗仙，特赴蟠桃添寿节。

那赤脚大仙觌面[14]撞见大圣，大圣低头定计，赚哄真仙，他要暗去赴会，却问：“老道何往？”大仙道：“蒙王母见招，去赴蟠桃嘉会。”

大圣道："老道不知。玉帝因老孙筋斗云疾，着老孙五路邀请列位，先至通明殿下演礼，后方去赴宴。"大仙是个光明正大之人，就以他的诳语作真。道："常年就在瑶池演礼谢恩，如何先去通明殿演礼，方去瑶池赴会？"无奈，只得拨转祥云，径往通明殿去了。

大圣驾着云，念声咒语，摇身一变，就变做赤脚大仙模样，前奔瑶池。不多时，直至宝阁，按住云头，轻轻移步，走入里面。只见那里：

琼香缭绕，瑞霭缤纷。瑶台铺彩结，宝阁散氤氲。凤翥鸾翔[15]形缥缈，金花玉萼影浮沉。上排着九凤丹霞扆[16]，八宝紫霓墩：五彩描金桌，千花碧玉盆。桌上有龙肝和凤髓，熊掌与猩唇。珍馐百味般般美，异果嘉肴色色新。

那里铺设得齐齐整整，却还未有仙来。这大圣点看不尽，忽闻得一阵酒香扑鼻。忽转头，见右壁厢长廊之下，有几个造酒的仙官，盘糟的力士，领几个运水的道人，烧火的童子，在那里洗缸刷瓮，已造成了玉液琼浆，香醪[17]佳酿。大圣止不住口角流涎，就要去吃，奈何那些人都在这里。他就弄个神通，把毫毛拔下几根，丢入口中嚼碎，喷将出去，念声咒语，叫"变！"即变做几个瞌睡虫，奔在众人脸上。你看那伙人，手软头低，闭眉合眼，丢了执事，都去盹睡。大圣却拿了些百味八珍，佳肴异品，走入长廊里面，就着缸，挨着瓮，放开量，痛饮一番。吃够了多时，酕醄[18]醉了。自揣自摸道："不好！不好！再过会，请的客来，却不怪我？一时拿住，怎生是好？不如早回府中睡去也。"

好大圣，摇摇摆摆，仗着酒，任情乱撞，一会把路差了——不是齐天府，却是兜率天宫。一见了，顿然醒悟道："兜率宫是三十三天之上，乃离恨天太上老君之处，如何错到此间？也罢！也罢！一向要来望此老，不曾得来，今趁此残步[19]，就望他一望也好。"即整衣撞进去。那里不见老君，四无人迹。原来那老君与燃灯古佛[20]在三层高阁朱陵丹台上讲道，众仙童、仙将、仙官、仙吏，都侍立左右听讲。这大圣直至丹房里面，寻访不遇，但见丹灶之旁，炉中有火，炉左右安放着五个葫芦，葫芦里都是炼就的金丹。大圣喜道：“此物乃仙家之至宝。老孙自了道以来，识破了内外相同之理，也要炼些金丹济人，不期到家无暇；今日有缘，却又撞着此物，趁老子不在，等我吃他几丸尝新。”他就把那葫芦都倾出来，就都吃了，如吃炒豆相似。一时间丹满酒醒。又自已揣度道：“不好！不好！这场祸比天还大，若惊动玉帝，性命难存。走！走！走！不如下界为王去也！”他就跑出兜率宫，不行旧路，从西天门使个隐身法逃去。即按云头，回至花果山界。

但见那旌旗闪灼，戈戟光辉，原来是四健将与七十二洞妖王在那里演习武艺。大圣高叫道：“小的们！我来也！”众怪丢了器械，跪倒道：“大圣好宽心！丢下我等许久，不来相顾！”大圣道：“没多时！没多时！”且说且行，径入洞天深处。四健将打扫安歇，叩头礼拜毕。俱道：“大圣在天这百十年，实受何职？”大圣笑道：“我记得才半年光景，怎么就说百十年话？”健将道：“在天一日，即在下方一年也。”大圣道：“且喜这番玉帝相爱，果封做‘齐天大圣’，起一座齐天府，又设安静、宁神二司，司设仙吏侍卫。向后见我无事，着我代管蟠桃园。近因王母娘娘设蟠桃大会，未曾请我，是我不待他请，先赴瑶池，把他那仙品、仙酒，都是我偷吃了。走出瑶池，踉踉跄跄误入老君宫阙，又把他五个葫芦金丹也偷吃了。但恐玉帝见罪，方才走出天门来也。”

众怪闻言大喜，即安排酒果接风，将椰酒满斟一石碗奉上。大圣喝了一口，即龇牙倈嘴道：“不好吃！不好吃！”崩、芭二将道：“大圣在天宫吃了仙酒、仙肴，是以椰酒不甚美口。常言道：美不美，乡中水。”大圣道：“你们就是亲不亲，故乡人。我今早在瑶池中受用时，见那长廊之下，有许多瓶罐，都是那玉液琼浆。你们都不曾尝着。待我再去偷他几瓶回来，你们各饮半杯，一个个也长生不老。”众猴欢喜不胜。大圣即出洞门，又翻一筋斗，使个隐身法，径至蟠桃会上。进瑶池宫阙，只见那几个造酒、盘糟、运水、烧火的，还鼾睡未醒。他将大的从左右胁下挟了两个，两手提了两个，即拨转云头回来，会众猴在于洞中，就做个仙酒会，各饮了几杯，快乐不提。

却说那七衣仙女自受了大圣的定身法术，一周天方能解脱。各提花篮，回奏王母，说道："齐天大圣使法术困住我等，故此来迟。"王母问道："汝等摘了多少蟠桃？"仙女道："只有两篮小桃，三篮中桃。至后面，大桃半个也无，想都是大圣偷吃了。及正寻间，不期大圣走将出来，行凶要打，又问设宴请谁。我等把上会事说了一遍，他就定住我等，不知去向。直到如今，才得醒解回来。"

王母闻言，即去见玉帝，备陈前事。说不了，又见那造酒的一班人，同仙官等来奏："不知甚么人，搅乱了蟠桃大会，偷吃了玉液琼浆，其八珍百味，亦俱偷吃了。"又有四个大天师来奏上："太上道祖来了。"玉帝即同王母出迎。老君朝礼毕，道："老道宫中，炼了些九转金丹，伺候陛下做丹元大会，不期被贼偷去，特启陛下知之。"玉帝见奏，悚惧。少时，又有齐天府仙吏叩头道："孙大圣不守执事，自昨日出游，至今未转，更不知去向。"玉帝又添疑思。只见那赤脚大仙又俯囟上奏道："臣蒙王母诏昨日赴会，偶遇齐天大圣，对臣言万岁有旨，着他邀臣等先赴通明殿演礼，方去赴会。臣依他言语，即返至通明殿外，不见万岁龙车凤辇，又急来此俟候。"玉帝越发大惊道："这厮假传旨意，赚哄贤卿，快着纠察灵官缉访这厮踪迹！"

灵官领旨，即出殿遍访，尽得其详细。回奏道："搅乱天宫者，乃齐天大圣也。"又将前事尽诉一番。玉帝大恼。即差四大天王，协同李天王并哪吒太子，点二十八宿、九曜星官、十二元辰、五方揭谛[21]、四值功曹[22]、东西星斗、南北二神、五岳四渎[23]、普天星相，共十万天兵，布一十八架天罗地网下界，去花果山围困，定捉获那厮处治。众神即时兴师，离了天宫。这一去，但见那：

黄风滚滚遮天暗，紫雾腾腾罩地昏。只为妖猴欺上帝，致令众圣降凡尘。四大天王，五方揭谛：四大天王权总制，五方揭谛调多兵。李托塔中军掌号，恶哪吒前部先锋。罗睺星[24]为头检点，计都星[25]随后峥嵘。太阴星精神抖擞，太阳星照耀分明。五行星偏能豪杰，九曜星最喜相争。元辰星子午卯酉，一个个都是大力天丁。五瘟[26]五岳东西摆，六丁六甲[27]左右行。四渎龙神分上下，二十八宿密层层。角亢氐房为总领，奎娄胃昴惯翻腾。斗牛女虚危室壁，心尾箕星个个能，井鬼柳星张翼轸，抡枪舞剑显威灵。停云降雾临凡世，花果山前扎下营。

诗曰：

天产猴王变化多，偷丹偷酒乐山窝。
只因搅乱蟠桃会，十万天兵布网罗。

当时李天王传了令，着众天兵扎了营，把那花果山围得水泄不通。上下布了十八架天罗地网，先差九曜恶星出战。九曜即提兵径至洞外，只见那洞外大小群猴跳跃顽耍。星官厉声高叫道："那小妖！你那大圣在那里？我等乃上界差调的天神，到此降你这造反的大圣。教他快快来归降，若道半个'不'字，教汝等一概遭诛！"那小妖慌忙传入道："大圣，祸事了！祸事了！外面有九个凶神，口称上界来的天神，收降大圣。"

那大圣正与七十二洞妖王并四健将分饮仙酒，一闻此报，公然不理道："今朝有酒今朝醉，莫管门前是与非。"说不了，一起小妖又跳来道："那九个凶神，恶言泼语，在门前骂战哩！"大圣笑道："莫睬他。诗酒且图今日乐，功名休问几时成。"说犹未了，又一起小妖来报："爷爷！那九个凶神已把门打破了，杀进来也！"大圣怒道："这泼毛神，老大无礼！本待不与他计较，如何上门来欺我？"即命独角鬼王，领帅七十二洞妖王出阵，"老孙领四健将随后。"那鬼王疾帅妖兵，出门迎敌，却被九曜恶星一齐掩杀，抵住在铁板桥头，莫能得出。

正嚷间，大圣到了，叫一声："开路！"掣开铁棒，晃一晃，碗来粗细，丈二长短，丢开架子，打将出来。九曜星那个敢抵，一时打退。那九曜星立住阵势道："你这不知死活的弼马温！你犯了十恶之罪[28]，先偷桃，后偷酒，搅乱了蟠桃大会。又窃了老君仙丹，又将御酒偷来此处享乐，你罪上加罪，岂不知之？”大圣笑道：“这几桩事，实有！实有！但如今你待要怎么？”九曜星道：“吾奉玉帝金旨，帅众到此收降你，快早皈依！免教这些生灵纳命。不然，就踏平了此山，掀翻了此洞也！”大圣大怒道：“量你这些毛神，有何法力，敢出浪言？不要走，请吃老孙一棒！”这九曜星一齐踊跃，那美猴王不惧分毫，抡起金箍棒，左遮右挡，把那九曜星战得筋疲力软，一个个倒拖器械，败阵而走，急入中军帐下，对托塔天王道：“那猴王果十分骁勇，我等战他不过，败阵来了。”李天王即调四大天王与二十八宿，一路出师来斗。大圣也公然不惧，调出独角鬼王、七十二洞妖王与四个健将，就于洞门外列成阵势。你看这场混战，好惊人也：

寒风飒飒，怪雾阴阴。那壁厢旌旗飞彩，这壁厢戈戟生辉。滚滚盔明，层层甲亮。滚滚盔明映太阳，如撞天的银磬；层层甲亮砌岩崖，似压地的冰山。大杆刀，飞云掣电；楮白枪，度雾穿云。方天戟，虎眼鞭，麻林摆列；青铜剑，四明铲，密树排阵。弯弓硬弩雕翎箭，短棍蛇矛挟了魂。大圣一条如意棒，翻来复去战天神。杀得那空中无鸟过，山内虎狼奔；扬沙走石乾坤黑，播土飞尘宇宙昏。只听兵兵扑扑惊天地，煞煞威威振鬼神。

这一场自辰时布阵，混杀到日落西山。那独角鬼王与七十二洞妖怪，尽被众天神捉拿去了，止走了四健将与那群猴，深藏在水帘洞底。这大圣一条棒，抵住了四大天神与李托塔、哪吒太子，俱在半空中。杀勾多时，大圣见天色将晚，即拔毫毛一把，丢在口中，嚼碎了，喷将出去，叫声“变！”就变了千百个大圣，都使的是金箍棒，打退了哪吒太子，战败了五个天王。

大圣得胜，收了毫毛，急转身回洞，早又见铁板桥头，四个健将领众叩迎那大圣，哽哽咽咽大哭三声，又唏唏哈哈大笑三声。大圣道：“汝等见了我，又哭又笑，何也？”四健将道：“今早帅众将与天王交战，把七十二洞妖王与独角鬼王，尽被众神捉了，我等逃生，故此该哭。这见大圣得胜回来，未曾伤损，故此该笑。”大圣道：“胜负乃兵家之常。古人云：杀人一万，自损三千。况捉了去的头目乃是虎豹、狼虫、獾獐、狐狢之类，我同类者未伤一个，何须烦恼？他虽被我使个分身法杀退，他还要安营在我山脚下。我等且紧紧防守，饱餐一顿，安心睡觉，养养精神。天明看我使个大神通，拿这些天将，与众报仇。”四将与众猴将椰酒吃了几碗，安心睡觉不提。

那四大天王收兵罢战，众各报功：有拿住虎豹的，有拿住狮象的，有拿住狼虫狐狢的，更不曾捉着一个猴精。当时果又安辕营，下大寨，赏劳了得功之将，分付了天罗地网之兵，个个提铃喝号，围困了花果山，专待明早大战。各人得令，一处处谨守。此正是：妖猴作乱惊天地，布网张罗昼夜看。毕竟天晓后如何处治，且听下回分解。

富贵功名，前缘分定，为人切莫欺心。正大光明，忠良善果弥深。些些[29]狂妄天加谴，眼前不遇待时临。问东君[30]因甚，如今祸害相侵。只为心高图罔极[31]，不分上下乱规箴[32]。

话表齐天大圣被众天兵押去斩妖台下，绑在降妖柱上，刀砍斧剁，枪刺剑刳，莫想伤及其身。南斗星奋令火部众神，放火煨烧，亦不能烧着。又着雷部众神，以雷屑钉打，越发不能伤损一毫。那大力鬼王与众启奏道：“万岁，这大圣不知是何处学得这护身之法，臣等用刀砍斧剁，雷打火烧，一毫不能伤损，却如之何？”玉帝闻言道：“这厮这等妖力，如何处治？”太上老君即奏道：“那猴吃了蟠桃，饮了御酒，又盗了仙丹——我那五壶丹，有生有熟，被他都吃在肚里，运用三昧火[33]，煅成一块，所以浑做金钢之躯，急不能伤。不若与老道领去，放在八卦炉中，以文武火锻炼。炼出我的丹来，他身自为灰烬矣。”玉帝闻言，即教六丁、六甲，将他解下，付与老君。老君领旨去讫。一壁厢宣二郎显圣，赏赐金花百朵，御酒百瓶，还丹百粒，异宝明珠，锦绣等件，教与义兄弟分享。真君谢恩，回灌江口不提。

那老君到兜率宫，将大圣解去绳索，放了穿琵琶骨之器，推入八卦炉中，命看炉的道人，架火的童子，将火扇起锻炼。原来那炉是乾、坎、艮、震、巽、离、坤、兑八卦。他即将身钻在“巽宫”位下。巽乃风也，有风则无火。只是风搅得烟来，把一双眼燖[34]红了，弄做个老害眼病，故唤作“火眼金睛”。

真个光阴迅速，不觉七七四十九日，老君的火候俱全。忽一日，开炉取丹。那大圣双手侮[35]着眼，正自揉搓流涕，只听得炉头声响。猛睁眼看见光明，他就忍不住，将身一纵，跳出丹炉，唿喇一声，蹬倒八卦炉，往外就走。慌得那架火、看炉与丁甲一班人来扯，被他一个个都放倒，好似癫痫的白额虎，风狂的独角龙。老君赶上抓一把，被他一捽，捽了个倒栽葱，脱身走了。即去耳中掣出如意棒，迎风晃一晃，碗来粗细，依然拿在手中，不分好歹，却又大乱天宫，打得那九曜星闭门闭户，四天王无影无形。好猴精！有诗为证。诗曰：

混元[36]体正合先天，万劫千番只自然。
渺渺无为浑太乙[37]，如如不动号初玄[38]。
炉中久炼非铅汞，物外长生是本仙。
变化无穷还变化，三皈五戒[39]总休言。

又诗：

一点灵光彻太虚[40]，那条拄杖亦如之。
或长或短随人用，横竖横排任卷舒。

又诗：

猿猴道体配人心，心即猿猴意思深。
大圣齐天非假论，官封“弼马”是知音。
马猿合作心和意，紧缚牢拴莫外寻。
万相归真[41]从一理，如来同契住双林[42]。

这一番，那猴王不分上下，使铁棒东打西敌，更无一神可挡。只打到通明殿里，灵霄殿外。幸有佑圣真君的佐使王灵官执殿。他看大圣纵横，掣金鞭近前挡住道："泼猴何往，有吾在此，切莫猖狂！"这大圣不由分说，举棒就打。那灵官鞭起相迎，两个在灵霄殿前厮浑一处。好杀：

赤胆忠良名誉大，欺天诳上声名坏。一低一好幸相持，豪杰英雄同赌赛。铁棒凶，金鞭快，正直无私怎忍耐？这个是太乙雷声应化尊，那个是齐天大圣猿猴怪。金鞭铁棒两家能，都是神宫仙器械。今日在灵霄宝殿弄威风，各展雄才真可爱。一个欺心要夺斗牛宫，一个竭力匡扶玄圣界[43]。苦争不让显神通，鞭棒往来无胜败。

他两个斗在一处，胜败未分，早有佑圣真君，又差将佐发文到雷府，调三十六员雷将齐来，把大圣围在垓心，各骋凶恶鏖战。那大圣全无一毫惧色，使一条如意棒，左遮右挡，后架前迎。一时，见那众雷将的刀枪剑戟、鞭简挝锤、钺斧金瓜、旄镰月铲，来的甚紧，他即摇身一变，变做三头六臂，把如意棒晃一晃，变作三条：六只手使开三条棒，好便似纺车儿一般，滴流流，在那垓心里飞舞。众雷神莫能相近。真个是：

圆陀陀，光灼灼，亘古常存人怎学？入火不能焚，入水何曾溺？光明一颗摩尼珠[44]，剑戟刀枪伤不着。也能善，也能恶，眼前善恶凭他作。善时成佛与成仙，恶处披毛并带角。无穷变化闹天宫，雷将神兵不可捉。

当时众神把大圣攒在一处，却不能近身，乱嚷乱斗，早惊动玉帝。遂传旨着游弈灵官同翊圣真君上西方请佛老降伏。

那二圣得了旨，径到灵山[45]胜境，雷音宝刹[46]之前，对四金刚[47]、八菩萨礼毕，即烦转达。众神随至宝莲台下启知，如来召请。二圣礼佛三匝[48]，侍立台下。如来问："玉帝何事，烦二圣下临？"二圣即启道："向时花果山产一猴，在那里弄神通，聚众猴搅乱世界。玉帝降招安旨，封为弼马温，他嫌官小反去，当遣李天王、哪吒太子擒拿未获。

复招安他，封做齐天大圣，先有官无禄。着他代管蟠桃园，他即偷桃，又走至瑶池，偷肴偷酒，搅乱大会。仗酒又暗入兜率宫，偷老君仙丹，反出天宫。玉帝复遣十万天兵，亦不能收伏。后观世音举二郎真君同他义兄弟追杀，他变化多端，亏老君抛金钢琢打重，二郎方得拿住。解赴御前，即命斩之。刀砍斧剁，火烧雷打，俱不能伤。老君准奏领去，以火锻炼，四十九日开鼎，他却又跳出八卦炉，打退天丁，径入通明殿里，灵霄殿外。被佑圣真君的佐使王灵官挡住苦战，又调三十六员雷将，把他困在垓心，终不能相近。事在紧急，因此，玉帝特请如来救驾。”如来闻诏，即对众菩萨道：“汝等在此稳坐法堂，休得乱了禅位[49]，待我炼魔[50]救驾去来。”

如来即唤阿傩、迦叶[51]二尊者相随，离了雷音，径至灵霄门外。忽听得喊声振耳，乃三十六员雷将围困着大圣哩。佛祖传法旨：“教雷将停息干戈，放开营所，叫那大圣出来，等我问他有何法力。”众将果退。大圣也收了法象，现出原身近前，怒气昂昂，厉声高叫道：“你是那方善士，敢来止住刀兵问我？”如来笑道：“我是西方极乐世界释迦牟尼尊者，南无阿弥陀佛。今闻你猖狂村野，屡反天宫，不知是何方生长，何年得道，为何这等暴横？”大圣道：

我本：
天地生成灵混仙，花果山中一老猿。
水帘洞里为家业，拜友寻师悟太玄。
炼就长生多少法，学来变化广无边。
因在凡间嫌地窄，立心端要住瑶天。
灵霄宝殿非他久，历代人王有分传。
强者为尊该让我，英雄只此敢争先。

佛祖听言，呵呵冷笑道：“你那厮乃是个猴子成精，焉敢欺心，要夺玉皇上帝龙位？他自幼修持，苦历过一千七百五十劫。每劫该十二万九千六百年。你算，他该多少年数，方能享受此无极大道？你那个初世为人的畜生，如何出此大言！不当人子！不当人子！折了你的寿算！趁早皈依，切莫胡说！但恐遭了毒手，性命顷刻而休，可惜了你的本来面目！”大圣道：“他虽年劫修长，也不应久占在此。常言道：皇帝轮流做，明年到我家。只教他搬出去，将天宫让与我，便罢了。若还不让，定要搅攘，永不清平！”佛祖道：“你除了长生变化之法，再有何能，敢占天宫胜境？”大圣道：“我的手段多哩！我有七十二般变化，万劫不老长生，会驾筋斗云，一纵十万八千里。如何坐不得天位？”佛祖道：“我与你打个赌赛：你若有本事，一筋斗打出我这右手掌中，算你赢，再不用动刀兵苦争战，就请玉帝到西方居住，把天宫让你：若不能打出手掌，你还下界为妖，再修几劫，却来争吵。”

那大圣闻言，暗笑道：“这如来十分好呆！我老孙一筋斗去十万八千里。他那手掌，方圆不满一尺，如何跳不出去？”急发声道：“既如此说，你可做得主张？”佛祖道：“做得！做得！”伸开右手，却似个荷叶大小。那大圣收了如意棒，抖擞神威，将身一纵，站在佛祖手心里，却道声：“我出去也！”你看他一路云光，无影无形去了。佛祖慧眼观看，见那猴王风车子一般相似不住，只管前进。大圣行时，忽见有五根肉红柱子，撑着一股青气。他道：“此间乃尽头路了。这番回去，如来作证，灵霄宫定是我坐也。”又思量说：“且住！等我留下些记号，方好与如来说话。”拔下一根毫毛，吹口仙气，叫“变！”变作一管浓墨双毫笔，在那中间柱子上写一行大字云：“齐天大圣，到此一游。”写毕，收了毫毛。又不庄尊，却在第一根柱子根下撒了一泡猴尿。翻转筋斗云，径回本处，站在如来掌内道：“我已去，今来了。你教玉帝让天宫与我。”

如来骂道：“我把你这个尿精猴子！你正好不曾离了我掌心哩！”大圣道：“你是不知。我去到天尽头，见五根肉红柱，撑着一股青气，我留个记在那里，你敢和我同去看么？”如来道：“不消去，你只自低头看看。”那大圣睁圆火眼金睛，低头看时，原来佛祖右手中指写着：“齐天大圣，到此一游。”大指丫里，还有些猴尿臊气。大圣大吃了一惊道："有这等事！有这等事！我将此字写在撑天柱子上，如何却在他手指上？莫非有个未卜先知的法术。我决不信！不信！等我再去来！"

好大圣，急纵身又要跳出，被佛祖翻掌一扑，把这猴王推出西天门外，将五指化作金、木、水、火、土五座联山，唤名"五行山"，轻轻的把他压住。众雷神与阿傩、迦叶，一个个合掌称扬道：

善哉！善哉！
当年卵化学为人，立志修行果道真。
万劫无移居胜境，一朝有变散精神。
欺天罔上思高位，凌圣偷丹乱大伦[52]。
恶贯满盈今有报，不知何日得翻身。

…………

如来即辞了玉帝众神，与二尊者出天门之外，又发一个慈悲心，念动真言咒语，将五行山，召一尊土地神祇[53]，会同五方揭谛，居住此山监押。但他饥时，与他铁丸子吃；渴时，与他溶化的铜汁饮。待他灾愆[54]满日，自有人救他。正是：

妖猴大胆反天宫，却被如来伏手降。
渴饮溶铜捱岁月，饥餐铁弹度时光。
天灾苦困遭磨折，人事凄凉喜命长。
若得英雄重展挣，他年奉佛上西方。

又诗曰：

伏逞豪强大势兴，降龙伏虎弄乖能。
偷桃偷酒游天府，受箓承恩在玉京[55]。
恶贯满盈身受困，善根不绝气还升。
果然脱得如来手，且待唐朝出圣僧。

毕竟不知向后何年何月，方满灾殃，且听下回分解。

【注释】

①三清：道教所崇奉的三尊神，即玉清元始天尊，上清灵宝天尊，太清道德天尊。

②四帝：道教尊奉的天神，即南极长生大帝，中天紫微北极大帝，勾陈上宫天皇大帝，承天效法土皇神祇，亦称四御，在道教中地位仅次于三清。

③九曜星：指太阳、太阴（月）、火、水、木、金、土、罗睺、计都。

④二十八宿：我国古天文学在黄道带与赤道带的两侧绕天一周，选取二十八个星官作为观测的标志，按方位分为四组，每组七宿，并与苍龙、白虎、朱雀、玄武四种动物形象相配。道教借以附会成天上的二十八个神将，各有职司。

⑤四大天王：东方持国天王，持琵琶；南方增长天王，持宝剑；西方广目天王，持龙；北方多闻天王，持伞。

⑥俯囟：叩头。囟，囟门，位置在头顶的前部中央。

⑦夭夭灼灼：形容桃树花木美盛，色彩鲜艳。《诗·周南·桃夭》："桃之夭夭，灼灼其华。"

⑧酡颜：因饮酒而脸色变红。这里形容熟桃的颜色。

⑨玄都：指唐代长安的玄都观，观内曾种植许多桃树。凡俗种：指人间的普通桃树。

⑩瑶池：古代神话传说昆仑山上的仙池，为西王母所居。王母：即西王母。

⑪九垒：道教洞天有九垒三十六土皇君，第一垒色润地，第二垒刚色地，第三垒石脂色泽地，第四垒润泽地，第五垒金粟泽地，第六垒金刚铁泽地，第七垒水制泽地，第八垒大风泽地，第九垒洞渊无色刚维地，每垒都有四位土皇君，共三十六位。

⑫幽冥教主：即地藏王菩萨，掌管地府。

⑬睖睖睁睁：形容两眼发直、神志痴呆的样子。

⑭觌面：当面。

⑮凤翥鸾腾：鸾凤飞翔。翥，飞。

⑯扆：古代帝王宫殿内置于门窗之间的屏风。

⑰香醪：本为发酵后未经过滤的酒酿，后亦指醇酒。

⑱酕醄：大醉的样子。

⑲残步：谓已接近目的地，差不多远。

⑳燃灯古佛：《大智度论》写他出生时身边一切光明如灯，《瑞应本起经》言释迦牟尼前世曾买五茎莲花供奉他，他预言释迦牟尼历九十一劫后当成佛。

㉑揭谛：佛教称护法刚猛之神。

㉒四值功曹：道教所奉值年、值月、值日、值时四神的总称，专司递送祈禳表文上达天庭之职。

㉓五岳四渎：五岳指东岳泰山、西岳华山、南岳衡山、北岳恒山和中岳嵩山：四渎指长江、黄河、淮河和济水。传说均有神仙居住，各有所司。

㉔罗睺星：九曜之一，旧时星相家认为，日月金木水火土同向运行，罗睺星则反向运行，故相遇即蚀。佛教认为，罗睺是天魔的一种，能用手遮住七曜。

㉕计都星：九曜之一。与罗睺星相对，十八日行天上一度，十八年行一周天，常隐不现，遇其他星即蚀。也是佛教所说的天魔。

㉖五瘟：道教称分管春夏秋冬及总管向人间降病降灾的神。

㉗六丁六甲：道教所奉供天帝役使的神，能行风雷，制鬼神。六丁为阴神，六甲为阳神。

㉘十恶之罪：指谋反、谋大逆、谋叛、恶逆、不道、大不敬、不孝、不睦、不义、内乱等罪。

㉙些些：少许。

㉚东君：所指不一，或神话中仙人东王公，或日神或春神。这里泛指上天。

㉛罔极：没有边际，没有尽头。这里指让玉帝让出天宫。

㉜规箴：规谏劝戒。这里作规矩、法度讲。

㉝三昧火：道教称体内以元精、元气、元神函藏修炼而生成的真火。

㉞熓：熏。

㉟侮：通“捂”，用手遮掩。

㊱混元：指形成天地的原始之气，亦指天地。

㊲渺渺：深远渺茫，没有尽极。无为：顺应自然。浑：同“混”，混同。太乙：即太一，指形成天地的元气。

㊳如如：亦作真如，意为绝对不变的“永恒真理”或本体。初玄：即道家所谓先于天地万物存在而又派生天地万物的“道”。

㊴三皈：皈通“归”，三皈又作“三归依”“三归”，佛教术语。佛教徒入教时必须于师前受“三皈依”，即皈依于佛、法、僧三宝。五戒：亦佛教术语，指佛教在家的男女教徒终身应遵守的五项戒条，即不杀生、不偷盗、不邪淫、不妄语、不饮酒。

㊵太虚：指无边无际的天空。

㊶万相归真：世界上一切事物都要归复本原。相，佛家语，与“性”相对而言，指一切事物的外观形态。真，道家称最原始的天然本性。

㊷同契：投合，契合。双林：地名，在今印度迦夏城阿利罗跋河边，相传为释迦牟尼涅槃处，其地四方各有两棵娑罗树，故称双林。此二句是说，万物的相状都是从“一”派生出的，万物的本原也最终归于一。认识了这一点，就能同如来一样涅槃，进入无始无终、不生不灭的境界。

㊸玄圣界：即仙界。玄圣，仙人。

㊹摩尼珠：摩尼为梵文音译，意译为珠。佛家称佛珠为摩尼珠。《涅槃经》：“摩尼珠，投之浊水，水即为清。”

㊺灵山：即灵鹫山，在古印度摩揭陀国王舍城东北部，因其山顶似鹫状，山中多鹫鸟而得名。相传释迦牟尼曾在此居住并说法多年，因此成为佛教圣地。

㊻雷音宝刹：释迦牟尼讲经的寺院。雷音，传说释迦牟尼的五

种声音之一，犹如狮吼雷震。刹，佛教寺庙。

㊼金刚：为金刚力士的略称，即执金刚杵、守护佛法的天神。

㊽三匝：三周，指行礼往复三次。

㊾禅位：坐禅的位次。

㊿炼魔：使“魔”经历磨难，炼去罪恶。

51阿傩：梵文“阿难陀”音译之略，意译为欢喜、喜庆，为释迦牟尼堂弟，随释迦牟尼出家，侍从二十五年，其学问渊博，在佛弟子中，以多闻第一称。迦叶：梵文“摩诃迦叶波”音译之略，亦作“迦叶波”，“摩诃”是大的意思，故亦译为“大迦叶”，意译为饮光胜尊，释迦牟尼的“十大弟子”之一。本古印度摩揭陀国王舍城人，少欲知足，常修头陀行，后皈依佛教。释迦牟尼逝世后，他与阿傩先后为佛教长老，统率教徒。

52大伦：伦常大道，即古代统治阶级规定的人与人之间关系的根本法则。

53神祇：原指天神和地祇，这里泛指神仙。

54愆：罪过。

55玉京：道教认为天有三十六重，每重天都有天神掌管，玉京是除最上的大罗天和其下的三清天外，其他三十二天的都城，即天帝所居之处。

【集评】

1.（清）黄周星回前评：

凡天之生异人，必先使之与人不同，复纵之无所不至，而后收其功用。所谓千变万化，不出吾宗，绚烂之极，归于平淡也。《西游记》笔墨之纵横，至此回而极矣。前既以“天生圣人”命心猿，而又晋以“齐天大圣”之封号，至矣，尽矣，无以复加矣。文字到此，已觉水尽山穷，乃忽然转出蟠桃园一段，绝处逢生，恍然别有天地，令人心旷神摇。其言蟠桃有三千、六千、九千年熟之不同，而人吃此桃者，功效亦因之。见得此物最奇最贵，虽天上众仙众神，轻易不得望见，而独纵此猴吃之。且将九千年熟者尽吃之，及其私赴蟠桃大会，已偷吃仙酒仙肴矣。大醉信步，何处不可误入，而偏纵之入老君兜率宫，又巧值宫中无人，直入丹房，饱吃仙丹。及逃回山洞，重复上天偷酒，与众妖同享。岂尝实有此人此事哉？作此书者，不过极力描写心猿之灵妙天纵，一至于此。必如此，而复成其为金刚百炼之体；必如此，而后方保得唐僧，上得西天，拜得活佛，取得真经。苟亦如七十二洞之妖，日逐吃些山禽野兽，见一天兵便心惊胆破，又安得有后面许多神通耶？此一回是作者绝大手笔，写得淋漓满志处，岂可技耳？

搅乱天宫，何等大事，乃不过只因桃熟酒香而起。口腹之故甚细，其害乃中于心，遂至如许决裂而不可收拾。人果能无以口腹之害为心害乎？

2.（清）张书绅：

小人闲居为不善，无所不至。

落笔但只注名，先从闲居写起。二寸长的人儿树上睡觉，则小人闲居也。蟠桃、丹酒总写“善”字，小人偷盗则为不善矣。以下先至宝阁，次转长廊，是翻“至”字。然后转到兜率天宫，则天外已至，宜无有不至者矣。明白爽亮，痛快人心，予独以此篇为最。

以大圣的体统，却作此小辈之事，其名则圣，其实则怪。把一座齐天府竟化作傀儡院，读之令人奇绝。

此题原是两句，所以上下亦分作两截。上半是写闲居为不善，下半方转入无所不至，法脉精妙，用意神奇。无处不是“闲居为不善”，无笔不是“无所不至”。尝爱太白《夜宴序》为文章之仙境，读此则如入蓬莱仙岛，无处不是仙境也。

盗则无恶不作，醉则无有不为。以盗写“为不善”，醉写“无所不至”，却是天生的两股柱脚。不知神脉便已顺手照定下意，读之无不令人称快。

3.（明）李卓吾（叶昼伪托）回后总批：

齐天筋斗，只在如来掌上见，出不得如来手也。如来非他，此心之常便是；妖猴非他，此心之变便是。饶他千怪万变，到底不离本来面目。常固常，变亦常耳，万千变态何益！何益！人可不自省？

妖猴刀砍斧剁，雷打火烧，一亭不能伤损，亦有微意。见此性不坏，故《记》中亦已明言之矣。《记》曰：“光明一颗摩尼珠，剑戟刀枪伤不着。也能善，也能恶，眼前善恶凭他作。善时成佛与成仙，恶处披毛并带角。”盖不啻详哉其言之，只要读者着眼耳。

4.（清）黄周星回前评：

一部《西游》一百回，到“五行山下定心猿”，才是第七回耳。然此处乃心猿一小歇脚，譬如演戏者，演完一段，场中锣鼓自应暂停。大众且道心猿为甚至此才定？盖心猿犹火也，火之为物，盈天地间皆是。然生我者木，我生者土，克我者水，我克者金，数者原互为消息。火无木则无父，无土则无子，无金则不见锻炼之功，无水则不见烹调之妙，五行固缺一不可也。前之花果山、水帘洞、铁板桥，宛然五行俱备，是心猿一出世，而即赐与此天造地设之家当矣。此中何尝不可安身乎？无奈妄念横生，自作不靖，不得不思所以安置之。而安置总不得其宜，始而御马监，则偏于火；既而蟠桃园，则偏于木。偏于火，则以火济火而不定；偏于木，则木能生火而益不定，遂致猖狂决裂，不可收拾。至此无计可施，只得请老佛救驾。而老佛亦无他谬巧，惟有用五行山一法。彼知心猿之搅乱，原因五行偏枯而起，今既五行俱全，则不期定而自定。所谓“心病还将心药医”，修其本以胜之者也。一部《西游》，无处不暗合五行，而至此始明明标出。金丹大旨，思过半矣。然则戏场之锣鼓，又安得不至此暂存也哉？

一迂儒问道人云：“如来虽能五行山下定心猿，然此山却是五指所化。既然将心猿压住，不知此指如何收回？”道人笑曰：“如来慈悲度世，渠既舍却一手降魔救驾，想事定之后，惟有断臂而去耳。不然更有何法？”

或问如来：“五行山下既能定心猿，彼老君炉中，独无五行乎？何以不能定也？”曰：炉中虽有五行，然毕竟属火为政：将心猿推入其中，仍是以火济火，二火互煽，弥见其燥酷决裂而已，又安望其定乎？

5.（清）张书绅：

知止而后有定。

大圣自乱蟠桃、反天宫以来，其心狂悖已极，久已目无太上，又何有于如来。殊不知如来者，乃即本来之旧也，此而不识，便是不知，无怪其反乱不定，而至善不可止矣。

大圣之反乱，皆因身无专司，心无定向，所谓闲人是非多也。乘势即作“定”字的来脉反面，何等自然。至如来指化五行，盖即仁义礼智信，乃至善也。以身置此而日夜不迁，则心有定向，而自不乱矣。此五行山之所以定心猿也。

安天一会，乃一部书的大关目，前后有名的大收放。上文至此一结，下文另起一波。妙想天开，匪夷所及，真乃千古之奇文妙笔。太史不能赞一词，孟坚不得易一笔。奇思天纵，有非笔墨口舌之所能道者也。

太上紧对如来，五行紧对八卦。前反后正，章法正相呼应。

【导读】

《西游记》中最著名的故事当属“大闹天宫”，其横跨小说的第4回至第7回，本文所选为第5回“蟠桃大会”全文和第7回“镇压五指山”的部分内容。关于“大闹天宫”所体现的主题意蕴，历代学者说法众多，总体来看，“农民起义说”“童心说”和“反抗说”具有代表性。

著名文学批评家张天翼先生在《〈西游记〉札记》一书中认为，《西游记》“借妖怪们的造反来描写农民起义”，而“大闹天宫”更是现实社会中农民起义在小说中的折射反映，这种说法在当时得到广泛认同，遂形成了“农民起义说”。这种说法不仅将“大闹天宫”与农民起义相连接，更将小说的主体部分“西天取经”与“革命精神”联系，认为《西游记》具有伟大的起义革命精神。然而，诞生于明代的《西游记》实在不可能具备如此前瞻的思想价值，其故事内容与“农民起义”也有较大差别。比如有学者指出，孙悟空没有受到过天庭的任何压迫，而孙悟空单枪匹马的行为和农民的集体反抗也不尽相同。

“童心说”的提法比较悠久，因《西游记》有所谓明代思想家李卓吾的点评，故学界将李贽的“童心者，道心也”看作《西游记》的主旨。当然，学界对点评者“李卓吾”的身份有争议，如今大多数学者认为其为叶昼所托，但无论如何，“童心说”成了主流观点之一。这种观点认为，孙悟空代表着“童心”，他是童趣盎然、没有“机心”的存在，所以他的所有作为都处于童趣，无所谓善恶。他想要什么，就毫无顾忌地去要或偷，谁反对他，他就拿出棍子打谁。因此孙悟空“大闹天宫”的行为可以看作是一种“反抗”。

沿着这种“反抗”的思路，学者们又提出了“维护自由，反抗压迫”的观点，成为教科书的主流。这既是马克思主义反映论的运用，也是其意识形态的产物。周先慎在《孙悟空形象的时代精神和文化意蕴》一文中指出：（孙悟空）本来是自由的……大闹天宫,集中表现了孙悟空蔑视皇权和反对封建等级观念的思想。这种观点与“童心说”有相似之处，都是为了维护自身而反抗压迫，但童心说维护的是自身的“童心”，更具哲学意味，“反抗说”则维护的是自由状态，或者单纯是反抗压迫。其实从孙悟空的出生，尤其是他“目运两道金光，冲斗射府”就已经预示了其与天庭的矛盾，后来的与天庭两次争斗，充分体现了孙悟空挣脱束缚的斗争精神。这种精神也是我国民族品格自身所孕育出来的，早在神话时代就有“精卫填海”“刑天舞干戚”的故事，上古神灵至死都要斗争到底，这种精神一直讴歌至今，起到激励人心的作用。

小说本身的描写也是充满了想象，构建了井然有序的天上王国，展现了人间、天界，仙、妖、佛之间的复杂关系，叙事庞大具体，艺术虚构巧妙，令人真实可感、耳目一新。作者从语言、动作、思维习惯、心理活动等多个角度来刻画孙悟空的性格、形象，完全贴合“猴精”的行为逻辑，给人留下深刻印象。

神狂诛草寇　道昧放心猿[1]

诗曰：

灵台[2]无物谓之清，寂寂全无一念生。
猿马牢收休放荡，精神谨慎莫峥嵘。
除六贼[3]，悟三乘，万缘都罢自分明。
色邪永灭超真界，坐享西方极乐城。

话说唐三藏，咬钉嚼铁，以死命留得一个不坏之身：感蒙行者等，打死蝎子精，救出琵琶洞。一路无词，又早是朱明[4]时节，但见那：

熏风时送野兰香，濯雨才晴新竹凉。
艾叶满山无客采，蒲花盈涧自争芳。
海榴娇艳游蜂喜，溪柳阴浓黄雀狂。
长路那能包角黍，龙舟应吊汨罗江。

他师徒们行赏端阳之景，虚度中天之节，忽又见一座高山阻路。长老勒马回头叫道："悟空，前面有山，恐又生妖怪，是必谨防。"行者等道："师父放心，我等皈命投诚，怕甚妖怪！"长老闻言甚喜，加鞭催骏马，放辔趱蛟龙。须臾，上了山崖，举头观看，真个是：

顶巅松柏接云青，石壁荆榛挂野藤。万丈崔巍，千层悬削。万丈崔巍峰岭峻，千层悬削壑崖深。苍苔碧藓铺阴石，古桧高槐结大林。林深处，听幽禽，巧声睍睆实堪吟。涧内水流如泻玉，路傍花落似堆金。山势恶，不堪行，十步全无半步平。狐狸麋鹿成双遇，白鹿玄猿作对迎。忽闻虎啸惊人胆，鹤鸣震耳透天庭。黄梅红杏堪供食，野草闲花不识名。

四众进山，缓行良久，过了山头，下西坡，乃是一段平阳之地。猪八戒卖弄精神，教沙和尚挑着担子，他双手举钯，上前赶马。那马更不惧他，凭那呆子嗒笤笤的赶，只是缓行不紧。行者道：“兄弟，你赶他怎的？让他慢慢走罢了。”八戒道：“天色将晚，自上山行了这一日，肚里饿了，大家走动些，寻个人家化些斋吃。”行者闻言道：“既如此，等我教他快走。”把金箍棒晃一晃，喝了一声，那马溜了缰，如飞似箭，顺平路往前去了。你说马不怕八戒，只怕行者，何也？行者五百年前曾受玉帝封在大罗天御马监养马，官名弼马温，故此传留至今，是马皆惧猴子。那长老挽不住缰绳，只扳紧着鞍韂，让他跑了，有二十里向开田地，方才缓缓而行。

正走处，忽听得一棒锣声，路两边闪出三十多人，一个个枪刀棍棒，拦住路口道：“和尚那里走！”唬得个唐僧战兢兢坐不稳，跌下马来，跪在路傍草科里，只叫：“大王饶命！大王饶命！”那为头的两个大汉道：“不打你，只是有盘缠留下。”长老方才省悟，知他们是伙强人，却欠身抬头观看。但见他：

一个青脸獠牙欺太岁，一个暴睛圆眼赛丧门。鬓边红发如喷火，颏下黄须似插针。他两个头戴虎皮花磕脑⑤，腰系狐裘彩战裙。一个手中执着狼牙棒，一个肩上横担扢挞藤。果然不亚巴山虎，真个犹如浪水龙。

三藏见他这般凶恶，只得走起来，合掌当胸道：“大王，贫僧是东土唐王差往西天取经者。自别了长安，年深日久，就有些盘缠，也使尽了。出家人专以乞化为由，那得个财帛？万望大王方便方便，让贫僧过去罢。”那两个贼帅众向前道：“我们在这里，起一片虎心，截住要路，专要些财帛，甚么方便方便？你果无财帛，快早脱下衣服，留下白马，放你过去！”三藏道：“阿弥陀佛！贫僧这件衣服，是东家化布，西家化针，零零碎碎化来的。你若剥去，可不害杀我也！只是这世里做得好汉，那世里变畜生哩。”

那贼闻言大怒，掣大棍上前就打。这长老口内不言，心中暗想道：“可怜！你只说你的棍子，还不知我徒弟的棍子哩。”那贼那容分说，举着棒没头没脸的打来。长老一生不会说谎，遇着这急难处，没奈何，只得打个诳语道：“二位大王，且莫动手，我有个小徒弟，在后面就到。他身上有几两银子，把与你罢。”那贼道：“这和尚是也吃不得亏，且捆起来。”众喽啰一齐下手，把一条绳捆了，高高吊在树上。

却说三个撞祸精，随后赶来。八戒呵呵大笑道：“师父去得好快，不知在那里等我们哩。”忽见长老在树上，他又说：“你看师父，等便罢了，却又有这般心肠，爬上树去，扯着藤儿打秋千耍子哩。”行者见了道：“呆子，莫乱谈。师父吊在那里不是？你两个慢来，等我去看看。”好大圣，急登高坡细看，认得是伙强人，心中暗喜道：“造化！造化！买卖上门了！”即转步摇身一变，变做个干干净净的小和尚，穿一领缁衣，年纪只有二八，肩上背着一个蓝布包袱，拽开步，来到前边，叫道：“师父，这是怎么说话？这都是些甚么歹人？”三藏道：“徒弟呀，还不救我一救，还问甚的！”行者道：“是干甚勾当的？”三藏道：“这一伙拦路的，把我截住，要买路钱。因身边无物，遂把我吊在这里，只等你来计较计较。不然，把这匹马送与他罢。”行者闻言笑道：“师父不济。天下也有和尚，似你这样皮松的却少。唐太宗差你往西天见佛，谁教你把这龙马送人？”三藏道：“徒弟呀，似这等吊起来打着要，怎生是好？”行者道：“你怎么与他说来？”三藏道：“他打的我急了，没奈何，把你供出来也。”行者道：“师父，你好没搭撒，你供我怎的？”三藏道：“我说你身边有些盘缠，且教他莫打我，是一时救难的话儿。”行者道：“好到好，承你抬举，正是这样供，若肯一个月供得七八十遭，老孙越有买卖。”

那伙贼见行者与他师父讲话，撒开势，围将上来，道：“小和尚，你师父说你腰里有盘缠，趁早拿出来，饶你们性命！若道半个‘不’字，就都送了你的残生！”行者放下包袱道：“列位长官，不要嚷。盘缠有些在此包袱，不多，只有马蹄金二十来锭，粉面银二三十锭，散碎的未曾见数。要时就连包儿拿去，切莫打我师父。古书云：‘德者，本也，财者，末也。’此是末事。我等出家人自有化处。若遇着个斋僧的长者，衬钱也有，衣服也有，能用几何？只望放下我师父来，我就一并奉承。”那伙贼闻言，都甚欢喜道：“这老和尚悭吝，这小和尚倒还慷慨。”教：“放下来。”

那长老得了性命，跳上马，顾不得行者，操着鞭，一直跑回旧路。

行者忙叫道：“走错路了。”提着包袱就要追去。那伙贼拦住道：“那里走！将盘缠留下，免得动刑！”行者笑道：“说开盘缠，须三分分之。”那贼头道：“这小和尚忒乖，就要瞒着他师父留起些儿。也罢，拿出来看。若多时，也分些与你背地里买果子吃。”行者道：“哥呀，不是这等说。我那里有甚盘缠。说你两个打劫别人的金银，是必分些与我。”那贼闻言大怒，骂道：“这和尚不知死活！你到不肯与我，反问我要！呸！看打！”抡起一条扢挞藤棍，照行者光头上打了七八下。行者只当不知，且满面赔笑道：“哥呀，若是这等打，就打到来年，打罢春，也是不当真的。”那贼大惊道：“这和尚好硬头！”行者笑道：“不敢不敢，承过奖了，也将就看得过。”那贼那容分说，两三个一齐乱打，行者道：“列位息怒，等我拿出来。”

好大圣，耳中摸一摸，拔出一个绣花针儿道：“列位，我出家人果然不曾带得盘缠，只这个针儿送你罢。”那贼道：“晦气呀，把一个富贵和尚放了，却拿住这个穷秃驴！你好道会做裁缝，我要针做甚的？”行者听说不要，就拈在手中，幌了一幌，变作碗来粗细的一条棍子。那贼害怕道：“这和尚生得小，倒会弄术法儿。”行者将棍子插在地下道：“列位，拿得动，就送你罢。”两个贼上前抢夺，可怜就如蜻蜓撼石柱，莫想弄动半分毫。这条棍，本是如意金箍棒，天秤称的，一万三千五百斤重，那伙贼怎么知得。大圣走上前，轻轻的拿起，丢一个蟒翻身拗步势，指着强人道：“你都造化低，遇着我老孙了！”那贼上前来，又打了五六十下。行者笑道：“你也打得手困了，且让老孙打一棒儿，却休当真。”你看他展开棍子，晃一晃，有井栏粗细，七八丈长短，荡的一棍，把一个打倒在地，嘴唇揞土，再不做声。那一个开言骂道：“这秃厮，老大无礼！盘缠没有，转伤我一个人！”行者笑道：

"且消停，且消停！待我一个个打来，一发教你断了根罢！"荡的又一棍，把第二个又打死了，唬得那众喽啰撇枪弃棍，四路逃生而走。

却说唐僧骑着马，往东正跑，八戒、沙僧拦住道："师父，往那里去？错走路了。"长老兜马道："徒弟啊，趁早去与你师兄说，教他棍下留情，莫要打杀那些强盗。"八戒道："师父住下，等我去来。"呆子一路跑到前边，厉声高叫道："哥哥，师父教你莫打人哩。"行者道："兄弟，那曾打人？"八戒道："那强盗往那里去了？"行者道："别个都散了，只是两个头儿在这里睡觉哩。"八戒笑道："你两个遭瘟的！好道是熬了夜，这般辛苦，不往别处睡，却睡在此处！"呆子行到身边，看看道："到与我是一起的干净，张着口睡，淌出些粘涎来了。"行者道："是老孙一棍子打出豆腐来了。"八戒道："人头上又有豆腐？"行者道："打出脑子来了！"

八戒听说打出脑子来，慌忙跑转去对唐僧道："散了伙也！"三藏道："善哉！善哉！往那条路上去了？"八戒道："打也打得直了脚，又会往那里去走哩！"三藏道："你怎么说散火？"八戒道："打杀了，不是散火，是甚的？"三藏问："打的怎么模样？"八戒道："头上打了两个大窟窿。"三藏教："解开包，取几文衬钱，快去那里讨两个膏药，与他两个贴贴。"八戒笑道："师父好没正经，膏药只好贴得活人的疮肿，那里好贴得死人的窟窿。"三藏道："真打死了？"就恼起来，口里不住的絮絮叨叨，猢狲长，猴子短，兜转马，与沙僧、八戒至死人前，见那血淋淋的，倒卧山坡之下。

这长老甚不忍见，即着八戒："快使钉钯筑个坑子埋了，我与他念卷《倒头经》。"八戒道："师父左使[6]了人也。行者打杀人，还该教他去烧埋，怎么教老猪做土工？"行者被师父骂恼了，喝着八戒道："泼懒夯货！趁早儿去埋！迟了些儿，就是一棍！"呆子慌了，往山坡下筑了有三尺深，下面都是石脚石根，扛住钯齿，呆子丢了钯，便把嘴拱，拱到软处，一嘴有二尺五，两嘴有五尺深，把两个贼尸埋了，盘作一个坟堆。三藏叫："悟空，取香烛来，待我祷祝，好念经。"行者努着嘴道："好不知趣！这半山之中，前不爬[7]村，后不着店，那讨香烛？就有钱也无处去买。"三藏恨恨的道："猴头过去！等我撮土焚香祝告。"这是三藏离鞍悲野冢，圣僧善念祝荒坟。

祝云：

> 拜惟好汉，听祷原因：念我弟子，东土唐人。奉太宗皇帝旨意，上西方求取经文。适来此地，逢尔多人，不知是何府何州何县，都在此山内结党成群。我以好话，哀告殷勤。尔等不听，返善生嗔。却遭行者，棍下伤身。切念尸骸暴露，吾随掩土盘坟。折青竹为香烛，无光彩，有心勤：取顽石作施食，无滋味，有诚真。你到森罗殿下兴词，倒树寻根。他姓孙，我姓陈，各居异姓。冤有头，债有主，切莫告我取经僧人。

八戒笑道："师父推了干净，他打时却也没有我们两个。"三藏真个又撮土祝告道："好汉告状，只告行者，也不干八戒、沙僧之事。"大圣闻言，忍不住笑道："师父，你老人家忒没情义。为你取经，我费了多少殷勤劳苦，如今打死这两个毛贼，你倒教他去告老孙。虽是我动手打，却也只是为你。你不往西天取经，我不与你做徒弟，怎么会来这里？会打杀人？索性等我祝他一祝。"揝着铁棒，望那坟上捣了三下道："遭瘟的强盗，你听着：我被你前七八棍，后七八棍，打得我不疼不痒的，触恼了性子，一差二误，将你打死了，尽你到那里去告，我老孙实是不怕。玉帝认得我，天王随得我，二十八宿惧我，九曜星官怕我，府县城隍跪我，东岳天齐怖我；十代阎君曾与我为仆从，五路猖神曾与我当后生；不论三界五司，十方诸宰，都与我情深面熟，随你那里去告！"三藏见说出这般恶话，却又心惊道："徒弟呀，我这祷祝，是教你体好生之德，为良善之人，你怎么就认真起来？"行者道："师父，这不是好耍子的勾当，且和你赶早寻宿去。"那长老只得怀嗔上马。

孙大圣有不睦之心，八戒、沙僧亦有嫉妒之意，师徒都面是背非，依大路向西正走，忽见路北下有一座庄院。三藏用鞭指定道："我们到那里借宿去。"八戒道："正是。"遂行至庄舍边，下马看时，却也好个住场，但见：

野花盈径，杂树遮扉。远岸流山水，平畦种麦葵。蒹葭露润轻鸥宿，杨柳风微倦鸟栖。青柏间松争翠碧，红蓬映蓼斗芳菲。村犬吠，晚鸡啼，牛羊食饱牧童归。爨烟[8]结雾黄粱熟，正是山家入暮时。

长老向前，忽见那村舍门里走出一个老者，即与相见，道了问讯。那老者问道："僧家从那里来？"三藏道："贫僧乃东土大唐钦差往西天求经者。适路过宝方，天色将晚，特来檀府告宿一宵。"老者笑道："你贵处到我这里，程途迢递，怎么涉水登山，独自到此？"三藏道："贫僧还有三个顽徒同来。"老者问："高徒何在？"三藏用手指道："那大路傍立的便是。"老者猛抬头，看见他面貌丑陋，急回身往里就走，被三藏扯住道："老施主，千万慈悲，告借一宿！"老者战兢兢，钳口难言，摇着头，摆着手道："不像、不像人模样！是几、是几个妖精！"三藏赔笑道："施主，切休恐惧，我徒弟生得是这等相貌，不是妖精！"老者道："爷爷呀，一个夜叉，一个马面，一个雷公！"行者闻言，厉声高叫道："雷公是我孙子，夜叉是我重孙，马面是我玄孙哩。"那老者听见，魄散魂飞，面容失色，只要进去。三藏搀住他，同到草堂，赔笑道："老施主，不要怕他。他都是这等粗鲁，不会说话。"

正劝解处，只见后面走出一个婆婆，携着五六岁的一个小孩儿，道："爷爷，为何这般惊恐？"老者才叫："妈妈，看茶来。"那婆婆真个丢了孩儿，入里面捧出二盅茶来。茶罢，三藏却转下来，对婆婆作礼道："贫僧是东土大唐差往西天取经的，才到贵处，拜求尊府借宿，因是我三个徒弟貌丑，老家长见了虚惊也。"婆婆道："见貌丑的就这等虚惊，若见了老虎豺狼，却怎么好？"老者道："妈妈呀，人面丑陋还可，只是言语一发吓人。我说他像夜叉马面、雷公，他吆喝道，雷公是他孙子，夜叉是他重孙，马面是他玄孙。我听此言，故然悚惧。”唐僧道：“不是，不是。像雷公的，是我大徒孙悟空：像马面的，是我二徒猪悟能：像夜叉的，是我三徒沙悟净。他们虽是丑陋，却也秉教沙门，皈依善果，不是甚么恶魔毒怪，怕他怎么。”

公婆两个闻说他名号，皈正沙门之言，却才定性回惊，教：“请来，请来。”长老出门叫来，又分付道：“适才这老者甚恶你等，今进去相见，切勿抗礼，各要尊重些。”八戒道：“我俊秀，我斯文，不比师兄撒泼。”行者笑道：“不是嘴长耳大脸丑，便也是一个好男子。”沙僧道：“莫争讲，这里不是那耍乖弄俏之处，且进去，且进去。”遂此把行囊马匹都到草堂上，普同唱了个喏，坐定。那妈妈儿贤慧，即便携转小儿，分付煮饭，安排一顿素斋他师徒吃了。渐渐晚了，又掌起灯来，都在草堂上闲叙。长老才问：“施主高姓？”老者道：“姓杨。”又问年纪。老者道：“七十四岁。”又问：“几位令郎？”老者道：“止得一个，适才妈妈携的是小孙。”长老：“请令郎相见拜揖。”老者道：“那厮不中拜。老拙命苦，养不着他，如今不在家了。”三藏道：“何方生理？”老者点头而叹：“可怜！可怜！若肯何方生理，是吾之幸也。那厮专生恶念，不务本等，专好打家截道，杀人放火！相交的都是些狐群狗党！自五日之前出去，至今未回。”

三藏闻说，不敢言喘，心中暗想道：“或者悟空打杀的就是也。”长老神思不安，欠身道：“善哉！善哉！如此贤父母，何生恶逆儿！”行者近前道：“老官儿，似这等不良不肖、奸盗邪淫之子，连累父母，要他何用！等我替你寻他来打杀了罢。”老者道：“我待也要送了他，奈何再无一个人丁，总是不才，一定还留他与老汉掩土。”沙僧与八戒笑道：“师兄莫管闲事，你我不是官府。他家不肯，与我何干！且告施主，见赐一束草儿，在那厢打铺睡觉，天明走路。”老者即起身，着沙僧到后园里拿两个稻草，教他们在园中草团瓢[9]内安歇。行者牵了马，八戒挑了行李，同长老俱到团瓢内安歇，不提。

却说那伙贼内，果有老杨的儿子。自天早在山前被行者打死两个贼首，他们都四奔逃生，约摸到四更时候，又结了一伙，在门前打门。老者听得门响，即披衣道：“妈妈，那厮每来也。”妈妈道：“既来，你去开门，放他来家。”老者方才开门，只见那一伙贼都嚷道：“饿了！饿了！”这老杨的儿子忙入里面，叫起他妻来打米煮饭。却厨下无柴，往后园里拿柴，到厨房里问妻道：“后园里白马是那里的？”其妻道：“是东土取经的和尚，昨晚至此借宿，公公婆婆管待他一顿晚斋，教他在草团瓢内睡哩。”那厮闻言，走出草堂，拍手打掌笑道：“兄弟们，造化！造化！冤家在我家里也！”众贼道：“那个冤家？”那厮道：“却是打死我们头儿的和尚，来我家借宿，现睡在草团瓢里。”众贼道：“却好！却好！拿住这些秃驴，一个个剁成肉酱，一则得那行囊白马，二来与我们头儿报仇。”那厮道：“且莫忙，你们且去磨刀。等我煮饭熟了，大家吃饱些，一齐下手。”真个那些贼磨刀的磨刀，磨枪的磨枪。

那老儿听得此言，悄悄的走到后园，叫起唐僧四位道：“那厮领众来了，知得汝等在此，意欲图害，我老拙念你远来，不忍伤害，快早收拾行李，我送你往后门出去罢。”三藏听说，战兢兢的叩头谢了老者，即唤八戒牵马，沙僧挑担，行者拿了九环锡杖。老者开后门放他去了，依旧悄悄的来前睡下。

却说那厮每，磨快了刀枪，吃饱了饭食，时已五更天气，一齐来到园中看处，却不见了。即忙点灯着火，寻勾多时，四无踪迹，但见后门开着，都道：“从后门走了！走了！”发一声喊，“赶将上来。”一个个如飞似箭，直赶到东方日出，却才望见唐僧。那长老忽听得喊声，回头观看，后面有二三十人，枪刀簇簇而来，便叫：“徒弟啊，贼兵追至，怎生奈何！”行者道：“放心！放心！老孙了他去来。”三藏勒马道：“悟空，切莫伤人，只吓退他便罢。”行者那肯听信，急掣棒回首相迎道：“列位那里去？”众贼骂道：“秃厮无礼！还我大王的命来！”那厮每圈子阵，把行者围在中间，举枪刀乱砍乱搠。这大圣把金箍棒晃一晃，碗来粗细，把那伙贼打得星落云散，搪着的就死，挽着的就亡，磕着的骨折，擦着的皮伤，乖些的跑脱几个，痴些的都见阎王！

三藏在马上，见打倒许多人，慌的放马奔西。猪八戒、沙和尚，紧随鞭镫而去。行者问那不死带伤的贼人道："那个是那杨老儿的儿子？"那贼哼哼的告道："爷爷，那穿黄的是！"行者上前夺过刀来，把个穿黄的割下头来，血淋淋提在手中，收了铁棒，拽开云步，赶到唐僧马前，提着头道："师父，这是杨老儿的逆子，被老孙取将首级来也。"三藏见了，大惊失色，慌得跌下马来，骂道："这泼猢狲！唬杀我也！快拿过！快拿过！"八戒上前，将人头一脚踢下路旁，使钉钯筑些土盖了。沙僧放下担子，搀着唐僧道："师父请起。"那长老在地下正了性，口中念起紧箍儿咒来，把个行者勒得耳红面赤，眼胀头昏，在地下打滚，只教："莫念！莫念！"那长老念勾有十余遍，还不住口。行者翻筋斗，竖蜻蜓，疼痛难禁，只叫："师父饶我罪罢！有话便说，莫念！莫念！"三藏却才住口道："没话说，我不要你跟了，你回去罢！"行者忍疼磕头道："师父，怎的就赶我去耶？"三藏道："你这泼猴，凶恶太甚，不是个取经之人。昨日在山坡下打死那两个贼头，我已怪你不仁。及晚了，到老者之家，蒙他赐斋借宿，又蒙他开后门放我等逃了性命，虽然他的儿子不肖，与我无干，也不该就枭他首，况又杀死多人，坏了多少生命，伤了天地多少和气。屡次劝你，便无一毫善念，要你何为！快走！快走！免得又念真言！"行者害怕，只教："莫念，莫念！我去也！"说声去，一路筋斗云，无影无踪，遂不见了。咦！这正是：

心有凶狂丹不熟，神无定位道难成。

毕竟不知那大圣投向何方，且听下回分解。

【注释】

①《西游记》第56回。

②灵台：指心。

③六贼：指佛语，即色、声、香、味、触、法六尘。谓此六尘能以眼、耳等六根为媒介，劫掠"法财"，损害善性，故称。

④朱明：夏季。

⑤磕脑：头巾。

⑥左使：作弄。

⑦爬：用同“巴”，靠近、贴近。

⑧爨烟：炊烟。爨，烧火煮饭。

⑨草团瓢：草屋。

【集评】

（清）张书绅评：

行者打之可矣，取首级则太过，所以谓之神狂：三藏咒之可矣，逐之则不可，所以谓之道昧。

道昧，实心昧也，是者听之而不知其为是，非者听之而又岂知其为非？两端疑似，莫知从入，翻不聪奇绝。

风月烟花，原本邪淫声妓之所在，故曰琵琶洞。此地盘桓，有何德音之可听？巢由洗耳正在此时。无如淫声悦耳，遂不察其可否，且因此而手舞足蹈，以致神狂道昧，此脉之所由来也。

【导读】

这部分的内容是师徒一路向西，行到一处，悟空让唐僧暂坐歇息，自己前去化斋，回来后发现唐僧被一伙强盗绑架后吊在树上，悟空使用法术救下唐僧，打死两个强盗，唐僧责备悟空，悟空心中不平。

当天晚上，借住在一个老人家的家里，老人的儿子原来和强盗是一伙的，发现悟空后，便打算谋财报仇。

老人知道后给唐僧一伙报信，师徒得以走脱。后来强盗追上来，被悟空打得死伤，老人的儿子亦被割下头，唐僧大惊，先念起紧箍咒，使悟空疼痛难忍，又赶走了他。孙悟空见多次求情未果，只能离开了唐三藏。

《西游记》中，师徒四人一路降妖除魔，终成正果。人与妖魔的斗争有两个方面的象征意味：一方面，代表人间正义与邪恶的斗争。

另一方面，象征人心内部的善恶斗争。

标题中的“昧”字，有论者认为是指唐三藏的，认为他有点愚善，心不自觉被蒙蔽了，却不自知，就像“三打白骨精”中不分人妖，驱逐一心护持的悟空。本部分中所诛六寇，本身是罪恶的代表，自视高僧的三藏坚持自己对于文字教条化的理解，驱逐了大徒弟，这就是昧。

关于“草寇”，有人认为可以将其作为六识，指眼识、耳识、鼻识、舌识、身识、意识六种，是“六贼”——色、声、香、味、触、法六种客观物质对象在心里的反映，因此“草寇”尽灭具有心性修持的象征意义。六识并不是自己的本性真心，乃是客尘污染后产生的幻心。这些草寇不仅贪爱钱财，也贪爱人的意志，要抢夺唐僧的白龙马。悟空为取经事业劳心费力，但悟空除寇的做法，被唐僧误解乃至被赶走，产生了退悔之心，要求菩萨解除他的“金箍圈”，好让他重回花果山，过他逍遥自在的生活。观音菩萨以她大慈悲心肠，劝戒悟空回到唐僧身边，以求正果。悟空得到慈悲心的帮助，才重新安下心来，静以观变。其实，唐僧取经，离不开悟空的帮助。他的成功，是悟空的愿心成就的，需要悟空的帮助才能落到实处，师徒一心，才能完成取经之心愿，就是说师徒要勠力同心，否则会生祸端。

三　言

明代较早成就较高的拟话本，著名的有《喻世明言》《醒世恒言》《警世通言》，简称“三言”。冯梦龙（1574—1646），字犹龙，又字耳犹、子犹，自号龙子犹、墨憨斋主人、顾曲散人、平平阁主人等，别署姑苏词奴、绿天馆主人、可一居士、香月居主人、詹詹外史。明朝南直隶苏州府长洲县（今江苏省苏州市）人。中国明代文学家、思想家、戏曲家。“吴下三冯”之一。

冯梦龙思想上受王守仁、李贽影响，强调真挚的情感，反对虚伪礼教。主张以“情教”取代“宗教”，重视文学的教化作用。其家多藏书，辑有《三遂平妖传》《智囊》《广笑府》《春秋指目》《古今谭概》《墨憨斋定本传奇》等。冯梦龙用毕生精力搜集、整理、编写、刊行通俗文学，改订、出版的小说、戏曲和民歌数十余种。

选文参照齐鲁书社1993年版《三言》。

蒋兴哥重会珍珠衫[1]

仕至千钟非贵，年过七十常稀，

浮名身后有谁知？万事空花游戏。

休逞少年狂荡，莫贪花酒便宜。

脱离烦恼是和非，随分安闲得意。

这首词名为《西江月》，是劝人安分守己，随缘作乐，莫为酒、色、财、气四字，损却精神，亏了行止。求快活时非快活，得便宜处失便宜。说起那四字中，总到不得那“色”字利害。眼是情媒，心为欲种。起手时，牵肠挂肚，过后去，丧魄销魂。假如墙花路柳，偶然适兴，无损于事。若是生心设计，败俗伤风，只图自己一时欢乐，却不顾他人的百年恩义。假如你有娇妻爱妾，别人调戏上了，你心下如何？古人有四句道得好：

人心或可昧，天道不差移。

我不淫人妇，人不淫我妻。

看官，则今日听我说《珍珠衫》这套词话[2]，可见果报不爽，好教少年子弟做个榜样。话中单表一人，姓蒋名德，小字兴哥，乃湖广襄阳府枣阳县人氏。父亲叫做蒋世泽，从小走熟广东做客买卖。因为丧了妻房罗氏，止遗下这兴哥，年方九岁，别无男女。这蒋世泽割舍不下，又绝不得广东的衣食道路，千思百计，无可奈何，只得带那九岁的孩子同行作伴，就教他学些乖巧。这孩子虽则年小，生得：

眉清目秀，齿白唇红；行步端庄，言辞敏捷；聪明赛过读书家，伶俐不输长大汉。人人唤做粉孩儿，个个羡他无价宝。

蒋世泽怕人妒忌，一路上不说是嫡亲儿子，只说是内侄罗小官人。原来罗家也是走广东的，蒋家只走得一代，罗家到走过三代了。那边客店牙行，都与罗家世代相识，如自己亲眷一般。这蒋世泽做客，起头也还是丈人罗公领他走起的。因罗家近来屡次遭了屈官司，家道消乏，好几年不曾走动。这些客店牙行见了蒋世泽，那一遍不动问罗家消息，好生牵挂。今番见蒋世泽带个孩子到来，问知是罗家小官人，且是生得十分清秀，应对聪明，想着他祖父三辈交情，如今又是第四辈了，那一个不欢喜。

闲话休题。却说蒋兴哥跟随父亲做客，走了几遍，学得伶俐乖巧，生意行中，百般都会，父亲也喜不自胜。何期到一十七岁上，父亲一病身亡，且喜刚在家中，还不做客造之鬼。兴哥哭了一场，免不得揩干泪眼，整理大事。殡殓之外，做些功德超度。自不必说。七七四十九日内，内外宗亲都来吊孝。本县有个王公，正是兴哥的新岳丈，也来上门祭奠，少不得蒋门亲戚陪侍叙话。中间说起："兴哥少年老成，这般大事，亏他独力支持。"因话随话间，就有人撺掇道："王老亲翁，如今令爱也长成了，何不乘凶完配，教他夫妇作伴，也好过日。"王公未肯应承，当日相别去了。众亲戚等安葬事毕，又去撺掇兴哥。兴哥初时也不肯，却被撺掇了几番，自想孤身无伴，只得应允。央原媒人往王家去说，王公只是推辞，说道："我家也要备些薄薄妆奁，一时如何来得？况且孝未期年[③]，于礼有碍，便要成亲，且待小祥[④]之后再议。"媒人回话，兴哥见他说得正理，也不相强。

光阴如箭，不觉周年已到。兴哥祭过了父亲灵位，换去粗麻衣服，再央媒人王家去说，方才依允。不隔几日，六礼完备，娶了新妇进门。有《西江月》为证：

孝幕翻成红幕，色衣换去麻衣。
画楼结彩烛光辉，和卺[⑤]花筵齐备。
那羡妆奁富盛，难求丽色娇妻。

今宵云雨足欢娱，来日人称恭喜。

说这新妇是王公最幼之女，小名唤做三大儿；因他是七月七日生的，又唤做三巧儿。王公先前嫁过的两个女儿，都是出色标致的。枣阳县中，人人称羡，造出四句口号[6]，道是：

天下妇人多，王家美色寡。
有人娶着他，胜似为附马。

常言道："做买卖不着，只一时，讨老婆不着，是一世。"若干官宦大户人家，单拣门户相当，或是贪他嫁资丰厚，不分皂白，定了亲事。后来娶下一房奇丑的媳妇，十亲九眷面前，出来相见，做公婆的好没意思。又且丈夫心下不喜，未免私房走野[7]。偏是丑妇极会管老公，若是一般见识的，便要反目；若使顾惜体面，让他一两遍，他就做大起来。有此数般不妙，所以蒋世泽闻知王公惯生得好女儿，从小便送过财礼，定下他幼女与儿子为婚。今日娶过门来，果然娇资艳质，说起来，比他两个姐儿加倍标致。正是：

吴宫西子不如，楚国南威[8]难赛。
若比水月观音，一样烧香礼拜。

蒋兴哥人才本自齐整，又娶得这房美色的浑家，分明是一对玉人，良工琢就，男欢女爱，比别个夫妻更胜十分。三朝之后，依先换了些浅色衣服，只推制中，不与外事，专在楼上与浑家成双捉对，朝暮取乐，真个行坐不离，梦魂作伴。自古苦日难熬，欢时易过，暑往寒来，早已孝服完满，起灵除孝，不在话下。

兴哥一日间想起父亲存日广东生理，如今担阁三年有余了，那边还放下许多客帐，不曾取得。夜间与浑家商议，欲要去走一道。浑家初时也答应道："该去。"后来说到许多路程，恩爱夫妻，何忍分离？不觉两泪交流。兴哥也自割舍不得，两下凄惨一场，又丢开了。如此已非一次。

光阴荏苒，不觉又捱过了二年。那时兴哥决意要行，瞒过了浑家，在外面暗暗收拾行李。拣了个上吉的日期，五日前方对浑家说知，道："常言'坐吃山空'，我夫妻两口，也要成家立业，终不然抛了这行衣食道路？如今这二月天气，不寒不暖，不上路更待何时？"浑家料是留他不住了，只得问道："丈夫此去几时可回？"兴哥道："我这番出外，甚不得已，好歹一年便回，宁可第二遍多去几时罢了。"浑家指着楼前一棵椿树道："明年此树发芽，便盼着官人回也。"说罢，泪下如雨。兴哥把衣袖替他揩拭，不觉自己眼泪也挂下来。两下里怨离惜别，分外恩情，一言难尽。

到第五日，夫妇两个啼啼哭哭，说了一夜的说话，索性不睡了。五更时分，兴哥便起身收拾，将祖遗下的珍珠细软，都交付与浑家收管，自己只带得本钱银两、帐目底本及随身衣服、铺陈之类，又有预备下送礼的人事，都装叠得停当。原有两房家人，只带一个后生些的去；留一个老成的在家，听浑家使唤，买办日用。两个婆娘，专管厨下。又有两个丫头，一个叫晴云，一个叫暖雪，专在楼中伏待，不许远离。分付停当了，对浑家说道："娘子耐心度日。地方轻薄子弟不少，你又生得美貌，莫在门前窥瞰，招风揽火。"浑家道："官人放心，早去早回。"两下掩泪而别。正是：

世上万般哀苦事，无非死别与生离。

兴哥上路，心中只想着浑家，整日的不瞅不睬[9]。不一日，到了广东地方，下了客店。这伙旧时相识都来会面，兴哥送了些人事[10]。排家[11]的治酒接风，一连半月二十日，不得空闲。兴哥在家时，原是淘虚了身子，一路受些劳碌，到此未免饮食不节，得了个疟疾，一夏不好，秋间转成水痢。每日请医切脉，服药调治，直延到秋尽，方得安痊。把买卖都担阁了，眼见得一年回去不成。正是：

只为蝇头微利，抛却鸳被良缘。

兴哥虽然想家，到得日久，索性把念头放慢了。

不提兴哥做客之事。且说这里浑家王三巧儿，自从那日丈夫分付了，果然数月之内，目不窥户，足不下楼。

光阴似箭，不觉残年将尽，家家户户，闹轰轰的暖火盆，放爆竹，吃合家欢耍子。三巧儿触景伤情，思想丈夫，这一夜好生凄楚！正合古人的四句诗，道是：

腊尽愁难尽，春归人未归。

朝来嗔寂寞，不肯试新衣。

明日正月初一日，是个岁朝。晴云、暖雪两个丫头，一力劝主母在前楼去看看街坊景象。原来蒋家住宅前后通连的两带楼房，第一带临着大街，第二带方做卧室，三巧儿闲常只在第二带中坐卧。这一日被丫头们撺掇不过，只得从边厢里走过前楼，分付推开窗子，把帘儿放下，三口儿在帘内观看。这日街坊上好不闹杂！三巧儿道："多少东行西走的人，偏没个卖卦先生在内：若有时，唤他来卜问官人消息也好。"晴云道："今日是岁朝，人人要闲耍的，那个出来卖卦？"暖雪叫道："娘限在我两个身上，五日内包唤一个来占卦便了。"

到初四日，早饭过后，暖雪下楼小解，忽听得街上当当的敲响。响的这件东西，唤做"报君知"，是瞎子卖卦的行头。暖雪等不及解完，慌忙检了裤腰，跑出门外，叫住了瞎先生，拨转脚头一口气跑上楼来，报知主母。三巧儿分付："唤在楼下坐启[12]内坐着，讨他课钱。"通陈过了，走下楼梯，听他剖断。那瞎先生占成一卦，问是何用。那时厨下两个婆娘，听得热闹，也都跑将来了，替主母传语道："这卦是问行人的。"瞎先生道："可是妻问夫么？"婆娘道："正是。"先生道："青龙治世，财爻发动。若是妻问夫，行人在半途，金帛千箱有，风波一点无。青龙属木，木旺于春，立春前后，已动身了。月尽月初，必然回家，更兼十分财采。"三巧儿叫买办的，把三分银子打发他去，欢天喜地，上楼去了。真所谓"望梅止渴""画饼充饥"。

大凡人不做指望，到也不在心上：一做指望，便痴心妄想，时刻难过。三巧儿只为信了卖卦先生之语，一心只想丈夫回来，从此时常走向前楼，在帘内东张西望。直到二月初旬，椿树抽芽，不见些儿动静。三巧儿思想丈夫临行之约，愈加心慌，一日几遍，向外探望。也是合当有事，遇着这个俊俏后生。正是：

有缘千里能相会，无缘对面不相逢。

这个俊俏后生是谁？原来不是本地，是徽州新安县人氏，姓陈名商，小名叫做大喜哥，后来改口呼为大郎。年方二十四岁，且是生得一表人物，虽胜不得宋玉、潘安，也不在两人之下。这大郎也是父母双亡，凑了二、三千金本钱，来走襄阳贩籴些米豆之类，每年常走一遍。他下处[13]自在城外，偶然这日进城来，要到大市街汪朝奉[14]典铺中问个家信。那典铺正在蒋家对门，因此经过。你道怎生打扮？头上带一项苏样的百柱鬃帽，身上穿一件鱼肚白的湖纱道袍，又恰好与蒋兴哥平昔穿着相像。三巧儿远远瞧见，只道是他丈夫回了，揭开帘子，定睛而看。陈大郎抬头，望见楼上一个年少的美妇人，目不转睛的，只道心上欢喜了他，也对着楼上丢个眼色。谁知两个都错认了。三巧儿见不是丈夫，羞得两颊通红，忙忙把窗儿拽转，跑在后楼，靠着床沿上坐地[15]，兀自心头突突的跳个不住。谁知陈大郎的一片精魂，早被妇人眼光儿摄上去了。回到下处，心心念念的放他不下，肚里想道："家中妻子，虽是有些颜色，怎比得妇人一半！欲待通个情款，争奈无门可入。若得谋他一宿，就消花这些本钱，也不枉为人在世。"叹了几口气，忽然想起大市街东巷，有个卖珠子的薛婆，曾与他做过交易。这婆子能言快语，况且日逐串街走巷，那一家不认得？须是与他商议，定有道理。这一夜翻来覆去，勉强过了。

次日起个清早，只推有事，讨些凉水梳洗，取了一百两银子、两大锭金子，急急的跑进城来。这叫做：

欲求生受用，须下死工夫。

陈大郎进城，一径来到大市街东巷，去敲那薛婆的门。薛婆蓬着头，正在天井里拣珠子，听得敲门，一头收过珠包，一头问道："是谁？"才听说出"徽州陈"三字，慌忙开门请进，道："老身未曾梳洗，不敢为礼了。大官人起得好早！有何贵干？"陈大郎道："特特而来，若迟时，怕不相遇。"薛婆道："可是作成老身出脱些珍珠首饰么？"陈大郎道："珠子也要买，还有大买卖作成你。"薛婆道："老身除了这一行货，其余都不熟惯。"陈大郎道："这里可说得话么？"薛婆便把大门关上，请他到小阁儿坐着，问道："大官人有何分付？"大郎见四下无人，便向衣袖里摸出银子，解开布包，摊在桌上，道："这一百两白银，干娘收过了，方才敢说。"婆子不知高低，那里肯受。大郎道："莫非嫌少？"慌忙又取出黄灿灿的两锭金子，也放在桌上，道："这十两金子，一并奉纳。若干娘再不收时，便是故意推调了。今日是我来寻你，非是你来求我。只为这桩大买卖，不是老娘成不得，所以特地相求。便说做不成时，这金银你只管受用，终不然我又来取讨，日后再没相会的时节了，我陈商不是恁般小样的人！"

看官，你说从来做牙婆[16]的那个不贪钱钞？见了这股黄白之物，如何不动火？薛婆当时满脸堆下笑来，便道："大官人休得错怪，老身一生不曾要别人一厘一毫不明不白的钱财。今日既承大官人分付，老身权且留下：若是不能效劳，依旧奉纳。"说罢，将金锭放银包内，一齐包起，叫声："老身大胆了。"拿向卧房中藏过，忙踅[17]出来，道："大官人，老身且不敢称谢，你且说甚么买卖，用着老身之处？"大郎道："急切要寻一件救命之宝，是处都无，只大市街上一家人家方有，特央干娘去借借。"婆子笑将起来道："又是作怪！老身在这条巷住过二十多年，不曾闻大市街有甚救命之宝。大官人你说，有宝的还是谁家？"大郎道："敝乡里汪三朝奉典铺对门高楼子内是何人之宅？"婆子想了一回，道："这是本地蒋兴哥家里。他男子出外做客一年多了，止有女眷在家。"大郎道："我这救命之宝，正要问他女眷借借。"便把椅儿掇近了婆子身边，向他诉出心腹，如此如此。

婆子听罢，连忙摇首道："此事大难！蒋兴哥新娶这房娘子，不上四年，夫妻两个如鱼似水，寸步不离。如今没奈何出去了，这小娘子足不下楼，甚是贞节。因兴哥做人有些古怪，容易嗔嫌，老身辈从不曾上他的阶头。连这小娘子面长面短，老身还不认得，如何应承得此事？方才所赐，是老身薄福，受用不成了。"陈大郎听说，慌忙双膝跪下。婆子去扯他时，被他两手拿住衣袖，紧紧按定在椅上，动弹不得。口里说："我陈商这条性命，都在干娘身上。你是必思量个妙计，作成我入马[18]，救我残生。事成之日，再有白金百两相酬。若是推阻，即今便是个死。"慌得婆子没理会处，连声应道："是，是，莫要折杀老身，大官人请起，老身有话讲。"陈大郎方才起身，拱手道："有何妙策，作速见教。"薛婆道："此事须从容图之，只要成就，莫论岁月。若是限时限日，老身决难奉命。"陈大郎道："若果然成就，便迟几日何妨。只是计将安出？"薛婆道："明日不可太早，不可太迟，早饭后，相约在汪三朝奉典铺中相会。大官人可多带银两，只说与老身做买卖，其间自有道理。若是老身这两只脚，跨进得蒋家门时，便是大官人的造化。大官人便可急回下处，莫在他门首盘桓，被人识破，误了大事。讨得三分机会，老身自来回复。"陈大郎道："谨依尊命。"唱了个肥喏[19]，欣然开门而去。正是：

未曾灭项兴刘，先见筑坛拜将。

当日无话。到次日，陈大郎穿了一身齐整衣服，取上三四百两银子，放在个大皮匣内，唤小郎背着，跟随到大市街汪家典铺来。瞧见对门楼窗紧闭，料是妇人不在，便与管典的拱了手，讨个木凳儿坐在门前，向东而望。

不多时，只见薛婆抱着一个篾丝箱儿来了。陈大郎唤住，问道："箱内何物？"薛婆道："珠宝首饰，大官人可用么？"大郎道："我正要买。"薛婆进了典铺，与管典的相见了，叫声聒噪，便把箱儿打开。内中有十来包珠子，又有几个小匣儿，都盛着新样簇花点翠的首饰，奇巧动人，光灿夺目。陈大郎拣几吊极粗极白的珠子，和那些簪珥之类，做一堆儿放着，道："这些我都要了。"婆子便把眼儿瞅着，说道："大官人要用时尽用，只怕不肯出这样大价钱。"陈大郎已自会意，开了皮匣，把这些银两白花花的，摊做一台，高声的叫道："有这些银子，难道买你的货不起！"此时邻舍闲汉已自走过七八个人，在铺前站着看了。婆子道："老身取笑，岂敢小觑大官人。这银两须要仔细，请收过了，只要还得价钱公道便好。"两下一边的讨价多，一边的还钱少，差得天高地远。那讨价的一口不移，这里陈大郎拿着东西，又不放手，又不增添，故意走出屋檐，件件的翻覆认看，言真道假、弹斤估两的在日光中烜耀，惹得一市人都来观看，不住声的有人喝采。婆子乱嚷道："买便买，不买便罢，只管担搁人则甚！"陈大郎道："怎么不买？"两个又论了一番价。正是：

只因酬价争钱口，惊动如花似玉人。

王三巧儿听得对门喧嚷，不觉移步前楼，推窗偷看。只见珠光闪烁，宝色辉煌，甚是可爱。又见婆子与客人争价不定，便分付丫鬟去唤那婆子，借他东西看看。晴云领命，走过街去，把薛婆衣袂一扯，道："我家娘请你。"婆子故意问道："是谁家？"晴云道："对门蒋家。"婆子把珍珠之类，劈手夺将过来，忙忙的包了，道："老身没有许多空闲，与你歪缠！"陈大郎道："再添些卖了罢。"婆子道："不卖不卖，像你这样价钱，老身卖去多时了。"一头说，一头放入箱儿里，依先关锁了，抱着便走。晴云道："我替你老人家拿罢。"婆子道："不消。"头也不回，径到对门去了。陈大郎心中暗喜，也收拾银两，别了管典的，自回下处。正是：

眼望捷旌旗，耳听好消息。

晴云引薛婆上楼，与三巧儿相见了。婆子看那妇人，心下想道："真天人也！怪不得陈大郎心迷，若我做男子，也要浑了。"当下说道：

“老身久闻大娘贤慧，但恨无缘拜识。”三巧儿问道：“你老人家尊姓？”婆子道：“老身姓薛，只在这里东巷住，与大娘也是个邻里。”三巧儿道：“你方才这些东西，如何不卖？”婆子笑道：“若不卖时，老身又拿出来怎的？只笑那下路客人，空自一表人才，不识货物。”说罢便去开了箱儿，取出几件簪珥，递与那妇人看，叫道：“大娘，你道这样首饰，便工钱也费多少！他们还得忒不像样，教老身在主人家面前，如何告得许多消乏？”又把几串珠子提将起来道：“这般头号的货，他们还做梦哩。”三巧儿问了他讨价、还价，便道：“真个亏你些儿。”婆子道：“还是大家宝眷，见多识广，比男子汉眼力到胜十倍。”三巧儿唤丫鬟看茶，婆子道：“不扰茶了。老身有件要紧的事，欲往西街走走，遇着这个客人，缠了多时。正是：‘买卖不成，担误工程。’这箱儿连锁放在这里，权烦大娘收拾。老身暂去，少停就来。”说罢便走。三巧儿叫晴云送他下楼，出门向西去了。

三巧儿心上爱了这几件东西，专等婆子到来酬价，一连五日不至。到第六日午后，忽然下一场大雨。雨声未绝，砰砰的敲门声响。三巧儿唤丫鬟开看，只见薛婆衣衫半湿，提个破伞进来，口儿道：

晴干不肯走，直待雨淋头。

把伞儿放在楼梯边，走上楼来万福道：“大娘，前晚失信了。”三巧儿慌忙答礼道：“这几日在那里去了？”婆子道：“小女托赖新添了个外孙，老身去看看，留住了几日，今早方回。半路上下起雨来，在一个相识人家借得把伞，又是破的，却不是晦气！”三巧儿道：“你老人家几个儿女？”婆子道：“只一个儿子，完婚过了。女儿到有四个，这是我第四个了，嫁与徽州朱八朝奉做偏房，就在这北门外开盐店的。”三巧儿道：“你老人家女儿多，不把来当事了。本乡本士少什么一夫一妇的，怎舍得与异乡人做小？”婆子道：“大娘不知，到是异乡人有情怀。虽则偏房，他大娘子只在家里，小女自在店中，呼奴使婢，一般受用。老身每遍去时，他当个尊长看待，更不怠慢。如今养了个儿子，愈加好了。”三巧儿道：“也是你老人家造化，嫁得着。”说罢，恰好晴云讨茶上来，两个吃了。

婆子道：“今日雨天没事，老身大胆，敢求大娘的首饰一看，看些巧样儿在肚里也好。”三巧儿道：“也只是平常生活，你老人家莫笑话。”就取一把钥匙，开了箱笼，陆续搬出许多钗、钿、缨络之类。薛婆看了，夸美不尽，道：“大娘有恁般珍异，把老身这几件东西，看不在眼了。”三巧儿道：“好说，我正要与你老人家请个实价。”婆子道：“娘子是识货的，何消老身费嘴。”三巧儿把东西检过，取出薛婆的篾丝箱儿来，放在桌上，将钥匙递与婆子道：“你老人家开了，检看个明白。”婆子道：“大娘忒精细了。”当下开了箱儿，把东西逐件搬出。

三巧儿品评价钱，都不甚远。婆子并不争论，欢欢喜喜的道：“恁地，便不枉了人。老身就少赚几贯钱，也是快活的。”三巧儿道：“只是一件，目下凑不起价钱，只好现奉一半。等待我家官人回来，一并清楚。他也只在这几日回了。”婆子道：“便迟几日，也不妨事。只是价钱上相让多了，银水要足纹的。”三巧儿道：“这也小事。”便把心爱的几件首饰及珠子收起，唤晴云取杯见成酒来，与老人家坐坐。婆子道：“造次如何好搅扰？”三巧儿道：“时常清闲，难得你老人家到此，作伴扳话。你老人家若不嫌怠慢，时常过来走走。”婆子道：“多谢大娘错爱，老身家里当不过嘈杂，像宅上又忒清闲了。”三巧儿道：“你家儿子做甚生意？”婆子道：“也只是接些珠宝客人，每日的讨酒讨浆，刮的人不耐烦。老身亏杀各宅门走动，在家时少，还好。若只在六尺地上转，怕不躁死了人。”三巧儿道：“我家与你相近，不耐烦时，就过来闲话。”婆子道：“只不敢频频打搅。”三巧儿道：“老人家说那里话。”

只见两个丫鬟轮番的走动，摆了两副杯箸，两碗腊鸡，两碗腊肉，两碗鲜鱼，连果碟素菜，共一十六个碗。婆子道：“如何盛设！”三巧儿道：“见成的，休怪怠慢。”说罢，斟酒递与婆子，婆子将杯回敬，两下对坐而饮。原来三巧儿酒量尽去得，那婆子又是酒壶酒瓮，吃起酒来，一发相投了，只恨会面之晚。

那日直吃到傍晚，刚刚雨止，婆子作谢要回。三巧儿又取出大银钟来，劝了几钟。又陪他吃了晚饭，说道："你老人家再宽坐一时，我将这一半价钱付你去。"婆子道："天晚了，大娘请自在，不争这一夜儿，明日却来领罢。连这篋丝箱儿，老身也不拿去了，省得路上泥滑滑的不好走。"三巧儿道："明日专专望你。"婆子作别下楼，取了破伞，出门去了。正是：

世间只有虔婆[20]嘴，哄动多多少少人。

却说陈大郎在下处呆等了几日，并无音信。见这日天雨，料是婆子在家，拖泥带水的进城来问个消息，又不相值。自家在酒肆中吃了三杯，用了些点心，又到薛婆门首打听，只是未回。看看天晚，却待转身，只见婆子一脸春色，脚略斜的走入巷来。陈大郎迎着他，作了揖，问道："所言如何？"婆子摇手道："尚早。如今方下种，还没有发芽哩。再隔五六年，开花结果，才到得你口。你莫在此探头探脑，老娘不是管闲事的。"陈大郎见他醉了，只得转去。

次日，婆子买了些时新果子，鲜鸡、鱼、肉之类，唤个厨子安排停当，装做两个盒子，又买一瓮上好的醲酒，央间壁小二挑了，来到蒋家门首。三巧儿这日，不见婆子到来，正教晴云开门出来探望，恰好相遇。婆子教小二挑在楼下，先打发他去了。晴云已自报知主母。三巧儿把婆子当个贵客一般，直到楼梯口边迎他上去。婆子千思万谢的福了一回，便道："今日老身偶有一杯水酒，将来与大娘消遣。"三巧儿道："到要你老人家赔钞，不当受了。"婆子央两个丫鬟搬将上来，摆做一桌子。三巧儿道："你老人家忒迂阔了，恁般大弄起来。"婆子笑道："小户人家，备不出甚么好东西，只当一茶奉献。"晴云便去取杯箸，暖雪便吹起水火炉[21]来。霎时酒暖，婆子道："今日是老身薄意，还请大娘转坐客位。"三巧儿道："虽然相扰，在寒舍岂有此理？"两下谦让多时，薛婆只得坐了客席。这是第三次相聚，更觉熟分了。

饮酒中间，婆子问道："官人出外好多时了，还不回，亏他撇得大娘下。"三巧儿道："便是，说过一年就转，不知怎地担阁了？"婆子道："依老身说，放下了恁般如花似玉的娘子，便博个堆金积玉也不为罕。"婆子又道："大凡走江湖的人，把客当家，把家当客。比如我第四个女婿朱八朝奉，有了小女，朝欢暮乐，那里想家？或三年四年，才回一遍，住不上一两个月，又来了。家中大娘子替他担孤受寡，那晓得他外边之事？"三巧儿道："我家官人到不是这样人。"婆子道："老身只当闲话讲，怎敢将天比地？"当日两个猜谜掷色，吃得酩酊而别。

第三日，同小二来取家火，就领这一半价钱。三巧又留他吃点心。

从此以后，把那一半赊钱为由，只做问兴哥的消息，不时行走。这婆子俐齿伶牙，能言快语，又半痴不颠的惯与丫鬟们打诨，所以上下都欢喜他。三巧儿一日不见他来，便觉寂寞，叫老家人认了薛婆家里，早晚常去请他，所以一发来得勤了。

世间有四种人惹他不得，引起了头，再不好绝他。是那四种？

游方僧道，乞丐，闲汉，牙婆。

上三种人犹可，只有牙婆是穿房入户的，女眷们怕冷静时，十个九个到要扳他来往。今日薛婆本是个不善之人，一般甜言软语，三巧儿遂与他成了至交，时刻少他不得。正是：

画虎画皮难画骨，知人知面不知心。

陈大郎几遍讨个消息，薛婆只回言尚早。其时五月中旬，天渐炎热。婆子在三巧儿面前，偶说起家中蜗窄，又是朝西房子，夏月最不相宜，不比这楼上高广风凉。三巧儿道："你老人家若撇得家下，到此过夜也好。"婆子道："好是好，只怕官人回来。"三巧儿道："他就回，料道不是半夜三更。"婆子道："大娘不嫌蔽恼，老身惯是掗相知的，只今晚就取铺陈[22]过来，与大娘作伴，何如？"三巧儿道："铺陈尽有，也不须拿得。你老人家回复家里一声，索性在此过了一夏家去不好？"

婆子真个对家里儿子媳妇说了，只带个梳匣儿过来。三巧儿道："你老人家多事，难道我家油梳子也缺了，你又带来怎地？"婆子道："老身一生怕的是同汤洗脸，合具梳头。大娘怕没有精致的梳具，老身如何敢用？其他姐儿们的，老身也怕用得，还是自家带了便当。只是大娘分付在那一门房安歇？"三巧儿指着床前一个小小藤榻儿，道："我预先排下你的卧处了，我两个亲近些，夜间睡不着好讲些闲话。"说罢，检出一顶青纱帐来，教婆子自家挂了，又同吃了一会酒，方才歇息。两个丫鬟原在床前打铺相伴，因有了婆子，打发他在间壁房里去睡。

从此为始，婆子日间出去串街做买卖，黑夜便到蒋家歇宿。时常携壶挈榼的殷勤热闹，不一而足。床榻是丁字样铺下的，虽隔着帐子，却像是一头同睡。夜间絮絮叨叨，你问我答，凡街坊秽亵之谈，无所不至。这婆子或时装醉诈风起来，到说起自家少年时偷汉的许多情事，去勾动那妇人的春心。害得那妇人娇滴滴一副嫩脸，红了又白，白了又红。婆子已知妇人心活，只是那话儿不好启齿。

光阴迅速，又到七月初七日了，正是三巧儿的生日。婆子清早备下两盒礼，与他做生。三巧儿称谢了，留他吃面。婆子道："老身今日有些穷忙，晚上来陪大娘，看牛郎织女做亲。"说罢，自去了。下得阶头不几步，正遇着陈大郎。路上不好讲话，随到个僻静巷里。陈大郎攒着两眉，埋怨婆子道："干娘，你好慢心肠！春去夏来，如今又立过秋了。你今日也说尚早，明日也说尚早，却不知我度日如年。再延捱几日，他丈夫回来，此事便付东流，却不活活的害死我也！阴司去少不得与你索命。"婆子道："你且莫猴急，老身正要相请，来得恰好。事成不成，只在今晚，须是依我而行。如此如此，这般这般。全要轻轻悄悄，莫带累人。"陈大郎点头道："好计，好计！事成之后，定当厚报。"说罢，欣然而去。正是：

排成窈玉偷香阵，费尽携云握雨心。

却说薛婆约定陈大郎这晚成事，午后细雨微茫，到晚却没有星月。

婆子黑暗里引着陈大郎埋伏在左近，自己却去敲门。晴云点个纸灯儿，开门出去。婆子故意把衣袖一摸，说道："失落了一条临清汗巾儿。姐姐，劳你大家寻一寻。"哄得晴云便把灯向街上照去。这里婆子捉个空，招着陈大郎一溜溜进门来，先引他在楼梯背后空处伏着。婆子便叫道："有了，不要寻了。"晴云道："恰好火也没了，我再去点个来照你。"婆子道："走熟的路，不消用火。"两个黑暗里关了门，摸上楼来。三巧儿问道："你没了什么东西？"婆子袖里扯出个小帕儿来，道："就是这个冤家，虽然不值甚钱，是一个北京客人送我的，却不道：'礼轻人意重。'"三巧儿取笑道："莫非是你老相交送的表记。"婆子笑道："也差不多。"当夜两个耍笑饮酒。婆子道："酒肴尽多，何不把些赏厨下男女？也教他闹轰轰，像个节夜。"三巧儿真个把四碗菜，两壶酒，分付丫鬟，拿下楼去。那两个婆娘，一个汉子，吃了一回，各去歇息。不提。

再说婆子饮酒中间，问道："官人如何还不回家？"三巧儿道："便是算来一年半了。"婆子道："牛郎织女，也是一年一会，你比他到多隔了半年。常言道：'一品官，二品客。'做客的那一处没有风花雪月？只苦了家中娘子。"三巧儿叹了口气，低头不语。婆子道："是老身多嘴了。今夜牛女佳期，只该饮酒作乐，不该说伤情话儿。"说罢，便斟酒去劝那妇人。约莫半酣，婆子又把酒去劝两个丫鬟，说道："这是牛郎织女的喜酒，劝你多吃几杯，后日嫁个恩爱的老公，寸步不离。"两个丫鬟被缠不过，勉强吃了，各不胜酒力，东倒西歪。三巧儿分付关了楼门，发放他先睡。他两个自在吃酒。

婆子一头吃，口里不住的说罗说皂道："大娘几岁上嫁的？"三巧儿道："十七岁。"婆子道："破得身迟，还不吃亏：我是十三岁上就破了身。"三巧儿道："嫁得恁般早？"婆子道："论起嫁，到是十八岁了。不瞒大娘说，因是在间壁人家学针指，被他家小官人调诱，一时间贪他生得俊俏，就应承与他偷了。初时好不疼痛，两三遍后，就晓得快活。大娘你可也是这般么？"三巧儿只是笑。婆子又道："那话儿到是不晓得滋味的到好，尝过的便丢不下，心坎里时时发痒。日里还好，夜间好难过哩。”三巧儿道：“想你在娘家时阅人多矣，亏你怎生充得黄花女儿嫁去？”婆子道：“我的老娘也晓得些影像，生怕出丑，教我一个童女方，用石榴皮生矾两味煎汤洗过，那东西就 紧了。我只做张做势的叫疼，就遮过了。”三巧儿道：“你做女儿时，夜间也少不得独睡。”婆子道：“还记得在娘家时节，哥哥出外，我与嫂嫂一头同睡，两下轮番在肚子上学男子汉的行事。”三巧儿道：“两个女人做对，有甚好处？”婆子走过三巧儿那边，挨肩坐下，说道：“大娘，你不知，只要大家知音，一般有趣，也撒得火。”三巧儿举手把婆子肩胛上打一下，说道：“我不信，你说谎。”婆子见他欲心已动，有心去挑拨他，又道：“老身今年五十二岁了，夜间常痴性发作，打熬不过，亏得你少年老成。”三巧儿道：“你老人家打熬不过，终不然还去打汉子？”婆子道：“败花枯柳，如今那个要我了？不瞒大娘说，我也有个自取其乐救急的法儿。”三巧儿道：“你说谎，又是甚么法儿？”婆子道：“少停到床上睡了，与你细讲。”

说罢，只见一个飞蛾在灯上旋转，婆子便把扇来一扑，故意扑灭了灯，叫声：“阿呀！老身自去点个灯来。”便去开楼门。陈大郎已自走上楼梯，伏在门边多时了。都是婆子预先设下的圈套。婆子道：“忘带个取灯儿去了。”又走转来，便引着陈大郎到自己榻上伏着。婆子下楼去了一回，复上来道：“夜深了，厨下火种都熄了，怎么处？”三巧儿道：“我点灯睡惯了，黑魆魆地，好不怕人！”婆子道：“老身伴你一床睡何如？”三巧儿正要问他救急的法儿，应道：“甚好。”婆子道：“大娘，你先上床，我关了门就来。”三巧儿先脱了衣服，床上去了，叫道：“你老人家快睡罢。”婆子应道：“就来了。”却在榻上拖陈大郎上来，赤条条的掇在三巧儿床上去。三巧儿摸着身子，道：“你老人家许多年纪，身上恁般光滑！”那人并不回言，钻进被里，就捧着妇人做嘴。妇人还认是婆子，双手相抱。那人蓦地腾身而上，就干起事来。那妇人一则多了杯酒，醉眼朦胧；二则被婆子挑拨，春心飘荡，到此不暇致详，凭他轻薄。

一个是闺中怀春的少妇，一个是客邸慕色的才郎。一个打熬许久，如文君初遇相如；一个盼望多时，如必正初谐陈女[23]。分明久旱受甘雨，胜似他乡遇故知。

陈大郎是走过风月场的人，颠鸾倒凤，曲尽其趣，弄得妇人魂不附体。

云雨毕后，三巧儿方问道："你是谁？"陈大郎把楼下相逢，如此相慕，如此苦央薛婆用计，细细说了："今番得遂平生，便死瞑目。"婆子走到床间，说道："不是老身大胆，一来可怜大娘青春独宿，二来要救陈郎性命。你两个也是宿世姻缘，非干老身之事。"三巧儿道："事已如此，万一我丈夫知觉，怎么好？"婆子道："此事你知我知，只买定了晴云、暖雪两个丫头，不许他多嘴，再有谁人漏泄？在老身身上，管成你夜夜欢娱，一些事也没有：只是日后不要忘记了老身。"三巧儿到此，也顾不得许多了，两个又狂荡起来。直到五更鼓绝，天色将明，两个兀自不舍。婆子催促陈大郎起身，送他出门去了。

自此无夜不会，或是婆子同来，或是汉子自来。两个丫鬟被婆子把甜话儿偎他，又把利害话儿吓他，又教主母赏他几件衣服，汉子到时，不时把些零碎银子赏他们买果儿吃，骗得欢欢喜喜，已自做了一路。夜来明去，一出一入，都是两个丫鬟迎送，全无阻隔。真个是你贪我爱，如胶似漆，胜如夫妇一般。陈大郎有心要结识这妇人，不时的制办好衣服、好首饰送他，又替他还了欠下婆子的一半价钱，又将一百两银子谢了婆子。往来半年有余，这汉子约有千金之费。三巧儿也有三十多两银子的东西，送那婆子。婆子只为图这些不义之财，所以肯做牵头。这都不在话下。

古人云："天下无不散的筵席。"

才过十五元宵夜，又是清明三月天。

陈大郎思想蹉跎了多时生意，要得还乡。夜来与妇人说知，两下恩深义重，各不相舍。妇人到情愿收拾了些细软，跟随汉子逃走，去做长久夫妻。陈大郎道：“使不得。我们相交始末，都在薛婆肚里。就是主人家吕公，见我每夜进城，难道没有些疑惑？况客船上人多，瞒得那个？两个丫鬟又带去不得。你丈夫回来，跟究出情由，怎肯干休？娘子权且耐心，到明年此时，我到此觅个僻薄下处，悄悄通个信儿与你，那时两口儿同走，神鬼不觉，却不安稳？”妇人道：“万一你明年不来，如何？”陈大郎就设起誓来。妇人道：“既然你有真心，奴家也决不相负。你若到了家乡，倘有便人，托他捎个书信到薛婆处，也教奴家放意。”陈大郎道：“我自用心，不消分付。”

又过几日，陈大郎雇下船只，装载粮食完备，又来与妇人作别。这一夜倍加眷恋，两下说一会，哭一会，又狂荡一会，整整的一夜不曾合眼。到五更起身，妇人便去开箱，取出一件宝贝，叫做“珍珠衫”，递与陈大郎道：“这件衫儿，是蒋门祖传之物，暑天若穿了他，清凉透骨。此去天道渐热，正用得着。奴家把与你做个记念，穿了此衫，就如奴家贴体一般。”陈大郎哭得出声不得，软做一堆。妇人就把衫儿亲手与汉子穿下，叫丫鬟开了门户，亲自送他出门。再三珍重而别。诗曰：

昔年含泪别夫郎，今日悲啼送所欢。

堪恨妇人多水性，招来野鸟胜文鸾。

话分两头。却说陈大郎有了这珍珠衫儿，每日贴体穿着，便夜间脱下，也放在被窝中同睡，寸步不离。一路遇了顺风，不两月行到苏州府枫桥地面。那枫桥是柴米牙行聚处，少不得投个主家脱货，不在话下。

忽一日，赴个同乡人的酒席。席上遇个襄阳客人，生得风流标致。那人非别，正是蒋兴哥。原来兴哥在广东贩了些珍珠、玳瑁、苏木、沉香之类，搭伴起身。那伙同伴商量，都要到苏州发卖。兴哥久闻得“上说天堂，下说苏杭”，好个大码头所在，有心要去走一遍，做这一回买卖，方才回去。还是去年十月中到苏州的。因是隐姓为商，都称为罗小官人，所以陈大郎更不疑惑。他两个萍水相逢，年相若，貌相似，谈吐应对之间，彼此敬慕。即席间问了下处，互相拜望，两下遂成知己，不时会面。

兴哥讨完了客帐，欲待起身，走到陈大郎寓所作别。大郎置酒相待，促膝谈心，甚是款洽。此时五月下旬，天气炎热。两个解衣饮酒，陈大郎露出珍珠衫来。兴哥心中骇异，又不好认他的，只夸奖此衫之美。陈大郎恃了相知，便问道："贵县大市街有个蒋兴哥家，罗兄可认得否？"兴哥到也乖巧，回道："在下出外日多，里中虽晓得有这个人，并不相认，陈兄为何问他？"陈大郎道："不瞒兄长说，小弟与他有些瓜葛。"便把三巧儿相好之情，告诉了一遍。扯着衫儿看了，眼泪汪汪道："此衫是他所赠。兄长此去，小弟有封书信，奉烦一寄，明日侵早送到贵寓。"兴哥口里答应道："当得，当得。"心下沉吟："有这等异事！现在珍珠衫为证，不是个虚话了。"当下如针刺肚，推故不饮，急急起身别去。

回到下处，想了又恼，恼了又想，恨不得学个缩地法儿，顷刻到家。连夜收拾，次早便上船要行。只见岸上一个人气吁吁的赶来，却是陈大郎。亲把书信一大包，递与兴哥，叮嘱千万寄去。气得兴哥面如土色，说不得，话不得，死不得，活不得。只等陈大郎去后，把书看时，面上写道："此书烦寄大市街东巷薛妈妈家。"兴哥性起，一手扯开，却是八尺多长一条桃红绉纱汗巾。又有个纸糊长匣儿，内有羊脂玉凤头簪一根。书上写道："微物二件，烦干娘转寄心爱娘子三巧儿亲收，聊表记念。相会之期，准在来春。珍重，珍重！"兴哥大怒，把书扯得粉碎，撇在河中；提起玉簪在船板上一掼，掼做两段。一念想起道："我好糊涂！何不留此做个证见也好。"便检起簪儿和汗巾，做一包收拾，催促开船。

急急的赶到家乡，望见了自家门首，不觉堕下泪来，想起："当初夫妻何等恩爱，只为我贪着蝇头微利，撇他少年守寡，弄出这场丑来，如今悔之何及！”在路上性急，巴不得赶回。及至到了，心中又苦又恨，行一步，懒一步。

进得自家门里，少不得忍住了气，勉强相见。兴哥并无言语，三巧儿自己心虚，觉得满脸惭愧，不敢殷勤上前扳话。兴哥搬完了行李，只说去看看丈人丈母，依旧到船上住了一晚。

次早回家，向三巧儿说道：“你的爹娘同时害病，势甚危笃。昨晚我只得住下，看了他一夜。他心中只牵挂着你，欲见一面。我已雇下轿子在门首，你可作速回去，我也随后就来。”三巧儿见丈夫一夜不回，心里正在疑虑：闻说爹娘有病，却认真了，如何不慌？慌忙把箱笼上匙钥递与丈夫，唤个婆娘跟了，上轿而去。兴哥叫住了婆娘，向袖中摸出一封书来，分付他送与王公：“送过书，你便随轿回来。”

却说三巧儿回家，见爹娘双双无恙，吃了一惊。王公见女儿不接而回，也自骇然。在婆子手中接书，拆开看时，却是休书一纸。上写道：

立休书人蒋德，系襄阳府枣阳县人。从幼凭媒聘定王氏为妻。岂期过门之后，本妇多有过失，正合七出之条[24]。因念夫妻之情，不忍明言，情愿退还本宗，听凭改嫁，并无异言，休书是实。

成化二年　月　日，手掌为记。

书中又包着一条桃红汗巾，一枝打折的羊脂玉凤头簪。王公看了大惊，叫过女儿问其缘故。三巧儿听说丈夫把他休了，一言不发，啼哭起来。王公气忿忿的一径跟到女婿家来。蒋兴哥连忙上前作揖。王公回礼，便问道：“贤婿，我女儿是清清白白嫁到你家的，如今有何过失，你便把他休了？须还我个明白。”蒋兴哥道：“小婿不好说，但问令爱便知。”王公道：“他只是啼哭，不肯开口，教我肚里好闷！小女从幼聪慧，料不得到犯了淫盗。若是小小过失，你可也看老汉薄面，恕了他罢。你两个是七八岁上定下的夫妻，完婚后并不曾争论一遍两遍，且是和顺。你如今做客才回，又不曾住过三朝五日，有什么破绽落在你眼里？你直如此狠毒，也被人笑话，说你无情无义。”蒋兴哥道："丈人在上，小婿也不敢多话。家下有祖遗下珍珠衫一件，是令爱收藏，只问他如今在否。若在时，半字休题，若不在，只索休怪了。"王公忙转身回家，问女儿道："你丈夫只问你讨什么珍珠衫，你端的拿与何人去了？"那妇人听得说着了他紧要的关目，羞得满脸通红，开不得口，一发号陶大哭起来，慌得王公没做理会处。王婆劝道："你不要只管啼哭，实实的说个真情与爹妈知道，也好与你分剖。"妇人那里肯说，悲悲咽咽，哭一个不住。王公只得把休书和汗巾簪子，都付与王婆，教他慢慢的偎着女儿，问他个明白。

王公心中纳闷，走到邻家闲话去了。王婆见女儿哭得两眼赤肿，生怕苦坏了他，安慰了几句言语，走往厨房下去暖酒，要与女儿消愁。三巧儿在房中独坐，想着珍珠衫泄漏的缘故，好生难解！这汗巾簪子，又不知那里来的。沉吟了半晌道："我晓得了：这折簪是镜破钗分之意：这条汗巾，分明教我悬梁自尽。他念夫妻之情，不忍明言，是要全我的廉耻。可怜四年恩爱，一旦决绝，是我做的不是，负了丈夫恩情。便活在人间，料没有个好日，不如缢死，到得干净。"说罢，又哭了一回，把个坐兀子[25]填高，将汗巾兜在梁上，正欲自缢。也是寿数未绝，不曾关上房门。险好王婆暖得一壶好酒走进房来，见女儿安排这事，急得他手忙脚乱，不放酒壶，便上前去拖拽。不期一脚踢番坐兀子，娘儿两个跌做一团，酒壶都泼翻了。王婆爬起来，扶起女儿，说道："你好短见！二十多岁的人，一朵花还没有开足，怎做这没下梢[26]的事？莫说你丈夫还有回心转意的日子，便真个休了，恁般容貌，怕没人要你？少不得别选良姻，图个下半世受用。你且放心过日子，休得愁闷。"王公回家，知道女儿寻死，也劝了他一番，又嘱咐王婆用心提防。过了数日，三巧儿没奈何，也放下了念头。正是：

夫妻本是同林鸟，大限来时各自飞。

再说蒋兴哥把两条索子，将晴云、暖雪捆缚起来，拷问情由。那丫头初时抵赖，吃打不过，只得从头至尾，细细招将出来。已知都是薛婆勾引，不干他人之事。到明朝，兴哥领了一伙人，赶到薛婆家里，打得他雪片相似，只饶他拆了房子。薛婆情知自己不是，躲过一边，并没一人敢出头说话。兴哥见他如此，也出了这口气，回去唤个牙婆，将两个丫头都卖了。楼上细软箱笼，大小共十六只，写三十二条封皮，打叉封了，更不开动。这是甚意儿？只因兴哥夫妇，本是十二分相爱的。虽则一时休了，心中好生痛切。见物思人，何忍开看？

话分两头。却说南京有个吴杰进士，除授广东潮阳县知县。水路上任，打从襄阳经过。不曾带家小，有心要择一美妾。一路看了多少女子，并不中意。闻得枣阳县王公之女，大有颜色，一县闻名，出五十金财礼，央媒议亲。王公到也乐从，只怕前婿有言，亲到蒋家，与兴哥说知。兴哥并不阻挡。临嫁之夜，兴哥雇了人夫，将楼上十六个箱笼，原封不动，连匙钥送到吴知县船上，交割与三巧儿，当个赔嫁。妇人心上到过意不去。旁人晓得这事，也有夸兴哥做人忠厚的，也有笑他痴呆的，还有骂他没志气的：止是人心不同。闲话休题。

再说陈大郎在苏州脱货完了，回到新安，一心只想着三巧儿。朝暮看了这件珍珠衫，长吁短叹。老婆平氏心知这衫儿来得跷蹊，等丈夫睡着，悄悄的偷去，藏在天花板上。陈大郎早起要穿时，不见了衫儿，与老婆取讨，平氏那里肯认。急得陈大郎性发，倾箱倒箧的寻个遍，只是不见，便破口骂老婆起来。惹得老婆啼啼哭哭，与他争嚷，闹炒了两三日。陈大郎情怀撩乱，忙忙的收拾银两，带个小郎，再望襄阳旧路而进。

将近枣阳，不期遇了一伙大盗，将本钱尽皆劫去，小郎也被他杀了。陈商眼快，走向船梢舵上伏着，幸免残生，思想还乡不得，且到旧寓住下，待会了三巧儿，与他借些东西，再图恢复。叹了一口气，只得离船上岸。走到枣阳城外主人吕公家，告诉其事：又道："如今要央卖珠子的薛婆，与一个相识人家借些本钱营运。"吕公道："大郎不知，那婆子为勾引蒋兴哥的浑家，做了些丑事。去年兴哥回来，问浑家讨什么'珍珠衫'。原来浑家赠与情人去了，无言回答。兴哥当时休了浑家回去，如今转嫁与南京吴进士做第二房夫人了。那婆子被蒋家打得个片瓦不留，婆子安身不牢，也搬在隔县去了。”

陈大郎听得这话，好似一桶冷水没头淋下。这一惊非小，当夜发寒发热，害起病来。这病又是郁症，又是相思症，也带些怯症，又有些惊症，床上卧了两个多月，翻翻覆覆只是不愈，连累主人家小厮，伏侍得不耐烦。陈大郎心上不安，打熬起精神，写成家书一封，请主人来商议，要觅个便人捎信往家中，取些盘缠，就要个亲人来看觑同回。这几句正中了主人之意，恰好有个相识的承差[27]，奉上司公文要往徽宁一路，水陆驿递，极是快的。吕公接了陈大郎书札，又替他应出五钱银子，送与承差，央他乘便寄去。果然的“自行由得我，官差急如火”，不勾几日，到了新安县。问到陈商家里，送了家书，那承差飞马去了。正是：

只为千金书信，又成一段姻缘。

话说平氏拆开家信，果是丈夫笔迹，写道：

陈商再拜，贤妻平氏见字：别后襄阳遇盗，劫资杀仆。某受惊患病，见卧旧寓吕家，两月不愈。字到可央一的当亲人，多带盘缠，速来看视。伏枕草草。

平氏看了，半信半疑，想道：“前番回家，亏折了千金资本。据这件珍珠衫，一定是邪路上来的。今番又推被盗，多讨盘缠，怕是假话。”又想道：“他要个的当亲人，速来看视，必然病势利害。这话是真，也未可知。如今央谁人去好？”左思右想，放心不下。与父亲平老朝奉商议。收拾起细软家私，带了陈旺夫妇，就请父亲作伴，雇个船只，亲往襄阳看丈夫去。

到得京口，平老朝奉痰火病发，央人送回去了。平氏引着男女，上水前进。不一日，来到枣阳城外，问着了旧主人吕家。原来十日前，陈大郎已故了。吕公赔些钱钞，将就入殓。平氏哭倒在地，良久方醒。慌忙换了孝服，再三向吕公说，欲待开棺一见，另买副好棺材，重新殓过。吕公执意不肯。平氏没奈何，只得买木做个外椁包裹，请僧做法事超度，多焚冥资。吕公已自索了他二十两银子谢仪，随他闹炒，并不言语。

过了一月有余，平氏要选个好日子，扶柩而回。吕公见这妇人年少姿色，料是守寡不终，又且囊中有物：思想儿子吕二，还没有亲事，何不留住了他，完其好事，可不两便？吕公买酒请了陈旺，央他老婆委曲进言，许以厚谢。陈旺的老婆是个蠢货，那晓得什么委曲？不顾高低，一直的对主母说了。平氏大怒，把他骂了一顿，连打几个耳光子，连主人家也数落了几句。吕公一场没趣，敢怒而不敢言。正是：

羊肉馒头没的吃，空教惹得一身骚。

吕公使去撺掇陈旺逃走。陈旺也思量没甚好处了，与老婆商议，教他做脚，里应外合，把银两首饰偷得罄尽，两口儿连夜走了。吕公明知其情，反埋怨平氏道：不该带这样歹人出来，幸而偷了自家主母的东西，若偷了别家的，可不连累人！又嫌这灵柩碍他生理，教他快些抬去：又道后生寡妇，在此住居不便，催促他起身。平氏被逼不过，只得别赁下一间房子住了。雇人把灵柩移来，安顿在内。这凄凉景象，自不必说。

间壁有个张七嫂，为人甚是活动。听得平氏啼哭，时常走来劝解。平氏又时常央他典卖几件衣服用度，极感其意。不勾几月，衣服都典尽了。从小学得一手好针线，思量要到个大户人家，教习女红度日，再作区处。正与张七嫂商量这话，张七嫂道："老身不好说得，这大户人家，不是你少年人走动的。死的没福自死了，活的还要做人。你后面日子正长哩，终不然做针线娘了得你下半世？况且名声不好，被人看得轻了。还有一件，这个灵柩如何处置？也是你身上一件大事。便出赁房钱，终究是不了之局。"平氏道："奴家也都虑到，只是无计可施了。"张七嫂道："老身到有一策，娘子莫怪我说。你千里离乡，一身孤寡，手中又无半钱，想要搬这灵柩回去，多是虚了。莫说你衣食不周，到底难守，便多守得几时，亦有何益？依老身愚见，莫若趁此青年美貌，寻个好对头，一夫一妇的，随了他去，得些财礼，就买块土来葬了丈夫，你的终身又有所托，可不生死无憾？”平氏见他说得近理，沉吟了一会，叹口气道：“罢，罢，奴家卖身葬夫，旁人也笑我不得。”张七嫂道：“娘子若定了主意时，老身现有个主儿在此。年纪与娘子相近，人物齐整，又是大富之家。”平氏道：“他既是富家，怕不要二婚的。”张七嫂道：“他也是续弦了，原对老身说：‘不拘头婚二婚，只要人才出众。’似娘子这般丰姿，怕不中意？”原来张七嫂曾受蒋兴哥之托，央他访一头好亲。因是前妻三巧儿出色标致，所以如今只要访个美貌的。那平氏容貌，虽不及得三巧儿，论起手脚伶俐，胸中泾渭，又胜似他。

张七嫂次日就进城，与蒋兴哥说了。兴哥闻得是下路人，愈加欢喜。这里平氏分文财礼不要，只要买块好地殡葬丈夫要紧。张七嫂往来回复了几次，两相依允。

话休烦絮。却说平氏送了丈夫灵柩入土，祭奠毕了，大哭一场，免不得起灵除孝。临期，蒋家送衣饰过来，又将他典下的衣服都赎回了。成亲之夜，一般大吹大擂，洞房花烛。正是：

规矩熟闲虽旧事，恩情美满胜新婚。

蒋兴哥见平氏举止端庄，甚相敬重。一日，从外而来，平氏正在打叠衣箱，内有珍珠衫一件。兴哥认得了，大惊问道：“此衫从何而来？”平氏道：“这衫儿来得跷蹊。”便把前夫如此张致[28]，夫妻如此争嚷，如此赌气分别，述了一遍。又道：“前日艰难时，几番欲把他典卖。只愁来历不明，怕惹出是非，不敢露人眼目。连奴家至今，不知这物事那里来的。”兴哥道：“你前夫陈大郎名字，可叫做陈商？可是白净面皮，没有须，左手长指甲的么？”平氏道：“正是。”蒋兴哥把舌头一伸，合掌对天道：“如此说来，天理昭彰，好怕人也！”平氏问其缘故，蒋兴哥道：“这件珍珠衫，原是我家旧物。你丈夫奸骗了我的妻子，得此衫为表记。我在苏州相会，见了此衫，始知其情，回来把王氏休了。谁知你丈夫客死，我今续弦，但闻是徽州陈客之妻，谁知就是陈商！却不是一报还一报！”平氏听罢，毛骨悚然。从此恩情愈笃。这才是《蒋兴哥重会珍珠衫》的正话。诗曰：

天理昭昭不可欺，两妻交易孰便宜？

分明欠债偿他利，百岁姻缘暂换时。

再说兴哥有了管家娘子，一年之后，又往广东做买卖。也是合当有事，一日到合浦县贩珠，价都讲定。主人家老儿只拣一粒绝大的偷过了，再不承认。兴哥不忿，一把扯他袖子要搜。何期去得势重，将老儿拖翻在地，跌下便不做声，忙去扶时，气已断了。儿女亲邻，哭的哭，叫的叫，一阵的簇拥将来，把兴哥捉住，不由分说，痛打一顿，关在空房里。连夜写了状词，只等天明，县主早堂，连人进状。县主准了，因这日有公事，分付把凶身锁押，次日候审。

你道这县主是谁？姓吴名杰，南畿[29]进士，正是三巧儿的晚老公。初选原在潮阳，上司因见他清廉，调在这合浦县采珠的所在来做官。是夜，吴杰在灯下将准过的状词细阅。三巧儿正在旁边闲看，偶见宋福所告人命一词，凶身罗德，枣阳县客人，不是蒋兴哥是谁。想起旧日恩情，不觉痛酸，哭告丈夫道：“这罗德是贱妾的亲哥，出嗣在母舅罗家的，不期客边，犯此大辟。官人可看妾之面，救他一命还乡。”县主道：“且看临审如何。若人命果真，教我也难宽宥。”三巧儿两眼噙泪，跪下苦苦哀求。县主道：“你且莫忙，我自有道理。”明早出堂，三巧儿又扯住县主衣袖哭道：“若哥哥无救，贱妾亦当自尽，不能相见了。”

当日县主升堂，第一就问这起。只见宋福、宋寿弟兄两个，哭啼啼的与父亲执命，禀道：“因争珠怀恨，登时打闷，仆地身死。望爷爷做主！”县主问众干证口词，也有说打倒的，也有说推跌的。蒋兴哥辩道：“他父亲偷了小人的珠子，小人不忿，与他争论。他因年老脚跸[30]，自家跌死，不干小人之事。”县主问宋福道：“你父亲几岁了？”宋福道：“六十七岁了。”县主道：“老年人容易昏绝，未必是打。”宋福、宋寿坚执是打死的。县主道：“有伤无伤，须凭检验。既说打死，将尸发在漏泽园[31]去，俟晚堂听检。”原来宋家也是个大户，有体面的，老儿曾当过里长，儿子怎肯把父亲在尸场剔骨？两个双双叩头道：“父亲死状，众目共见，只求爷爷到小人家里相验，不愿发检。”县主道：“若不见贴骨伤痕，凶身怎肯伏罪？没有尸格[32]，如何申得上司过？”弟兄两个只是求告。县主发怒道：“你既不愿检，我也难问。”慌的他弟兄两个连连叩头道：“但凭爷爷明断。”县主道：“望七之人，死是本等。倘或不因打死，屈害了一个平人，反增死者罪过。就是你做儿子的，巴得父亲到许多年纪，又把个不得善终的恶名与他，心中何忍？但打死是假，推仆是真，若不重罚罗德，也难出你的气。我如今教他披麻戴孝，与亲儿一般行礼，一应殡殓之费，都要他支持。你可服么？”弟兄两个道：“爷爷分付，小人敢不遵依。”兴哥见县主不用刑罚，断得干净，喜出望外。当下原告都叩头称谢。县主道：“我也不写审单，着差人押出，待事完回话，把原词与你销讫便了。”正是：

公堂造业真容易，要积阴功亦不难。
试看今朝吴大尹，解冤释罪两家欢。

却说三巧儿自丈夫出堂之后，如坐针毡，一闻得退衙，便迎住问个消息。县主道：“我如此如此断了，看你之面，一板也不曾责他。”三巧儿千恩万谢，又道：“妾与哥哥久别，渴思一会，问取爹娘消息。官人如何做个方便，使妾兄妹相见，此恩不小。”县主道：“这也容易。”

看官们，你道三巧儿被蒋兴哥休了，恩断义绝，如何恁地用情？他夫妇原是十分恩爱的，因三巧儿做下不是，兴哥不得已而休之，心中兀自不忍：所以改嫁之夜，把十六只箱笼，完完全全的赠他。只这一件，三巧儿的心肠，也不容不软了。今日他身处富贵，见兴哥落难，如何不救？这叫做知恩报恩。

再说蒋兴哥遵了县主所断，着实小心尽礼，更不惜费，宋家弟兄都没话了。丧葬事毕，差人押到县中回复。县主唤进私衙赐坐，说道："尊舅这场官司，若非令妹再三哀恳，下官几乎得罪了。"兴哥不解其放，回答不出。少停茶罢，县主请入内书房，教小夫人出来相见。你道这番意外相逢，不像个梦景么？他两个也不行礼，也不讲话，紧紧的你我相抱，放声大哭。就是哭爹哭娘，从没见这般哀惨，连县主在傍，好生不忍，便道："你两人且莫悲伤，我看你不像哥妹，快说真情，下官有处。"两个哭得半休不休的，那个肯说？却被县主盘问不过，三巧儿只得跪下，说道："贱妾罪当万死，此人乃妾之前夫也。"蒋兴哥料瞒不得，也跪下来，将从前恩爱及休妻再嫁之事，一一诉知。说罢，两人又哭做一团，连吴知县也堕泪不止，道："你两人如此相恋，下官何忍拆开？幸然在此三年，不曾生育，即刻领去完聚。"两个插烛也似拜谢。

县主即忙讨个小轿，送三巧儿出衙：又唤集人夫，把原来赔嫁的十六个箱笼抬去，都教兴哥收领：又差典吏一员，护送他夫妇出境。此乃吴知县之厚德。正是：

珠还合浦重生采[33]，剑合丰城[34]倍有神。

堪羡吴公存厚道，食财好色竟何人！

此人向来艰子，后行取[35]到吏部，在北京纳宠，连生三子，科第不绝，人都说阴德之报，这是后话。

再说蒋兴哥带了三巧儿回家，与平氏相见。论起初婚，王氏在前，只因休了一番，这平氏到是明媒正娶：又且平氏年长一岁，让平氏为正房，王氏反做偏房，两个姐妹相称。从此一夫二妇，团圆到老。有诗为证：

恩爱夫妻虽到头，妻还作妾亦堪羞。

殃祥果报无虚谬，咫尺青天莫远求。

【注释】

①《喻世名言》第1卷。

②词话：盛兴于元明时期的说唱艺术形式，后也泛指白话小说。

③期年：一整年。

④小祥：指死后一周年的祭祀。

⑤和卺（jǐn）：古代结婚仪式之一，又指成婚。

⑥口号：相当于今之顺口溜。

⑦走野：指不正当的男女关系。

⑧南威：春秋时楚国美女。

⑨不睬不睬：诸事不理会。

⑩人事：礼物。

⑪排家：挨家挨户。

⑫坐启：进门处的便厅。

⑬下处：投宿的客店、寓所。

⑭朝奉：本为官名，后亦作为对财主的称呼。

⑮坐地：坐着。

⑯牙婆：旧时作买卖中间人的中老年妇女。

⑰踅（xué）：走回来。

⑱入马：勾搭得手。

⑲唱了个肥喏（rě）：边作揖边出声表示致敬。

⑳虔婆：旧指不正派的老妇人。

㉑水火炉：一种便于携带的铜制小炉，旁有小火门，上有两孔，供烧水暖酒之用。

㉒铺陈：被褥。

㉓必正初谐陈女：南宋时书生潘必正与女道士陈妙常终于团圆的故事。文言小说《张于湖记》与高濂《玉簪记》，均写其事。

㉔七出之条：古代休妻的七个条件：无子、淫佚、不事舅姑、口舌、盗窃、妒忌、恶病，犯任一条，便可休弃。

㉕坐兀子：小凳。

㉖没下梢：结局不好之意。

㉗承差：递送公文的官差。

㉘张致：装模做样。

㉙南畿：明代南京附近地区的称呼。

㉚脚蹉：脚下失误。

㉛漏泽园：专门收埋死尸的场所。

㉜尸格：验尸单格。

㉝珠还合浦：比喻东西失而复得。出自《后汉书·孟尝传》："（合浦）郡不产谷实，而海出珠宝，与交趾比境……尝到官，革易前敝，求民病利。曾未逾岁，去珠复还，百姓皆反其业"。

㉞剑合丰城：据《晋书·张华传》载，张华望见丰城有剑气，乃以雷焕为丰城令。雷焕掘得龙泉、太阿双剑，一献张华，一留自佩。张华、雷焕死后，双剑入延平津复合，化为二龙。

㉟行取：明代地方官经推荐保举后调任京职。

【导读】

选自《喻世明言》卷一。小说通过描写蒋兴哥与王三巧悲欢离合的人生境遇，凸显了劝善惩恶的教化意图。

本篇的艺术成就极高。

首先，细腻、逼真的细节描写，刻画出鲜明生动的人物形象。蒋兴哥是个商人，举止中规中矩，说话有分寸，办事留余地。蒋兴哥知道奸情后，骗王三巧回家探望父母，但让随行带上休书送与岳父岳母，休掉红杏出墙的王三巧。面对王父屡次质问，蒋兴哥并未说破，也未大吵大闹、不依不饶，而是给岳丈、王三巧留足颜面，只是提及"珍珠衫"让王三巧自悟。这与陈大郎的浅薄无行形成鲜明对比。陈大郎贪恋美色，收买薛婆引诱三巧儿出轨。不以为耻，反而与人炫耀，毁人名声。王三巧，涉世不深，对社会、人性缺乏辨别力，受到薛婆蛊惑，上当受骗；陈大郎走时，妄想与陈大郎私奔，感情也算真挚，无奈所托非人，可悲可叹。这又与端庄贤淑的平氏形成对比。面对吕家的逼婚，平氏大骂，还连打下人几个"耳光子”，后因生活困顿，为葬夫而再嫁，自己也觉“旁人也笑我不得”。她是个“胸中有泾渭”的稳重明理之人，获得蒋兴哥的敬重，聘为正妻。王三巧再嫁的吴知县，甘愿成人之美，使得蒋兴哥与王三巧破镜重圆。

其次，巧合、小道具等手法的使用，使得情节波澜起伏，充满传奇色彩。王三巧楼前张望，恰巧碰到望楼而窥的陈商，之后将蒋兴哥赠与的珍珠衫转赠给陈大郎。陈商回家途中巧遇蒋兴哥，并卖弄珍珠衫，使得蒋兴哥得知奸情。蒋再娶，竟是陈商之妻，得以“重会珍珠衫”。蒋遇到人命官司，审案者却是三巧后夫，因三巧报恩，兴哥得以开释。珍珠衫、十六个箱笼作为贯穿作品的道具，反复出现，使得故事线索分明，情节紧凑，结构完整，而又扣人心弦。

最后，作品表现出新兴市民阶层理想，人情、事理与道德都获得妥善安排。王三巧偷情事败，羞愧难当，欲上吊自尽，其母拦下，说：“你好短见！二十多岁的人，一朵花还没开足，怎做这没下梢的事？”生命的美好，使得作品对王三巧的错误，没有走向“饿死事小，失节事大”，必置三巧于死地的极端，采取宽容的态度，这符合人情。王三巧救下牢狱之灾的兴哥，因此兴哥与之重结连理，这符合事理。但是作品同样使得王三巧由正房变偏房，受到“不忠”的薄惩。这符合道德惩戒。这种既不放纵又不严苛的价值观念，是时代的生动写照。

总之，作品“极摹人情世态，备写离合悲欢”，以包容的笔法，深刻地写出复杂的社会、丰富的人性，成为“三言”中非常精彩的篇章。

卖油郎独占花魁[1]

年少争夸风月[2]，场中波浪偏多。

有钱无貌意难和，有貌无钱不可。

就是有钱有貌，还须着意揣摩。知情识趣俏哥哥，此道谁人赛我。

这首词名为《西江月》，是风月机关中撮要之论。常言道：“妓爱俏，妈爱钞。”所以子弟行中，有了潘安[3]般貌，邓通般钱，自然上和下睦，做得烟花寨内的大王，鸳鸯会上的主盟。然虽如此，还有个两字经儿，叫做“帮衬”。帮者，如鞋之有帮；衬者，如衣之有衬。但凡做小娘的，有一分所长，得人衬贴，就当十分。若有短处，曲意替他遮护，更兼低声下气，送暖偷寒，逢其所喜，避其所讳，以情度情，岂有不爱之理？这叫做帮衬。风月场中，只有会帮衬的最讨便宜，无貌而有貌，无钱而有钱。假如郑元和在卑田院做了乞儿，此时囊箧俱空，容颜非旧，李亚仙于雪天遇之，便动了一个恻隐之心，将绣襦包裹，美食供养，与他做了夫妻。这岂是爱他之钱，恋他之貌？只为郑元和识趣知情，善于帮衬，所以亚仙心中舍他不得。你只看亚仙病中想马板肠汤吃，郑元和就把五花马杀了，取肠煮汤奉之。只这一节上，亚仙如何不念其情？后来郑元和中了状元，李亚仙封为汧国夫人。“莲花落”打出万年策，卑田院变做了白玉堂。一床锦被遮盖，风月场中反为美谈。这是：

运退黄金失色，时来铁也生光。

话说大宋自太祖开基，太宗嗣位，历传真、仁、英、神、哲，共是七代帝王，都则偃武修文，民安国泰。到了徽宗道君皇帝，信任蔡京、高俅、杨戬、朱勔之徒，大兴苑囿，专务游乐，不以朝政为事。以致万民嗟怨，金虏乘之而起，把花锦般一个世界，弄得七零八落。直至二帝蒙尘④，高宗泥马渡江⑤，偏安一隅，天下分为南北，方得休息。其中数十年，百姓受了多少苦楚。正是：

甲马丛中立命，刀枪队里为家。
杀戮如同戏耍，抢夺便是生涯。

内中单表一人，乃汴梁城外安乐村居住，姓莘名善，浑家阮氏。夫妻两口，开个六陈铺儿⑥。虽则粜米为生，一应麦、豆、茶、酒、油、盐、杂货，无所不备。家道颇颇得过。年过四旬，止生一女，小名叫做瑶琴。自小生得清秀，更且资性聪明。七岁上，送在村学中读书，日诵千言。十岁时，便能吟诗作赋。曾有《闺情》一绝，为人传诵。诗云：

朱帘寂寂下金钩，香鸭沉沉冷画楼。
移枕怕惊鸳并宿，挑灯偏惜蕊双头。

到十二岁，琴棋书画，无所不通。若提起女工一事，飞针走线，出人意表。此乃天生伶俐，非教习之所能也。莘善因为自家无子，要寻个养女婿，来家靠老。只因女儿灵巧多能，难乎其配，所以求亲者颇多，都不曾许。不幸遇了金虏猖獗，把汴梁城围困，四方勤王之师虽多，宰相主了和议，不许厮杀。以致虏势愈甚，打破了京城，劫迁了二帝。那时城外百姓，一个个亡魂丧胆，携老扶幼，弃家逃命。

却说莘善领着浑家阮氏，和十二岁的女儿，同一般逃难的，背着包裹，结队而走。

忙忙如丧家之犬，急急如漏网之鱼。担渴担饥担劳苦，此行谁是家乡。叫天叫地叫祖宗，惟愿不逢鞑虏。正是：宁为太平犬，莫作乱离人。

正行之间，谁想鞑子到不曾遇见，却逢着一阵败残的官兵。他看见许多逃难的百姓，多背得有包裹，假意呐喊道：“鞑子来了！”沿路放起一把火来。此时天色将晚，吓得众百姓落荒乱窜，你我不相顾。他就乘机抢掠，若不肯与他，就杀害了。这是乱中生乱，苦上加苦。

却说莘氏瑶琴，被乱军冲突，跌了一跤，爬起来，不见了爹娘。不敢叫唤，躲在道傍古墓之中，过了一夜。到天明，出外看时，但见满目风沙，死尸横路。昨日同时避难之人，都不知所往。瑶琴思念父母，痛哭不已。欲待寻访，又不认得路径。只得望南而行，哭一步，捱一步。约莫走了二里之程，心上又苦，腹中又饥。望见土房一所，想必其中有人，欲待求乞些汤饮。及至向前，却是破败的空屋，人口俱逃难去了。瑶琴坐于土墙之下，哀哀而哭。自古道："无巧不成话。"恰好有一人从墙下而过。那人姓卜名乔，正是莘善的近邻，平昔是个游手游食，不守本分，惯吃白食，用白钱的主儿，人都称他是卜大郎。也是被官军冲散了同伙，今日独自而行，听得啼哭之声，慌忙来看。瑶琴自小相认，今日患难之际，举目无亲，见了近邻，分明见了亲人一般，即忙收泪，起身相见，问道："卜大叔，可曾见我爹妈么?"卜乔心中暗想："昨日被官军抢去包裹，正没盘缠。天生这碗衣饭，送来与我，正是奇货可居。"便扯个谎，道："你爹和妈，寻你不见，好生痛苦，如今前面去了。分付我道：'倘或见我女儿，千万带了他来，送还了我。'许我厚谢。"瑶琴虽是聪明，正当无可奈何之际，君子可欺以其方[7]，遂全然不疑，随着卜乔便走。正是：

情知不是伴，事急且相随。

卜乔将随身带的干粮，把些与他吃了，分付道："你爹妈连夜走的，若路上不能相遇，直要过江到建康府，方可相会。一路上同行，我权把你当女儿，你权叫我做爹。不然，只道我收留迷失子女，不当稳便。"瑶琴依允。从此陆路同步，水路同舟，爹女相称。到了建康府，路上又闻得金兀术[8]四太子，引兵渡江，眼见得建康不得宁息。又闻得康王即位，已在杭州驻跸[9]，改名临安。遂趁船到润州，过了苏、常、嘉、湖，直到临安地面，暂且饭店中居住。

也亏卜乔，自汴京至临安，三千余里，带那莘瑶琴下来。身边藏下些散碎银两，都用尽了，连身上外盖衣服，脱下准了店钱，止剩得莘瑶琴一件活货，欲行出脱。访得西湖上烟花王九妈家要讨养女，遂引九妈到店中，看货还钱。九妈见瑶琴生得标致，讲了财礼五十两。卜乔兑足了银子，将瑶琴送到王家。原来卜乔有智，在王九妈前只说："瑶琴是我亲生之女，不幸到你门户人家，须是款款的教训，他自然从愿，不要性急。"在瑶琴面前又只说："九妈是我至亲，权时把你寄顿他家。待我从容访知你爹妈下落，再来领你。"以此，瑶琴欣然而去。

可怜绝世聪明女，堕落烟花罗网中。

王九妈新讨了瑶琴，将他浑身衣服，换个新鲜，藏于曲楼深处，终日好茶好饭，去将息他：好言好语，去温暖他。瑶琴既来之，则安之。住了几日，不见卜乔回信，思量爹妈，噙着两行珠泪，问九妈道："卜大叔怎不来看我？"九妈道："那个卜大叔？"瑶琴道："便是引我到你家的那个卜大郎。"九妈道："他说是你的亲爹。"瑶琴道："他姓卜，我姓莘。"遂把汴梁逃难，失散了爹妈，中途遇见了卜乔，引到临安，并卜乔哄他的说话，细述一遍。九妈道："原来恁地。你是个孤身女儿，无脚蟹。我索性与你说明罢：那姓卜的把你卖在我家，得银五十两去了。我们是门户人家，靠着粉头过活。家中虽有三四个养女，并没个出色的。爱你生得齐整，把做个亲女儿相待，待你长成之时，包你穿好吃好，一生受用。"瑶琴听说，方知被卜乔所骗，放声大哭。九妈劝解，良久方止。

自此九妈将瑶琴改做王美，一家都称为美娘，教他吹弹歌舞，无不尽善。长成一十四岁，娇艳非常。临安城中，这些富豪公子，慕其容貌，都备着厚礼求见。也有爱清标的，闻得他写作俱高，求诗求字的，日不离门。弄出天大的名声出来，不叫他美娘，叫他做"花魁娘子"。西湖上子弟，编出一支《挂枝儿》，单道那花魁娘子的好处：

小娘中，谁似得王美儿的标致。又会写，又会画，又会做诗，吹弹歌舞都余事。常把西湖比西子，就是西子比他也还不如。那个有福的汤着他身儿，也情愿一个死。

只因王美有了个盛名，十四岁上就有人来讲梳弄[10]。一来王美不肯，二来王九妈把女儿做金子看成，见他心中不允，分明奉了一道圣旨，并不敢违拗。又过了一年，王美年方十五。原来门户中梳弄，也有个规矩，十三岁太早，谓之“试花”。皆因鸨儿爱财，不顾痛苦，那子弟也只博个虚名，不得十分畅快取乐。十四岁，谓之“开花”。此时天癸已至，男施女受，也算当时了。到十五，谓之“摘花”。在平常人家，还算年小，惟有门户人家，以为过时。王美此时未曾梳弄，西湖上子弟，又编出一支《挂珠儿》来：

王美儿，似木瓜，空好看。十五岁还不曾与人汤一汤[11]。有名无实成何干！便不是石女，也是二行子的娘。若还有个好好的，羞羞也如何熬得这些时痒？

王九妈听得这些风声，怕坏了门面，来劝女儿接客。王美执意不肯，说道：“要我会客时，除非见了亲生爹妈。他肯做主时，方才使得。”王九妈心里又恼他，又不舍得难为他，捱了好些时，偶然有个金二员外，大富之家，情愿出三百两银子，梳弄美娘。九妈得了这主大财，心生一计，与金二员外商议，若要他成就，除非如此如此。金二员外意会了。其日八月十五日，只说请王美湖上看潮。请至舟中，三四个帮闲，俱是会中之人，猜拳行令，做好做歉，将美娘灌得烂醉如泥。扶到王九妈家楼中，卧于床上，不省人事。此时天气和暖，又没几层衣服。妈儿亲手伏侍，剥得他赤条条，任凭金二员外行事。比及美娘梦中觉痛，醒将转来，已被金二员外要得勾了。欲待挣扎，争奈手足俱软，由他轻薄了一回。直待绿暗红飞，方始雨收云散。正是：

雨中花蕊方开罢，镜里娥眉不似前。

五鼓时，美娘酒醒，已知鸨儿用计，破了身子。自怜红颜命薄，遭此强横。起来解手，穿了衣服，自在床边一个斑竹榻上，朝着里壁睡了，暗暗垂泪。金二员外来亲近他时，被他劈头劈脸，抓有几个血痕。金二员外好生没趣，捱得天明，对妈儿说声："我去也。"妈儿要留他时，已自出门去了。从来梳弄的子弟，早起时，妈儿进房贺喜，行户中都来称贺，还要吃几日喜酒。那子弟多则住一二月，最少也住半月二十日，只有金二员外侵早出门，是从来未有之事。

王九妈连叫诧异，披衣起身上楼。只见美娘卧于榻上，满眼流泪。九妈要哄他上行，连声招许多不是，美娘只不开口。九妈只得下楼去了。美娘哭了一日，茶饭不沾。从此托病，不肯下楼，连客也不肯会面了。

九妈心下焦躁，欲待把他凌虐，又恐他烈性不从，反冷了他的心肠。欲待由他，本是要他赚钱，若不接客时，就养到一百岁也没用。踌躇数日，无计可施。忽然想起，有个结义妹子，叫做刘四妈，时常往来。他能言快语，与美娘甚说得着。何不接取他来，下个说词？若得他回心转意，大大的烧个利市。当下，叫保儿去请刘四妈到前楼坐下，诉以衷情。刘四妈道："老身是个女随何，雌陆贾，说得罗汉思情，嫦娥想嫁。这件事都在老身身上。"九妈道："若得如此，做姐的情愿与你磕头。你多吃杯茶去，省得说话时口干。"刘四妈道："老身天生这副海口，便说到明日，还不干哩。"

刘四妈吃了几杯茶，转到后楼，只见楼门紧闭。刘四妈轻轻的叩了一下，叫声："侄女！"美娘听得是四妈声音，便来开门，两下相见了。四妈靠桌朝下而坐，美娘傍坐相陪。四妈看他桌上铺着一幅细绢，才画得个美人的脸儿，还未曾着色。四妈称赞道："画得好！真是巧手！九阿姐不知怎生样造化，偏生遇着你这一个伶俐女儿，又好人物，又好技艺，就是堆上几千两黄金，满临安走遍，可寻出个对儿么？"美娘道："休得见笑。今日甚风吹得姨娘到来？"刘四妈道："老身时常要来看你，只为家务在身，不得空闲。闻得你恭喜梳弄了，今日偷空而来，特特与九阿姐叫喜。”美儿听得提起“梳弄”二字，满脸通红，低着头不来答应。刘四妈知他害羞，便把椅儿掇上一步，将美娘的手儿牵着，叫声：“我儿，做小娘的，不是个软壳鸡蛋，怎的这般嫩得紧？似你恁地怕羞，如何赚得大主银子？”美娘道：“我要银子做甚？”四妈道：“我儿，你便不要银子，做娘的，看得你长大成人，难道不要出本？自古道：‘靠山吃山，靠水吃水。’九阿姐家有几个粉头，那一个赶得上你的脚跟来？一园瓜，只看得你是个瓜种。九阿姐待你也不比其他。你是聪明伶俐的人，也须识些轻重。闻得你自梳弄之后，一个客也不肯相接，是什么意儿？都像你的意时，一家人口，似蚕一般，那个把桑叶喂他？做娘的抬举你一分，你也要与他争口气儿，莫要反讨众丫头们批点。”美娘道：“由他批点，怕怎的！”刘四妈：“阿呀！批点是个小事，你可晓得门户中的行径么！”美娘道：“行径便怎的！”刘四妈道：“我们门户人家，吃着女儿，穿着女儿，用着女儿，侥幸讨得一个像样的，分明是大户人家置了一所良田美产。年纪幼小时，巴不得风吹得大。到得梳弄过后，便是田产成熟，日日指望花利到手受用。前门迎新，后门送旧，张郎送米，李郎送柴，往来热闹，才是个出名的姊妹行家。”美娘道：“羞答答，我不做这样事。”刘四妈掩着口，咯的笑了一声，道：“不做这样事，可是由得你的？一家之中，有妈妈做主。做小娘的若不依他教训，动不动一顿皮鞭，打得你不生不死，那时不怕你不走他的路儿。九阿姐一向不难为你，只可惜你聪明标致，从小娇养的，要惜你的廉耻，存你的体面。方才告诉我许多话，说你不识好歹，放着鹅毛不知轻，顶着磨子不知重，心下好生不悦，教老身来劝你。你若执意不从，惹他性起，一时翻过脸来，骂一顿，打一顿，你待走上天去？凡事只怕个起头。若打破了头时，朝一顿，暮一顿，那时熬这些痛苦不过，只得接客，却不把千金声价弄得低微了！还要被姊妹中笑话。依我说，吊桶已自落在他井里，挣不起了。不如千欢万喜，倒在娘的怀里，落得自己快活。”

美娘道：“奴是好人家儿女，误落风尘，倘得姨娘主张从良，胜造九级浮图[12]。若要我倚门献笑，送旧迎新，宁甘一死，决不情愿。”刘四妈道：“我儿，从良是个有志气的事，怎么说道不该？只是从良也有几等不同。”美娘道：“从良有甚不同之处？”刘四妈道：“有个真从良，有个假从良，有个苦从良，有个乐从良，有个趁好的从良，有个没奈何的从良，有个了从良，有个不了的从良。我儿，耐心听我分说。如何叫做真从良？大凡才子必须佳人，佳人必须才子，方成佳配。然而好事多磨，往往求之不得。幸然两下相逢，你贪我爱，割舍不下，一个愿讨，一个愿嫁，好像捉对的蚕蛾，死也不放。这个谓之真从良。怎么叫做假从良？有等子弟爱着小娘，小娘却不爱那子弟。本心不愿嫁他，只把个嫁字儿哄他心热，撒漫银钱。比及成交，却又推故不就。又有一等痴心的子弟，晓得小娘心肠不对他，偏要娶他回去。拚着一主大钱，动了妈儿的火，不怕小娘不肯。勉强进门，心中不顺，故意不守家规，小则撒泼放肆，大则公然偷汉。人家容留不得，多则一年，少则半载，依旧放他出来为娼接客。把从良二字，只当个撰钱的题目。这个谓之假从良。如何叫做苦从良？一般样子弟爱小娘，小娘不爱那子弟，却被他以势凌之。妈儿惧祸，已自许了。做小娘的，身不由主，含泪而行。一入侯门，如海之深，家法又严，抬头不得。半妾半婢，忍死度日。这个谓之苦从良。如何叫做乐从良？做小娘的，正当择人之际，偶然相交个子弟，见他情性温和，家道富足，又且大娘子乐善，无男无女，指望他日过门，与他生育，就有主母之分。以此嫁他，图个日前安逸，日后出身。这个谓之乐从良。如何叫做趁好的从良？做小娘的，风花雪月，受用已够，趁这盛名之下，求之者众，任我拣择个十分满意的嫁他，急流勇退，及早回头，不致受人怠慢。这个谓之趁好的从良。如何叫做没奈何的从良？做小娘的，原无从良之意，或因官司逼迫，或因强横欺瞒，又或因债负太多，将来赔偿不起，憋口气，不论好歹，得嫁便嫁，买静求安，藏身之法。这谓之没奈何的从良。如何叫做了从良？小娘半老之际，风波历尽，刚好遇个老成的孤老[13]，两下志同道合，收绳卷索，白头到老。这个谓之了从良。如何叫做不了的从良？一般你贪我爱，火热的跟他，却是一时之兴，没有个长算。或者尊长不容，或者大娘妒忌，闹了几场，发回妈家，追取原价。又有个家道凋零，养他不活，苦守不过，依旧出来赶趁。这谓之不了的从良。”美娘道：“如今奴家要从良，还是怎地好？”刘四妈道：“我儿，老身教你个万全之策。”美娘道：“若蒙教导，死不忘恩！”刘四妈道：“从良一事，入门为净。况且你身子已被人捉弄过了，就是今夜嫁人，叫不得个黄花女儿。千错万错，不该落于此地，这就是你命中所招了。做娘的费了一片心机，若不帮他几年，趁过千把银子，怎肯放你出门？还有一件，你便要从良，也须拣个好主儿。这些臭嘴臭脸的，难道就跟他不成？你如今一个客也不接，晓得那个该从，那个不该从？假如你执意不肯接客，做娘的没奈何，寻个肯出钱的主儿，卖你去做妾，这也叫做从良。那主儿或是年老的，或是貌丑的，或是一字不识的村牛，你却不肮脏了一世！比着把你料在水里，还有扑通的一声响，讨得旁人叫一声可惜。依着老身愚见，还是俯从人愿，凭着做娘的接客。似你恁般才貌，等闲的料也不敢相扳。无非是王孙公子，贵客豪门，也不辱莫了你。一来风花雪月，趁着年少受用，二来作成妈儿起个家事，三来使自己也积趱些私房，免得日后求人。过了十年五载，遇个知心着意的，说得来，话得着，那时老身与你做媒，好模好样的嫁去，做娘的也放得你下了。可不两得其便？”美娘听说，微笑而不言。刘四妈已知美娘心中活动了，便道：“老身句句是好话。你依着老身的话时，后来还当感激我哩！”说罢，起身。王九妈立在楼门之外，一句句都听得的。美娘送刘四妈出房门，劈面撞着了九妈，满面羞惭，缩身进去。

王九妈随着刘四妈，再到前楼坐下。刘四妈道：“侄女十分执意，被老身右说左说，一块硬铁看看溶做热汁。你如今快快寻个覆帐的主儿，他必然肯就。那时做妹子的再来贺喜。”王九妈连连称谢。是日备饭相待，尽醉而别。后来，西湖上子弟们，又有支《挂枝儿》，单说那刘四妈说词一节：

刘四妈，你的嘴舌儿好不利害！便是女随何、雌陆贾，不信有这大才。说着长，道着短，全没些破败。就是醉梦中，被你说得醒；就是聪明的，被你说得呆。好个烈性的姑姑，也被你说得他心地改。

再说王美娘自听了刘四妈一席话儿，思之有理，以后有客求见，欣然相接。覆帐[14]之后，宾客如市，捱三顶五，不得空闲，声价愈重。每一晚，白银十两，兀自你争我夺。王九妈赚了若干钱钞，欢喜无限。美娘也留心要拣个心满意足的，急切难得。正是：

易求无价宝，难得有情郎。

话分两头。再说临安城清波门里，有个开油店的朱十老，三年前过继一个小厮，也是汴京逃难来的，姓秦名重，母亲早丧。父亲秦良，十三岁上将他卖了，自己在上天竺去做香火。朱十老因年老无嗣，又新死了妈妈，把秦重做亲子看成，改名朱重，在店中学做卖油生理。初时父子坐店甚好，后因十老得了腰痛的病，十眠九坐，劳碌不得，另招个伙计，叫做邢权，在店相帮。

光阴似箭，不觉四年有余。朱重长成一十七岁，生得一表人才，虽然已冠，尚未娶妻。那朱十老家有个使女，叫做兰花，年已二十之外，有心看上了朱小官人，几遍的到下钩子去勾搭他。谁知朱重是个老实人，又且兰花龌龊丑陋，朱重也看不上眼，以此落花有意，流水无情。那兰花见勾搭朱小官人不上，别寻主顾，就去勾搭那伙计邢权。邢权是望四[15]之人，没有老婆，一拍就上。两个暗地偷情，不止一次，反怪朱小官人碍眼，思量寻事赶他出门。邢权与兰花两个，里应外合，使心设计。兰花便在朱十老面前，假意撇清，说："小官人几番调戏，好不老实！"朱十老平时与兰花也有一手，未免有拈酸之意。邢权又将店中卖下的银子藏过，在朱十老面前说道："朱小官在外赌博，不长进。柜里银子，几次短少，都是他偷去了。"初次朱十老还不信，接连几次，朱十老年老糊涂，没有主意，就唤朱重过来，责骂了一场。朱重是个聪明的孩子，已知邢权与兰花的计较，欲待分辨，惹起是非不小。万一老者不听，枉做恶人。心生一计，对朱十老说道：“店中生意淡薄，不消得二人。如今让邢主管坐店，孩儿情愿挑担子出去卖油。卖得多少，每日纳还，可不是两重生意？”朱十老心下也有许可之意。又被邢权说道：“他不是要挑担出去，几年上偷银子做私房，身边积攒有余了，又怪你不与他定亲，心下怨怅，不愿在此相帮，要讨个出场，自去娶老婆，做人家哩。”朱十老叹口气道：“我把他做亲儿看成，他却如此歹意。皇天不祐！罢，罢！不是自身骨血，到底粘连不上，由他去罢。”遂将三两银子，把与朱重，打发出门。寒夏衣服和被窝都教他拿去。这也是朱十老好处。朱重料他不肯收留，拜了四拜，大哭而别。正是：

孝己杀身因谤语，申生丧命为谗言。

亲生儿子犹如此，何怪螟蛉受枉冤。

原来秦良上天竺做香火，不曾对儿子说知。朱重出了朱十老之门，在众安桥下赁了一间小小房儿，放下被窝等件，买巨锁儿锁了门，便往长街短巷，访求父亲。连走几日，全没消息，没奈何，只得放下。在朱十老家四年，赤心忠良，并无一毫私蓄。只有临行时，打发这三两银子，不勾本钱，做什么生意好？左思右量，只有油行买卖是熟间。这些油坊，多曾与他识熟，还去挑个卖油担子，是个稳足的道路。当下置办了油担家火，剩下的银两，都交付与油坊取油。那油坊里认得朱小官是个老实好人，况且小小年纪，当初坐店，今朝挑担上街，都因邢伙计挑拨他出来，心中甚是不平，有心扶持他，只拣窨清[16]的上好净油与他，签子上又明让他些。朱重得了这些便宜，自己转卖与人，也放些宽。所以他的油，比别人分外容易出脱，每日尽有些的利息。又且俭吃俭用，积下东西来，置办些日用家业，及身上衣服之类，并无妄废。心中只有一件事未了，牵挂着父亲，思想：“向来叫做朱重，谁知我是姓秦？倘或父亲来寻访之时，也没有个因由。”遂复姓为秦。

说话的，假如上一等人，有前程的，要复本姓，或具札子奏过朝廷，或关白[17]礼部、太学、国学等衙门，将册籍改正，众所共知。一个卖油的，复姓之时，谁人晓得？他有个道理，把盛油的桶儿，一面大大写个“秦”字，一面写“汴梁”二字，将此桶做个标识，使人一览而知。以此临安市上，晓得他本姓，都呼他为“秦卖油”。

时值二月天气，不暖不寒。秦重闻知昭庆寺僧人，要起个九昼夜功德，用油必多，遂挑了油担，来寺中卖油。那些和尚们，也闻知秦卖油之名，他的油比别人又好又贱，单单作成他。所以一连这九日，秦重只在昭庆寺走动。正是：

刻薄不赚钱，忠厚不折本。

这一日是第九日了，秦重在寺出脱了油，挑了空担出寺。其日天气晴明，游人如蚁。秦重绕河而行，遥望十景塘桃红柳绿，湖内画船箫鼓，往来游玩。观之不足，玩之有余。走了一回，身子困倦，转到昭庆寺右边，望个宽处，将担儿放下，坐在一块石上歇脚。近侧有个人家，面湖而住，金漆篱门，里面朱栏内，一丛细竹。未知堂室何如，先见门庭清整。只见里面三四个戴巾的从内而出，一个女娘，后面相送。到了门首，两下把手一拱，说声“请了”，那女娘竟进去了。秦重定睛觑之，比女容颜娇丽，体态轻盈，目所未睹，准准的呆了半晌，身子都酥麻了。他原是个老实小官，不知有烟花行径，心中疑惑，正不知是什么人家。方在疑思之际，只见门内又走出个中年的妈妈，同着一个垂鬟的丫头，倚门闲看。那妈妈一眼瞧着油担，便道：“阿呀！方才要去买油，正好有油担子在这里，何不与他买些？”那丫鬟同那妈妈出来，走到油担子边，叫声：“卖油的！”秦重方才知觉，回言道：“没有油了。妈妈要用油时，明日送来。”那丫鬟也识得几个字，看见油桶上写个“秦”字，就对妈妈道：“那卖油的姓秦。”妈妈也听得人闲讲，有个“秦卖油”，做生意甚是忠厚，遂分付秦重道：“我家每日要油用，你肯挑来时，与你做个主顾。”秦重道：“承妈妈作成，不敢有误。”那妈妈与丫鬟进去了。秦重心中想道：“这妈妈不知是那女娘的什么人？我每日到他家卖油，莫说赚他利息，图个饱看那女娘一回，也是前生福分。”正欲挑担起身，只见两个轿夫，抬着一顶青绢幔的轿子，后边跟着两个小厮，飞也似跑来。到了其家门首，歇下轿子，那小厮走进里面去了。秦重道：“却又作怪，看他接什么人？”少顷之间，只见两个丫鬟，一个捧着猩红的毡包，一个拿着湘妃竹攒花的拜匣，都交付与轿夫，放在轿座之下。那两个小厮手中，一个抱着琴囊，一个捧着几个手卷，腕上挂碧玉箫一枝，跟着起初的女娘出来。女娘上了轿，轿夫抬起，望旧路而去。丫鬟小厮，俱随轿步行。

秦重又得亲炙一番，心中愈加疑惑，挑了油担子，洋洋的去。不过几步，只见临河有一个酒馆。秦重每常不吃酒，今日见了这女娘，心下又欢喜，又气闷，将担子放下，走进酒馆，拣个小座头坐了。酒保问道：“客人还是请客，还是独酌?”秦重道：“有上好的酒拿来，独饮三杯。时新果子一两碟，不用荤菜。”酒保斟酒时，秦重问道：“那边金漆篱门内，是什么人家?”酒保道：“这是齐衙内的花园，如今王九妈住下。”秦重道：“方才看见有个小娘子上轿，是什么人?”酒保道：“这是有名的粉头，叫做王美娘，人都称为花魁娘子。他原是汴京人，流落在此。吹弹歌舞，琴棋书画，件件皆精。来往的都是大头儿，要十两放光，才宿一夜哩。可知小可的，也近他不得。当初住在涌金门外，因楼房狭窄，齐舍人与他相厚，半载之前，把这花园借与他住。”秦重听得说是汴京人，触了个乡里之念，心中更有一倍光景。吃了数杯，还了酒钱，挑了担子，一路走，一路的肚中打稿道：“世间有这样美貌的女子，落于娼家，岂不可惜!”又自家暗笑道：“若不落于娼家，我卖油的怎生得见?”又想一回，越发痴起来了，道：“人生一世，草生一秋。若得这等美人搂抱了睡一夜，死也甘心。”又想一回道：“呸!我终日挑这油担子，不过日进分文，怎么想这等非分之事！正是癞蛤蟆在阴沟里，想着天鹅肉吃，如何到口!”又想一回道：“他相交的，都是公子王孙，我卖油的，纵有了银子，料他也不肯接我。”又想一回道："我闻得做老鸨的，专要钱钞。就是个乞儿，有了银子，他也就肯接了。何况我做生意的，青青白白之人，若有了银子，怕他不接！只是那里来这几两银子？"一路上胡思乱想，自言自语。

你道天地间有这等痴人，一个做小经纪的，本钱只有三两，却要把十两银子去嫖那名妓，可不是个春梦？

自古道："有志者事竟成。"被他千思万想，想出一个计策来。他道："从明日为始，逐日将本钱扣出，余下的积攒上去。一日积得一分，一年也有三两六钱之数。只消三年，这事便成了。若一日积得二分，只消得年半。若再多得些，一年也差不多了。"想来想去，不觉走到家里，开锁进门。只因一路上想着许多闲事，回来看了自家的床铺，惨然无欢，连夜饭也不要吃，便上了床。这一夜翻来覆去，牵挂着美人，那里睡得着。

只因月貌花容，引起心猿意马。

捱到天明，爬起来，就装了油担，煮早饭吃了，锁了门，挑了油担子，一径走到王九妈家去。进了门，却不敢直入，舒着头，往里面张望。王九妈恰才起床，还蓬着头，正分付保儿买饭菜。秦重认得声音，叫声："王妈妈。"九妈往外一张，见是秦卖油，笑道："好忠厚人！果然不失信。"便叫他挑担进来，称了一瓶，约有五斤多重，公道还钱，秦重并不争论。王九妈甚是欢喜，道："这瓶油只勾我家两日用，但隔一日，你便送来，我不往别处去买了。"秦重应诺，挑担而出，"只恨不曾遇见花魁娘子，且喜扳下主顾，少不得一次不见二次见，二次不见三次见。只是一件，特为王九妈一家挑这许多路来，不是做生意的勾当。这昭庆寺是顺路，今日寺中虽然不做功德，难道寻常不用油的？我且挑担去问他，若扳得各房头做个主顾，只消走钱塘门这一路，这一担油尽勾出脱了。"秦重挑担到寺内问时，原来各房和尚也正想着秦卖油。来得正好，多少不等，各各买他的油。秦重与各房约定，也是间一日便送油来用。这一日是个双日，自此日为始，但是单日，秦重别街道上做买卖：但是双日，就走钱塘门这一路。一出钱塘门，先到王九妈家里，以卖油为名，去看花魁娘子。有一日会见，也有一日不会见。不见时，费了一场思想：便见时，也只添了一层思想。正是：

天长地久有时尽，此恨此情无尽期。

再说秦重到了王九妈家多次，家中大大小小，没一个不认得是秦卖油。时光迅速，不觉一年有余。日大日小，只拣足色细丝，或积三分，或积二分，再少也积下一分。凑得几钱，又打换大块头。日积月累，有了一大包银子，零星凑集，连自已也不识多少。其日是单日，又值大雨，秦重不出去做买卖。看了这一大包银子，心中也自喜欢。“趁今日空闲，我把他上一上天平，见个数目。”打个油伞，走到对门倾银铺里，借天平兑银。那银匠好不轻薄，想着：“卖油的多少银子，要架天平？只把个五两头等子与他，还怕用不着头纽哩。”秦重把银包解开，都是散碎银两，大凡成锭的见少，散碎的就见多。银匠是小辈，眼孔极浅，见了许多银子，别是一番面目，想道：“人不可貌相，海水不可斗量。”慌忙架起天平，搬出若大若小许多法马。秦重尽包而兑，一厘不多，一厘不少，刚刚一十六两之数，上秤便是一斤。秦重心下想道：“除去了三两本钱，余下的做一夜花柳之费，还是有余。”又想道：“这样散碎银子，怎好出手！拿出来也被人看低了。见成倾银店中方便，何不倾成锭儿，还觉冠冕。”当下兑足十两，倾成一个足色大锭，再把一两八钱，倾成水丝一小锭。剩下四两二钱之数，拈一小块，还了火钱。又将几钱银子，置下镶鞋净袜，新褶了一顶万字头巾。回到家中，把衣服浆洗得干干净净，买几根安息香，薰了又薰。拣个晴明好日，侵早打扮起来。

虽非富贵豪华客，也是风流好后生。

秦重打扮得齐齐整整，取银两藏于袖中，把房门锁了，一径望王九妈家而来。那一时好不高兴。及至到了门首，愧心复萌，想道：“时常挑了担子，在他家卖油，今日忽地去做嫖客，如何开口？”正在踌躇之际，只听得呀的一声门响，王九妈走将出来，见了秦重，便道：“秦小官，今日怎的不做生意，打扮得恁般齐楚[18]，往那里去贵干？”事到其间，秦重只得老着脸，上前作揖，妈妈也不免还礼。秦重道：“小可并无别事，专来拜望妈妈。”那鸨儿是老积年，见貌辨色，见秦重恁般装束，又说拜望，“一定是看上了我家那个丫头，要嫖一夜，或是会一个房。虽然不是个大势主菩萨，搭在篮里便是菜，捉在篮里便是蟹，赚他钱把银子，买葱菜，也是好的。”便满脸堆下笑来道：“秦小官拜望老身，必有好处。”秦重道：“小可有句不识进退的言语，只是不好启齿。”王九妈道：“但说何妨。且请到里面客坐里细讲。”

秦重为卖油，虽曾到王家整百次，这客坐里交椅，还不曾与他屁股做个相识，今日是个会面之始。王九妈到了客坐，不免分宾而坐，向着内里唤茶。少顷，丫鬟托出茶来，看时却是秦卖油，正不知什么缘故，妈妈恁般相待，低了头，只管笑。王九妈看见，喝道：“有甚好笑！对客全没些规矩！”丫鬟止住笑，收了茶杯自去。王九妈方才开言问道：“秦小官有甚话要对老身说？”秦重道：“没有别话，要在妈妈宅上请一位姐姐吃杯酒儿。”九妈道：“难道吃寡酒？一定要嫖了。你是个老实人，几时动这风流之兴？”秦重道：“小可的积诚，也非止一日。”九妈道：“我家这几个姐姐，都是你认得的，不知你中意那一位？”秦重道：“别个都不要，单单要与花魁娘子相处一宵。”九妈只道取笑他，就变了脸道：“你出言无度，莫非奚落老娘么？”秦重道：“小可是个老实人，岂有虚情？”九妈道：“粪桶也有两个耳朵，你岂不晓得我家美儿的身价！倒了你卖油的灶，还不勾半夜歇钱哩。不如将就拣一个适兴罢。”秦重把头一缩，舌头一伸，道：“恁的好卖弄！不敢动问，你家花魁娘子一夜歇钱要几千两？”九妈见他说耍话，却又回嗔作喜，带笑而言道：“那要许多！只要得十两敲丝[19]。其他东道杂费，不在其内。”秦重道：“原来如此，不为大事。”袖中摸出这秃秃里一大锭放光细丝银子，递与鸨儿，道：“这一锭十两重，足色足数，请妈妈收着。”又摸出一小锭来，也递与鸨儿，又道：“这一小锭，重有二两，相烦备个小东。望妈妈成就小可这件好事，生死不忘，日后再有孝顺。”

九妈见了这锭大银，已自不忍释手，又恐怕他一时高兴，日后没了本钱，心中懊悔，也要尽他一句才好，便道：“这十两银子，你做经纪的人，积趱不易，还要三思而行。”秦重道：“小可主意已定，不要你老人家费心。”九妈把这两锭银子收于袖中，道：“是便是了，还有许多烦难哩。”秦重道：“妈妈是一家之主，有甚烦难？”九妈道：“我家美儿，往来的都是王孙公子，富室豪家，真个是‘谈笑有鸿儒，往来无白丁。’他岂不认得你是做经纪的秦小官，如何肯接你？”秦重道：“但凭妈妈怎的委曲宛转，成全其事，大恩不敢有忘！”九妈见他十分坚心，眉头一皱，计上心来，扯开笑口道：“老身已替你排下计策，只看你缘法如何。做得成，不要喜，做不成，不要怪。美儿昨日在李学士家陪酒，还未曾回。今日是黄衙内约下游湖，明日是张山人一班清客邀他做诗社，后日是韩尚书的公子，数日前送下东道在这里。你且到大后日来看。还有句话，这几日你且不要来我家卖油，预先留下个体面。又有句话，你穿着一身的布衣布裳，不像个上等嫖客。再来时换件䌷缎衣服，教这些丫鬟们认不出你是秦小官，老娘也好与你装谎。”秦重道：“小可一一理会得。”说罢，作别出门。且歇这三日生理，不去卖油。到典铺里买了一件见成半新不旧的䌷衣，穿在身上，到街坊闲走，演习斯文模样。正是：

未识花院行藏，先习孔门规矩。

丢过那三日不提。到第四日，起个清早，便到王九妈家去。去得太早，门还未开，意欲转一转再来。这番装扮希奇，不敢到昭庆寺去，恐怕和尚们批点。且到十景塘散步。良久，又踅转来，王九妈家门已开了。那门前却安顿得有轿马，门内有许多仆从，在那里闲坐。秦重虽然老实，心下到也乖巧，且不进门，悄悄的招那马夫问道："这轿马是谁家的？"马夫道："韩府里来接公子的。"秦重已知韩公子夜来留宿，此时还未曾别。重复转身，到一个饭店之中，吃了些见成茶饭，又坐了一回，方才到王家探信。只见门前轿马已自去了。进得门时，王九妈迎着，便道："老身得罪，今日又不得工夫了。恰才韩公子拉去东庄赏早梅。他是个长嫖，老身不好违拗。闻得说，来日还要到灵隐寺，访个棋师赌棋哩。齐衙内又来约过两三次了。这是我家房主，又是辞不得的。他来时，或三日五日的住了去，连老身也定不得个日子。秦小官，你真个要嫖，只索耐心，再等几时。不然，前日的尊赐，分毫不动，要便奉还。"秦重道："只怕妈妈不作成。若还迟，终无失。就是一万年，小可也情愿等着。"九妈道："恁地时，老身便好张主。"秦重作别，方欲起身，九妈又道："秦小官人，老身还有句话，你下次若来讨信，不要早了。约莫申牌时分，有客没客，老身把个实信与你。到是越晏些越好，这是老身的妙用，你休错怪。"秦重连声道："不敢，不敢！"

这一日秦重不曾做买卖。次日，整理油担，挑往别处去生理，不走钱塘门一路。每日生意做完，傍晚时分，就打扮齐整，到王九妈家探信。只是不得功夫，又空走了一月有余。

那一日，是十二月十五，大雪方霁，西风过后，积雪成冰，好不寒冷。却喜地下干燥。秦重做了大半日买卖，如前妆扮，又去探信。王九妈笑容可掬，迎着道："今日你造化，已是九分九厘了。"秦重道："这一厘是欠着什么？"九妈道："这一厘么，正主儿还不在家。"秦重道："可回来么？"九妈道："今日是俞太尉家赏雪筵席，就备在湖船之内。俞太尉是七十岁的老人家，风月之事，已是没分。原说过黄昏送来。你且到新人房里，吃杯烫风酒，慢慢的等他。"秦重道："烦妈妈引路。"王九妈引着秦重，弯弯曲曲，走过许多房头，到一个所在，不是楼房，却是个平屋三间，甚是高爽。左一开是丫鬟的空房，一般有床榻桌椅之类，却是备官铺的。右一间是花魁娘子卧室，锁着在那里。

两旁又有耳房。中间客座上面，挂一幅名人山水，香几上博山古铜炉，烧着龙涎香饼。两旁书桌，摆设些古玩，壁上贴许多诗稿。秦重愧非文人，不敢细看，心下想道：“外房如此整齐，内室铺陈，必然华丽。今夜尽我受用，十两一夜，也不为多。”九妈让秦小官坐于客位，自己主位相陪。少顷之间，丫鬟掌灯过来，抬下一张八仙桌儿，六碗时新果子，一架攒盒[20]佳肴美酝，未曾到口，香气扑人。九妈执盏相劝道：“今日众小女都有客，老身只得自陪，请开怀畅饮几杯。”秦重酒量本不高，况兼正事在心，只吃半杯。吃了一会，便推不饮。九妈道：“秦小官想饿了，且用些饭，再吃酒。”丫鬟捧着雪花白米饭，一吃一添，放于秦重面前，就是一盏杂和汤。鸨儿量高，不用饭，以酒相陪。秦重吃了一碗，就放箸。九妈道：“夜长哩，再请些。”秦重又添了半碗。丫鬟提个行灯来，说：“浴汤热了，请客官洗浴。”秦重原是洗过澡来的，不敢推托，只得又到浴堂，肥皂香汤，洗了一遍，重复穿衣入座。九妈命撤去肴盒，用暖锅下酒。此时黄昏已绝，昭庆寺里的钟都撞过了，美娘尚未回来。

玉人何处贪欢耍，等得情郎望眼穿。

常言道：“等人心急。”秦重不见表子回家，好生气闷。却被鸨儿夹七夹八，说些风话劝酒。不觉又过了一更天气，只听外面热闹闹的，却是花魁娘子回家。丫鬟先来报了，九妈连忙起身出迎，秦重也离座而立。只见美娘吃得大醉，侍女扶将进来，到于门首，醉眼朦胧，看见房中灯烛辉煌，杯盘狼藉，立住脚问道：“谁在这里吃酒？”九妈道：“我儿，便是我向日与你说的那秦小官人。他心中慕你，多时的送过礼来，因你不得工夫，担阁他一月有余了。你今日幸而得空，做娘的留他在此伴你。”美娘道：“临安郡中，并不闻说起有什么秦小官人，我不去接他。”转身便走。九妈双手托开，急忙拦住道：“他是个至诚好人，娘不误你。”美娘只得转身，才跨进房门，抬头一看那人，有些面善，一时醉了，急切叫不出来，便道：“娘，这个人我认得他的，不是有名称的子弟，接了他，被人笑话。”九妈道：“我儿，这是涌金门内开缎铺的秦小官人。当初我们住在涌金门时，想你也曾会过，故此面善，你莫识认错了。做娘的见他来意志诚，一时许了他，不好失信。你看做娘的面上，胡乱留他一晚，做娘的晓得不是了，明日却与你赔礼。”一头说，一头推着美娘的肩头向前。美娘拗妈妈不过，只得进房相见。正是：

千般难出虔婆口，万般难脱虔婆手。
饶君纵有万千般，不如跟着虔婆走。

这些言语，秦重一句句都听得，佯为不闻。美娘万福过了，坐于侧首，仔细看着秦重，好生疑惑，心里甚是不悦，默默无言。唤丫鬟将热酒来，斟着大钟。鸨儿只道他敬客，却自家一饮而尽。九妈道：“我儿醉了，少吃些么！”美儿那里依他，答应道：“我不醉。”一连吃上十来杯。这是酒后之酒，醉中之醉，自觉立脚不住。唤丫鬟开了卧房，点上银缸，也不卸头，也不解带，脱了绣鞋，和衣上床，倒身而卧。鸨儿见女儿如此做作，甚不过意，对秦重道：“小女平日惯了，他专会使性。今日他心中不知为什么有些不自在，却不干你事，休得见怪！”秦重道：“小可岂敢。”鸨儿又劝了秦重几杯酒，秦重再三告止。鸨儿送入卧房，向耳傍分付道：“那人醉了，放温存些。”又叫道：“我儿起来，脱了衣服，好好的睡。”美娘已在梦中，全不答应，鸨儿只得去了。丫鬟收拾了杯盘之类，抹了桌子，叫声：“秦小官人，安置罢。”秦重道：“有热茶要一壶。”丫鬟泡了一壶浓茶，送进房里，带转房门，自去耳房中安歇。

秦重看美娘时，面对里床，睡得正熟，把锦被压于身下。秦重想：“酒醉之人，必然怕冷。”又不敢惊醒他。忽见阑干上又放着一床大红纻丝的锦被，轻轻的取下，盖在美娘身上。把银灯挑得亮亮的，取了这壶热茶，脱鞋上床，捱在美娘身边，左手抱着茶壶在怀，右手搭在美娘身上，眼也不敢闭一闭。正是：

未曾握雨携云，也算偎香倚玉。

却说美娘睡到半夜，醒将转来，自觉酒力不胜，胸中似有满溢之状。爬起来，坐在被窝中，垂着头，只管打干哕。秦重慌忙也坐起来，知他要吐，放下茶壶，用手抚摩其背。良久，美娘喉间忍不住了，说时迟，那时快，美娘放开喉咙便吐。秦重怕污了被窝，把自己道袍的袖子张开，罩在他嘴上。美娘不知所以，尽情一呕，呕毕，还闭着眼，讨茶漱口。秦重下床，将道袍轻轻脱下，放在地平之上。摸茶壶还是暖的，斟上一瓯香喷喷的浓茶，递与美娘。美娘连吃了二碗，胸中虽然略觉豪燥，身子兀自倦怠，仍旧倒下，向里睡去了。秦重脱下道袍，将吐下一袖的腌臜，重重裹着，放于床侧，依然上床，拥抱似初。美娘那一觉直睡到天明方醒，覆身转来，见旁边睡着一人，问道："你是那个？"秦重答道："小可姓秦。"美娘想起夜来之事，恍恍惚惚，不甚记得真了，便道："我夜来好醉。"秦重道："也不甚醉。"又问："可曾吐么？"秦重道："不曾。"美娘道："这样还好。"又想一想道："我记得曾吐过的，又记得曾吃过茶来，难道做梦不成？"秦重方才说道："是曾吐来。小可见小娘子多了杯酒，也防着要吐，把茶壶暖在怀里。小娘子果然吐后讨茶，小可斟上，蒙小娘子不弃，饮了两瓯。"美娘大惊道："脏巴巴的，吐在那里？"秦重道："恐怕小娘子污了被褥，是小可把袖子盛了。"美娘道："如今在那里？"秦重道："连衣服裹着，藏过在那里。"美娘道："可惜坏了你一件衣服。"秦重道："这是小可的衣服，有幸得沾小娘子的余沥。"美娘听说，心下想道："有这般识趣的人！"心里已有四五分欢喜了。

此时天色大明，美娘起身，下床小解。看着秦重，猛然想起是秦卖油，遂问道："你实对我说，是什么样人？为何昨夜在此？"秦重道："承花魁娘子下问，小子怎敢妄言。小可实是常来宅上卖油的秦重。"遂将初次看见送客，又看见上轿，心下想慕之极，及积趱嫖钱之事，备细述了一遍。"夜来得亲近小娘子一夜，三生有幸，心满意足。"美娘听说，愈加可怜道：“我昨夜酒醉，不曾招接得你，你干折了许多银子，莫不懊悔？”秦重道：“小娘子天上神仙，小可惟恐伏侍不周，但不见责，已为万幸，况敢有非意之望！”美娘道：“你做经纪的人，积下些银两，何不留下养家？此地不是你来往的。”秦重道：“小可单只一身，并无妻小。”美娘顿了一顿，便道：“你今日去了，他日还来么？”秦重道：“只这昨宵相亲一夜，已慰生平，岂敢又作痴想？”美娘想道：“难得这好人，又忠厚，又老实，又且知情识趣，隐恶扬善，千百中难遇此一人。可惜是市井之辈，若是衣冠子弟，情愿委身事之。”

正在沉吟之际，丫鬟捧洗脸水进来，又是两碗姜汤。秦重洗了脸，因夜来未曾脱帻，不用梳头，呷了几口姜汤，便要告别。美娘道：“少住不妨，还有话说。”秦重道：“小可仰慕花魁娘子，在傍多站一刻，也是好的。但为人岂不自揣！夜来在此，实是大胆，惟恐他人知道，有玷芳名，还是早些去了安稳。”美娘点了一点头，打发丫鬟出房，忙忙的开了减妆，取出二十两银子，送与秦重道：“昨夜难为了你，这银两权奉为资本，莫对人说。”秦重那里肯受。美娘道：“我的银子，来路容易。这些须酬你一宵之情，休得固逊。若本钱缺少，异日还有助你之处。那件污秽的衣服，我叫丫鬟湔洗干净了还你罢。”秦重道：“粗衣不烦小娘子费心，小可自会湔洗。只是领赐不当。”美娘道：“说那里话。”将银子搉在秦重袖内，推他转身。秦重料难推却，只得受了，深深作揖，卷了脱下这件龌龊道袍，走出房门。打从鸨儿房前经过，保儿看见，叫声：“妈妈，秦小官去了。”王九妈正在净桶上解手，口中叫道：“秦小官，如何去得恁早？”秦重道：“有些贱事，改日特来称谢。”

不说秦重去了。且说美娘与秦重虽然没点相干，见他一片诚心，去后好不过意。这一日因害酒，辞了客，在家将息，千个万个孤老都不想，倒把秦重整整的想了一日。有《挂枝儿》为证：

俏冤家，须不是串花家的子弟。你是个做经纪本分人儿，那匡你会温存。能软款，知心知意。料你不是个使性的，料你不是个薄情的。几番待放下思量也，又不觉思量起。

话分两头，再说邢权在朱十老家，与兰花情熟，见朱十老病废在床，全无顾忌。十老发作了几场，两个商量出一条计策来，俟夜静更深，将店中资本席卷，双双的逃之夭夭，不知去向。次日天明，十老方知，央及邻里，出了个失单。寻访数日，并无动静，深悔当日不合为邢权所惑，逐了朱重。如今日久见人心，闻说朱重赁居众安桥下，挑担卖油，不如仍旧收拾他回来，老死有靠。只怕他记恨在心，教邻舍好生劝他回家，但记好，莫记恶。秦重一闻此言，即日收拾了家伙，搬回十老家里。相见之间，痛哭了一场。十老将所存囊橐，尽数交付秦重。秦重自家又有二十余两本钱，重整店面，坐柜卖油。因在朱家，仍称朱重，不用秦字。不上一月，十老病重，医治不痊，呜呼哀哉。朱重捶胸大恸，如亲父一般，殡殓成服，七七做了些好事。朱家祖坟在清波门外，朱重举丧安葬，事事成礼，邻里皆称其厚德。事定之后，仍先开铺。

原来这油铺是个老店，从来生意原好，却被邢权刻剥存私，将主顾弄断了多少。今见朱小官在店，谁家不来作成？所以生理比前越盛。朱重单身独自，急切要寻个老成帮手。有个惯做中人的，叫做金中，忽一日引着一个五十余岁的人来。原来那人正是莘善，在汴梁城外安乐村居住。因那年避乱南奔，被官兵冲散了女儿瑶琴，夫妻两口，凄凄惶惶，东逃西窜，胡乱的过了几年。今日闻临安兴旺，南渡人民，大半安插在彼，诚恐女儿流落此地，特来寻访，又没消息。身边盘缠用尽，欠了饭钱，被饭店中终日赶逐，无可奈何。偶然听见金中说起朱家油铺，要寻个卖油帮手，自己曾开过六陈铺子，卖油之事，都则在行。况朱小官原是汴京人，又是乡里，故此央金中引荐到来。朱重问了备细，乡人见乡人，不觉感伤。“既然没处投奔，你老夫妻两口，只住在我身边，只当个乡亲相处，慢慢的访着令爱消息，再作去处。”

当下取两贯钱把与莘善，去还了饭钱，连浑家阮氏也领将来，与朱重相见了，收拾一间空房，安顿他老夫妇在内。两口儿也尽心竭力，内外相帮。朱重甚是欢喜。

光阴似箭，不觉一年有余。多有人见朱小官年长未娶，家道又好，做人又志诚，情愿白白把女儿送他为妻。朱重因见了花魁娘子十分容貌，等闲的不看在眼，立心要访求个出色的女子，方才肯成亲。以此日复一日，担搁下去。正是：

曾观沧海难为水，除却巫山不是云。

再说王美娘在九妈家，盛名之下，朝欢暮乐，真个口厌肥甘，身嫌锦绣。然虽如此，每遇不如意之处，或是子弟们任情使性，吃醋挑槽，或自己病中醉后，半夜三更，没人疼热，就想起秦小官人的好处来，只恨无缘再会。也是他桃花运尽，合当变更，一年之后，生出一段事端来。

却说临安城中，有个吴八公子，父亲吴岳，见为福州太守。这吴八公子，打从父亲任上回来，广有金银。平昔间也喜赌钱吃酒，三瓦两舍走动。闻得花魁娘子之名，未曾识面，屡屡遣人来约，欲要嫖他。美娘闻他气质不好，不愿相接，托故推辞，非止一次。那吴八公子也曾和着闲汉们，亲到王九妈家几番，都不曾会。其时清明节届，家家扫墓，处处踏青。美娘因连日游春困倦，且是积下许多诗画之债，未曾完得，分付家中，“一应客来，都与我辞去”。闭了房门，焚起一炉好香，摆设文房四宝。方欲举笔，只听得外面沸腾，却是吴八公子领着十余个狠仆，来接美娘游湖。因见鸨儿每次回他，在中堂行凶，打家打火。直闹到美娘房前，只见房门锁闭。原来妓家有个回客法儿，小娘躲在房内，却把房门反锁，支吾客人，只推不在，那老实的就被他哄过了。吴公子是惯家，这些套子，怎地瞒得？分付家人扭断了锁，把房门一脚踢开。美娘躲身不迭，被公子看见，不由分说，教两个家人左右牵手，从房内直拖出房外来，口中兀自乱嚷乱骂。王九妈欲待上前赔礼解劝，看见势头不好，只得闪过。家中大小，躲得没半个影儿。

吴家狠仆牵着美娘，出了王家大门，不管他弓鞋窄小，望街上飞跑。八公子在后，扬扬得意，直到西湖口，将美娘㧐下了湖船，方才放手。美娘十二岁到王家，锦绣中养成，珍宝般供养，何曾受恁般凌贱？下了船，对着船头，掩面大哭。吴八公子全不放下面皮，气忿忿的像关云长单刀赴会，一把交椅，朝外而坐，狠仆侍立于傍。一面分付开船，一面数一数二的发作一个不住："小贱人，小娼根！不受人抬举，再哭时，就讨打了！"美娘那里怕他，哭之不已。船至湖心亭，吴八公子分付摆盒在亭子内，自己先上去了，却分付家人："叫那小贱人来陪酒。"美娘抱住了栏杆，那里肯去，只是嚎哭。吴八公子也觉没兴，自己吃了几杯淡酒，收拾下船，自来扯美娘。美娘双脚乱跳，哭声愈高。八公子大怒，教狠仆拔去簪珥。美娘蓬着头，跑到船头上，就要投水，被家童们扶住。公子道："你撒赖，便怕你不成！就是死了，也只费得我几两银子，不为大事。只是送你一条性命，也是罪过。你住了啼哭时，我就放你回去，不难为你。"美娘听说放他回去，真个住了哭。八公子分付，移船到清波门外僻静之处，将美娘绣鞋脱下，去其裹脚，露出一对金莲，如两条玉笋相似。教狠仆扶他上岸，骂道："小贱人，你有本事，自走回家，我却没人相送。"说罢，一篙子撑开，再向湖中而去。正是：

焚琴煮鹤从来有，惜玉怜香几个知！

美娘赤了脚，寸步难行，思想："自己才貌两全，只为落于风尘，受此轻贱。平昔枉自结识许多王孙贵客，急切用他不着，受了这般凌辱，就是回去，如何做人？到不如一死为高，只是死得没些名目，枉自享个盛名。到此地位，看着村庄妇人，也胜我十二分。这都是刘四妈这个花嘴，哄我落坑堕堑，致有今日。自古红颜薄命，亦未必如我之甚！"越思越苦，放声大哭。

事有偶然，却好朱重那日到清波门外朱十老的坟上，祭扫过了，打发祭物下船，自己步回，从此经过。闻得哭声，上前看时，虽然蓬头垢面，那玉貌花容，从来无两，如何不认得！吃了一惊，道：“花魁娘子，如何这般模样？”美娘哀哭之际，听得声音厮熟，止啼而看，原来正是知情识趣的秦小官。美娘当此之际，如见亲人，不觉倾心吐胆，告诉他一番。朱重心中十分疼痛，亦为之流泪。袖中带得有白绫汗巾一条，约有五尺长，取出劈半扯开，奉与美娘裹脚。亲手与他拭泪，又与他挽起青丝，再三把好言宽解。等待美娘哭定，忙去唤个暖轿，请美娘坐了，自己步送，直到王九妈家。九妈不得女儿消息，在四处打探，慌迫之际，见秦小官送女儿回来，分明送一颗夜明珠还他，如何不喜！况且鸨儿一向不见秦重挑油上门，多曾听得人说，他承受了朱家的店业，手头活动，体面又比前不同，自然刮目相待。又见女儿这等模样，问其缘故，已知女儿吃了大苦，全亏了秦小官，深深拜谢，设酒相待。

日已向晚，秦重略饮数杯，起身作别。美娘如何肯放，道：“我一向有心于你，恨不得你见面，今日定然不放你空去！”鸨儿也来扳留。秦重喜出望外。是夜，美娘吹弹歌舞，曲尽生平之技，奉承秦重。秦重如做了一个游仙好梦，喜得魄荡魂消，手舞足蹈。夜深酒阑，二人相挽就寝，云雨之事，其美满更不必言。

> 一个是足力后生，一个是惯情女子。这边说三年怀想，费几多役梦劳魂：那边说一载相思，喜侥幸粘皮贴肉。一个谢前番帮衬，合今番恩上加恩；一个谢今夜总成，比前夜爱中添爱。红粉妓倾翻粉盒，罗帕留痕；卖油郎打泼油瓶，被窝沾湿。可笑村儿干折本，做成小子弄风流。

云雨已罢，美娘道：“我有句心腹之言与你说，你休得推托。”秦重道：“小娘子若用得着小可时，就赴汤蹈火，亦所不辞，岂有推托之理！”美娘道：“我要嫁你。”秦重笑道：“小娘子就嫁一万个，也还数不到小可头上，休得取笑，枉自折了小可的食料。”美娘道：“这话实是真心，怎说‘取笑’二字！我自十四岁被妈妈灌醉，梳弄过了，此时便要从良。只为未曾相处得人，不辨好歹，恐误了终身大事。以后相处的虽多，都是豪华之辈，酒色之徒，但知买笑追欢的乐意，那有怜香惜玉的真心。看来看去，只有你是个志诚君子，况闻你尚未娶亲，若不嫌我烟花贱质，情愿举案齐眉，白头奉侍。你若不允之时，我就将三尺白罗，死于君前，表白我这片诚心，也强如昨日死于村郎之手，没名没目，惹人笑话。”说罢，呜呜的哭将起来。秦重道：“小娘子休得悲伤！小可承小娘子错爱，将天就地，求之不得，岂敢推托！只是小娘子千金声价，小可家贫力薄，如何摆布？也是力不从心了。”美娘道：“这却不妨。不瞒你说，我只为从良一事，预先积攒些东西，寄顿在外。赎身之费，一毫不费你心力。”秦重道：“就是小娘子自已赎身，平昔住惯了高堂大厦，享用了锦衣玉食，在小可家，如何过活？”美娘道：“布衣蔬食，死而无怨。”秦重道：“小娘子虽然，只怕妈妈不从。”美娘道：“我自有道理。”如此如此，这般这般，两个直说到天明。

原来黄翰林的衙内，韩尚书的公子，齐太尉的舍人，这几个相知的人家，美娘都寄顿得有箱笼。美娘只推要用，陆续取到，密地约下秦重，教他收置在家。然后一乘轿子，抬到刘四妈家，诉以从良从事。刘四妈道：“此事老身前日原说过的，只是年纪还早，又不知你要从那一个？”美娘道：“姨娘，你莫管是甚人，少不得依着姨娘的言语，是个真从良、乐从良、了从良，不是那不真、不假、不了、不绝的勾当。只要姨娘肯开口时，不愁妈妈不允。做侄女的别没孝顺，只有十两金子，奉与姨娘，胡乱打些钗子，是必在妈妈前做个方便。事成之时，媒礼在外。”刘四妈看见这金子，笑得眼儿没缝，便道：“自家儿女，又是美事，如何要你的东西？这金子权时领下，只当与你收藏。此事都在老身身上。只是你的娘，把你当个摇钱之树，等闲也不轻放你出去，怕不要千把银子，那主儿可是肯出手的么？也得老身见他一见，与他讲道方好。”美娘道：“姨娘莫管闲事，只当你侄女自家赎身便了。”刘四妈道：“妈妈可晓得你到我家来？”美娘道：“不晓得。”四妈道：“你且在我家便饭，待老身先到你家，与妈妈讲。讲得通时，然后来报你。”

刘四妈雇乘轿子，抬到王九妈家，九妈相迎入内。刘四妈问起吴八公子之事，九妈告诉了一遍。四妈道：“我们行户人家，到是养成个半低不高的丫头，尽可赚钱，又且安稳。不论什么客就接了，倒是日日不空的。侄女只为声名大了，好似一块鲞鱼[21]落地，蚂蚁儿都要钻他，虽然热闹，却也不得自在。说便许多一夜，也只是个虚名。那些王孙公子，来一遍，动不动有几个帮闲，连宵达旦，好不费事。跟随的人又不少，个个要奉承得他到，有些不到之处，口里就出粗，哩嗹罗嗹的骂人，还要暗损你家火，又不好告诉他家主，受了若干闷气。况且山人墨客，诗社棋社，少不得一月之内，又有几日官身。这些富贵子弟，你争我夺，依了张家，违了李家，一边喜，少不得一边怪了。就是吴八公子这一个风波，吓杀人的，万一失错，却不连本送了！官宦人家，和他打官司不成？只索忍气吞声。今日还亏着你家香烟高，太平没事，一个霹雳空中过去了。倘然山高水低，悔之无及。妹子闻得吴八公子不怀好意，还要到你家索闹。侄女的性气又不好，不肯奉承人。第一这一件，乃是个惹祸之本。”九妈道：“便是这件，老身常是担忧。就是这八公子，也是有名有称的人，又不是下贱之人，这丫头抵死不肯接他，惹出这场寡气。当初他年纪小时，还听人教训。如今有了个虚名，被这些富贵子弟夸他奖他，惯了他性情，骄了他气质，动不动自作自主。逢着客来，他要接便接。他若不情愿时，便是九牛也休想牵得他转。”刘四妈道：“做小娘的略有些身分，都则如此。”王九妈道：“我如今与你商议，倘若有个肯出钱的，不如卖了他去，到得干净，省得终身担着鬼胎过日。”刘四妈道：“此言甚妙。卖了他一个，就讨得五六个。若凑巧撞得着相应的，十来个也讨得的。这等便宜事，如何不做？”王九妈道：“老身也曾算计过来，那些有势有力的不肯出钱，专要讨人便宜。及至肯出几两银子的，女儿又嫌好道歉，做张做智的不肯。若有好主儿，妹子做媒，作成则个。倘若这丫头不肯时节，还求你撺掇。这丫头做娘的话也不听，只你说得他信，话得他转。”刘四妈呵呵大笑道：“做妹子的此来，正为与侄女做媒。你要许多银子，便肯放他出门？”九妈道：“妹子，你是明理的人。我们这行户中，只有贱买，那有贱卖！况且美儿数年盛名满临安，谁不知他是花魁娘子，难道三百四百，就容他走动？少不得要他千金。”刘四妈道：“待妹子去讲，若肯出这个数目，做妹子的便来多口。若合不着时，就不来了。”临行时，又故意问道：“侄女今日在那里？”王九妈道：“不要说起。自从那日吃了吴八公子的亏，怕他还来淘气，终日里抬个轿子，各宅去分诉。前日在齐太尉家，昨日在黄翰林家，今日又不知在那家去了。”刘四妈道：“有了你老人家做主，按定了坐盘星，也不容侄女不肯。万一不肯时，做妹子自会劝他。只是寻得主顾来，你却莫要捉班做势。”九妈道：“一言既出，并无他说。”九妈送至门首。刘四妈叫声“聒噪”，上轿去了。这才是：

数黑论黄雌陆贾，说长话短女随何。

若还都像虔婆口，尺水能兴万丈波。

刘四妈回到家中，与美娘说道：“我对你妈妈如此说，这般讲，你妈妈已自肯了。只要银子见面，这事立地便成。”美娘道：“银子已曾办下，明日姨娘千万到我家来，玉成其事。不要冷了场，改日又费讲。”四妈道：“既然约定，老身自然到宅。”美娘别了刘四妈，回家一字不提。

次日，午牌时分，刘四妈果然来了。王九妈问道：“所事如何？”四妈道：“十有八九，只不曾与侄女说过。”四妈来到美娘房中，两下相叫了，讲了一回说话。四妈道：“你的主儿到了不曾？那话儿在那里？”娘美指着床头道：“在这几只皮箱里。”美娘把五六只皮箱，一时都开了，五十两一封，搬出十三四封来。又把些金珠宝玉算价，足勾千金之数。把个刘四妈惊得眼中出火，口内流涎，想道：“小小年纪，这等有肚肠！不知如何设法，积下许多东西？我家这几个粉头，一般接客，赶得着他那里！不要说不会生发，就是有几文钱在荷包里，闲时买瓜子磕，买糖儿吃，两条脚带破了，还要做妈的与他买布哩。偏生九阿姐造化，讨得着，年时赚了若干钱钞，临出门还有这一主大财，又是取诸宫中，不劳余力。”这是心中暗想之语，却不曾说出来。美娘见刘四妈沉吟，只道他作难索谢，慌忙又取出四匹潞细、两股宝钗、一对凤头玉簪，放在桌上，道：“这几件东西，奉与姨娘为伐柯之敬。”刘四妈欢天喜地，对王九妈说道：“侄女情愿自家赎身，一般身价，并不短少分毫，比着孤老赎身更好。省得闲汉们从中说合，费酒费浆，还要加一加二的谢他。”王九妈听得说女儿皮箱内有许多东西，到有个怫然之色。你道却是为何？世间只有鸨儿最狠，做小娘的设法些东西，都送到他手里，才是快活。也有做些私房在箱笼内，鸨儿晓得些风声，专等女儿出门，捵开锁钥，翻箱倒笼，取个罄空。只为美娘盛名之下，相交都是大头儿，替做娘的挣得钱钞，又且性格有些古怪，等闲不敢触他，故此卧房里面，鸨儿的脚也不搠进去。谁知他如此有钱。刘四妈见九妈颜色不善，便猜着了，连忙道：“九阿姐，你休得三心两意。这些东西，就是侄女自家积下的，也不是你本分之钱。他若肯花费时，也花费了。或是他不长进，把来津贴了得意的孤老，你也那里知道？这还是他做家的好处。况且小娘自己手中没有钱钞，临到从良之际，难道赤身赶他出门？少不得头上脚下，都要收拾得光鲜，等他好去别人家做人。如今他自家拿得出这些东西，料然一丝一线，不费你的心。这一主银子，是你完完全全别在腰胯里的。他就赎身出去，怕不是你女儿？倘然他挣得好时，时朝月节，怕他不来孝顺你！就是嫁了人时，他又没有亲爹亲娘，你也还去做得着他的外婆，受用处正有哩。”只这一套话，说得王九妈心中爽然，当下应允。

刘四妈就去搬出银子，一封封兑过，交付与九妈。又把这些金珠宝玉，逐件指物作价，对九妈说道：“这都是做妹子的故意估下他些价钱，若换与人，还便宜得几十两银子。”王九妈虽同是个鸨儿，到是个老实头，但凭刘四妈说话，无有不纳。刘四妈见王九妈收了这主东西，便叫亡八[22]写了婚书，交付与美儿。美儿道："趁姨娘在此，奴家就拜别了爹妈出门，借姨娘家住一两日，择吉从良，未知姨娘允否？"刘四妈得了美娘许多谢礼，生怕九妈翻悔，巴不得美娘出了他门，完成一事，说道："正该如此。"当下美娘收拾了房中自己的梳台拜匣、皮箱铺盖之类，但是鸨儿家中之物，一毫不动。收拾已完，随着四妈出房，拜别了假爹假妈，和那姨娘行中，都相叫了。王九妈一般哭了几声。美娘唤人挑了行李，欣然上轿，同刘四妈到刘家去。

四妈出一间幽静的好房，顿下美娘行李。众小娘都来与美娘叫喜。是晚，朱重差莘善到刘四妈家讨信，已知美娘赎身出来。择了吉日，笙箫鼓乐娶亲，刘四妈就做大媒送亲。朱重与花魁娘子，花烛洞房，欢喜无限。

虽然旧事风流，不减新婚佳趣。

次日，莘善老夫妇请新人相见，各各相认，吃了一惊。问起根由，至亲三口，抱头而哭。朱重方才认得是丈人丈母，请他上坐。夫妻二人，重新拜见。亲邻闻知，无不骇然。是日，整备筵席，庆贺两重之喜，饮酒尽欢而散。三朝之后，美娘教丈夫备下几副厚礼，分送旧相知各宅，以酬其寄顿箱笼之恩，并报他从良信息。此是美娘有始有终处。王九妈、刘四妈家，各有礼物相送，无不感激。满月之后，美娘将箱笼打开，内中都是黄白之资，吴绫蜀锦，何止百计。共有三千余金，都将钥匙交付丈夫，慢慢的买房置产，整顿家当。油铺生理，都是丈人莘公管理。不上一年，把家业挣得花锦般相似，驱奴使婢，甚有气象。

朱重感谢天地神明保佑之德，发心于各寺庙喜舍合殿香油一套，供琉璃灯油三个月，斋戒沐浴，亲往拈香礼拜。先从昭庆寺起，其他灵隐、法相、净慈、天竺等寺，以次而行。

就中单说天竺寺，是观音大士的香火，有上天竺、中天竺、下天竺，三处香火俱盛。却是山路，不通舟楫。朱重叫从人挑了一担香烛、三担清油，自己乘轿而往，先到上天竺来。寺僧迎接上殿，老香火秦公点烛添香。此时朱重居移气，养移体[23]，仪容魁岸，非复幼时面目，秦公那里认得他是儿子？只因油桶上有个大大的“秦”字，又有“汴梁”二字，心中甚以为奇。也是天然凑巧，刚刚到上天竺，偏用着这两只油桶。朱重拈香已毕，秦公托出茶盘，主僧奉茶。秦公问道：“不敢动问施主，这油桶上为何有此三字？”朱重听得问声，带着汴梁人的土音，忙问道：“老香火，你问他怎么？莫非也是汴梁人么？”泰公道：“正是。”朱重道：“你姓甚名谁？为何在此出家？共有几年了？”秦公把自己乡里，细细告诉：“某年上避兵来此，因无活计，将十三岁的儿子秦重，过继与朱家。如今有八年之远，一向为年老多病，不曾下山问得信息。”朱重一把抱住，放声大哭道：“孩儿便是秦重！向在朱家挑油买卖，正为要访求父亲下落，故此于油桶上，写‘汴梁秦’三字，做个标识。谁知此地相逢，真乃天与其便！”众僧见他父子别了八年，今朝重会，各各称奇。朱重这一日，就歇在上天竺，与父亲同宿，各叙情节。次日，取出中天竺、下天竺两个疏头换过，内中朱重，仍改做秦重，复了本姓。两处烧香礼拜已毕，转到上天竺，要请父亲回家，安乐供养。秦公出家已久，吃素持斋，不愿随儿子回家。秦重道：“父亲别了八年，孩儿有缺侍奉。况孩儿新娶媳妇，也得他拜见公公方是。”秦公只得依允。

秦重将轿子让父亲乘坐，自己步行，直到家中。秦重取出一套新衣，与父亲换了，中堂设坐，同妻莘氏双双参拜。亲家莘公、亲母阮氏，齐来见礼。此日大排筵席，秦公不肯开荤，素酒素食。次日，邻里敛财称贺：一则新婚，二则新娘子家眷团圆，三则父子重逢，四则秦小官归宗复姓，共是四重大喜。一连又吃了几日喜酒。秦公不愿家居，思想上天竺故处，清净出家。秦重不敢违亲之志，将银二百两，于上天竺另造净室一所，送父亲到彼居住。其日用供给，按月送去。每十日亲往候问一次，每一季同莘氏往候一次。那秦公活到八十余，端坐而化。遗命葬于本山。此是后话。

却说秦重和莘氏，夫妻偕老，生下两个孩儿，俱读书成名。至今风月中市语，凡夸人善于帮衬，都叫做“秦小官”，又叫“卖油郎”。有诗为证：

春来处处百花新，蜂蝶纷纷竞采春。
堪爱豪家多子弟，风流不及卖油人。

【注释】

①选自《醒世恒言》第3卷。

②风月：情场。

③潘安：指西晋诗人潘岳。

④二帝蒙尘：指公元1126年金兵攻陷汴梁，次年掠宋徽宗、宋钦宗，囚禁至死。蒙尘，指帝王逃亡在外。

⑤高宗泥马渡江：徽宗之子赵构，初封康王，任兵马大元帅，金兵掠徽、钦宗二帝时，他逃往江南，即位为高宗。据《南渡录》载，他南逃中，“至崔府君庙，倦极而息，见一马，乘之南驰，日行七百里，渡江而止，盖泥马也”。

⑥六陈铺儿：米、大小麦、大小豆、芝麻等粮食可以久藏，故称六陈，粮店则称为六陈铺。

⑦君子可欺以其方：语出《孟子·万章上》，意为对正直的人可以用看似合乎情理的话来欺骗他。

⑧金兀术：金太祖第四子完颜宗弼，本名斡啜，又作兀术，善骑射。

⑨驻跸（bì）：皇帝出行途中停留暂住。

⑩梳弄：指妓女第一次接客，与之发生关系。

⑪汤汤：挨近。

⑫九级浮图：九层佛塔。浮图为梵语音译。

⑬孤老：妓女称相好的嫖客为孤老。

⑭覆帐：指妓女被梳弄后，接待第二个客人。

⑮望四：年近四十。

⑯窨（yìn）清：经在地窨中存放而变清的。

⑰关白：禀告。

⑱齐楚：应作济楚，整齐洁净。

⑲敲丝：古代铸银腚上都敲印圆丝纹，故往往称银子为纹银、敲丝。

⑳攒（zǎn）盒：分层盛放食品菜肴的盒。

㉑鲞（xiǎng）鱼：剖开晾晒干的鱼。

㉒亡八：亦称“忘八”，旧时骂听任妻子有外遇的丈夫为乌龟。

㉓居移气，养移体：出自《孟子·尽心上》，意为环境改变气质，营养改变体质。

【导读】

《卖油郎独占花魁》选自《醒世恒言》第3卷。

小说结构清晰，恰当利用巧合的方法，通过秦重与莘瑶琴终成眷属的故事，描写两个圆满的世界。秦重父子相认、瑶琴父女重逢，养父重新信任秦重，并以家产托付，这是世俗世界的圆满；秦重的父亲喜欢清净之乐，出家奉佛，最终端坐而逝，获得超越世俗的圆满。这两重结构，彰显传统文化中世间法与出世间法都要双全的理想。

小说情节紧凑，跌宕起伏，并刻画出闪光的人物形象。瑶琴是一个有志向、有智慧、有眼光、有能力的人，因此成功自救，获得幸福的结局。首先，瑶琴内心坚定。瑶琴生逢战乱，与父母走失，被卖入妓院。尽管沦落风尘，从良的愿望却未动摇，所以处处留心，步步为营。其次，有智慧、有能力。她懂得未来赎身，只能依靠自己的经济实力。她把挣到的钱财分别寄存在几家，既提防老鸨的偷盗，又为日后自赎作足准备。她深切懂得市井中人见财眼开的人性，获得黄白之物的刘四妈，最终帮助她跳出火坑。最后，眼光独到。选择从良对象注重人品、德行，而不是长相、家资。秦重心地善良、忠厚老实、识趣识情，尤其与吴八公子玩弄妇女的无德，形成鲜明对比，瑶琴更加清醒认识到追欢买笑之人的不可靠。这份眼光，可与杜十娘作为对照。杜十娘的悲剧人生与她识人不清、所托非人有关。瑶琴，是一位自立、自强、自尊的女性。虽然是一位妓女，但是有改变自己命运的决心与努力。

小说能够妥善安排事理与人情的关系，与清代对女性严苛禁锢相比，更加充满生活气息。

二　拍

《二拍》是明代凌濛初的拟话本小说集《初刻拍案惊奇》和《二刻拍案惊奇》的合称，刊于明代崇祯年间。与《三言》合称《三言二拍》。每集40篇，共80篇，内有1篇重复，1篇杂剧，故实有拟话本78篇。《二拍》基本上由凌濛初个人独立编创，是我国文学史上第一部文人独立创作的拟话本小说集，它标志着我国古代白话短篇小说已由集体的锤炼跃进到个人的创造，由说话人的技艺转为作家的文学创作，由娱乐听众的手段变成教育讽劝的工具，是我国古代白话小说史上的一个里程碑。《二拍》的内容概括起来大致包含四个方面：一是描写爱情与妇女问题的，此题材占有最大比重。这一题材的作品很大部分肯定了青年男女，特别是年轻女性对爱情坚贞的信念、大胆的追求。二是描写商人与商业活动的。这在《二拍》中也占相当的比重。在《二拍》所描写的众多商人形象中，大部分是正面人物。三是描写官吏及其活动的，其中有贪官污吏亦有伸张正义的清官。四是描写社会险恶，世风颓废的。有描写盗贼横行不法的，有骗子行骗的，有僧尼道士淫乱不法的，有贪图钱财，事亲不孝，甚至家庭成员反目成仇的。《二拍》较之“三言”其撷取的社会内容更贴近普通百姓的生活，反映了我国17世纪正在崛起的城市市民阶层的普遍要求与思想情感，从中折射出特定历史阶段的社会风貌、时代精神。

选文参照中华书局2015年版《二拍·初刻拍案惊奇》。

转运汉巧遇洞庭红　波斯胡指破鼍龙壳

词曰：

日日深杯酒满，朝朝小圃花开。
自歌自舞自开怀，且喜无拘无碍。
青史几番春梦，红尘多少奇才。
不须计较与安排，领取而今见在[1]。

这首词乃宋朱希真[2]所作，词寄[3]《西江月》。单道着人生功名富贵，总有天数，不如图一个见前快活。试看往古来今，一部十七史中，多少英雄豪杰，该富的不得富，该贵的不得贵。能文的倚马千言，用不着时，几张纸盖不完酱瓿[4]。能武的穿杨百步，用不着时，几竿箭煮不熟饭锅。极至那痴呆懵懂，生来的有福分的，随他文字低浅，也会发科发甲：随他武艺庸常，也会大请大受[5]。真所谓时也，运也，命也。俗语有两句道得好："命若穷，掘得黄金化作铜。命若富，拾着白纸变成布。"总来只听掌命司颠之倒之。所以吴彦高[6]又有词云："造化小儿无定据，翻来覆去，倒横直竖，眼见都如许。"僧晦庵[7]亦有词云："谁不愿，黄金屋？谁不愿，千钟粟？算五行不是这般题目。枉使心机闲计较，儿孙自有儿孙福。"苏东坡亦有词云："蜗角虚名[8]，蝇头微利，算来着甚干忙？事皆前定，谁弱又谁强？"这几位名人，说来说去，都是一个意思。总不如古语云："万事分已定，浮生空自忙。"说话的[9]，依你说来，不须能文善武，懒惰的也只消天掉下前程；不须经商立业，败坏的也只消天挣与家缘[10]。却不把人间向上的心都冷了？看官有所不知，假如人家出了懒惰的人，也就是命中该贱；出了败坏的人，也就是命中该穷，此是常理。却又自有转眼贫富，出人意外，把眼前事分毫算不得准的哩。

且听说一人，乃宋朝汴京人氏，姓金，双名维厚，乃是经纪行中人[11]。少不得朝晨起早，晚夕眠迟，睡醒来，千思想，万算计，拣有便宜的才做。后来家事挣得从容了，他便思想一个久远方法：手头用来用去的，只是那散碎银子，若是上两块头好银，便存着不动。约得百两，便熔成一大锭，把一综红线结成一绦，系在锭腰，放在枕边。夜来摩弄一番，方才睡下。积了一生，整整熔成八锭，以后也就随来随去，再积不成百两，他也罢了。金老生有四子。一日，是他七十寿旦，四子置酒上寿。金老见了四子跻跻跄跄[12]，心中喜欢。便对四子说道："我靠皇天覆庇，虽则劳碌一生，家事尽可度日。况我平日留心，有熔成八大锭银子永不动用的，在我枕边，见将绒线做对儿结着。今将拣个好日子，分与尔等，每人一对，做个镇家之宝。"四子喜谢，尽欢而散。是夜，金老带些酒意，点灯上床，醉眼模糊望去，八个大锭，白晃晃排在枕边。摸了几摸，哈哈地笑了一声，睡下去了。睡未安稳，只听得床前有人行走脚步响，心疑有贼。又细听着，恰像欲前不前相让一般。床前灯火微明，揭帐一看，只见八个大汉，身穿白衣，腰系红带，曲躬而前，曰："某等兄弟，天数派定，宜在君家听令。今蒙我翁过爱，抬举成人，不烦役使，珍重多年，冥数将满。待翁归天后，再觅去向。今闻我翁目下将以我等分役诸郎君。我等与诸郎君辈原无前缘，故此先来告别，往某县某村王姓某者投托。后缘未尽，还可一面。"语毕，回身便走。金老不知何事，吃了一惊。翻身下床，不及穿鞋，赤脚赶去。远远见八人出了房门。金老赶得性急，绊了房槛，扑的跌倒。飒然惊醒，乃是南柯一梦。急起挑灯明亮，点照枕边，已不见了八个大锭。细思梦中所言，句句是实。叹了一口气，哽咽了一会，道："不信我苦积一世，却没分与儿子每[13]受用，倒是别人家的。明明说有地方姓名，且慢慢跟寻下落则个[14]。"一夜不睡。

次早起来，与儿子每说知。儿子中也有惊骇的，也有疑惑的。惊骇的道："不该是我们手里东西，眼见得作怪。"疑惑的道："老人家欢喜中说话，先许了我们，回想转来，一时间就不割舍得分散了，造此鬼话，也不见得。”金老看见儿子每疑信不等，急急要验个实话。遂访至某县某村，果有王姓某者。叩门进去，只见堂前灯烛荧煌，三牲福物，正在那里献神。金老便开口问道：“宅上有何事如此？”家人报知，请主人出来。主人王老，见金老揖坐了，问其来因。金老道：“老汉有一疑事，特造上宅来问消息。今见上宅正在此献神，必有所谓，敢乞明示。”王老道：“老拙偶因寒荆小恙买卜[15]，先生道：‘移床即好。’昨寒荆病中，恍惚见八个白衣大汉，腰系红束，对寒荆道：‘我等本在金家，今在彼缘尽，来投身宅上。’言毕，俱钻入床下。寒荆惊出了一身冷汗，身体爽快了。及至移床，灰尘中得银八大锭，多用红绒系腰，不知是那里来的。此皆神天福佑，故此买福物酬谢。今我丈来问，莫非晓得些来历么？”金老跌跌脚道：“此老汉一生所积，因前日也做了一梦，就不见了。梦中也道出老丈姓名居址的确，故得访寻到此。可见天数已定，老汉也无怨处，但只求取出一看，也完了老汉心事。”王老道：“容易。”笑嘻嘻走进去，叫安童[16]四人，托出四个盘来。每盘两锭，多是红绒系束，正是金家之物。金老看了，眼睁睁无计所奈，不觉扑簌簌掉下泪来。抚摩一番道：“老汉直如此命薄，消受不得！”王老虽然叫安童仍旧拿了进去，心里见金老如此，老大不忍。另取三两零银封了，送与金老作别。金老道：“自家的东西尚无福，何须尊惠！”再三谦让，必不肯受。王老强纳在金老袖中，金老欲待摸出还了，一时摸个不着，面儿通红。又被王老央不过，只得作揖别了。直至家中，对儿子们一一把前事说了，大家叹息了一回。因言王老好处，临行送银三两。满袖摸遍，并不见有，只说路中掉了。却元来[17]金老推逊时，王老往袖里乱塞，落在着外面的一层袖中。袖有断线处，在王老家摸时，已自在脱线处落出在门槛边了。客去扫门，仍旧是王老拾得。可见一饮一啄，莫非前定。不该是他的东西，不要说八百两，就是三两也得不去。该是他的东西，不要说八百两，就是三两也推不出。原有的倒无了，原无的倒有了，并不由人计较[18]。

而今说一个人，在实地上行，步步不着[19]，极贫极苦的，却在渺渺茫茫做梦不到的去处，得了一主没头没脑钱财，变成巨富。从来稀有，亘古新闻。有诗为证，诗曰：

分内功名匣里财，不关聪慧不关呆。
果然命是财官格，海外犹能送宝来。

话说国朝成化年间，苏州府长洲县阊门外，有一人，姓文名实，字若虚。生来心思慧巧，做着便能，学着便会，琴棋书画，吹弹歌舞，件件粗通。幼年间，曾有人相他有巨万之富。他亦自恃才能，不十分去营求生产，坐吃山空，将祖上遗下千金家事，看看消下来。以后晓得家业有限，看见别人经商图利的，时常获利几倍，便也思量做些生意，却又百做百不着。一日，见人说北京扇子好卖，他便合了一个伙计，置办扇子起来。上等金面精巧的，先将礼物求了名人诗画，免不得是沈石田、文衡山、祝枝山[20]，拓了几笔，便直上两数银子。中等的，自有一样乔人[21]，一只手学写了这几家字画，也就哄得人过，将假当真的买了，他自家也兀自[22]做得来的。下等的，无金无字画，将就卖几十钱，也有对合[23]利钱，是看得见的。拣个日子，装了箱儿，到了北京。岂知北京那年自交夏来，日日淋雨不晴，并无一毫暑气，发市[24]甚迟。交秋早凉，虽不见及时，幸喜天色却晴，有妆晃子弟[25]，要买把苏做的扇子，袖中笼着摇摆。来买时，开箱一看，只叫得苦。元来北京历沴[26]却在七八月，更加日前雨湿之气，斗着[27]扇上胶墨之性，弄做了个合而言之，揭不开了。用力揭开，东粘一层，西缺一片，但是有字有画值价钱者，一毫无用。止剩下等没字白扇，是不坏的，能值几何？将就卖了，做盘费回家，本钱一空。频年做事，大概如此。不但自己折本，但是搭他作伴，连伙计也弄坏了。故此人起他一个混名，叫做“倒运汉”。不数年，把个家事干圆洁净了，连妻子也不曾娶得。终日间靠着些东涂西抹，东挨西撞，也济不得甚事。但只是嘴头子谄得来，会说会笑，朋友家喜欢他有趣，游耍去处，少他不得：也只好趁口[28]，不是做家[29]的。况且他是大模大样过来的，帮闲行里又不十分入得队。

有怜他的，要荐他坐馆教学，又有诚实人家嫌他是个杂板令[30]，高不凑，低不就。打从[31]帮闲的、处馆的两项人见了他，也就做鬼脸，把“倒运”两字笑他，不在话下。

一日，有几个走海泛货的邻近，做头的无非是张大、李二、赵甲、钱乙一班人，共四十余人，合了伙将行。他晓得了，自家思忖道：“一身落魄，生计皆无。便附了他们航海，看看海外风光，也不枉人生一世。况且他们定是不却我的，省得在家忧柴忧米的，也是快活。”正计较间，恰好张大踱将来。元来这个张大，名唤张乘运，专一做海外生意，眼里认得奇珍异宝，又且秉性爽慨，肯扶持好人，所以乡里起他一个混名，叫“张识货”。文若虚见了，便把此意一一与他说了。张大道：“好，好。我们在海船里头，不耐烦寂寞。若得兄去，在船中说说笑笑，有甚难过的日子？我们众兄弟，料想多是喜欢的。只是一件，我们多有货物将去，兄并无所有，觉得空了一番往返，也可惜了。待我们大家计较，多少凑些出来助你，将就置些东西去也好。”文若虚便道：“谢厚情，只怕没人如兄肯周全小弟。”张大道：“且说说看。”一竟自去了。恰遇一个瞽目先生敲着“报君知[32]”走将来，文若虚伸手顺袋里摸了一个钱，扯他一卦，问问财气看。先生道：“此卦非凡，有百十分财气，不是小可。”文若虚自想道：“我只要搭去海外耍耍，混过日子罢了，那里是我做得着的生意，要甚么赍助[33]？就赍助得来，能有多少，便直恁地财爻动？这先生也是混帐！”只见张大气忿忿走来，说道：“说着钱，便无缘。这些人好笑，说道你去，无不喜欢。说到助银，没一个则声。今我同两个好的弟兄，辨凑得一两银子在此，也办不成甚货，凭你买些果子船里吃罢。口食之类，是在我们身上。”若虚称谢不尽，接了银子。张大先行道：“快些收拾，就要开船了。”若虚道：“我没甚收拾，随后就来。”手中拿了银子，看了又笑，笑了又看，道：“置得甚货么！”信步走去，只见满街上筐篮内盛着卖的：

红如喷火，巨若悬星。皮未皱，尚有余酸；霜未降，不可多得。元殊苏井诸家树，亦非李氏千头奴。较广似曰难兄[34]，比福亦云具体[35]。

乃是太湖中有一洞庭山，地暖土肥，与闽广无异，所以广橘、福橘播名天下。洞庭有一样橘树，绝与他相似，颜色正同，香气亦同。止是初出时，味略少酢[36]，后来熟了，却也甜美。比福橘之价，十分之一，名曰“洞庭红”。若虚看见了，便思想道：“我一两银子买得百斤有余，在船可以解渴，又可分送一二，答众人助我之意。”买成，装上竹篓，雇一闲的，并行李挑了下船。众人都拍手笑道：“文先生宝货来也！”文若虚羞惭无地，只得吞声上船，再也不敢提起买橘的事。

开得船来，渐渐出了海口，只见：

银涛卷雪，雪浪翻银。湍转则日月似惊，浪动则星河如覆。

三五日间，随风漂去，也不觉过了多少路程。忽至一个地方，舟中望去，人烟凑聚，城郭巍峨，晓得是到了甚么国都了。舟人把船撑入藏风避浪的小港内，钉了桩橛，下了铁锚，缆好了。船中人多上岸。打一看，元来是来过的所在，名曰吉零国。元来这边中国[37]货物，拿到那边，一倍就有三倍价。换了那边货物，带到中国，也是如此。一往一回，却不便有八九倍利息，所以人都拚死走这条路。众人多是做过交易的，各有熟识经纪、歇家、通事[38]人等，各自上岸找寻，发货去了，只留文若虚在船中看船，路径不熟，也无走处。正闷坐间，猛可想起道：“我那一篓红橘，自从到船中不曾开看，莫不人气蒸烂了？趁着众人不在，看看则个。”叫那水手在舱板底下翻将起来，打开了篓看时，面上多是好好的。放心不下，索性搬将出来，都摆在艎板上面。也是合该发迹，时来福凑。摆得满船红焰焰的，远远望来，就是万点火光，一天星斗。岸上走的人都拢将来，问道：“是甚么好东西呀？”文若虚只不答应。看见中间有个把一点头的[39]，拣了出来，掐破就吃。岸上看的一发多了，惊笑道：“元来是吃得的！”就中有个好事的，便来问价：“多少一个？”文若虚不省得他们说话，船上人却晓得，就扯个谎哄他，竖起一个指头，说："要一钱一颗。"那问的人揭开长衣，露出兜罗锦红裹肚来，一手摸出银钱一个来，道："买一个尝尝。"文若虚接了银钱，手中等等[40]看，约有两把重。心下想道："不知这些银子要买多少，也不见秤秤，且先把一个与他看样。"拣个大些的，红得可爱的，递一个上去。只见那个人接上手，攧了一攧道："好东西呀！"扑的就劈开来，香气扑鼻，连旁边闻着的许多人，大家喝一声采。那买的不知好歹，看见船上吃法，也学他去了皮，却不分囊，一块塞在口里。甘水满咽喉，连核都不吐，吞下去了。哈哈大笑道："妙哉！妙哉！"又伸手到裹肚里，摸出十个银钱来，说："我要买十个进奉去。"文若虚喜出望外，拣十个与他去了。那看的人见那人如此买去了，也有买一个的，也有买两个三个的，都是一般银钱。买了的，都千欢万喜去了。元来彼国以银为钱，上有文采。有等龙凤文的最贵重，其次人物，又次禽兽，又次树木，最下通用的是水草：却都是银铸的，分两不异。适才买橘的都是一样水草纹的，他道是把下等钱买了好东西去了，所以欢喜。也只是要小便宜心肠，与中国人一样。须臾之间，三停里卖了二停。有的不带钱在身边的，老大懊悔，急忙取了钱转来。文若虚已此剩不多了，拿一个班[41]道："而今要留着自家用，不卖了。"其人情愿再增一个钱，四个钱买了二颗。口中哓哓说："悔气！来得迟了。"旁边人见他增了价，就埋怨道："我每还要买个，如何把价钱增长了他的？"买的人道："你不听得他方才说，兀自不卖了？"正在议论间，只见首先买十颗的那一个人，骑了一匹青骢马，飞也似奔到船边，下了马，分开人丛，对船上大喝道："不要零卖！不要零卖！是有的俺多要买，俺家头目要买去进克汗哩。"看的人听见这话，便远远走开，站住了看。文若虚是伶俐的人，看见来势，已此瞧科[42]在眼里，晓得是个好主顾了。连忙把篓里尽数倾出来，止剩五十余颗。数了一数，又拿起班来。说道："适间讲过，要留着自用，不得卖了。今肯加些价钱，再让几颗去罢。适间已卖出两个钱一颗了。"其人在马背上拖下一大囊，摸出钱来，另是一样树木纹的，说道："如此钱一个罢了。"文若虚道："不情愿，只照前样罢了。"那人笑了一笑，又把手去摸出一个龙凤纹的来，道："这样的一个如何？"文若虚又道："不情愿，只要前样的。"那人又笑道："此钱一个抵百个，料也没得与你，只是与你耍。你不要俺这一个，却要那等的，是个傻子！你那东西，肯都与俺了，俺再加你一个那等的，也不打紧。"文若虚数了一数，有五十二颗，准准的要了他一百五十六个水草银钱。那人连竹篓都要了，又丢了一个钱，把篓拴在马上，笑吟吟地一鞭去了。看的人见没得卖了，一哄而散。

文若虚见人散了，到舱里把一个钱秤一秤，有八钱七分多重。秤过数个，都是一般。总数一数，共有一千个差不多。把两个赏了船家，其余收拾在包里了。笑一声道："那盲子好灵卦也！"欢喜不尽，只等同船人来对他说笑则个。说话的，你说错了！那国里银子这样不值钱，如此做买卖，那久惯漂洋的带去多是绫罗段匹，何不多卖了些银钱回来，一发百倍了？看官有所不知：那国里见了绫罗等物，都是以货交兑。我这里人也只是要他货物，才有利钱，若是卖他银钱时，他都把龙凤人物的来交易，作了好价钱，分两也只得如此，反不便宜。如今是买吃口东西，他只认做把低钱交易，我却只管分两，所以得利了。说话的，你又说错了！依你说来，那航海的何不只买吃口东西，只换他低钱，岂不有利？用着重本钱置他货物怎地？看官，又不是这话。也是此人偶然有些横财，带去着了手。若是有心第二遭再带去，三五日不遇巧，等得希烂。那文若虚运未通时，卖扇子就是榜样。扇子还是放得起的，尚且如此，何况果品？是这样执一论不得的。

闲话休题。且说众人领了经纪主人到船发货，文若虚把上头事说了一遍。众人都惊喜道："造化！造化！我们同来，到是你没本钱的先得了手也！"张大便拍手道："人都道他倒运，而今想是运转了！"便对文若虚道："你这些银钱，此间置货，作价不多。除是转发在伙伴中，回他几百两中国货物，上去打换些土产珍奇，带转去，有大利钱，也强如虚藏此银钱在身边，无个用处。"文若虚道："我是倒运的，将本求财，从无一遭不连本送的。今承诸公挈带，做此无本钱生意，偶然侥幸一番，真是天大造化了，如何还要生利钱，妄想甚么？万一如前再做折了，难道再有‘洞庭红’这样好卖不成？”众人多道：“我们用得着的是银子，有的是货物。彼此通融，大家有利，有何不可？”文若虚道：“一年吃蛇咬，三年怕草索。说到货物，我就没胆气了。只是守了这些银钱回去罢。”众人齐拍手道：“放着几倍利钱不取，可惜！可惜！”随同众人一齐上去，到了店家，交货明白，彼此兑换。约有半月光景，文若虚眼中看过了若干好东好西，他已自志得意满，不放在心上。众人事体完了，一齐上船，烧了神福，吃了酒开洋。

行了数日，忽然间天变起来，但见：

乌云蔽日，黑浪掀天。蛇龙戏舞起长空，鱼鳖惊惶潜水底。艨艟[43]泛泛，只如栖不定的数点寒鸦；岛屿浮浮，便似没不煞的几双水鹈。舟中是方扬的米簸，舷外是正熟的饭锅。总因风伯太无情，以致篙师多失色。

那船上人见风起了，扯起半帆，不问东西南北，随风势漂去。隐隐望见一岛，便带住篷脚，只看着岛边驶来。看看渐近，恰是一个无人的空岛。但见：

树木参天，草莱遍地。荒凉径界，无非些兔迹狐踪；坦迤土壤，料不是龙潭虎窟。混茫内，未识应归何国辖；开辟来，不知曾否有人登。

船上人把船后抛了铁锚，将桩橛泥犁上岸去，钉停当了。对舱里道：“且安心坐一坐，候风势则个。”那文若虚身边有了银子，恨不得插翅飞到家里，巴不得行路，却如此守风呆坐，心里焦躁。对众人道：“我且上岸，去岛上望望则个。”众人道：“一个荒岛，有何好看？”文若虚道：“总是闲着，何碍？”众人都被风颠得头晕，个个是呵欠连天，不肯同去。文若虚便自一个抖擞精神，跳上岸来，只因此一去，有分交：

千年败壳精灵显，一介穷神富贵来。

若是说话的同年生，并时长，有个未卜先知的法儿，便双脚走不动，也拄个拐儿随他同去一番，也不枉的。却说文若虚见众人不去，偏要发个狠，扳藤附葛，直走到岛上绝顶。那岛也苦[44]不甚高，不费甚大力，只是荒草蔓延，无好路径。到得上边，打一看时，四望漫漫，身如一叶，不觉凄然，掉下泪来。心里道："想我如此聪明，一生命蹇。家业消亡，剩得只身。直到海外。虽然侥幸，有得千来个银钱在囊中，知他命里是我的，不是我的？今在绝岛中间，未到实地，性命也还是与海龙王合着的哩！"正在感怆，只见望去远远草丛中一物突高。移步往前一看，却是床大一个败龟壳。大惊道："不信天下有如此大龟！世上人那里曾看见，说也不信的。我自到海外一番，不曾置得一件海外物事，今我带了此物去，也是一件希罕的东西，与人看看，省得空口说着，道是苏州人会调谎。又且一件，锯将开来，一盖一板，各置四足，便是两张床，却不奇怪！"遂脱下两只裹脚接了，穿在龟壳中间，打个扣儿，拖了便走。走至船边，船上人见他这等模样，都笑道："文先生那里又跎了纤来？"文若虚道："好教列位得知，这就是我海外的货了。"众人抬头一看，却便似一张无柱有底的硬脚床，吃惊道："好大龟壳！你拖来何干？"文若虚道："也是罕见的，带了他去。"众人笑道："好货不置一件，要此何用？"有的道："也有用处。有甚么天大的疑心事，灼他一卦，只没有这样大龟药。"又有的道："医家要煎龟膏，拿去打碎了，煎起来，也当得几百个小龟壳。"文若虚道："不要管有用没用，只是希罕，又不费本钱，便带了回去。"当时叫个船上水手，一抬抬下舱来。初时山下空阔，还只如此，舱中看来，一发大了。若不是海船，也着不得这样狼犺[45]东西。众人大家笑了一回，说道："到家时有人问，只说文先生做了偌大的乌龟买卖来了。"文若虚道："不要笑，我好歹有一个用处，决不是弃物。"随他众人取笑，文若虚只是得意。取些水来，内外洗一洗净，抹干了，却把自己钱包、行李都塞在龟壳里面，两头把绳一绊，却当了一个大皮箱子。自笑道：“兀的不眼前就有用起了？”众人都笑将起来，道：“好算计！好算计！文先生到底是个聪明人。”当夜无词。

次日风息了，开船一走，不数日，又到了一个去处，却是福建地方了。才住定了船，就有一伙惯伺候接海客的小经纪牙人[46]，攒将拢来。你说张家好，我说李家好，拉的拉，扯的扯，嚷个不住。船上众人拣一个一向熟识的跟了去，其余的也就住了。众人到了一个波斯胡大店中坐定。里面主人见说海客到了，连忙先发银子，唤厨户包办酒席几十桌。分付停当，然后踱将出来。这主人是个波斯国里人，姓个古怪姓，是“玛瑙”的“玛”字，叫名玛宝哈，专一与海客兑换珍宝货物，不知有多少万数本钱。众人走海过的，都是熟主熟客，只是文若虚不曾认得。抬眼看时，元来波斯胡住得在中华久了，衣服言动都与中华不大分别。只是剃眉剪须，深目高鼻，有些古怪。出来见了众人，行宾主礼，坐定了。两杯茶罢，站起身来，请到一个大厅上。只见酒筵多完备了，且是摆得清楚。元来旧规，海船一到，主人家先折过这一番款待，然后发货讲价的。主人家手执着一副法浪[47]菊花盘盏，拱一拱手道：“请列位货单一看，好定坐席。”看官，你道这是何意？元来波斯胡以利为重，只看货单上有奇珍异宝值得上万者，就送在先席。余者看货轻重，挨次坐去，不论年纪，不论尊卑，一向做下的规矩。船上众人，货物是贵的贱的，多的少的，你知我知，各自心照，差不多领了酒杯，各自坐了。单单剩得文若虚一个，呆呆站在那里。主人道：“这位老客长不曾会面，想是新出海外的，置货不多了。”众人大家说道：“这是我们好朋友，到海外耍去的。身边有银子，却不曾肯置货。今日没奈何，只得屈他在末席坐了。”文若虚满面羞惭，坐了末位。主人坐在横头。饮酒中间，这一个说道我有猫儿眼多少，那一个说我有祖母绿多少，你夸我逞。文若虚一发默默无言，自心里也微微有些懊悔道：“我前日该听他们劝，置些货物来的是。今枉有几百银子在囊中，说不得一句说话。”又自叹了口气道：“我原是一些本钱没有的，今已大幸，不可不知足。”自思自忖，无心发兴吃酒。众人猜拳行令，吃得狼藉。主人是个积年[48]，看出文若虚不快活的意思来，不好说破，虚劝了他几杯酒。众人都起身道：“酒勾了，天晚了，趁早上船去，明日发货罢。”别了主人去了。

主人撤了酒席，收拾睡了。明日起个清早，先走到海岸船边，来拜这伙客人。主人登舟，一眼瞅去，那舱里狼狼犺犺这件东西，早先看见了，吃了一惊，道：“这是那一位客人的宝货？昨日席上并不曾见说起，莫不是不要卖的？”众人都笑指道：“此敝友文兄的宝货。”中有一人衬道：“又是滞货。”主人看了文若虚一看，满面挣得通红，带了怒色，埋怨众人道：“我与诸公相处多年，如何恁地作弄我？教我得罪于新客，把一个末座屈了他，是何道理！”一把扯住文若虚，对众客道：“且慢发货，容我上岸，谢过罪着[49]。”众人不知其故。有几个与文若虚相知些的，又有几个喜事的，觉得有些古怪，共十余人，赶了上来，重到店中，看是如何。只见主人拉了文若虚，把交椅整一整，不管众人好歹，纳他头一位坐下了。道：“适间得罪！得罪！且请坐一坐。”文若虚也心中镬铎[50]，忖道：“不信此物是宝贝，这等造化不成？”主人走了进去，须臾出来，又拱众人到先前吃酒去处，又早摆下几桌酒，为首一桌比先更齐整。把盏向文若虚一揖，就对众人道：“此公正该坐头一席。你每枉自一船的货，也还赶他不来。先前失敬！失敬！”众人看见，又好笑，又好怪，半信不信的，一带儿坐了。酒过三杯，主人就开口道：“敢问客长，适间此宝可肯卖否？”文若虚是个乖人，趁口答应道：“只要有好价钱，为甚不卖？”那主人听得肯卖，不觉喜从天降，笑逐颜开，起身道：“果然肯卖，但凭分付价钱，不敢吝惜。”文若虚其实不知值多少，讨少了，怕不在行：讨多了，怕吃笑。忖了一忖，面红耳热，颠倒讨不出价钱来。张大便与文若虚丢个眼色，将手放在椅子背后，竖着三个指头，再把第二个指空中一撇，道：“索性讨他这些。”文若虚摇头，竖一指道：“这些我还讨不出口在这里。”却被主人看见道："果是多少价钱?"张大捣一个鬼道："依文先生手势，敢像要一万哩!"主人呵呵大笑道："这是不要卖，哄我而已。此等宝物，岂止此价钱!"众人见说，大家目睁口呆，都立起了身来，扯文若虚去商议。道："造化！造化！想是值得多哩。我们实实不知如何定价，文先生不如开个大口，凭他还罢。"文若虚终是碍口识羞，待说又止。众人道："不要不老气。"主人又催道："实说说何妨?"文若虚只得讨了五万两。主人还摇头道："罪过，罪过。没有此话。"扯着张大私问他道："老客长们海外往来，不是一番了。人都叫你'张识货'，岂有不知此物就里的？必是无心卖他，奚落小肆罢了。"张大道："实不瞒你说，这个是我的好朋友，同了海外顽耍的，故此不曾置货。适间此物，乃是避风海岛，偶然得来，不是出价置办的，故此不识得价钱。若果有这五万与他，勾他富贵一生，他也心满意足了。"主人道："如此说，要你做个大大保人，当有重谢，万万不可翻悔!"遂叫店小二拿出文房四宝来。主人家将一张供单绵料纸折了一折，拿笔递与张大道："有烦老客长做主，写个合同文书，好成交易。"张大指着同来一人道："此位客人褚中颖写得好。"把纸笔让与他。褚客磨得墨浓，展好纸，提起笔来写道：

> 立合同议单张乘运等。今有苏州客人文实，海外带来大龟壳一个，投至波斯玛宝哈店，愿出银五万两买成。议定立契之后，一家交货，一家交银，各无翻悔。有翻悔者，罚契上加一。合同为照。

一样两纸，后边写了年月日，下写张乘运为头，一连把在坐客人十来个写去。褚中颖因自己执笔，写了落末。年月前边空行中间，将两纸凑着，写了骑缝一行，两边各半，乃是"合同议约"四字。下写客"人文实，主人玛宝哈"，各押了花押。单上有名的，从后头写起，写到张乘运，道："我们押字钱[51]重些，这买卖才弄得成。"主人笑道："不敢轻！不敢轻!"写毕，主人进内，先将银一箱抬出来道："我先交明白了用钱，还有说话。”众人攒将拢来。主人开箱，却是五十两一包，共总二十包，整整一千两。双手交与张乘运道：“凭老客长收明，分与众位罢。”众人初然吃酒写合同，大家撺哄鸟乱，心下还有些不信的意思，如今见他拿出精晃晃白银来做用钱，方知是实。文若虚恰像梦里醉里，话都说不出来，呆呆地看。张大扯他一把，道：“这用钱如何分散，也要文兄主张。”文若虚方说一句道：“且完了正事慢处。”

只见主人笑嘻嘻的，对文若虚说道：“有一事要与客长商议：价银现在里面阁儿上，都是向来兑过的，一毫不少，只消请客长一两位进去，将一包过一过目，兑一兑为准，其余多不消兑得。却又一说，此银数不少，搬动也不是一时功夫，况且文客官是个单身，如何好将下船去？又要泛海回还，有许多不便处。”文若虚想了一想道：“见教得极是。而今却待怎样？”主人道：“依着愚见，文客官目下回去未得。小弟此间有一个段[52]匹铺，有本三千两在内。其前后大小厅屋楼房，共百余间，也是个大所在。价值二千两，离此半里之地。愚见就把本店货物及房屋文契，作了五千两，尽行交与文客官，就留文客官在此住下了，做此生意。其银也做几遭搬了过去，不知不觉。日后文客官要回去，这里可以托心腹伙计看守，便可轻身往来。不然小店交出不难，文客官收贮却难也。愚意如此。”说了一遍，说得文若虚与张大跌足道：“果然是客纲客纪[53]，句句有理。”文若虚道：“我家里元无家小，况且家业已尽了，就带了许多银子回去，没处安顿。依了此说，我就在这里立起个家缘来，有何不可？此番造化，一缘一会，都是上天作成的，只索[54]随缘做去。便是货物房产价钱未必有五千，总是落得的。”便对主人说：“适间所言，诚是万全之算，小弟无不从命。”主人便领文若虚进去阁上看，叫张、褚二人：“一同去看看。其余列位不必了，请略坐一坐。”他四人去了。众人不进去的，个个伸头缩颈，你三我四，说道：“有此异事！有此造化！早知这样，懊悔岛边泊船时节也不去走走，或者还有宝贝也不见得。”有的道：“这是天大的福气，撞将来的，如何强得！”正欣羡间，文若虚已同张、褚二客出来了。众人都问："进去如何了？"张大道："里边高阁，是个土库，放银两的所在，都是桶子盛着。适间进去，看了十个大桶，每桶四千，又五个小匣，每个一千。共是四万五千。已将文兄的封皮记号封好了，只等交了货，就是文兄的了。"主人出来道："房屋文书、段匹帐目，俱已在此，凑足五万之数了。且到船上取货去。"一拥都到海船来。文若虚于路对众人说："船上人多，切勿明言！小弟自有厚报。"众人也只怕船上人知道，要分了用钱去，各各心照。文若虚到了船上，先向龟壳中把自己包裹被囊取出了。手摸一摸壳，口里暗道："侥幸！侥幸！"主人便叫店内后生二人来抬此壳，分付道："好生抬进去，不要放在外边。"船上人见抬了此壳去，便道："这个滞货也脱手了，不知卖多少？"文若虚只不做声，一手提了包裹，往岸上就走。这起初同上来的几个，又赶到岸上，将龟壳从头至尾细看了一遍，又向壳内张了一张，捽了一捽[55]，面面相觑道："好处在那里？"

主人仍拉了这十来个一同上去。到店里，说道："而今且同文客官看了房屋铺面来。"众人与主人一同走到一处，正是闹市中间，一所好大房子。门前正中是个铺子，旁有一衖[56]，走进转个湾，是两扇大石板门。门内大天井，上面一所大厅，厅上有一匾，题曰"来琛堂"。堂旁有两楹侧屋，屋内三面有橱，橱内都是绫罗各色段匹。以后内房，楼房甚多。文若虚暗道："得此为住居，王侯之家不过如此矣。况又有段铺营生，利息无尽，便做了这里客人罢了，还思想家里做甚！"就对主人道："好却好，只是小弟是个孤身，毕竟还要寻几房使唤的人才住得。"主人道："这个不难，都在小店身上。"文若虚满心欢喜，同众人走归本店来。主人讨茶来吃了，说道："文客官今晚不消船里去，就在铺中住下了。使唤的人，铺中现有，逐渐再讨便是。"众客人多道："交易事已成，不必说了。只是我们毕竟有些疑心，此壳有何好处，值价如此？还要主人见教一个明白。"文若虚道："正是，正是。"主人笑道："诸公枉了海上走了多遭，这些也不识得！列位岂不闻说龙有九子乎？内有一种是鼍龙，其皮可以幔鼓，声闻百里，所以谓之鼍鼓。鼍龙万岁，到底蜕下此壳成龙。此壳有二十四肋，按天上二十四气，每肋中间节，内有大珠一颗。若是肋未完全时节，成不得龙，蜕不得壳。也有生捉得他来，只好将皮幔鼓，其肋中也未有东西。直待二十四肋肋肋完全，节节珠满，然后蜕了此壳，变龙而去。故此是天然蜕下，气候俱到，肋节俱完的，与生擒活捉寿数未满的不同，所以有如此之大。这个东西，我们肚中虽晓得，知他几时蜕下？又在何处地方守得他着？壳不值钱，其珠皆有夜光，乃无价宝也！今天幸遇巧，得之无心耳。”众人听罢，似信不信。只见主人走将进去了一会，笑嘻嘻的走出来，袖中取出一西洋布的包来，说道：“请诸公看看。”解开来，只见一团绵裹着寸许大一颗夜明珠，光彩夺目。讨个黑漆的盘，放在暗处，其珠滚一个不定，闪闪烁烁，约有尺余亮处。众人看了，惊得目睁口呆，伸了舌头，收不进来。主人回身转来，对众逐个致谢道：“多蒙列位作成[57]了。只这一颗，拿到咱国中，就值方才的价钱了：其余多是尊惠。”众人个个心惊，却是说过的话，又不好翻悔得。主人见众人有些变色，取了珠子，急急走到里边。又叫抬出一个段箱来，除了文若虚，每人送与段子二端。说道：“烦劳了列位，做两件道袍穿穿，也见小肆中薄意。”袖中又摸出细珠十数串，每送一串，道：“轻鲜[58]，轻鲜，备归途一茶罢了。”文若虚处另是粗些的珠子四串，段子八匹，道是权且做几件衣服。文若虚同众人欢喜作谢了。

主人就同众人送了文若虚到段铺中，叫铺里伙计后生们都来相见，说道：“今番是此位主人了。”主人自别了去，道：“再到小店中去去来。”只见须臾间数十个脚夫扛了好些扛来，把先前文若虚封记的十桶五匣都发来了。文若虚搬在一个深密谨慎的卧房里头去处，出来对众人道：“多承列位挈带，有此一套意外富贵，感谢不尽。”走进去，把自家包裹内所卖洞庭红的银钱倒将出来，每人送他十个，止有张大，与先前出银助他的两三个，分外又是十个，道：“聊表谢意。”此时文若虚把这些银钱看得不在眼里了，众人却是快活，称谢不尽。文若虚又拿出几十个来，对张大说道：“有烦老兄，将此分与船上同行的人，每位一个，聊当一茶。小弟住在此间，有了头绪，慢慢到本乡来。此时不得同行，就此为别了。”张大道：“还有一千两用钱，未曾分得，却是如何？须得文兄分开，方没得说。”文若虚道：“这倒忘了。”就与众人商议，将一百两散与船上众人，余九百两，照现在人数另外添出两股，派了股数，各得一股。张大为头的，褚中颖执笔的，多分一股。众人千欢万喜，没有说话。内中一人道：“只是便宜了，文先生还该起个风，要他些不敷[59]才是。”文若虚道：“不要不知足，看我一个倒运汉，做着便折本的，造化到来，平空地有此一主财爻。可见人生分定，不必强求。我们若非这主人识货，也只当得废物罢了。还亏他指点晓得，如何还好昧心争论？”众人都道：“文先生说得是。存心忠厚，所以该有此富贵。”大家千恩万谢，各各赍了所得东西，自到船上发货。

从此，文若虚做了闽中一个富商，就在那里取了妻小，立起家业。数年之间，才到苏州走一遭，会会旧相识，依旧去了。至今子孙繁衍，家道殷富不绝。正是：

运退黄金失色，时来顽铁生辉。

莫与痴人说梦，思量海外寻龟。

【注释】

①见在：现在。

②朱希真：南宋词人朱敦儒。

③寄：依式填词。

④瓿：瓮。扬雄著《太玄》，刘歆称“吾恐后人用覆酱瓿也”。

⑤大请大受：领取、享受俸禄。

⑥吴彦高：金代文学家吴激。

⑦僧晦庵：南宋时和尚。

⑧蜗角虚名：《庄子》记载蜗牛左角有一个触氏国，右角有一个蛮氏国，互相争夺，讽刺图虚名。

⑨说话的：说书人。

⑩家缘：产业。

⑪经济行中人：生意人。

⑫跻跻跄跄：整整齐齐。

⑬每：们。

⑭跟寻：寻找。则个：口语“吧”。

⑮老拙：老人谦词。寒荆：对妻子的谦称，或称“拙荆”，荆是荆钗。买卜：请先生算卦。

⑯安童：随身小男仆。

⑰元来：原来。

⑱计较：算计。

⑲不着：不成功。

⑳沈石田：明代书画家沈周。文衡山：文征明。祝枝山：祝允明。

㉑乔人：善于作假的人。

㉒兀自：却、还是。

㉓对合：对本，一倍。

㉔发市：开张做生意。

㉕妆晃子弟：装模作样的浪荡子弟。

㉖历沴：潮变。

㉗斗着：凑着，碰到一起。

㉘趁口：混口饭吃。

㉙做家：会过日子。

㉚杂板令：万金油，不精通。

㉛打从：从此。

㉜报君知：一串铜板做成的响片，吸引主顾。

㉝赍助：钱财帮助。

㉞广：广橘。难兄：难兄难弟，差不多。

㉟福：福橘。具体：具体而微，小而不同。

㊱酢：酸。

㊲中国：自己国中。

㊳歇家：接待的商行。通事：翻译。

㊴一点头的：有点蔫的。

㊵等等：称一称。

㊶拿一个班：做一个样子，摆一个架子。

㊷瞧科：看出，冷眼旁观。

㊸艨艟：战船，大船。

㊹苦：幸亏。

㊺狼犺：粗笨。

㊻牙人：买卖中间人。

㊼法浪：珐琅，搪瓷。

㊽积年：有经验的人。

㊾着：试试看。

㊿镬铎：糊涂。

51押字钱：佣金。

52段：缎。

53客纲客纪：出门在外的道理。

54只索：只好。

55捽：捞。

56衖：巷。

57作成：成全。

58轻鲜：小意思。

59不敷：不足，找补。

【集评】

1.（明）即空观主人眉评：

知足之人，宜其有后福。

2.（明）即空观主人眉评：

忠厚者宜其有后福也。

【导读】

选文是凌濛初《初刻拍案惊奇》第1卷的首篇之作。《三言》《二拍》的编创皆有其故事蓝本，选文作为《二拍》中的开篇之作亦是如此。据谭正璧《三言两拍资料》可知，选文是从明代周元暐的一部史料笔记《泾林续记》中闽商苏和的故事演化而来。在作者的改编创作下，演绎出一个异常精彩的海外奇遇故事，相较于故事蓝本，选文呈现出更为真实灵动的人物形象，异域色彩浓郁的海外场景和引人入胜的故事情节。

第一，人物形象——由书生到商人的转换。

《泾林续记》原文中描述了一个奸商出海致富的故事，核心思想在于揭示一夜暴富的观念。然而，作者凌濛初在创作过程中，对人物身份进行了改编。主人公文若虚不再是一个典型的奸商，而是一个命运多舛、穷苦落魄的文人。他最初如传统商人那样做着传统的生意，但毕竟为文人出身，所做的生意无一盈利。这个落魄的文人在走投无路之下才不得已出海，而海外的买卖橘子是一种意外、一种命运的使然。在这个身份的转换中映射着作者的一种态度的转变。在封建时代士农工商排序的影响下，商人地位异常低下。在明代前的小说中，商人形象多被描绘为狡猾且贪婪，或是猥琐懦弱之人。然而，凌濛初颠覆了传统文学中对商人“重利忘义”的观念，塑造了一位聪明、善良且知足常乐的商人角色。他视致富为人的正当欲望和合理要求，并主张通过合法经营实现财富积累。如同文若虚，通过海外贸易积累财富，得到了作者的赞许和宣扬。尽管如此，作者对暴富引发的人性之恶（如贪婪、吝啬、势利等）持批判态度。因此，文若虚在富有的日子里，仍保持谦逊大方，将所得银钱分发给他人，每人赠送十个，额外还多给张大和之前协助他的两人十个，以示感激。作者有意塑造一个那个时代理想中的儒商形象，并将这个形象树立为一种时代的典范。主人公文若虚的遭遇与发迹无疑成了当时社会现实的缩影。故事的发展跟随人物的命运起伏不定，经历了从落魄到富有的反转。这种故事情节不仅展示了人生的无常，还揭示了社会中存在的贫富差距和人性百态。这样的改编使得作品具有了更深层次的思考和人性剖析，让读者在欣赏故事的同时，也能体会到人生的酸甜苦辣。孙楷第《三言二拍源流考》云："凌氏的拟话本小说，得力处在于选择话题，借一事而构设意象。往往本事在原书中不过数十字，记叙旧闻，了无意趣。在小说则清谈娓娓，文逾数千。抒情写景，如在耳目。化神奇于臭腐，易阴惨为阳舒，其功力亦实等于创作。"在人物形象的转化下，小说的主题也发生了变化。原本《泾林续记》描写的是奸商出海获取横财，其主题在于宣扬一夜暴富的思想。但在选文中宣扬了"人生功名富贵，总有天数"的道理，描绘了"转眼贫富出人意外"的现象。通过对原著的改编，凌濛初向读者们传达了一种命运无常、人生难料的观念。

第二，故事场景——海外风情的构想。

关于明代官方海外贸易的研究，文献资料丰富，然而，对于私人海外贸易的研究却相对匮乏，史料记载不足，往往只言片语。凌濛初创作的这一短篇小说，通过生动的文若虚这一角色，揭示了不少私人海外贸易的状况，从而弥补了这一研究空白。选文作为《初刻拍案惊奇》的开篇之作，描绘了明代商人海外经商致富的历程。明代商业繁荣，手工业、造船业、航海业的发展为海外贸易提供了更为有利的条件。明成祖朱棣派郑和七次下西洋，与东南亚沿海直至东非海岸的多个国家建立交往关系，开辟了海上丝绸之路，促进了商业信息的交流，引发了商人们对于航海贸易的巨大热情，看到了商机和财富的无限可能。虽然明成祖去世后，朝廷明令禁止下海，但由于商机的诱惑，仍有许多敢于冒险的商人结伴下海，投身海外贸易。在这样的背景下，选文应运而生。这部小说以生动的故事，展示了明代私人海外贸易的繁荣景象。这里有"以银为钱上有文采"的吉零国，有"树木参天，草莱遍地"的荒岛，亦有"兑换珍宝货物，不知有多少万数本钱"的波斯商人。在作者的笔下，这些世界场景是新奇的，但并非笔记小说异域世界的奇幻荒诞，而是在奇特而真实的表述中透露着一种对海外世界的向往与接纳。作者毫无保留地对之进行赞誉，吉零国的诚信买卖，波斯商人的经营之道，都被作者细致描绘。单从对于钱款的保存这条来看，文若虚船板上卖橘获利的一千个银钱，但并未将财物放置到专用的商行中，也未思考没有上岸找个银行存起来，而是将一大笔钱带在身上。而在波斯商人这里，玛宝哈的处理方式显然要专业许多，体现出波斯商人的精明与细致："里边高阁，是个土库，放银两的所在，都是桶子盛着。适间进去，看了十个大桶，每桶四千，又五个小匣，每个一千。共是四万五千。"文若虚最终决定留在福建经商的一个重要原因是钱币数量太大，携带不便，也不安全，后来成了闽中一个富商，而未能返回到他的故乡苏州。

作者对于海外场景的着力刻画反映了当时人们对于海外贸易的尝试与接纳。正如袁行霈所说："凌濛初则赞扬了商人们靠'转运'致富靠冒险发财，反映了晚明海运开禁后，市民百姓对于海外贸易的兴趣，对商人们投机冒险、逐利生财的肯定。"

第三，叙事手法——奇巧之美的形成。

在谭正璧《三言两拍资料》辑录的文言本事中，小说入话的本事主要来源于《金陵琐事》卷之三《银走》，正文的本事主要来源于《泾林续记》中的《苏和经商》。无论哪一个故事蓝本，故事篇幅只有数百字，叙事简略，而选文有上万字，作者对原本单一的情节进行了无限蔓延。宁稼雨曾提到《泾林续记》，说："书中故事情节多能生动曲折，跌宕婉转，引人入胜，极具小说色彩，对后代小说戏曲亦有影响。如记苏和以洞庭红橘和到荒岛得龟壳致富事，表现明代商品经济观念的萌发和冒险精神，为凌濛初初刻卷一《转运汉遇巧洞庭红　波斯胡指破鼍龙壳》正文所用，无名氏《洞庭红》传奇亦演此事。"（《泾林续记》为明代周玄暐续其祖周复俊《泾林杂记》《泾林类记》而作的志人小说集，多记明代朝野逸闻轶事，整体采用笔记小说叙事手法，剧情简略，话语精练。）

经凌濛初改编后，情节更加曲折，也更突出"奇巧"的构思。正如他在序言中所说的"'少所见，多所怪。'今之人，但知耳目之外，牛鬼蛇身之为奇。而不知耳目之内，日用起居，其为诡谲幻怪非可以常理测者固多也。”“奇巧”作为一种美学风尚，在人们的日常生活中逐渐变为一种人们喜闻乐见的审美范式。而这些“奇巧”情节的构建更多的是依靠人物命运的反转，比起描绘人物的海外冒险经历，作者更倾向于表述“时运”给人物带来的因果关系。在纷繁复杂的人间百态中，作者精心埋下伏笔，不仅将主人公置于困厄的环境中，更巧妙地为他解围，使他能够在绝境中逢生。这些情节看似充满了曲折和变幻，让人感到“山重水复疑无路”，但实际是“柳暗花明又一村”，为观众带来了意想不到的惊喜。海外经商突然发迹的故事虽荒诞离奇，但真实地反映了人世间的复杂多变。它是偶然中的必然，也是必然中的偶然。正是这种阴差阳错的巧合，使得故事中充满了冲突和转折，让奇巧新奇之美在明代叙事文学中焕发出异彩。

在奇巧构思的基础上，作者亦考虑到情节的逻辑性，例如小说结尾，《泾林续记》中描写“苏持银归，坐拟陶朱”，凌濛初则改为：店主人怕文若虚携带大量银钱返回有所不便，就把缎匹铺交给他让他做生意。这样的改动更能符合现实逻辑，也更有可信度。学者纪德君亦认为编创者在选取素材、构设情节和确立叙事方式等方面会有意识地迎合预想读者。

聊斋志异

《聊斋志异》是一部以奇形异事为内容的文言短篇小说。艺术上，“用传奇法，而以志怪”（鲁迅语）。整部作品构思精巧、情节丰美、语言简洁，具有诗化倾向，形成独特的艺术风格。《聊斋志异》青柯亭刊本问世后，相继出现手稿本、康熙钞本、乾隆铸雪斋钞本、乾隆黄炎熙选钞本等。

作者蒲松龄，字留仙，一字剑臣，别号柳泉居士，世称聊斋先生，自称异史氏。济南府淄川人。清代文学家，短篇小说家。出生于一个已渐趋败落的小书香家庭，早年热衷功名，19岁接连考取县、道、府3个第一名，此后屡应省试不第，71岁才援例始成贡生。除中年一度在异地作幕客外，终生在家乡为塾师，70岁时，方撤帐回家。

选文参照人民文学出版社2015年版《全校会注集评聊斋志异》。

婴　宁[1]

王子服，莒[2]之罗店人。早孤，绝慧，十四入泮[3]。母最爱之，寻常不令游郊野。聘萧氏，未嫁而夭，故求凰未就也。会上元，有舅氏子吴生，邀同眺瞩。方至村外，舅家有仆来，招吴去。生见游女如云，乘兴独遨。有女郎携婢，捻梅花一枝，容华绝代，笑容可掬。生注目不移，竟忘顾忌。女过去数武[4]，顾婢曰：“个儿郎目灼灼似贼！”遗花地上，笑语自去。生拾花怅然，神魂丧失，快快遂返。至家，藏花枕底，垂头而睡，不语亦不食。母忧之。醮禳[5]益剧，肌革锐减。医师诊视，投剂发表[6]，忽忽若迷。母抚问所由，默然不答。适吴生来，嘱密诘之。吴至榻前，生见之泪下。吴就榻慰解，渐致研诘。生具吐其实，且求谋画。吴笑曰：“君意亦复痴，此愿有何难遂？当代访之。徒步于野，必非世家。如其未字，事固谐矣：不然，拚以重赂，计必允遂。但得痊瘳，成事在我。”生闻之，不觉解颐[7]。吴出告母，物色女子居里。而探访既穷，并无踪绪。母大忧，无所为计。然自吴去后，颜顿开，食亦略进。数日，吴复来。生问所谋。吴绐[8]之曰：“已得之矣。我以为谁何人，乃我姑氏女，即君姨妹行，今尚待聘。虽内戚有昏因之嫌，实告之，无不谐者。”生喜溢眉宇，问居何里。吴诡曰：“西南山中，去此可三十余里。”生又付嘱再四，吴锐身自任而去。

生由此饮食渐加，日就平复。探视枕底，花虽枯，未便雕落。凝思把玩，如见其人。怪吴不至，折柬[9]招之。吴支托不肯赴召。生恚[10]怒，悒悒不欢。母虑其复病，急为议姻。略与商榷，辄摇首不愿，惟日盼吴。吴迄无耗，益怨恨之。转思三十里非遥，何必仰息他人？怀梅袖中，负气自往，而家人不知也。伶仃独步，无可问程，但望南山行去。约三十余里，乱山合沓，空翠爽肌，寂无人行，止有鸟道。遥望谷底，从花乱树中，隐隐有小里落。下山入村，见舍宇无多，皆茅屋，而意甚修雅。北向一家，门前皆绿柳，墙内桃杏尤繁，间以修竹，野鸟格磔[11]其中。意其园亭，不敢遽入。回顾对户，有巨石滑洁，因据坐少憩。俄闻墙内有女子，长呼“小荣”，其声娇细。方伫听间，一女郎由东而西，执杏花一朵，俯首自簪。举头见生，遂不复簪，含笑捻花而入。审视之，即上元途中所遇也。心骤喜，但念无以阶进，欲呼姨氏，顾从无还往，惧有讹误。门内无人可问，坐卧徘徊，自朝至于日昃，盈盈望断，并忘饥渴。时见女子露半面来窥，似讶其不去者。忽一老妪扶杖出，顾生曰：“何处郎君，闻自辰刻便来，以至于今，意将何为？得毋饥耶？”生急起揖之，答云：“将以盼亲。”媪聋聩不闻。又大言之。乃问：“贵戚何姓？”生不能答。媪笑曰：“奇哉。姓名尚自不知，何亲可探？我视郎君亦书痴耳。不如从我来，啖以粗粝，家有短榻可卧，待明朝归，询知姓氏，再来探访不晚也。”生方腹馁思啖，又从此渐近丽人，大喜，从媪入，见门内白石砌路，夹道红花，片片堕阶上：曲折而西，又启一关，豆棚架满庭中。肃客入舍，粉壁光明如镜：窗外海棠枝朵，探入室内，裀藉[12]几榻，罔不洁泽。甫坐，即有人自窗外隐约相窥。媪唤：“小荣，可速作黍。”外有婢子噭声而应[13]。坐次具展宗阀。媪曰：“郎君外祖，莫姓吴否？”曰：“然。”媪惊曰：“是吾甥也！尊堂，我妹子。年来以家窭贫，又无三尺男，遂至音问梗塞。甥长成如许，尚不相识。”生曰：此来即为姨也，匆遽遂忘姓氏。”媪曰：“老身秦姓，并无诞育：弱息仅存，亦为庶产。渠母改醮[14]，遗我鞠养。颇亦不钝，但少教训，嬉不知愁。少顷，使来拜识。”

未几，婢子具饭，雏尾盈握。媪劝餐已，婢来敛具。媪曰：“唤宁姑来。”婢应去。良久，闻户外隐有笑声。媪又唤曰：“婴宁，汝姨兄在此。”户外嗤嗤笑不已。婢推之以入，犹掩其口，笑不可遏。媪嗔目曰：“有客在，咤咤叱叱[15]，是何景象！”女忍笑而立，生揖之。媪曰：“此王郎，汝姨子。一家尚不相识，可笑人也。”生问：“妹子年几何矣？”媪未能解。生又言之。女复笑，不可仰视。媪谓生曰：“我言少教诲，此可见也。年已十六，呆痴裁[16]如婴儿。”生曰：“小于甥一岁。”

曰："阿甥已十七矣，得非庚午属马者耶？"生首应之。又问："甥妇阿谁？"答云："无之。"曰："如甥才貌，何十七岁犹未聘？婴宁亦无姑家，极相匹敌，惜有内亲之嫌。"生无语，目注婴宁，不遑他瞬。婢向女小语云："目灼灼，贼腔未改。"女又大笑，顾婢曰："视碧桃开未？"遽起，以袖掩口，细碎莲步而出，至门外，笑声始纵。媪亦起，唤婢幞[17]被，为生安置。曰："阿甥来不易，宜留三五日，迟迟送汝归。如嫌幽闷，舍后有小园，可供消遣，有书可读。"次日，至舍后，果有园半亩，细草铺毡，杨花糁径[18]；有草舍三楹，花木四合其所。穿花小步，闻树头苏苏有声；仰视，则婴宁在上。见生来，狂笑欲堕。生曰："勿尔，堕矣。"女且下且笑，不能自止。方将及地，失手而堕，笑乃止。生扶之，阴捘[19]其腕。女笑又作，倚树不能行，良久乃罢。生俟其笑歇，乃出袖中花示之。女接之曰："枯矣。何留之？"曰："此上元妹子所遗，故存之。"问："存之何意？"曰："以示相爱不忘也。自上元相遇，凝思成疾，自分化为异物；不图得见颜色，幸垂怜悯。"女曰："此大细事，至戚何所靳惜？待兄行时，园中花，当唤老奴来，折一巨捆负送之。"生曰："妹子痴耶？""何便是痴？"曰："我非爱花，爱拈花之人耳。"女曰："葭莩之情，爱何待言。"生曰："我所谓爱，非瓜葛之爱[20]，乃夫妻之爱。"女曰："有以异乎？"曰："夜共枕席耳。"女俯思良久，曰："我不惯与生人睡。"语未已，婢潜至，生惶恐遁去。少时，会母所。母问："何往？"女答以园中共话。媪曰："饭熟已久，有何长言，周遮乃尔。"女曰："大哥欲我共寝。"言未已，生大窘，急目瞪之，女微笑而止。幸媪不闻，犹絮絮究诘。生急以他词掩之，因小语责女。女曰："适此语不应说耶？"生曰："此背人语。"女曰："背他人，岂得背老母。且寝处亦常事，何讳之？"生恨其痴，无术可以悟之。食方竟，家中人捉双卫来寻生。

先是，母待生久不归始疑；村中搜觅几遍，竟无踪兆。因往询吴。吴忆曩言，因教于西南山行觅。凡历数村，始至于此。生出门，适相值，便入告媪，且请偕女同归。媪喜曰："我有志，匪伊朝夕。但残躯不能远涉，得甥携妹子去，识认阿姨，大好。”呼婴宁，宁笑至。媪曰：“有何喜，笑辄不辍？若不笑，当为全人。”因怒之以目。乃曰：“大哥欲同汝去，可便装束。”又饷家人酒食，始送之出，曰：“姨家田产充裕，能养冗人。到彼且勿归，小学诗礼，亦好事翁姑。即烦阿姨，为汝择一良匹。”二人遂发，至山坳回顾，犹依稀见媪倚门北望也。抵家，母睹姝丽，惊问为谁。生以姨女对。母曰：“前吴郎与儿言者，诈也。我未有姊，何以得甥。”问女，女曰：“我非母出。父为秦氏，没时儿在褓中，不能记忆。”母曰：“我一姊适秦氏良确，然殂谢已久，那得复存。”因审诘面庞痣赘，一一符合。又疑曰：“是矣。然亡已多年，何得复存？”疑虑间吴生至，女避入室。吴询得故，惘然久之。忽曰：“此女名婴宁耶？”生然之。吴亟称怪事。问所自知，吴曰：“秦家姑去后，姑丈鳏居[21]，祟于狐，病瘠死。狐生女名婴宁，绷卧床上，家人皆见之。姑丈殁，狐犹时来。后求天师[22]符粘壁间，狐遂携女去。将勿此耶？”彼此疑参，但闻室中吃吃，皆婴宁笑声。母曰：“此女亦太憨[23]生。”吴请面之。母入室，女犹浓笑不顾。母促令出，始极力忍笑，又面壁移时方出。才一展拜，翻然遽入，放声大笑。满室妇女，为之粲然。吴请往觇其异，就便执柯[24]。寻至村所，庐舍全无，山花零落而已。吴忆姑葬处，仿佛不远，然坟垅湮没，莫可辨识，诧叹而返。母疑其为鬼。入告吴言，女略无骇意，又吊其无家，亦殊无悲意，孜孜憨笑而已。众莫之测。母令与少女同寝止，昧爽即来省问，操女红[25]精巧绝伦。但善笑，禁之亦不可止。然笑处嫣然，狂而不损其媚。人皆乐之。邻女少妇，争承迎之。母择吉将为合卺[26]，而终恐为鬼物，窃于日中窥之，形影殊无少异。至日，使华妆行新妇礼，女笑极不能俯仰，遂罢。生以其憨痴，恐漏泄房中隐事，而女殊密秘，不肯道一语。每值母忧怒，女至，一笑即解。奴婢小过，恐遭鞭楚，辄求诣母共话，罪婢投见恒得免。而爱花成癖，物色遍戚党，窃典金钗，购佳种，数月，阶砌藩溷[27]，无非花者。庭后有木香一架，故邻西家，女每攀登其上，摘供簪玩。母时遇见，辄诃之。女卒不改。一日，西人子见之，凝注倾倒。女不避而笑。西人子谓女意已属，心益荡。女指墙底，笑而下。西人子谓示约处，大悦，及昏而往，女果在焉。就而淫之，则阴如锥刺，痛彻于心，大号而踣。细视非女，则一枯木卧墙边。所接乃水淋窍也。邻父闻声，急奔研问，呻而不言。妻来始以实告。爇火[28]烛窍，见中有巨蝎，如小蟹然。翁碎木捉杀之，负子至家，半夜寻卒。邻人讼生，讦发婴宁妖异。邑宰素仰生才，稔知其笃行士，谓邻翁讼诬，将杖责之。生为乞免，遂释而出。母谓女曰："憨狂尔尔，早知过喜而伏忧也。邑令神明，幸不牵累：设鹘突官宰，必逮妇女质公堂，我儿何颜见戚里？"女正色，矢不复笑。母曰："人罔不笑，但须有时。"而女由是竟不复笑，虽故逗，亦终不笑，然竟日未尝有戚容。一夕，对生零涕。异之。女哽咽曰："曩以相从日浅，言之恐致骇怪。今日察姑及郎皆过爱，无有异心，直告或无妨乎？妾本狐产，母临去以妾托鬼母，相依十余年，始有今日。妾又无兄弟，所恃者惟君。老母岑寂山阿，无人怜而合厝[29]之，九泉辄为悼恨。君倘不惜烦费，使地下人消此怨恫[30]，庶养女者不忍溺弃。"生诺之，然虑坟冢迷于荒草。女但言无虑。刻日，夫妻舆榇而往。女于荒烟错楚中，指示墓处，果得媪尸，肤革犹存。女抚哭哀痛。舁归[31]，寻秦氏墓合葬焉。是夜，生梦媪来称谢，寤而述之。女曰："妾夜见之，嘱勿惊郎君耳。"生恨不邀留。女曰："彼鬼也。生人多，阳气胜，何能久居？"生问"小荣"，曰："是亦狐，最黠，狐母留以视妾。每摄饵相哺，故德之常不去心。昨问母，云已嫁之。"由是岁值寒食[32]，夫妻登秦墓，拜扫无缺。女逾年生一子，在怀抱中，不畏生人，见人辄笑，亦大有母风云。

异史氏曰：观其孜孜憨笑，似全无心肝者。而墙下恶作剧，其黠孰甚焉。至凄恋鬼母，反笑为哭，我婴宁殆隐于笑者矣。窃闻山中有草，名"笑矣乎"，嗅之则笑不可止。房中植此一种，则合欢、忘忧并无颜色矣：若解语花，正嫌其作态耳。

【注释】

①选自《聊斋志异》第1卷。

②莒（jǔ）：古国名，今山东莒县一带。罗店为其县一地名。

③泮（pàn）：即泮宫，此指地方官办的学馆。入泮：考取秀才，得以进县学读书。

④武：过去称半步为武。数武：几步。

⑤醮禳（jiàoráng）：请和尚道士祈福消灾的迷信行为。

⑥投剂：从病人的角度说就是吃药。发表：中医治病方法之一。投剂发表，指吃药发散内火。

⑦颐：面颊。解颐：笑。

⑧绐（dài）：说谎话骗人。

⑨折柬：裁纸写信。

⑩恚（huì）：恼怒、气愤。

⑪格磔（zhé）：鸟鸣声。

⑫裀（yīn）藉：垫褥，坐席。罔：无。

⑬噭（jiào）声而应：大声答应。

⑭醮：古时女子出嫁时有人酌酒让她喝。改醮：改嫁。

⑮咤（zhà）咤叱叱：嘻嘻哈哈的样子。

⑯裁：通“才”。

⑰襆（fú）：被单，这里用为动词，指铺床。

⑱糁（sǎn）：饭粒，这里作动词用。糁径：像碎米屑撒在小路上。

⑲捘（zùn）：按，捏。

⑳瓜葛：瓜和葛都是牵连很长的蔓生植物，用以比喻疏远的亲戚。

㉑鳏（guān）居：男子死了妻子而独居。

㉒天师：汉代传播道教的张道陵，元朝被封为天师，其子孙门徒沿用这个称号而从事炼丹画符等迷信活动。此处指道士。

㉓憨（hān）：痴傻。

㉔觇（chān）：看，窥视。柯：指斧头，这里用以斧头伐木做斧柄来比喻媒人做媒。执柯：做媒。

㉕女红（gōng）：指妇女纺织、刺绣等工作。

㉖合卺：旧时婚礼中的一种仪式。

㉗藩：篱笆。溷（hùn）：厕所。阶砌藩溷：庭阶篱笆厕所等处。

㉘爇（ruò）：点燃。爇火：点起灯笼火把。

㉙合厝（cuò）：合葬。

㉚恫：病痛。

㉛舁（yú）归：共同抬回来。

㉜寒食：寒食节，在清明的前一两日。此指上坟扫墓的风俗。

【集评】

1.（清）但明伦：

此篇以笑字立胎，而以花为眼，处处写笑，即处处以花映带之。捻梅花一枝数语，已伏全文之脉，故文章全在提掇处得力也。以捻花笑起，以摘花不笑收，写笑层见叠出，无一意冗复，无一笔雷同，不笑后复用反衬，后乃结转笑字，篇法严密乃尔。

2.（清）方舒岩评：

昔《硕人》以倩传神，西子以矉增美。若子服于婴宁，捻梅初遇，托掩面而解颜：执杏重逢，更相视而莫逆。似此一笑，百媚丛生，何待千金：两眉常展，诚忧无不忘，而欢可永合矣。虽憨笑疑痴，狂笑疑俗，乃房中私急，何曾邻里或闻。而墙下变生，顿使阳城徒惑。倘云乐而不厌，亶其然乎？如谓怒者为常，不可测矣。况悲鬼母，不嫌易笑为啼，改葬秦坟，毕竟先号后笑也哉！

【导读】

《婴宁》出自《聊斋志异》（简称《聊斋》，俗名《鬼狐传》）。《聊斋志异》是中国清朝小说家蒲松龄创作的文言短篇小说集。这篇小说中，作者着力刻画的是女主角的外貌美和爱花、爱笑以及纯真得近乎痴憨的性格特点。

作者对人物性格特点的塑造，可从以下几个角度看出：

婴宁的出场，她“容华绝代”，手拈梅花，姗姗行走在上元节的郊野；当她发现王子服死死盯住自己的目光后，“顾婢曰：‘个儿郎目灼灼似贼！’遗花地上，笑语自去”，仿佛不知道王子服“目灼灼”是为己者，亦没有想到此时遗花地上对一个封建社会的少女来说是“大不检点”。这可与后文的行为相参照。王子服拿出上元节婴宁遗落的梅花示以相爱之意，婴宁却傻乎乎地说：“待兄行时，园中花，当唤老奴来，折一巨捆负送之。”王生告诉她：他“非爱花，爱拈花之人耳”，婴宁竟全然不解其中的缱绻之情，说：“葭莩之情，爱何待言。”当她得知王子服所说的是“夜共枕席”的夫妻之爱时，仍然了无所悟，“俯思良久，曰：‘我不惯与生人睡。’”甚至要告诉母亲“大哥欲我共寝”。几句对话，几个细节，将婴宁如痴似憨的性格特点刻画得栩栩如生。至此，婴宁爱花爱笑和纯真的性格特点已无比鲜明，以后虽又多次写到婴宁的爱花爱笑，不过是这种性格特点的加强和展示而已。

婴宁到了王家后，婆母嫌她“太憨生”，她任情恣意地惩治荒淫无礼的西邻之子，结果险些儿被逮质公堂，经过婆母一番封建礼教的训诫，婴宁“矢不复笑”，天真烂漫的理想性格消失了。这种性格的悲剧性结局虽未免使读者惋惜，却符合严酷的生活规律。写出这种性格的结局，表现了作者对现实认识的深刻精微，也反映出他的忧愤是多么深广。

婴宁是蒲松龄着意渲染的宁馨儿，仿佛笑神似的，以欢乐的笑对待惨淡的人世、世俗的纷纭。这不仅是对于美的颂歌，也当然地是对于“子夜荧荧”浓黑悲凉社会的否定。婴宁一方面出生于幽谷，受育于鬼狐，不审三从，不知四德，无视长幼之序，不用进退之仪，用笑声蔑视一切，用笑声动摇一切；一方面出嫁于人间，依从文士，既畏狱讼之酷，又恪守男女大防的封建道德，轻施颦笑，严惩意淫。她是无法跳出当时社会环境的，既有所突破又无法脱离的真正的美人。她独居幽谷，披萝带荔，仍然拂不去封建社会中尔虞我诈的尘埃，不得不罩上“笑”的面纱，这可见封建社会摧残人性的力量是多么无孔不入，多么强大。

促　织[①]

宣德[②]间，宫中尚促织之戏，岁征民间。此物故非西[③]产：有华阴令[④]欲媚上官，以一头进，试使斗而才，因责常供。令以责之里正[⑤]。市中游侠儿，得佳者笼养之，昂其直，居为奇货。里胥[⑥]猾黠，假此科敛丁口，每责一头，辄倾数家之产。

邑有成名者，操童子[⑦]业久不售。为人迂讷，遂为猾胥报充里正役，百计营谋不能脱。不终岁，薄产累尽。会征促织，成不敢敛户口，而又无所赔偿，忧闷欲死。妻曰：“死何裨益？不如自行搜觅，冀有万一之得。”成然之。早出暮归，提竹筒、铜丝笼，于败堵丛草处，探石发穴，靡计不施，迄无济。即捕得三两头，又劣弱，不中于款。宰严限追比[⑧]，旬余杖至百，两股间脓血流离，并虫亦不能行捉矣。转侧床头，惟思自尽。

时村中来一驼背巫，能以神卜。成妻具资诣问。见红女白婆，填塞门户：入其舍则密室垂帘，帘外设香几：问者爇香[⑨]于鼎，再拜。巫从傍望空代祝，唇吻翕辟[⑩]，不知何词。各各竦立以听。少间，帘内掷一纸出，即道人意中事，无毫发爽。成妻纳钱案上，焚拜如前人。食顷帘动，片纸抛落。拾视之，非字而画：中绘殿阁，类兰若：后小山下，怪石乱卧，针针丛棘，青麻头[⑪]伏焉：旁一蟆，若将跃舞。展玩不可晓，然睹促织，隐中胸怀，折藏之，归以示成，成反复自念，得无教我猎虫所耶？细瞻景状，与村东大佛阁真逼似。乃强起，扶杖执图诣寺后。有古陵蔚起，循陵而走，见蹲石鳞鳞，俨然类画。遂于蒿莱中侧听徐行，似寻针芥，而心目耳力俱穷，绝无踪响。冥搜未已，一癞头蟆猝然跃去。成益愕，急逐趁之，蟆入草间。蹑迹披求[12]，见有虫伏棘根：遽扑之，入石穴中：掭以尖草，不出：以筒水灌之始出，状极俊健。逐而得之。审视，巨身修尾，青项金翅。大喜，笼归，举家庆贺，虽连城拱璧不啻[13]也。上于盆而养之，蟹白栗黄，备极护爱，留待限期，以塞官责。

成有子九岁，窥父不在，窃发盆。虫跃掷径出，迅不可捉。及扑入手，已股落腹裂，斯须就毙。儿惧，啼告母。母闻之，面色灰死，大惊曰："业根[14]，死期至矣！而翁归，自与汝复算耳！"儿涕而出。

未几成归，闻妻言，如被冰雪。怒索儿，儿渺然不知所往。既得其尸于井，因而化怒为悲，抢呼欲绝。夫妻向隅，茅舍无烟，相对默然，不复聊赖。日将暮，取儿藁葬[15]。近抚之，气息惙然[16]。喜置榻上，半夜复苏。夫妻心稍慰，但蟋蟀笼虚，顾之则气断声吞，亦不敢复究儿。自昏达曙，目不交睫，东曦既驾[17]，僵卧长愁。忽闻门外虫鸣，惊起觇视[18]，虫宛然尚在。喜而捕之，一鸣辄跃去，行且速：覆之以掌，虚若无物：手裁举，则又超忽而跃。急趋之，折过墙隅，迷其所往。徘徊四顾，见虫伏壁上。审谛之，短小，黑赤色，顿非前物。成以其小劣之。惟彷徨瞻顾，寻所逐者。壁上小虫忽跃落衿袖间，视之，形若土狗，梅花翅，方首长胫，意似良。喜而收之。将献公堂，惴惴恐不当意，思试之斗以觇之。

村中少年好事者，驯养一虫，自名"蟹壳青"，日与子弟角，无不胜。欲居之以为利，而高其直，亦无售者。径造庐访成，视成所蓄，掩口胡卢而笑。因出己虫，纳比笼中。成视之，庞然修伟，自增惭怍，不敢与较。少年固强之。顾念蓄劣物终无所用，不如拼博一笑，因合纳斗盆。小虫伏不动，蠢若木鸡。少年又大笑：试以猪鬣毛撩拨虫须，仍不动。少年又笑。屡撩之，虫暴怒，直奔，遂相腾击，振奋作声。俄见小虫跃起，张尾伸须，直龁敌领。少年大骇，解令休止。虫翘然矜鸣，似报主知。成大喜。方共瞻玩，一鸡瞥来，径进以啄。成骇立愕呼，幸啄不中，虫跃去尺有咫。鸡健进，逐逼之，虫已在爪下矣。成仓猝莫知所救，顿足失色。旋见鸡伸颈摆扑，临视则虫集冠上，力叮不释。成益惊喜，掇置笼中。

翼日[19]进宰，宰见其小，怒呵成。成述其异，宰不信。试与他虫斗，虫尽靡。又试之鸡，果如成言。乃赏成，献诸抚军[20]。抚军大悦，以金笼进上，细疏其能。既入宫中，举天下所贡蝴蝶、螳螂、油利挞、青丝额……一切异状，遍试之，无出其右者。每闻琴瑟之声，则应节而舞。益奇之。上大嘉悦，诏赐抚臣名马衣缎。抚军不忘所自，无何，宰以卓异闻。宰悦，免成役。又嘱学使，俾入邑庠[21]。由此以善养虫名，屡得抚军殊宠，不数岁，田百顷，楼阁万椽，牛羊蹄躈[22]各千计：一出门，裘马过世家焉。

异史氏曰："天子偶用一物，未必不过此已忘：而奉行者即为定例。加以官贪吏虐，民日贴妇卖儿，更无休止。故天子一跬步皆关民命，不可忽也。独是成氏子以蠹贫[23]，以促织富，裘马扬扬。当其为里正受扑责时，岂意其至此哉！天将以酬长厚者，遂使抚臣、令尹，并受促织恩荫。闻之：一人飞升，仙及鸡犬。信夫！"

【注释】

①选自《聊斋志异》卷四。

②宣德：明宣宗年号（1426—1435）。

③西：这里指陕西。

④华阴令：华阴县县官。

⑤里正：里长。

⑥里胥：管理乡里事务的公差。

⑦童子：童生。科举时代还没考取秀才的读书人，不论年纪大小，都称为"童生"。

⑧宰严限追比：县令严定期限，催促缴纳。追比，旧时地方官吏严逼人民，限期交税、交差、逾期受杖责，叫"追比"。

⑨爇香：点燃香。

⑩翕辟：开合。翕：合。辟：开。

⑪青麻头：和下文的“蝴蝶”“螳螂”“油利挞”“青丝额”，都是上品蟋蟀的名字。

⑫蹑迹披求：追随（蛤蟆的）踪迹，拨开（丛草）寻求。蹑：悄悄追随。披：拨开。

⑬拱璧：大璧，极言其珍贵。啻：止。

⑭业根：祸种，惹祸的东西。业：业障，佛教用语，罪恶的意思。

⑮藁葬：用草席裹着尸体埋葬。

⑯惙然：气息微弱的样子。

⑰东曦既驾：东方的太阳已经升起。东曦：指日神东君。曦：日光。既驾：已经乘车出来。古代传说，日神乘着神龙驾驭的车。

⑱觇视：窥视。

⑲翼日：同“翌日”，次日。

⑳抚军：官名，巡抚的别称，总管一省的民政和军政。

㉑俾入邑庠：使（他）进入县学，即做秀才。俾：使。邑：县。庠：学校。

㉒蹄躈：亦作“蹄噭”，古时用以计算牲畜的头数。噭：口。躈：肛门。

㉓以蠹贫：因胥吏的侵耗而贫穷。蠹：蛀虫，这里用来比喻侵耗财务的胥吏。

【集评】

1.（清）冯镇峦评：

《负暄录》：“门虫之戏，始于天宝。”吕毖《明朝小史》：“玄宗好促织之戏，遣使江南，价贵至数十金。”吴梅村、龚孝升有玄宗御用《戏金蟋蟀盆歌》，渔洋未之见耶？

2.（清）但明伦评：

或是传闻异词，但论其事，不必求其时代可也。

3.（清）何守奇评：

韩氏城南，贾相秋壑，之二物本好斗。促织敌鸡，实所创闻。抚公进此，岂平章军国重事耶？

4.（清）方舒岩评：

以苛政论，宣德间不必有其事。然宫中偶戏促织，似亦无碍于治。乌知成之破产遭刑，几至于死，而身复难存哉！屋漏在上，知之在下，是以事每忽于所微，而害常生于莫测。

【导读】

《促织》是清代文学家蒲松龄创作的文言小说，出自《聊斋志异》卷四。

“促织”就是蟋蟀，有的地区又叫蛐蛐。这篇故事以“促织”为线索，对“促织”的描绘不少于人物描写。虽然“促织”在客观现实里指代一种生物，但故事里的“促织”有着三种形象——宫廷中的“促织”，市井里的“促织”以及成子幻化成的“促织”。“促织”本为寻常之物，并不珍贵，但因为宫廷对“促织”的重视，才催生了民众捕捉“促织”，官府上交“促织”的现象。

《促织》这篇小说深刻揭露了“苛政”之危害。小说向读者展示了一个小人物的人生悲喜剧，故事情节一波三折。成名是一个本本分分的读书人，却因为懦弱可欺，被硬派一个“里正”的差使。担任这个差使要完成各种横征暴敛，但成名不堪其任，在妻子的建议下，只能自己去捕捉蟋蟀，无奈捕捉到的蟋蟀不合格。在交纳的截止期限内，成名两腿被打得脓血淋漓，路也走不了，更没办法去捉蟋蟀，瘫在床上，完全绝望了。后经驼背巫婆指引，捕捉到一只蟋蟀，小心地养在瓦盆里。但九岁的儿子非常好奇，趁父亲不在，想偷偷看看这只蟋蟀是什么样子，谁知盆盖刚刚掀开，蟋蟀就飞蹦而出，吓得他赶忙用手去扣，但是用力太猛，捉到手一看蟋蟀腹裂腿断，因怕被父母责骂，孩子遂投井而亡，等到把孩子捞上来，两个人呼天抢地、悲恸欲绝，哪里还顾得上蟋蟀。天快黑了，成名缓过神来，打算先把儿子掩埋了再说，伸手一摸，发现孩子好像还有一丝气息，夫妻二人又惊又喜，连忙把儿子搬到床上。到了半夜，孩子总算缓过气来，两人这才放下心来。可一看空的蟋蟀笼，又忧心如焚。但天无绝人之路，熬到天亮之时，发现了一只小蟋蟀，虽有失望，但小蟋蟀善斗，遂献了上去，皇帝龙心大悦，重奖了经手进贡蟋蟀的巡抚；巡抚、知县皆受到好评，也没有忘记成名的功劳，不但免去他里正的苦差，还授意学官让成名进入县学做了生员。巡抚也赏赐了成名许多财物，成家在经济上彻底翻了身。过了一年多，成名的儿子完全恢复了精神。

席方平[1]

席方平，东安[2]人。其父名廉，性戆拙[3]。因与里中富室羊姓有郤[4]，羊先死；数年，廉病垂危，谓人曰："羊某今贿嘱冥使搒我矣。"俄而身赤肿，号呼遂死，席惨怛不食，曰："我父朴讷，今见凌于强鬼，我将赴地下，代伸冤气耳。"自此不复言，时坐时立，状类痴，盖魂已离舍矣。

席觉初出门，莫知所往，但见路有行人，便问城邑。少选[5]入城，其父已收狱中；至狱门，遥见父卧檐下，似甚狼狈，举目见子，潸然流涕，便谓："狱吏悉受赇嘱[6]，日夜搒掠，胫股摧残甚矣！"席怒，大骂狱吏："父如有罪，自有王章，岂汝等死魅所能操耶！"遂出，抽笔为词。值城隍早衙[7]，喊冤以投。羊惧，内外贿通，始出质理。城隍以所告无据，颇不直席。席忿气无所复伸，冥行百余里至郡，以官役私状告诸郡司[8]。迟之半月，始得质理。郡司扑席，仍批城隍覆案。席至邑，备受械梏，惨冤不能自舒。城隍恐其再讼，遣役押送归家。役至门辞去。

席不肯入，遁赴冥府，诉郡邑之酷贪。冥王立拘质对。二官密遣腹心[9]与席关说，许以千金。席不听。过数日，逆旅主人告曰："君负气已甚，官府求和而执不从，今闻于王前各有函进，恐事殆矣。”席以道路之口，犹未深信。俄有皂衣人唤入。升堂，见冥王有怒色，不容置词[10]，命笞二十。席厉声问：“小人何罪？”冥王漠若不闻。席受笞，喊曰：“受笞允当，谁教我无钱也！”冥王益怒，命置火床。两鬼捽席下，见东墀有铁床，炽火其下，床面通赤。鬼脱席衣，掬置其上，反复揉捺之。痛极，骨肉焦黑，苦不得死。约一时许，鬼曰：“可矣。”遂扶起，促使下床着衣，犹幸跛而能行。复至堂上，冥王问：“敢再讼乎？”席曰：“大冤未伸，寸心不死，若言不讼，是欺王也。必讼！”又问：“讼何词？”席曰：“身所受者，皆言之耳。”冥王又怒，命以锯解其体。二鬼拉去，见立木，高八九尺许，有木板二，仰置其下，上下凝血模糊。方将就缚，忽堂上大呼“席某”，二鬼即复押回。冥王又问：“尚敢讼否？”答云：“必讼！”冥王命捉去速解。既下，鬼乃以二板夹席，缚木上。锯方下，觉顶脑渐辟，痛不可禁，顾亦忍而不号。闻鬼曰：“壮哉此汉！”锯隆隆然寻至胸下。又闻一鬼云：“此人大孝无辜，锯令稍偏，勿损其心。”遂觉锯锋曲折而下，其痛倍苦。俄顷半身辟矣：板解，两身俱仆。鬼上堂大声以报，堂上传呼，令合身来见。二鬼即推令复合，曳使行。席觉锯缝一道，痛欲复裂，半步而踣。一鬼于腰间出丝带一条授之，曰：“赠此以报汝孝。”受而束之，一身顿健，殊无少苦，遂升堂而伏。冥王复问如前：席恐再罹酷毒，便答：“不讼矣。”冥王立命送还阳界。隶率出北门，指示归途，反身遂去。

席念阴曹之昧暗尤甚于阳间，奈无路可达帝听。世传灌口二郎为帝勋戚[11]，其神聪明正直，诉之当有灵异。窃喜二隶已去，遂转身南向。奔驰间有二人追至，曰：“王疑汝不归，今果然矣。”捽回复见冥王。窃意冥王益怒，祸必更惨：而王殊无厉容，谓席曰：“汝志诚孝。但汝父冤，我已为若雪之矣。今已往生富贵家，何用汝鸣呼为。今送汝归，予以千金之产、期颐之寿[12]，于愿足[13]乎？”乃注籍中，嵌以巨印，使亲视之。席谢而下。鬼与俱出，至途，驱而骂曰：“奸猾贼！频频翻复，使人奔波欲死！再犯，当捉入大磨中细细研之！”席张目叱曰：“鬼子胡为者！我性耐刀锯，不耐挞楚！请反见王，王如令我自归，亦复何劳相送。”乃返奔。二鬼惧，温语劝回。席故蹇缓[14]，行数步，辄憩路侧。鬼含怒不敢复言。约半日，至一村，一门半辟，鬼引与共坐：席便据门阈[15]，二鬼乘其不备，推入门中。

惊定自视，身已生为婴儿。愤啼不乳，三日遂殇。魂摇摇不忘灌口，约奔数十里，忽见羽葆[16]来，幡戟横路[17]。越道避之，因犯卤簿[18]，为前马[19]所执，絷送车前。仰见车中一少年，丰仪瑰玮，问席：“何人？”席冤愤正无所出，且意是必巨官，或当能作威福，因缅诉毒痛。车中人命释其缚，使随车行。俄至一处，官府十余员，迎谒道左，车中人各有问讯。已而指席谓一官曰：“此下方人，正欲往愬[20]，宜即为之剖决。”席询之从者，始知车中即上帝殿下九王，所嘱即二郎也。席视二郎，修躯多髯，不类世间所传。九王既去，席从二郎至一官廨，则其父与羊姓并衙隶俱在。少顷，槛车中有囚人出，则冥王及郡司、城隍也。当堂对勘[21]，席所言皆不妄。三官战栗，状若伏鼠。二郎援笔立判；顷之，传下判语，令案中人共视之。判云：“勘得冥王者：职膺王爵，身受帝恩。自应贞洁以率臣僚，不当贪墨[22]，以速官谤。而乃繁缨棨戟[23]，徒夸品秩[24]之尊；羊狠狼贪[25]，竟玷人臣之节。斧敲斫，斫入木，妇子之皮骨皆空[26]；鲸[27]吞鱼，鱼食虾，蝼蚁之微生可悯。当掬西江之水，为尔湔肠；即烧东壁之床，请君入瓮。城隍、郡司，为小民父母之官，司上帝牛羊之牧[28]。虽则职居下列，而尽瘁者不辞折腰；即或势逼大僚，而有志者亦应强项[29]。乃上下其鹰鸷之手，既罔念夫民贫；且飞扬其狙狯之奸[30]，更不嫌乎鬼瘦。惟受赃而枉法，真人面而兽心！是宜剔髓伐毛[31]，暂罚冥死；所当脱皮换革，仍令胎生。隶役者：既在鬼曹，便非人类。只宜公门修行，庶还落蓐之身；何得苦海生波，益造弥天之孽？飞扬跋扈，狗脸生六月之霜；隳突叫号，虎威断九衢之路。肆淫威于冥界，咸知狱吏为尊；助酷虐于昏官，共以屠伯[32]是惧。当于法场之内，剁其四肢；更向汤镬[33]之中，捞其筋骨。羊某：富而不仁，狡而多诈。金光盖地，因使阎摩殿上尽是阴霾；铜臭熏天，遂教枉死城中全无日月。余腥犹能役鬼，大力直可通神。宜籍[34]羊氏之家，以赏席生之孝。即押赴东岳[35]施行。”

又谓席廉：“念汝子孝义，汝性良懦，可再赐阳寿三纪[36]。”因使两人送之归里。席乃抄其判词，途中父子共读之。既至家，席先苏。令家人启棺，视父，僵尸犹冰，俟之终日，渐温而活。及索抄词，则已无矣。

自此，家日益丰，三年间，良沃遍野。而羊氏子孙微矣，楼阁田产尽为席有。里人或有买其田者，夜梦神人叱之曰：“此席家物，汝乌得有之！”初未深信：既而种作，则终年升斗无所获，于是复鬻归席。席父九十余岁而卒。

异史氏曰：“人人言净土，而不知生死隔世，意念都迷，且不知其所以来，又乌知其所以去：而况死而又死，生而复生者乎？忠孝志定，万劫不移，异哉席生，何其伟也！”

【注释】

①选自《聊斋志异》卷七。

②东安：旧府县名“东安”者甚多，此或指山东沂水县南旧东安城。

③戆（zhuàng）拙：心直口快而不识利害顾忌。

④郤（xì）：同“隙”，嫌隙：仇恨。

⑤少选：同“少旋”，一会儿。

⑥赇（qiú）嘱：犹“贿嘱”。赇：贿赂。

⑦城隍：迷信传说的守护城池的主神，这里指县邑城隍。早衙：旧时官府的主官，每天上下午坐堂两次，处理政务或案件，叫作“坐衙”。

⑧郡司：府的长官。

⑨腹心：心腹之人，贴身的亲信。

⑩置词：说话，申辩。

⑪灌口二郎：《朱子语录》谓蜀中灌口二郎庙所祀者，当是秦蜀

郡守李冰之次子。《西游记》《封神演义》称二郎神为杨戬，疑从李冰次子故事演变而来。灌口即今四川都江堰。为帝勋戚：传说杨戬是玉帝的外甥。勋戚，有功于王业的亲戚。

⑫期（jī）颐之寿：百岁的寿数。《礼记·曲礼》上："百年曰期颐。"

⑬尺：据铸雪斋抄本补，原阙。

⑭蹇（jiǎn）缓：行路艰难迟缓。

⑮门阈（yù）：门槛。

⑯羽葆：以鸟羽为饰的仪仗。《礼记·杂记》："匠人执羽葆御柩。"疏："羽葆者，以鸟羽聚于柄头，如盖。"

⑰旛戟：长旛、棨戟等仪仗。旛：长幅下垂的旌旗。戟：即后文所说的"棨戟"，附有套衣的木戟，用作仪仗。横路：遮路。

⑱卤（lǔ）簿：古时帝王或贵官出行时的仪仗队。

⑲前马：仪仗队的前驱。《国语·越语》谓勾践"亲为夫差前马"，注："前马，前驱，在马前也。"

⑳愬（sù）：同"诉"，诉冤。

㉑对勘：对质审讯。勘：审问。

㉒贪墨：同"贪冒"，谓贪以败官。《说文通训定声》："墨，又借为冒，左昭十四年传，贪以败官为墨。按，犯而取也！注：不洁之称，失之。"以速官谤：《左传·庄公二十二年》："敢辱高位，以速官谤。"

㉓繁（pán）缨：古时天子、诸侯的马饰，语出《左传·成公二年》。繁：通"鞶"，马腹带。缨：马颈饰。棨戟：有缯衣或涂漆的木戟，用为仪仗。唐制，三品以上官员，得门列棨戟。

㉔品秩：官阶品级。

㉕羊狠狼贪：语出《史记·项羽本纪》："因下令军中曰：猛如虎，很如羊，贪如狼，疆不可使者皆斩之。"很：通"狠"。

㉖"斧敲"三句：意谓层层敲剥、勒索，妇孺的脂膏、骨髓被压榨一空。斫（zhuó）：砍削，此借作名词之"凿"。

㉗鲸：鲸鲵，喻凶恶之人。《左传·宣公十二年》："古者明王伐不敬，取其鲸鲵而封之，以为大戮。"杜预注："鲸鲵，大鱼名，以喻不义之人，吞食小国。"

㉘司上帝牛羊之牧：职掌代替天帝管理人民之事。《孟子·公孙丑》下："今有受人之牛羊而牧之者，则必为之求牧与刍矣。"此用其意，喻地方官吏应解除民困。

㉙强项：不低头，喻刚直不阿。东汉董宣为洛阳令，杀湖阳公主恶奴，光武帝大怒，令小黄门挟持董宣向公主叩头谢罪。董宣两手据地，终不肯俯首。光武帝称之为"强项令"。见《后汉书·董宣传》。

㉚飞扬：意谓任意施展。狙狯之奸：狡猾的奸谋。

㉛剔髓伐毛：犹言脱胎换骨，涤除污垢，使之改恶从善。原为修道者之言，见《太平广记》卷六引《洞冥记》。此指致死的酷刑。

㉜屠伯：宰牲的能手，喻指滥杀的酷吏。《汉书·严延年传》谓严为河南太守，酷刑滥杀，每"冬月传属县囚，会论府上，流血数里，河南号曰屠伯。"

㉝汤镬：汤锅，古代烹囚的刑具。

㉞籍：没收。

㉟东岳：泰山。迷信传说，东岳泰山之神总管天地人间的生死祸福，并施行赏罚。

㊱纪：古代以十二年为一纪。

【集评】

1.（清）冯镇峦评：

《楞严经》云："天地坏而这个不坏。"夫天地坏矣，安有这个。这个不坏，此天地之所以不坏也。在佛氏所谓这个，原别有说，予谓这个者何，忠孝而已。夫忠孝不坏，天地所以不坏也。

2.《手稿本某甲评》：

写贿赂之焰，毒龙猛虎；写孝义之苦，烈日严霜。通篇以"孝义贿嘱"，四字作骨；唯贿嘱，故能动隶役，动城隍，动冥王，虽□

□□之孝义，亦势几不敌；惟孝义，故虽屈于城隍，扑于郡司，笞炙锯解于冥王，百折不磨，而卒鸣其冤。此四字是通篇着眼处之一。

3.（清）但明伦评：

赴地下而诉，至冥王力已竭矣，冤可申矣。乃关说不通，而私函密进，钱神当道，木偶登堂，甚且卧以焦肉之床，辟以解身之锯。壮哉此汉！毒矣斯刑！幸而锯未损心，丝能续命；大冤未雪，万死难辞。注富贵期颐之籍，乌足以移其心?诉聪明正直之神，乃可以断斯狱。独怪俨然王爵者，为彼私函，枉兹律法。移恶人之狱，加孝子之身。送之归而料其不归，速之讼而禁其勿讼。饵之以足愿之事，赚之以不备之生。酷而又叹，奸而且诈，较之城隍、郡司，罪又甚矣。卒之槛车囚至，伏鼠现形，地下之鬼何辜，而乃王及此辈哉！

4.（清）何守奇评：

人言冥府无私者妄也。冥府无私，宁尚有埋忧地下者哉！千金期颐，皆可以为贿祝之具，以是知阳世颠倒，皆冥府之愦愦有以致之也。

【导读】

《席方平》是清代文学家蒲松龄创作的文言短篇小说，出自《聊斋志异》。这篇小说塑造了席方平这个勇敢的复仇者形象，并通过席方平的曲折艰难的斗争道路，揭示了封建社会的黑暗。

席方平的父亲因富室羊某贿通冥使致死，席便赴地下代父伸冤。他狱中见父备受摧残，便大骂狱吏，直投城隍。城隍受贿，“颇不直席”。他冥行百多里，告到郡司。郡司亦受贿，竟扑席送归。他又逃跑到冥府，诉郡邑之酷贪。冥王亦受贿，对他施以酷刑，或以火床烧焦骨肉，或以锯解体为二，都没有折服席“必讼”的决心。冥王见硬来不行，遂许他“千金之产，期颐之寿”。席软硬不吃，遂告到“为帝勋戚”的二郎处，使贪官污吏得以除，冤仇得以伸。

瞳人语[1]

长安[2]士方栋，颇有才名，而佻脱不持仪节[3]。每陌上见游女[4]，辄轻薄尾缀[5]之。清明前一日，偶步郊郭，见一小车，朱茀绣幰[6]；青衣[7]数辈，款段[8]以从。内一婢，乘小驷[9]，容光绝美。稍稍近觇之，见车幔洞开，内坐二八女郎，红妆艳丽，尤生平所未睹。目炫神夺，瞻恋弗舍，或先或后，从驰数里。忽闻女郎呼婢近车侧，曰："为我垂帘下。何处风狂儿郎，频来窥瞻！"婢乃下帘，怒顾生曰："此芙蓉城七郎子新妇归宁[10]，非同田舍娘子[11]，放教秀才胡觑！"言已，掬辙土飏生。

生眯目不可开。才一拭视，而车马已渺。惊疑而返。觉目终不快。倩人启睑拨视，则睛上生小翳[12]；经宿益剧，泪簌簌不得止；翳渐大，数日厚如钱；右睛起旋螺，百药无效。懊闷欲绝，颇思自忏悔。闻《光明经》[13]能解厄。持一卷，浼人教诵[14]。初犹烦躁，久渐自安。旦晚无事，惟趺坐捻珠[15]。持之一年，万缘俱净[16]。忽闻左目中小语如蝇，曰："黑漆似，叵耐杀人[17]！"右目中应云："可同小遨游，出此闷气。"渐觉两鼻中蠕蠕作痒，似有物出，离孔而去。久之乃返，复自鼻入眶中。又言曰："许时不窥园亭，珍珠兰[18]遽枯瘠死！"生素喜香兰，园中多种植，日常自灌溉；自失明，久置不问。忽闻其言，遽问妻："兰花何使憔悴死？"妻诘其所自知，因告之故。妻趋验之，花果槁矣。大异之。静匿房中以俟之，见有小人自生鼻内出，大不及豆，营营[19]然竟出门去。渐远，遂迷所在。俄，连臂归，飞上面，如蜂蚁之投穴者。如此二三日。又闻左言曰："隧道[20]迂，还往甚非所便，不如自启门。"右应云："我壁子厚，大不易。"左曰："我试辟，得与而俱。"遂觉左眶内隐似抓裂。有顷，开视，豁见几物。喜告妻。妻审之，则脂膜破小窍，黑睛荧荧，才如劈椒[21]。越一宿，幛尽消。细视，竟重瞳也，但右目旋螺如故，乃知两瞳人合居一眶矣。生虽一目眇，而较之双目者，殊更了了[22]。由是益自检束[23]，乡中称盛德[24]焉。

异史氏曰："乡有士人，偕二友于途，遥见少妇控驴出其前，戏而吟曰：'有美人兮！'顾二友曰：'驱之！'相与笑骋。俄追及，乃其子妇。心赧气丧，默不复语。友伪为不知也者，评骘殊亵[25]。士人忸怩，吃吃而言曰：'此长男妇也。'各隐笑而罢。轻薄者往往自侮，良可笑也。至于眯目失明，又鬼神之惨报矣。芙蓉城主，不知何神，岂菩萨现身耶？然小郎君生辟门户，鬼神虽恶，亦何尝不许人自新哉。"

【注释】

①选自《聊斋志异》卷一。

②长安：即今陕西省西安市。长安为汉、唐都城，因在旧时文学作品中常以长安代指国都。

③佻（tiǎo）脱不持仪节：行为轻佻，不守礼节。佻脱：轻佻，轻率。持：守。仪节：礼仪。

④陌（mò）上：本指田间小路，南北叫"阡"，东西称"陌"。这里指郊野路上。

⑤尾缀：犹尾随，在后紧跟。

⑥朱茀（fú）绣幰（xiǎn）：大红车帘，绣花车帷。旧时女子乘车，车篷前后挂帘遮蔽，叫"茀"。幰：车上的帐幔。

⑦青衣：古时地位低贱者的服装。婢女多穿青衣，因以代称婢女。

⑧款段：款段马，行动迟缓之马，此指骑马慢行。《后汉书·马援传》："士生一世，但取衣食裁足，乘下泽车，御款段马。"注："款，犹缓也，言形段迟缓也。"

⑨小驷：小马。驷：四马一车，也泛指马，《礼记·三年问》："若驷之过隙。"《经典释文》："驷，马也。"

⑩芙蓉城：迷信传说中的仙境。欧阳修《六一诗话》："（石）曼卿卒后，其故人有见之者，云恍忽如梦中，言我今为鬼仙也，所

主芙蓉城。”归宁：妇女回母家探视，古称归宁。《诗·周南·葛覃》：“归宁父母。”

⑪田舍娘子：乡下妇女，农妇。

⑫小翳（yì）：小片障（云）膜。翳：目疾，遮蔽瞳孔的薄膜。下文“右睛起旋螺”，是说薄膜厚结成螺旋形。

⑬《光明经》：佛教经典《金光明经》的简称。

⑭浼人：央求人，请人。

⑮捻珠：用手捻数着佛珠。珠：佛珠，也称“数珠”，梵语“钵塞莫”的意译，佛教徒念佛号或经咒时用以计数。通常用香木车成圆粒，贯穿成串，也有用玛瑙、玉石制作的，粒数多少不等，少者十四颗，多者达一千零八十颗。

⑯万缘俱净：意思是各种世俗杂念全都消除。缘：佛家语，此指意念产生的因缘。

⑰叵（pǒ）耐杀人：令人难以忍耐。叵：不可。杀：同“煞”。

⑱珍珠兰：也称珠兰，常绿小灌木，初夏开小花，穗状花序，呈黄绿色，有香味。

⑲营营：往来飞声。《诗·小雅·青蝇》：“营营青蝇，止于樊。”朱熹注：“营营，往来飞声。”

⑳隧道：地下暗道，这里指眼睛通向鼻孔的潜道。《素问·调经论》：“五藏之道，皆出于经隧。”注：“隧，潜道也。”

㉑劈椒：花椒成熟后果皮绽裂的缝隙。花椒内的黑子，俗名“椒目”。这里形容露出一小点黑色的瞳孔。

㉒了了：清楚。

㉓检束：指对言行检点约束。

㉔盛德：美德。《史记·老子申韩列传》：“吾闻之，良贾深藏若虚，君子盛德，容貌若愚。”盛：大、美。

㉕评骘（zhì）殊亵：评论得十分猥亵、下流。

【集评】

1.（清）但明伦评：

此一则勉人改过也。轻薄之行，鬼神所忌。余尝譬之水深则所载者重，土厚则所植者蕃。浅水不能载舟，且滞而将腐矣；硗土不能植物，且削而就圮矣。天之生我至重，而顾自轻之；天之待我至厚，而顾自薄之。不福之求，而惟祸之速；甚至鬼神示警，犹不自知悔悟，自觅生机，则夜台孽镜，能不为此辈设乎?菩萨现身，救度众生苦厄，愿善男子、善女人，回头是岸，立证菩提。善果既植，即以求富贵寿考，亦且立竿见影矣。

2.（清）方舒岩评：

士人之目，或眯或明，皆自取之，良然。但芙蓉新妇，车幔洞开，召人窥视，亦未免冶容诲淫，婢岂责人而不遑自责耶？何其虐也!

3.（清）何守奇评：

此即罚淫，与《论语》首论为学、孝弟，即继以戒巧言令色意同。

【赏析】

《瞳人语》这篇故事讲述的是书生方栋由为人轻佻到约束自己行为的事。书生方栋，最初在长安城里很有名气，但为人很轻佻，不守礼节。每在郊外遇到游玩的女子，就很不礼貌地尾随在后头。清明节的前一天，他偶然到城郊游玩，见到一辆小车子，挂着朱红色的帘帘，周着绣花簇锦的车帷，几位女婢骑着马跟在车后。方栋就凑上前偷看，被扔了一把土。

方栋眯眼睁不开，后来眼球上生出了一层薄膜，右边的那个眼球上，起了如同螺旋状的厚翳膜，用各种药物医治，都不见效。这时，方栋心中懊悔极了，很愧悔自己行为不当。他听说佛家的《光明经》能消除灾难，就手拿一卷，请别人教诵。最初，心情烦躁，时间久了，渐渐地就习惯了。一年之后，什么杂乱的念头也没有了，忽然，两个眼睛开始对话，左边眼睛中，有如小蝇的声音，说："黑如漆，真难受死了。"右边眼睛应声说："可以一同出去游玩一会儿，出出这口闷气。"方栋渐渐觉得两鼻孔中，蠕蠕动弹，很痒，好像有东西从鼻孔里面爬出来。过了一段时间，又返回来，又从鼻孔进到眼眶里。

再后来，左眼眶内隐隐地痛似抓裂一样，左眼球与右眼球合在一个眼眶里了，方栋虽然瞎了一只眼睛，但比以前两个眼睛时看东西更清楚了。自这以后，他对自己的行为，就更检点约束了，乡亲们都称赞他的品德好。

儒林外史

清代吴敬梓所著《儒林外史》，完成于乾隆十四年（1749年）或稍早。最初以抄本形式流传，后于嘉庆八年（1803年）正式刊印出版。“儒林”一词，源自《史记·儒林列传》，用以指代学术领域。作者采用“外史”命名，意在撰写一部超越传统正史范畴的儒林传记。尽管书中故事背景被假托为明代，但实则反映了清代广泛的社会生活，揭示了科举制度对当时文人的深刻影响。全书共56回，运用写实手法描绘了不同人物对“功名富贵”的态度。一方面，它深刻揭示了人性在腐败的吏治、科举弊端和虚伪礼教影响下的堕落过程；另一方面，热情歌颂了少数坚守自我、守护人性的典范，体现了作者的理想追求。《儒林外史》在中国古代讽刺小说中占据重要地位，开创了以小说形式直接评价现实生活的先河。鲁迅赞誉其思想内容“秉持公心，指摘时弊”，胡适则称赞其艺术特色为“精工提炼”。在国际汉学界，该书亦享有盛誉，已有英、法、德、俄、日、西班牙等多种文字译本，被誉为世界文学宝库中的瑰宝。

选文参照上海古籍出版社2010年版《儒林外史汇校汇评》。

说楔子敷陈大义 借名流隐括全文

人生南北多歧路，将相神仙，也要凡人做。
百代兴亡朝复暮，江风吹倒前朝树。
功名富贵无凭据，费尽心情，总把流光误。
浊酒三杯沉醉去，水流花谢知何处。

这一首词，也是个老生常谈，不过说人生富贵功名是身外之物，但世人一见了功名，便舍着性命去求他，及至到手之后，味同嚼蜡。自古及今，那一个是看得破的！

虽然如此说，元朝末年，也曾出了一个嵚崎磊落的人。这人姓王名冕，在诸暨县乡村里住。七岁上死了父亲，他母亲做些针指，供给他到村学堂里去读书。看看三个年头，王冕已是十岁了。母亲唤他到面前来说道：“儿啊，不是我有心要耽误你。只因你父亲亡后，我一个寡妇人家，只有出去的，没有进来的；年岁不好，柴米又贵。这几件旧衣服和些旧家伙，当的当了，卖的卖了，只靠着我替人家做些针指生活寻来的钱，如何供得你读书？如今没奈何，把你雇在间壁人家放牛，每月可以得他几钱银子，你又有现成饭吃，只在明日就要去了。”王冕道：“娘说的是。我在学堂里坐着，心里也闷，不如往他家放牛，倒快活些。假如我要读书，依旧可以带几本去读。”当夜商议定了。

第二日，母亲同他到间壁秦老家。秦老留着他母子两个吃了早饭，牵出一条水牛来交与王冕，指着门外道：“就在我这大门过去两箭之地[1]，便是七泖湖。湖边一带绿草，各家的牛都在那里打睡[2]。又有几十棵合抱的垂杨树，十分阴凉，牛要渴了，就在湖边上饮水。小哥，你只在这一带玩耍，不必远去。我老汉每日两餐小菜饭是不少的，每日早上，还折两个钱与你买点心吃。只是百事勤谨些，休嫌怠慢。”他母亲谢了扰要回家去，王冕送出门来。母亲替他理理衣服，口里说道：

“你在此须要小心，休惹人说不是，早出晚归，免我悬望。”王冕应诺，母亲含着两眼眼泪去了。

王冕自此只在秦家放牛，每到黄昏，回家跟着母亲歇宿。或遇秦家煮些腌鱼、腊肉给他吃，他便拿块荷叶包了来家，递与母亲。每日点心钱，他也不买了吃，聚到一两个月，便偷个空，走到村学堂里，见那闯学堂的书客[③]，就买几本旧书，日逐[④]把牛拴了，坐在柳阴树下看。

弹指又过了三四年。王冕看书，心下也着实明白了。那日正是黄梅时候，天气烦躁，王冕放牛倦了，在绿草地上坐着。须臾，浓云密布，一阵大雨过了。那黑云边上镶着白云，渐渐散去，透出一派日光来，照耀得满湖通红。湖边上山，青一块，紫一块，绿一块。树枝上都像水洗过一番的，尤其绿得可爱。湖里有十来枝荷花，苞子上清水滴滴，荷叶上水珠滚来滚去。王冕看了一回，心里想道：“古人说‘人在画图中’，其实不错。可惜我这里没有一个画工，把这荷花画他几枝，也觉有趣。”又心里想道：“天下那有个学不会的事，我何不自画他几枝。”

正存想间，只见远远的一个夯汉[⑤]，挑了一担食盒来，手里提着一瓶酒，食盒上挂着一块毡条，来到柳树下，将毡铺了，食盒打开。那边走过三个人来，头戴方巾，一个穿宝蓝夹纱直裰[⑥]，两人穿玄色直裰，都有四五十岁光景，手摇白纸扇，缓步而来。那穿宝蓝直裰的是个胖子，来到树下，尊那穿玄色的一个胡子坐在上面，那一个瘦子坐在对席：他想是主人了，坐在下面把酒来斟。吃了一回，那胖子开口道：“危老先生回来了。新买了住宅，比京里钟楼街的房子还大些，值得二千两银子，因老先生要买，房主人让了几十两银卖了，图个名望体面。前月初十搬家，太尊[⑦]、县父母[⑧]，都亲自到门来贺。留着吃酒到二、三更天。街上的人那一个不敬！”那瘦子道：“县尊是壬午举人，乃危老先生门生，这是该来贺的。”那胖子道：“敝亲家也是危老先生门生，而今在河南做知县。前日小婿来家，带二斤干鹿肉来见惠，这一盘就是了。这一回小婿再去，托敝亲家写一封字来，去晋谒晋谒危老先生。他若肯下乡回拜，也免得这些乡户人家放了驴和猪在你我田里吃粮食。”那瘦子道：“危老先生要算一个学者了。”那胡子说道：“听见前日出京时，皇上亲自送出城外，携着手走了十几步，危老先生再三打躬辞了，方才上轿回去。看这光景，莫不是就要做官？”三人你一句，我一句，说个不了。

王冕见天色晚了，牵了牛回去。自此，聚的钱不买书了，托人向城里买些胭脂铅粉之类，学画荷花。初时画得不好，画到三个月之后，那荷花精神颜色无一不像，只多着一张纸，就像是湖里长的：又像才从湖里摘下来贴在纸上的。乡间人见画得好，也有拿钱来买的。王冕得了钱，买些好东好西，孝敬母亲。一传两，两传三，诸暨一县都晓得是一个画没骨花卉[9]的名笔，争着来买。到了十七八岁，不在秦家了，每日画几笔画，读古人的诗文，渐渐不愁衣食，母亲心里欢喜。

这王冕天性聪明，年纪不满二十岁，就把那天文、地理、经史上的大学问，无一不贯通。但他性情不同，既不求官爵，又不交纳朋友，终日闭户读书。又在《楚辞图》上看见画的屈原衣冠，他便自造一顶极高的帽子，一件极阔的衣服。遇着花明柳媚的时节，把一乘牛车载了母亲，他便戴了高帽，穿了阔衣，执着鞭子，口里唱着歌曲，在乡村镇上，以及湖边，到处顽耍，惹的乡下孩子们三五成群跟着他笑，他也不放在意下。只有隔壁秦老，虽然务农，却是个有意思的人，因自小看见他长大，如此不俗，所以敬他爱他，时时和他亲热，邀在草堂里坐着说话儿。

一日，正和秦老坐着，只见外边走进一个人来，头带瓦楞帽，身穿青布衣服。秦老迎接，叙礼坐下。这人姓翟，是诸暨县一个头役[10]，又是买办[11]。因秦老的儿子秦大汉拜在他名下，叫他干爷，所以常时下乡来看亲家。秦老慌忙叫儿子烹茶，杀鸡、煮肉款留他，就要王冕相陪。彼此道过姓名，那翟买办道：“这位王相公，可就是会画没骨花的么？”秦老道：“便是了。亲家，你怎得知道？”翟买办道：“县里人那个不晓得！因前日本县老爷吩咐，要画二十四幅花卉册页送上司，此事交在我身上。我闻有王相公的大名，故此一径来寻亲家。今日有缘，遇着王相公，是必费心大笔画一画，在下半个月后下乡来取。老爷少不得还有几两润笔的银子，一并送来。”秦老在傍，着实撺掇。王冕屈不过秦老的情，只得应诺了。回家用心用意画了二十四幅花卉，都题了诗在上面。翟头役禀过了本官，那知县时仁发出二十四两银子来。翟买办扣克了十二两，只拿十二两银子送与王冕，将册页取去。时知县又办了几样礼物，送与危素，作候问之礼。

危素受了礼物，只把这本册页看了又看，爱玩不忍释手。次日备了一席酒，请时知县来家致谢。当下寒暄已毕，酒过数巡，危素道：“前日承老父台所惠册页花卉，还是古人的呢，还是现在人画的？”时知县不敢隐瞒，便道：“这就是门生治下一个乡下农民，叫做王冕，年纪也不甚大，想是才学画几笔，难入老师的法眼。”危素叹道：“我学生[12]出门久了，故乡有如此贤士，竟坐不知[13]，可为惭愧。此兄不但才高，胸中见识大是不同，将来名位不在你我之下。不知老父台可以约他来此相会一会么？”时知县道：“这个何难？门生出去，即遣人相约。他听见老师相爱，自然喜出望外了。”说罢，辞了危素，回到衙门，差翟买办持个侍生[14]帖子去约王冕。

翟买办飞奔下乡，到秦老家，邀王冕过来，一五一十向他说了。王冕笑道：“却是起动头翁，上覆县主老爷，说王冕乃一介农夫，不敢求见。这尊帖也不敢领。”翟买办变了脸道：“老爷将帖请人，谁敢不去！况这件事原是我照顾你的，不然老爷如何得知你会画花？论理，见过老爷，还该重重的谢我一谢才是，如何走到这里，茶也不见你一杯，却是推三阻四不肯去见，是何道理！叫我如何去回复得老爷？难道老爷一县之主，叫不动一个百姓么？”王冕道：“头翁，你有所不知。假如我为了事，老爷拿票子传我，我怎敢不去？如今将帖来请，原是不逼迫我的意思了，我不愿去，老爷也可以相谅。”翟买办道：“你这都说的是甚么话！票子传着倒要去，帖子请着倒不去，这不是不识抬举了？”秦老劝道：“王相公，也罢，老爷拿帖子请你，自然是好意，你同亲家去走一回罢。自古道：‘灭门的知县’，你和他拗些甚么？”王冕道：“秦老爹，头翁不知，你是听见我说过的，不见那段干木、泄柳的故事[15]么？我是不愿去的。”翟买办道：“你这是难题目与我做，叫拿甚么话去回老爷？”秦老道：“这个果然也是两难。若要去时，王相公又不肯；若要不去，亲家又难回话。我如今倒有一法，亲家回县里，不要说王相公不肯，只说他抱病在家，不能就来，一两日间好了就到。”翟买办道：“害病，就要取四邻的甘结[16]！”彼此争论了一番。秦老整治晚饭与他吃了，又暗叫了王冕出去问母亲秤了三钱二分银子，送与翟买办做差钱，方才应诺去了。回复知县。知县心里想道：“这小厮那里害甚么病！想是翟家这奴才，走下乡狐假虎威，着实恐吓了他一场。他从来不曾见过官府的人，害怕不敢来了。老师既把这个人托我，我若不把他就叫了来见老师，也惹得老师笑我做事疲软。我不如竟自己下乡去拜他。他看见赏他脸面，断不是难为他的意思，自然大着胆见我，我就便带了他来见老师，却不是办事勤敏？”又想道：“一个堂堂县令，屈尊去拜一个乡民，惹得衙役们笑话。”又想到：“老师前日口气，甚是敬他，老师敬他十分，我就该敬他一百分。况且屈尊敬贤，将来志书[17]上少不得称赞一篇。这是万古千年不朽的勾当，有甚么做不得！”当下定了主意。

次早，传齐轿夫，也不用全副执事[18]，只带八个红黑帽夜役军牢[19]，翟买办扶着轿子，一直下乡来。乡里人听见锣响，一个个扶老携幼，挨挤了看。轿子来到王冕门首，只见七八间草屋，一扇白板门紧紧关着。翟买办抢上几步，忙去敲门。敲了一会，里面一个婆婆，拄着拐杖出来说道：“不在家了。从清早晨牵牛出去饮水，尚未回来。”翟买办道：“老爷亲自在这里传你家儿子说话，怎的慢条斯理！快快说在那里，我好去传！”那婆婆道：“其实不在家了，不知在那里。”说毕，关着门进去了。

说话之间，知县轿子已到。翟买办跪在轿前禀道：“小的传王冕，不在家里，请老爷龙驾到公馆[20]里，略坐一坐，小的再去传。”扶着轿子，过王冕屋后来。屋后横七竖八几棱窄田埂，远远的一面大塘，塘边都栽满了榆树、桑树。塘边那一望无际的几顷田地，又有一座山，虽不甚大，却青葱，树木堆满山上。约有一里路，彼此叫呼，还听得见。知县正走着，远远的有个牧童，倒骑水牯牛，从山嘴边转了过来。翟买办赶将上去问道："秦小二汉，你看见你隔壁的王老大牵了牛在那里饮水哩？"小二道："王大叔么？他在二十里路外王家集亲家吃酒去了。这牛就是他的，央及我替他赶了来家。"翟买办如此这般禀了知县。知县变着脸，道："既然如此，不必进公馆了，即回衙门去罢！"时知县此时心中十分恼怒，本要立即差人拿了王冕来责惩一番，又想恐怕危老师说他暴躁，且忍口气回去，慢慢向老师说明此人不中抬举，再处置他也不迟。知县去了。

王冕并不曾远行，即时走了来家。秦老过来抱怨他道："你方才也太执意了。他是一县之主，你怎的这样怠慢他？"王冕道："老爹请坐，我告诉你。时知县倚着危素的势，要在这里酷虐小民，无所不为。这样的人，我为甚么要相与[21]他？但他这一番回去，必定向危素说：危素老羞变怒，恐要和我计较起来。我如今辞别老爹，收拾行李，到别处去躲避几时。只是母亲在家，放心不下。"母亲道："我儿，你历年卖诗卖画，我也积聚下三五十两银子，柴米不愁没有。我虽年老，又无疾病，你自放心出去躲避些时不妨。你又不曾犯罪，难道官府来拿你的母亲去不成？"秦老道："这也说得有理。况你埋没在这乡村镇上，虽有才学，谁人是识得你的？此番到大邦去处，或者走出些遇合来也不可知。你尊堂家下大小事故，一切都在我老汉身上替你扶持便了。"王冕拜谢了秦老。秦老又走回家去，取了些酒肴来替王冕送行，吃了半夜酒回去。次日五更，王冕起来收拾行李，吃了早饭，恰好秦老也到。王冕拜辞了母亲，又拜了秦老两拜，母子洒泪分手。王冕穿上麻鞋，背上行李，秦老手提一个小白灯笼，直送出村口，洒泪而别。秦老手拿灯笼，站着看着他走，走的望不着了方才回去。

王冕一路风餐露宿，九十里大站，七十里小站，一径来到山东济南府地方。这山东虽是近北省份，这会城[22]却也人物富庶，房舍稠密。王冕到了此处，盘费用尽了，只得租个小庵门面屋，卖卜测字，也画两张没骨的花卉贴在那里，卖与过往的人。每日问卜卖画，倒也挤个不开。

弹指间过了半年光景。济南府里有几个俗财主，也爱王冕的画，时常要买，又自己不来，遣几个粗夯小厮，动不动大呼小叫，闹的王冕不得安稳。王冕心不耐烦，就画了一条大牛贴在那里，又题几句诗在上，含着讥刺。也怕从此有口舌，正思量搬移一个地方。那日清早，才坐在那里，只见许多男女啼啼哭哭，在街上过。也有挑着锅的，也有箩担内挑着孩子的，一个个面黄肌瘦，衣裳褴褛。过去一阵，又是一阵，把街上都塞满了。也有坐在地上就化钱的，问其所以，都是黄河沿上的州县，被河水决了。田庐房舍尽行漂没。这是些逃荒的百姓，官府又不管，只得四散觅食。王冕见此光景，过意不去，叹了一口气道："河水北流[23]，天下自此将大乱了，我还在这里做甚么！"将些散碎银子收拾好了，拴束行李，仍旧回家。

入了浙江境，才打听得危素已还朝了，时知县也升任去了，因此放心回家，拜见母亲。看见母亲康健如常，心中欢喜。母亲又向他说秦老许多好处。他慌忙打开行李，取出一匹茧绸、一包耿饼[24]，拿过去拜谢了秦老。秦老又备酒与他洗尘。自此，王冕依旧吟诗作画，奉养母亲。

又过了六年，母亲老病卧床。王冕百方延医调治，总不见效。一日，母亲吩咐王冕道："我眼见得不济事了。但这几年来，人都在我耳根前说你的学问有了，该劝你出去做官。做官怕不是荣宗耀祖的事，我看见这些做官的都不得有甚好收场。况你的性情高傲，倘若弄出祸来，反为不美。我儿可听我的遗言，将来娶妻生子，守着我的坟墓，不要出去做官，我死了口眼也闭。"王冕哭着应诺。他母亲奄奄一息，归天去了。王冕擗踊哀号[25]，哭得那邻舍之人无不落泪。又亏秦老一力帮衬，制备衣衾棺椁。王冕负土成坟[26]，三年苫块[27]，不必细说。

到了服阕[28]之后，不过一年有余，天下就大乱了。方国珍据了浙江，张士诚据了苏州，陈友谅据了湖广，都是些草窃的英雄。只有太祖皇帝起兵滁阳，得了金陵，立为吴王，乃是王者之师。提兵破了方国珍，号令全浙，乡村镇市并无骚扰。

一日，日中时分，王冕正从母亲坟上拜扫回来，只见十几骑马竟投他村里来。为头一人，头戴武巾，身穿团花战袍，白净面皮，三绺髭须，真有龙凤之表。那人到门首下了马，向王冕施礼道："动问一声，那里是王冕先生家？"王冕道："小人王冕，这里便是寒舍。"那人喜道："如此甚妙。特来晋谒。"吩咐从人都下了马，屯在外边，把马都系在湖边柳树上。那人独和王冕携手进到屋里，分宾主施礼坐下。王冕道："不敢拜问尊官尊姓大名？因甚降临这乡僻所在？"那人道："我姓朱，先在江南起兵，号滁阳王：而今据有金陵，称为吴王的便是。因平方国珍到此，特来拜访先生。"王冕道："乡民肉眼不识，原来就是王爷。但乡民一介愚人，怎敢劳王爷贵步？"吴王道："孤是一个粗卤汉子，今得见先生儒者气像，不觉功利之见顿消。孤在江南，即慕大名，今来拜访，要先生指示：浙人久反之后，何以能服其心？"王冕道："大王是高明远见的，不消乡民多说。若以仁义服人，何人不服？岂但浙江。若以兵力服人，浙人虽弱，恐亦义不受辱，不见方国珍么？"吴王叹息，点头称善。两人促膝谈到日暮。那些从者都带有干粮。王冕自到厨下，烙了一斤面饼，炒了一盘韭菜，自捧出来陪着。吴王吃了，称谢教诲，上马去了。这日秦老进城回来，问及此事，王冕也不曾说就是吴王，只说是军中一个将官，向年在山东相识的，故此来看我一看。说着就罢了。

不数年间，吴王削平祸乱，定鼎应天[29]，天下一统，建国号大明，年号洪武。乡村人各各安居乐业。到了洪武四年，秦老又进城里，回来向王冕道："危老爷已自问了罪，发在和州去了。我带了一本邸抄[30]来与你看。"王冕接过来看，才晓得危素归降之后，妄自尊大，在太祖面前自称老臣。太祖大怒，发往和州守余阙[31]墓去了。此一条之后，便是礼部议定取士之法：三年一科，用《五经》、《四书》、八股文。王冕指与秦老看，道："这个法却定的不好！将来读书人既有此一条荣身之路，把那文行出处都看得轻了。"说着，天色晚了下来。

此时正是初夏，天时乍热，秦老在打麦场上放下一张桌子，两人小饮。须臾，东方月上，照耀得如同万顷玻璃一般。那些眠鸥宿鹭，阒然无声。王冕左手持杯，右手指着天上的星，向秦老道："你看，贯索犯文昌[32]，一代文人有厄！"话犹未了，忽然起一阵怪风，刮得树木都飕飕的响，水面上的禽鸟格格惊起了许多，王冕同秦老吓的将衣袖蒙了脸。少顷，风声略定，睁眼看时，只见天上纷纷有百十个小星，都坠向东南角上去了。王冕道："天可怜见，降下这一伙星君去维持文运，我们是不及见了！"当夜收拾家伙，各自歇息。

自此以后，时常有人传说，朝廷行文到浙江布政司[33]，要征聘王冕出来做官。初时不在意里，后来渐渐说的多了，王冕并不通知秦老，私自收拾，连夜逃往会稽山中。半年之后，朝廷果然遣一员官，捧着诏书，带领许多人，将着彩缎表里[34]，来到秦老门首。见秦老八十多岁，须鬓皓然，手扶拄杖。那官与他施礼，秦老让到草堂坐下。那官问道："王冕先生就在这庄上么？而今皇恩授他咨议参军之职，下官特地捧诏而来。"秦老道："他虽是这里人，只是久矣不知去向了。"秦老献过了茶，领那官员走到王冕家，推开了门，见蟏蛸[35]满室，蓬蒿满径，知是果然去得久了。那官咨嗟叹息了一回，仍旧捧诏回旨去了。

王冕隐居在会稽山中，并不自言姓名。后来得病去世，山邻敛些钱财，葬于会稽山下。是年秦老亦寿终于家。可笑近来文人学士，说着王冕，都称他做王参军，究竟王冕何曾做过一日官？所以表白一番。这不过是个楔子，下面还有正文。

【注释】

①两箭之地：一箭射到的距离，称"一箭路"。说法不一，有一百五十步的，也有一百三十步、一百二十步。"两箭之地"约距离二三百步远。

②打睡：小睡。

③闯学堂的书客：上学堂兜卖图书、纸、笔的小贩。

④日逐：逐日，每天。

⑤夯汉：卖气力干粗活的人。

⑥直裰：一种斜领大袖、四围镶边的袍子。

⑦太尊：对知府的尊称。

⑧县父母：对知县的尊称。

⑨没骨花卉：画花卉的一种画法，用彩笔按本色描出，不用双钩，类似水彩。

⑩头役：衙门里的高级差人。

⑪买办：衙门里管采购、办杂务的差人。

⑫学生：士大夫表示谦虚的自称。对自己所考取的门生，习惯也称“学生”。

⑬竟坐不知：坐是定人之罪，自称如此。

⑭侍生：这里是对于不便称兄道弟的人的一种自称，略有居长之意。

⑮段干木、泄柳的故事：段干木是战国人，魏文侯请他做官，他跳墙跑掉了。泄柳是春秋人，鲁穆公要见他，他关门不见。

⑯甘结：向官厅承认或保证某事属实，否则甘愿受罚的文书。

⑰志书：地方志。

⑱全副执事：全副仪仗。

⑲红黑帽夜役军牢：后来统称堂役，就是官出门时走在前面喝道，官坐堂时站在两边排班的差人。

⑳公馆：这里指的是临时布置给官休息的地方。

㉑相与：结交。

㉒会城：会是省会的简称，这里指济南。

㉓河水北流：古人迷信说法，以为黄河不沿故道东流而改道北流，是世事失常，也就是天下要大乱。

㉔耿饼：柿饼。

㉕擗踊：用手拍胸是擗，用脚顿地是踊。形容捶胸顿足，悲哀到了极点。

㉖负土成坟：亲自背运泥土给死去的父母做坟，原是山涛葬母的故事，后人借作给父母安葬的代称。

㉗三年苫块：比喻三年服丧。睡在草垫子上，拿土块做枕头是周代丧礼规定。苫：用草编成的盖东西或垫东西的器物。

㉘服阕：一事终了叫“阕”。“服阕”是三年服丧期满。

㉙定鼎应天：定都南京。南京称应天。

㉚邸抄：京城发行的类似报章的印刷物。

㉛余阙：元朝安庆守将，与陈友谅作战身死，前人称他忠臣。危素是降明的，这里是对他的讽刺。

㉜贯索犯文昌：贯索有九星，连在一起被认为象征牢狱。文昌有六星，主持文运的。此处是说对文人不利。

㉝布政司：明初将全国分成十三个“承宣布政使司”，主官是“布政使”，类似“省长”。后来官制改变，以巡抚主持一省，布政使成为专管一省民政、财政的官员。

㉞表里：衣料。

㉟蟢蛸：一种蜘蛛，被称为“喜蛛”。

【集评】

1.（清）卧闲草堂本评：

元人杂剧开卷率有楔子。楔子者，借他事以引起所记之事也。然与本事毫不相涉，则是庸手俗笔：随意填凑，何以见笔墨之妙乎？作者以史汉才作为稗官，观楔子一卷，全书之血脉经络无不贯穿玲珑，真是不肯浪费笔墨。

“功名富贵”四字是全书第一着眼处，故开口即叫破，却只轻轻点逗。以后千变万化，无非从此四个字现出地狱变相。可谓一茎草化丈六金身。

穿阔衣，戴高帽，叹黄河北流，都是王元章本传内事，用来都不着形迹。

功名富贵人所必争，王元章不独不要功名富贵，并且躲避功名富贵；不独王元章躲避功名富贵，元章之母亦生怕功名富贵。呜呼！是真其性与人殊与？盖天地之大，何所不有，原有一种不食烟火之人，难与世间人同其嗜好耳。

翟买办替时知县办事，时知县替危老师办事，各人办各人的事，元章非其注意之人也。世有穷书生得纳交于知县，诩诩然自谓人生得一知己死可不恨者，安知其不因危老师而来也！

不知姓名之三人是全部书中诸人之影子，其所谈论又是全部书中言辞之程式。小小一段文字亦大有关系。

学画荷花，便有雨霁湖光一段；将谪星辰，便有露凉夜静一段。文笔异样烘染。

秦老是极有情的人，却不读书，不做官，而不害其为正人君子。作者于此寄慨不少。

2.（清）张文虎《儒林外史评》：

据无名氏《保越录》，王冕在胡大海军中曾献策攻越城。岂传闻异辞耶？

《广舆记》："王冕字元章，诸暨人。一试进士举，不第，焚所为文。读古兵法，着高檐帽，被绿蓑衣，履长齿木屐，击木剑。或骑黄牛持《汉书》以读。人咸目为狂士。晚隐九里山，结庐三间，题曰'梅花屋'。生平工画梅，人争求之。"此与《曝书亭集》大同小异，然据其所为，亦开名士之习，故《外史》述之以弁首。

《明史》传云："屡应举不中。"又云："尝为泰不花所荐。"朱集同。

据《明史》传，尝仿《周官》著书一卷。曰："吾未即死，持此遇明主，伊、吕事业不难致也。"则非果于忘世者。黄南雷作《明夷待访录》，亦其意也。

【导读】

选文是全书第一章，称为"楔子"，有隐括全文的作用。"楔子"是正文之前的一段额外故事，用来引起全书的，其形式渊源有自。

《诗经》中“兴”的艺术表现手法可看作“楔子”的初源，起到引起下文的作用。好的“楔子”能够对全篇揭示主题，《儒林外史》的“楔子”就是这样。

作者以“王冕”的故事开篇。王冕是元代画家、诗人，出身农家，自幼清贫。年轻时他一度热衷功名，但屡试不中，后绝意仕途，浪迹江湖。王冕曾为朱元璋出谋划策，被授以咨议参军，但不久病卒。吴敬梓以历史中王冕的形象为依据，加以改造，塑造了一个自己理想中完美的“士人”形象。王冕形象的塑造受孟子的影响很深，孟子政治上主张“王道”“仁政”，内在突出君子个体人格的修养，书中的王冕形象完全符合这些特点。

首先，儒家认为孝悌是仁之本，王冕事母至孝，他幼年时替人放牛，总把好吃的东西拿给母亲，自己舍不得吃。此外他还十分懂事，处处以母亲为优先考量。这些都印证了他的孝顺品格。其次，王冕读书广博，开卷有益，不惟科举。王冕读书出于热爱，并非惟科举目的论。书中写到“这王冕天性聪明，年纪不满二十岁，就把那天文、地理、经史上的大学问，无一不贯通”，可见其知识素养十分全面。最后，王冕淡泊名利，轻视权贵，尤其是那种恃强凌弱，压榨百姓之徒。翟买办对王冕的呼来喝去，时知县对王冕假仁假义，这些王冕都不为所惧，巧妙应对。小说中暗示了王冕对翟买办、时知县、危老爷等厌烦的原因，小说写到“他若肯下乡回拜，也免得这些乡户人家放了驴和猪在你我田里吃粮食”，可见他们都是依仗权贵欺压百姓之徒。这些特点体现了王冕自身品格的高尚。

不止如此，王冕虽不从政，自由隐逸，但他却深谙儒家的治世之道，以百姓利益为先。在吴王朱元璋探访王冕时，王冕说“若以仁义服人，何人不服？岂但浙江。若以兵力服人，浙人虽弱，恐亦义不受辱，不见方国珍么”，这与孟子的思想不谋而合，《孟子·公孙丑上》记载“以力服人者，非心服也，力不赡也：以德服人者，中心悦而诚服也”，两者表述如出一辙。

王冕体现了作者理想中的士人形象，其仁义善良，博学多才，爱护百姓，不屑与趋炎附势之徒为伍。为了突出王冕人格的高尚，与世俗一众“假名士”作对比，作者将王冕擅长的“梅花”改为更为淡雅自然的“荷花”，突出了王冕人格的高洁。由此看来，小说以王冕故事为楔子，是为了与现实中的假名士形成鲜明对比，这种对比是全书总体结构的缩影，从而“隐括全文”。

王孝廉[①]村学识同科　周蒙师[②]暮年登上第

话说山东兖州府汶上县有个乡村，叫做薛家集。这集上有百十来人家，都是务农为业。村口一个观音庵，殿宇三间之外，另还有十几间空房子，后门临着水次。这庵是十方的香火，只得一个和尚住持。集上人家，凡有公事，就在这庵里来同议。

那时成化末年，正是天下繁富的时候。新年正月初八日，集上人约齐了，都到庵里来议闹龙灯之事。到了早饭时候，为头的申祥甫带了七八个人走了进来，在殿上拜了佛。和尚走来与诸位见节[③]，都还过了礼。申祥甫发作和尚道：“和尚，你新年新岁，也该把菩萨面前香烛点勤些！阿弥陀佛！受了十方的钱钞，也要消受。”又叫“诸位都来看看，这琉璃灯内，只得半琉璃油！”指着内中一个穿齐整些的老翁，说道：“不论别人，只这一位荀老爹，三十晚里还送了五十斤油与你，白白给你炒菜吃，全不敬佛！”和尚赔着小心，等他发作过了，拿一把铅壶，撮了一把苦丁茶叶，倒满了水，在火上燎得滚热，送与众位吃。

荀老爹先开口道：“今年龙灯上庙，我们户下各家须出多少银子？”申祥甫道：“且住，等我亲家来一同商议。”正说着，外边走进一个人来，两只红眼边，一副锅铁脸，几根黄胡子，歪戴着瓦楞帽，身上青布衣服就如油篓一般，手里拿着一根赶驴的鞭子，走进门来，和众人拱一拱手，一屁股就坐在上席。这人姓夏，乃薛家集上旧年新参的总甲[4]。夏总甲坐在上席，先吩咐和尚道："和尚，把我的驴牵在后园槽上，卸了鞍子，将些草喂的饱饱的。我议完了事，还要到县门口黄老爹家吃年酒去哩！"吩咐过了和尚，把腿跷起一只来，自己拿拳头在腰上只管捶。捶着，说道："俺如今倒不如你们务农的快活了！想这新年大节，老爷衙门里，三班六房[5]，那一位不送帖子来，我怎好不去贺节？每日骑着这个驴，上县下乡，跑得昏头晕脑。打紧又被这瞎眼的亡人在路上打个前失，把我跌了下来，跌的腰胯生疼！"申祥甫道："新年初三，我备了个豆腐饭邀请亲家，想是有事不得来了。"夏总甲道："你还说哩，从新年这七、八日，何曾得一个闲？恨不得长出两张嘴来，还吃不退。就像今日请我的黄老爹，他就是老爷面前站得起来的班头。他抬举我，我若不到，不惹他怪？"申祥甫道："西班黄老爹，我听见说他从年里头就是老爷差出去了。他家又无兄弟、儿子，却是谁做主人？"夏总甲道："你又不知道了。今日的酒，是快班李老爹请，李老爹家房子褊窄，所以把席摆在黄老爹家大厅上。"

说了半日，才讲到龙灯上。夏总甲道："这样事，俺如今也有些不耐烦管了。从前年年是我做头，众人写了功德[6]，赖着不拿出来，不知累俺赔了多少。况今年老爷衙门里，头班、二班、西班、快班，家家都兴龙灯，我料想看个不了，那得功夫来看乡里这条把灯？但你们说了一场，我也少不得搭个分子，任凭你们那一位做头。像这荀老爹，田地又广，粮食又多，叫他多出些：你们各家照分子派，这事就舞[7]起来了。"众人不敢违拗，当下捺着姓荀的出了一半，其余众户也派了，共二、三两银子，写在纸上。和尚捧出茶盘：云片糕、红枣，和些瓜子、豆腐干、栗子、杂色糖，摆了两桌，尊夏老爹坐在首席，斟上茶来。

申祥甫又说："孩子大了，今年要请一个先生。就是这观音庵里做个学堂。"众人道："俺们也有好几家孩子要上学。只这申老爹的令郎，就是夏老爹的令婿，夏老爹时刻有县主老爷的牌票[8]，也要人认得字。只是这个先生，须是要城里去请才好。"夏总甲道："先生倒有一个。

你道是谁？就是咱衙门里户总科提控[9]顾老相公家请的一位先生，姓周，官名叫做周进，年纪六十多岁，前任老爷取过他个头名，却还不曾中过学[10]。顾老相公请他在家里三个年头，他家顾小舍人[11]去年就中了学，和咱镇上梅三相[12]一齐中的。那日从学里师爷[13]家迎了回来，小舍人头上戴着方巾，身上披着大红 ，骑着老爷棚子里的马，大吹大打，来到家门口。俺合衙门的人都拦着街递酒。落后[14]请将周先生来，顾老相公亲自奉他三杯，尊在首席。点了一本戏，是梁灏八十岁中状元的故事。顾老相公为这戏，心里还不大喜欢，落后戏文内唱到梁灏的学生却是十七八岁就中了状元，顾老相公知道是替他儿子发兆[15]，方才喜了。你们若要先生，俺替你把周先生请来。”众人都说是好。吃完了茶，和尚又下了一斤牛肉面吃了，各自散讫。

次日，夏总甲果然替[16]周先生说了，每年馆金十二两银子，每日二分银子在和尚家代饭[17]，约定灯节后下乡，正月二十开馆。

到了十六日，众人将分子送到申祥甫家备酒饭，请了集上新进学的梅三相做陪客。那梅玖戴着新方巾，老早到了。直到巳牌时候，周先生才来。听得门外狗叫，申祥甫走出去迎了进来。众人看周进时，头戴一顶旧毡帽，身穿玄色绸旧直裰，那右边袖子同后边坐处都破了，脚下一双旧大红绸鞋，黑瘦面皮，花白胡子。申祥甫拱进堂屋，梅玖方才慢慢的立起来和他相见。周进就问：“此位相公是谁？”众人道：“这是我们集上在庠的梅相公。”周进听了，谦让不肯僭梅玖作揖[18]。梅玖道：“今日之事不同。”周进再三不肯。众人道：“论年纪也是周先生长，先生请老实些罢。”梅玖回过头来向众人道：“你众位是不知道，我们学校规矩，老友是从来不同小友序齿的。只是今日不同，还是周长兄请上。”

原来明朝士大夫称儒学生员叫做“朋友”，称童生是“小友”。比如童生进了学，不怕十几岁，也称为“老友”；若是不进学，就到八十岁，也还称“小友”。就如女儿嫁人的：嫁时称为“新娘”，后来称呼“奶奶”“太太”，就不叫“新娘”了；若是嫁与人家做妾，就到头发白了，还要唤做“新娘”。

闲话休题。周进因他说这样话，倒不同他让了，竟僭着他作了揖。众人都作过揖坐下。只有周、梅二位的茶杯里有两枚生红枣，其余都是清茶。吃过了茶，摆两张桌子杯箸，尊周先生首席，梅相公二席，众人序齿坐下，斟上酒来。周进接酒在手，向众人谢了扰，一饮而尽。随即每桌摆上八九个碗，乃是猪头肉、公鸡、鲤鱼、肚、肺、肝、肠之类。叫一声“请”，一齐举箸，却如风卷残云一般，早去了一半。看那周先生时，一箸也不曾下。申祥甫道：“今日先生为甚么不用肴馔？却不是上门怪人？”拣好的递了过来。周进拦住道：“实不相瞒，我学生是长斋。”众人道：“这个倒失于打点。却不知先生因甚吃斋？”周进道：“只因当年先母病中，在观音菩萨位下许的，如今也吃过十几年了。”梅玖道：“我因先生吃斋，倒想起一个笑话，是前日在城里我那案伯[19]顾老相公家听见他说的。有个做先生的一字至七字诗。”众人都停了箸，听他念诗。他便念道：“呆，秀才，吃长斋，胡须满腮，经书不揭开，纸笔自己安排，明年不请我自来。”念罢说道：“像我这周长兄如此大才，呆是不呆的了。”又掩着口道：“‘秀才’，指日就是：那‘吃长斋，胡须满腮’，竟被他说一个着！”说罢哈哈大笑。众人一齐笑起来。周进不好意思。申祥甫连忙斟一杯酒道：“梅三相该敬一杯。顾老相公家西席就是周先生了。”梅玖道：“我不知道，该罚！该罚！但这个话不是为周长兄，他说明了是个秀才。但这吃斋也是好事。先年俺有一个母舅，一口长斋，后来进了学，老师送了丁祭的胙肉来，外祖母道：‘丁祭[20]肉若是不吃，圣人就要计较了，大则降灾，小则害病。’只得就开了斋。俺这周长兄，只到今年秋祭，少不得有胙肉送来，不怕你不开哩。”众人说他发的利市好，同斟一杯，送与周先生预贺。把周先生脸上羞的红一块白一块，只得承谢众人，将酒接在手里。厨下捧出汤点来，一大盘实心馒头，一盘油煎的扛子火烧。众人道：“这点心是素的，先生用几个。”周进怕汤不洁净，讨了茶来吃点心。

内中一人问申祥甫道：“你亲家今日在那里？何不来陪先生坐坐？”

申祥甫道："他到快班李老爹家吃酒去了。"又一个人道："李老爹这几年在新任老爷手里着实跑起来[21]了，怕不一年要寻千把银子。只是他老人家好赌，不如西班黄老爹，当初也在这些事里顽耍，这几年成了正果，家里房子盖的像天宫一般，好不热闹！"荀老爹向申祥甫道："你亲家自从当了门户，时运也算走顺风，再过两年，只怕也要弄到黄老爹的意思哩。"申祥甫道："他也要算停当[22]的了。若想到黄老爹的地步，只怕还有做几年的梦。"

梅相公正吃着火烧，接口道："做梦倒也有些准哩。"因问周进道："长兄这些年考校[23]，可曾得个甚么梦兆？"周进道："倒也没有。"梅玖道："就是徼幸的这一年，正月初一日，我梦见在一个极高的山上，天上的日头，不差不错，端端正正掉了下来，压在我头上，惊出一身的汗，醒了摸一摸头，就像还有些热。彼时不知甚么原故，如今想来，好不有准！"于是点心吃完，又斟了一巡酒。直到上灯时候，梅相公同众人别了回去。申祥甫拿出一副蓝布被褥，送周先生到观音庵歇宿。向和尚说定，馆地就在后门里这两间屋内。

直到开馆那日，申祥甫同着众人领了学生来，七长八短几个孩子，拜见先生。众人各自散了。周进上位教书。晚间学生家去，把各家贽见[24]拆开来看，只见荀家是一钱银子，另有八分银子代茶[25]：其余也有三分的，也有四分的，也有十来个钱的，合拢了不够一个月饭食。周进一总包了，交与和尚收着再算。那些孩子就像蠢牛一般，一时照顾不到，就溜到外边去打瓦踢球，每日淘气不了。周进只得捺定性子，坐着教导。

不觉两个多月，天气渐暖。周进吃过午饭，开了后门出来，河沿上望望。虽是乡村地方，河边却也有几树桃花柳树，红红绿绿，间杂好看。看了一回，只见蒙蒙的细雨下将起来。周进见下雨，转入门内，望着雨下在河里，烟笼远树，景致更妙。这雨越下越大。却见上流头一只船冒雨而来。那船本不甚大，又是芦席篷，所以怕雨。将近河岸，看时，中舱坐着一个人，船尾坐着两个从人，船头上放着一担食盒。

将到岸边，那人连呼船家泊船，带领从人，走上岸来。周进看那人时，头戴方巾，身穿宝蓝缎直裰，脚下粉底皂靴，三绺髭须，约有三十岁光景。走到门口，与周进举一举手，一直进来。自己口里说道："原来是个学堂。"周进跟了进来作揖，那人还了个半礼道："你想就是先生了？"周进道："正是。"那人问从者道："和尚怎的不见？"说着，和尚忙走了出来道："原来是王大爷，请坐。僧人去烹茶来。"向着周进道："这王大爷就是前科新中的。先生陪了坐着，我去拿茶。"

那王举人也不谦让，从人摆了一条凳子，就在上首坐了，周进下面相陪。王举人道："你这位先生贵姓？"周进知他是个举人，便自称道："晚生姓周。"王举人道："去年在谁家作馆？"周进道："在县门口顾老相公家。"王举人道："足下莫不是就在我白老师手里曾考过一个案首的？说这几年在顾二哥家做馆，不差，不差。"周进道："俺这顾东家，老先生也是相与的？"王举人道："顾二哥是俺户下册书[26]，又是拜盟的好弟兄。"须臾，和尚献上茶来吃了。周进道："老先生的朱卷[27]是晚生熟读过的。后面两大股文章，尤其精妙。"王举人道："那两股文章不是俺作的。"周进道："老先生又过谦了。却是谁作的呢？"王举人道："虽不是我作的，却也不是人作的。那时头场[28]，初九日，天色将晚，第一篇文章还不曾做完，自己心里疑惑，说：'我平日笔下最快，今日如何迟了？'正想不出来，不觉瞌睡上来，伏着号板打一个盹，只见五个青脸的人跳进号来，中间一人，手里拿着一支大笔，把俺头上点了一点，就跳出去了。随即一个戴纱帽、红袍金带的人，揭帘子进来，把俺拍了一下，说道：'王公请起。'那时弟吓了一跳，通身冷汗，醒转来，拿笔在手，不知不觉写了出来。可见贡院里鬼神是有的。弟也曾把这话回禀过大主考座师，座师就道弟该有鼎元之分。"

正说得热闹，一个小学生送仿[29]来批，周进叫他搁着。王举人道："不妨，你只管去批仿，俺还有别的事。"周进只得上位批仿。王举人吩咐家人道："天已黑了，雨又不住，你们把船上的食盒挑了上来，叫和尚拿升米做饭。船家叫他伺候着，明日早走。"向周进道："我方才上坟回来，不想遇着雨，耽搁一夜。”说着，就猛然回头，一眼看见那小学生的仿纸上的名字是荀玫，不觉就吃了一惊。一会儿咂嘴弄唇的，脸上做出许多怪物像。周进又不好问他，批完了仿，依旧陪他坐着。他就问道：“方才这小学生几岁了？”周进道：“他才七岁。”王举人道：“是今年才开蒙？这名字是你替他起的？”周进道：“这名字不是晚生起的。开蒙的时候，他父亲央及集上新进梅朋友替他起名。梅朋友说自己的名字叫做‘玖’也替他起个‘王’旁的名字发发兆，将来好同他一样的意思。”

王举人笑道：“说起来竟是一场笑话。弟今年正月初一日，梦见看会试榜，弟中在上面是不消说了，那第三名也是汶上人，叫做荀玫。弟正疑惑我县里没有这一个姓荀的孝廉，谁知竟同着这个小学生的名字。难道和他同榜不成！”说罢，就哈哈大笑起来，道：“可见梦作不得准！况且功名大事，总以文章为主，那里有甚么鬼神！”周进道：“老先生，梦也竟有准的。前日晚生初来，会着集上梅朋友，他说也是正月初一日，梦见一个大红日头落在他头上，他这年就飞黄腾达的。”王举人道：“这话更不作得准了，比如他进过学，就有日头落在他头上，像我这发过的[30]，不该连天都掉下来，是俺顶着的了？”彼此说着闲话。掌上灯烛。管家捧上酒饭，鸡、鱼、鸭、肉，堆满春台[31]。王举人也不让周进，自己坐着吃了，收下碗去。落后和尚送出周进的饭来，一碟老菜叶，一壶热水。周进也吃了。叫了安置，各自歇宿。

次早天色已晴，王举人起来洗了脸，穿好衣服，拱一拱手，上船去了。撒了一地的鸡骨头、鸭翅膀、鱼刺、瓜子壳，周进昏头昏脑扫了一早晨。

自这一番之后，一薛家集的人都晓得荀家孩子是县里王举人的进士同年，传为笑话。这些同学的孩子赶着他就不叫荀玫了，都叫他“荀进士”。各家父兄听见这话都各不平，偏要在荀老翁跟前恭喜，说他是个封翁[32]太老爷，把个荀老爹气得有口难分。申祥甫背地里又向众人道：“那里是王举人亲口说这番话？这就是周先生看见我这一集上只有荀家有几个钱，捏造出这话来奉承他，图他个逢时遇节，他家多送两个盒子。俺前日听见说荀家抄了些面筋、豆腐干送在庵里，又送了几回馒头、火烧，就是这些原故了。”众人都不喜欢，以此周进安身不牢；因是碍着夏总甲的面皮，不好辞他，将就混了一年。后来夏总甲也嫌他呆头呆脑，不知道常来承谢，由着众人把周进辞了来家。

那年却失了馆，在家日食艰难。一日，他姊丈金有余来看他，劝道：“老舅，莫怪我说你，这读书求功名的事，料想也是难了。人生世上，难得的是这碗现成饭，只管‘稂不稂莠不莠’的到几时？我如今同了几个大本钱的人到省城去买货，差一个记帐的人，你不如同我们去走走，你又孤身一人，在客伙内还是少了你吃的、穿的？”周进听了这话，自己想：“‘瘫子掉在井里——捞起来也是坐’，有甚亏负我？”随即应允了。

金有余择个吉日，同一伙客人起身，来到省城杂货行里住下。周进无事，闲着街上走走，看见纷纷的工匠都说是修理贡院。周进跟到贡院门口，想挨进去看，被看门的大鞭子打了出来。晚间向姐夫说要去看看。金有余只得用了几个小钱，一伙客人都也同了去看，又央及行主人领着。行主人走进头门，用了钱的并无拦阻。到了龙门[33]下，行主人指道：“周客人，这是相公们进的门了。”进去两边号房门，行主人指道：“这是天字号了，你自进去看看。”周进一进了号，见两块号板摆得齐齐整整，不觉眼睛里一阵酸酸的，长叹一声，一头撞在号板上，直僵僵不醒人事。只因这一死，有分教：

累年蹭蹬，忽然际会风云；终岁凄凉，竟得高悬月旦[34]。

未知周进性命如何，且听下回分解。

【注释】

①孝廉：汉朝取士有“贤良方正”科，也有“孝廉”科，孝廉专由地方举荐给中央任用。后世因为举人由乡试产生，情形与“孝廉”有点像，所以就把孝廉作为举人的别称，这里就是指举人。

②蒙师：专门教小学生初读书的老师。

③见节：拜节。见是见礼之意。

④参：选派。总甲：明清时期选派的照管城里乡下一定地面的职役。

⑤三班六房：地方行政机关组织。“三班”是办事的差役，“六房”是办事的吏。

⑥功德：为敬重神佛而出的捐款。

⑦弄：闹，搞。

⑧牌票：上级发给下级文书的一种。

⑨户总科提控：对衙门里管收钱粮的税吏叫得好听一点的称呼。

⑩中过学：童生考成秀才，便确定归当地儒学机关管教，一般称“进学”。学只能进，不能中，这里说“中过学”，是作者描摹夏总甲口吻的写法。

⑪小舍人：舍人是古代官名，这里借作尊称，小舍人就是小公子。

⑫梅三相：秀才被尊称为“相公”，按他的兄弟排行称第几相公。“梅三相”就是梅玖。

⑬学里师爷：儒学教官。一般称“学里老师”，这里也在描摹夏总甲口吻。

⑭落后：后来。

⑮发兆：发利市。

⑯替：对。

⑰代饭：搭伙食。

⑱不肯僭梅玖作揖：从前交际场中，按身份先后就座，就座前要作揖。周进听说梅玖是秀才，身份比自己高，就不肯僭越他先就座，所以也不可能先作揖。

⑲案伯：院试公布张贴的录取名单，叫“案”，同时被录取为秀才的称彼此为“同案”，拉关系时就称同案人的父亲为“案伯”。

⑳丁祭：祭祀孔子时供的生肉。每年春秋两次祭孔都在丁日，

因此称丁祭。

㉑跑起来：走运。

㉒停当：稳当、能干。

㉓考校：考试。

㉔贽见：学生在学费以外送给先生的见面礼。也叫“贽敬”。

㉕代茶：不送礼物致敬，而送钱代替，这个钱叫做“代茶”，自谦的用法。

㉖户下册书：对官署认下包收若干户钱粮的任务的一种税吏，名为“册书”。

㉗朱卷：为了防止阅卷官徇私舞弊，规定考试人用墨笔写试卷，之后被人用朱笔誊录。考中的人把自己中试的文章刻印赠人，也叫“朱卷”，这里指后者。

㉘头场：乡试、会试要连考三场，第一场叫头场。

㉙仿：学生习字作业。

㉚发过的：中过举的。

㉛春台：食桌。

㉜封翁：对官僚人家的尊长的尊称。

㉝龙门：贡院里的第三道门。

㉞高悬月旦：东汉许劭、许靖喜欢分析当时社会人物才德高下，内容逐月更换，称“月旦评”，后人也借来比作考试。这里隐喻后来周进做学政主持考试一事。

【集评】

1.（清）卧闲草堂本评：

“功名富贵”四字，是此书之大主脑，作者不惜千变万化以写之。起首不写王侯将相，却先写一夏总甲。夫总甲是何功名，是何富贵？而彼意气洋洋，欣然自得，颇有“官到尚书吏到都”的景象。牟尼之所谓“三千大千世界”，庄子所谓“朝菌不知晦朔，蟪蛄不知春秋”也。文笔之妙乃至于此。

梅三相顾影自怜，得意极矣。不知天地间又有王大爷在。甚矣，功名富贵宁有等级耶！

场中鬼跳是假梦，荀玫同榜乃真梦也。偏于假梦说得凿凿可据，转以真梦为不足信。活活写出妄庸子心术性情。

周进乃一老腐迂儒，观其胸中，只知吃观音斋、念念王举人的墨卷，则此外一无所有可知矣。

从吃斋引出做梦，又以梅玖之梦掩映王惠之梦，文章罗络勾联，有五花八门之妙。

书中并无黄老爹、李老爹、顾老相公也者，据诸人口中津津言之，若实有其人在者。然非深于《史记》笔法者未易办此。

金有余云“人生在世，难得的是一碗现成饭。”此语能领千古英雄豪杰同声一哭！盖不独吹箫之大夫、垂钓之王孙，为凄凉杜绝人也。

到省买货极寻常之事，偏偏遇着修理贡院，何其情事逼真乃而。

2.（清）张文虎《儒林外史评》：

末段写乡俗鄙薄，情状宛然。然而此中有天道焉，有人事焉。荀老爹在集上为首富，而其人亦忠厚好善，尚知敬重先生，其子想亦较诸儿为聪俊，周先生实异视之，他日范学道搜求落卷，不知已在取数中，见非由侥幸也。至于入仕以后或忘本来面目，以致溃败，世泽无多，发泄太过，盖塞翁之得马矣。

【导读】

《范进中举》是《儒林外史》中最为人熟知的经典名篇，在范进之前，吴敬梓还刻画了一个类似的人物“周进”，同样成为小说的经典人物。明清时期，参加科举的士子大致可以分为童生、秀才、举人、进士几个等级，不同等级之间存在阶级差异。童生是未经录取而入学的考生，是科举等级的最底端；秀才是已录取为府、州、县学的生员，是已被承认的知识分子；举人则意味着“发了”，可称为老爷，无论从政与否，都已具有了“官”的身份，挤入了特权阶级范围；进士则可以在翰林院或中央政府任职，意味着飞黄腾达。周进是一位年过六旬的老“童生”，一直考不中秀才。作者通过对周进故事的讲述，一方面透露出科举制度下扭曲的社会生态，另一方面揭示了在此制度下落魄文人悲惨的精神世界。

在夏总甲的引荐下，薛家集聘请“周进”当教书先生。周进年过六旬，曾在汶上县做了三年老师，学生顾小舍人已经考中了秀才，他没有资格再教下去，于是被薛家集聘请。薛家集的乡亲们得知周进情况，表面上邀请款待，实际上并不尊重他，反而处处揶揄、挖苦他的遭遇。他们请了集上的新秀才梅玖作陪，梅玖入席时就说“老友是从来不同小友序齿的”（“老友”指秀才，“小友”指童生），以此压低周进。席间梅玖还编了一首宝塔诗，挖苦周进不是秀才，在得知周进吃斋之后，又讽刺周进是因为没有资格像秀才一样享用“丁祭的胙肉”才吃斋的。

梅玖之后，王举人也向周进夸耀自己中举是因为天赐降福，而周进却没有这个福分。此外还从吃喝气派上压倒周进，让周进收拾自己留下的满地狼藉。王举人走后，申祥甫等人因王举人谈及刚开蒙的学生“荀玫”一事，造谣是周进贪恋荀家的钱财所为，让周进丢了教书差事。种种迹象透露出世人对这个落魄士子极尽的挖苦和欺辱，让人心生寒颤。

讽刺的是，在下回故事中，周进连中秀才、举人、进士，飞黄腾达了，曾经挖苦他的人纷纷来巴结，尽显反差丑态。作者通过这样的描写，并未评价一句，却显示出科举制度下扭曲的人情冷暖、世态炎凉！不仅如此，作者连续用异象、天命等来暗示科举成功，可知在作者心目中，科考是否得中与个人的才能、努力关系不大，这正是作者最想要揭示的残酷真相。

不仅如此，作者对周进的形象塑造也十分深刻。周进一出场就带出落魄文人的职业特征，他穷酸、寒苦，精神萎靡，全部心思扑在科举上面，内心十分空虚。但他也善良、孝顺，他吃斋是为了母亲还愿，此外他还为人诚信。这样的人物在现在看来令人心疼，但在当时成为人们谈笑的对象。可以这么说，如果周进一直不发迹，他就会成为鲁迅笔下的“孔乙己”。果不其然，周进的精神状态已经出现问题，他在进入贡院的一刹那，所有情绪终于爆发，一头撞在柱子上昏死过去。这样的行为透露出科举制度对文人的精神摧残。好在周进最终时来运转，得偿所愿，后来又帮助了范进中举。但我们不禁要问：世间又有几个周进呢？大多数人只能沦为科举制度下的残渣，卷入时代的洪流中罔顾一生！

作者通过对周进故事的描述，揭示了科举制度下世人的生活状态，以及文人的精神世界，在小说发展史中留下了经典的一幕。

乡绅发病闹船家　寡妇含冤控大伯

话说严监生临死之时，伸着两个指头，总不肯断气。几个侄儿和些家人都来讧乱着问，有说为两个人的，有说为两件事的，有说为两处田地的，纷纷不一：只管摇头不是。赵氏分开众人走上前道：“爷，只有我能知道你的心事。你是为那灯盏里点的是两茎灯草，不放心，恐费了油。我如今挑掉一茎就是了。”说罢，忙走去挑掉一茎。众人看严监生时，点一点头，把手垂下，登时就没了气。合家大小号哭起来，准备入殓，将灵柩停在第三层中堂内。

次早着几个家人小厮满城去报丧。族长严振先领着合族一班人来吊孝，都留着吃酒饭，领了孝布回去。赵氏有个兄弟赵老二在米店里做生意，侄子赵老汉在银匠店扯银炉，这时也公备个祭礼来上门。僧道挂起长旛，念经追荐。赵氏领着小儿子，早晚在柩前举哀。伙计、仆从、丫鬟、养娘[1]，人人挂孝。门口一片都是白。

看看闹过头七，王德、王仁科举回来了，齐来吊孝，留着过了一日去。又过了三、四日，严大老官也从省里科举了回来。几个儿子都在这边丧堂里，大老爹卸了行李，正和浑家坐着，打点拿水来洗脸，早见二房里一个奶妈，领着一个小厮，手里捧着端盒和一个毡包，走进来道："二奶奶拜上大老爹，知道大老爹来家了，热孝在身[2]，不好过来拜见。这两套衣服和这银子，是二爷临终时说下的，送与大老爹做个遗念。就请大老爹过去。"严贡生打开看了，簇新的两套缎子衣服，齐臻臻的二百两银子，满心欢喜，随向浑家封了八分银子赏封，递与奶妈，说道："上覆二奶奶，多谢，我即刻就过来。"打发奶妈和小厮去了，将衣裳和银子收好，又细问浑家，知道和儿子们都得了他些别敬，这是单留与大老官的。问毕，换了孝巾，系了一条白布的腰绖。走过那边来。到柩前叫声"老二"，干号了几声，下了两拜。赵氏穿着重孝出来拜谢，又叫儿子磕伯伯的头，哭着说道："我们苦命！他爷半路里丢了去了，全靠大爷替我们做主！"严贡生道："二奶奶，人生各禀的寿数。我老二已是归天去了，你现今有恁个好儿子，慢慢的带着他过活，焦怎的？"赵氏又谢了，请在书房，摆饭请两位舅爷来陪。

须臾，舅爷到了，作揖坐下。王德道："令弟平日身体壮盛，怎么忽然一病就不能起。我们至亲的也不曾当面别一别，甚是惨然！"严贡生道："岂但二位亲翁，就是我们弟兄一场，临危也不得见一面。但自古道：'公而忘私，国而忘家。'我们科场是朝廷大典，你我为朝廷办事，就是不顾私亲，也还觉得于心无愧。"王德道："大先生在省将有大半年了？"严贡生道："正是。因前任学台周老师举了弟的优行，又替弟考出了贡。他有个本家在这省里住，是做过应天巢县的，所以到省去会会他。不想一见如故，就留着住了几个月，又要同我结亲，再三把他第二个令爱许与二小儿子。"王仁道："在省就住在他家的么？"严贡生道："住在张静斋家。他也是做过县令，是汤父母的世侄。因在汤父母衙门里同席吃酒认得相与起来。周亲家家，就是静斋先生执柯作伐[3]。"王仁道："可是那年同一位姓范的孝廉同来的？"严贡生道："正是。"王仁递个眼色与乃兄道："大哥可记得？就是惹出那一番事来的了。"王德冷笑了一声。

一会摆上酒来，吃着又谈。王德道："今岁汤父母不曾入帘[4]？"王仁道："大哥，你不知道么？因汤父母前次入帘，都取中了些"陈猫古老鼠”的文章，不入时目，所以这次不曾来聘。今科十几位帘官，都是少年进士，专取有才气的文章。”严贡生道：“这倒不然。才气也须是有法则。假若不照题位[5]，乱写些热闹话，难道也算有才气不成？就如我这周老师，极是法眼，取在一等前列都是有法则的老手，今科少不得还在这几个人内中。”严贡生说此话，因他弟兄两个在周宗师手里都考的是二等。两人听这话心里明白，不讲考校的事了。酒席将阑，又谈到前日这一场官事，“汤父母着实动怒，多亏令弟看的破，息下来了。”严贡生道：“这是亡弟不济，若是我在家，和汤父母说了，把王小二、黄梦统这两个奴才腿也砍折了！一个乡绅人家由得百姓如此放肆！”王仁道：“凡事还是厚道些好。”严贡生把脸红了一阵，又彼此劝了几杯酒。奶妈抱着哥子出来道：“奶奶叫问大老爹，二爷几时开丧？又不知今年山向可利，祖茔里可以葬得还是要寻地？费大老爹的心，同二位舅爷商议。”严贡生道：“你向奶奶说，我在家不多时耽搁，就要同二相公到省里去周府招亲。你爷的事托在二位舅爷就是。祖茔葬不得，要另寻地，等我回来斟酌。”说罢，叫了扰，起身过去。二位也散了。

过了几日，大老爷果然带着第二个儿子往省里去了。赵氏在家掌管家务，真个是钱过北斗，米烂陈仓，僮仆成群，牛马成行，享福度日。不想皇天无眼，不祐善人，那小孩子出起天花来，发了一天热，医生来看，说是个险症，药里用了犀角、黄连、人牙，不能灌浆[6]，把赵氏急的到处求神许愿，都是无益。到七日上，把个白白胖胖的孩子跑掉了。赵氏此番的哭泣，不但比不得哭大娘，并且比不得哭二爷，直哭得眼泪都哭不出来。整整的哭了三日三夜，打发孩子出去。叫家人请了两位舅爷来商量，要立大房里第五个侄子承嗣。二位舅爷踌躇道：“这件事，我们做不得主。况且大先生又不在家，儿子是他的，须是要他自己情愿，我们如何硬做主？”赵氏道：“哥哥，你妹夫有这几两银子的家私，如今把个正经主儿去了，这些家人小厮都没个投奔，这立嗣的事是缓不得的。知道他伯伯几时回来？间壁第五个侄子才十一、二岁，立过来，还怕我不会疼热他、教导他？他伯、娘听见这个话，恨不得双手送过来。就是他伯伯回来也没得说，你做舅舅的人，怎的做不得主？”王德道：“也罢，我们过去替他说一说罢。”王仁道：“大哥，这是那里话！宗嗣大事，我们外姓如何做得主？如今姑奶奶若是急的很，只好我弟兄两人公写一字，他这里叫一个家人连夜到省里请了大先生回来商议。”王德道：“这话最好，料想大先生回来也没得说。”王仁摇着头笑道：“大哥，这话也且再看，但是不得不如此做。”赵氏听了这话，摸头不着，只得依着言语，写了一封字，遣家人来富连夜赴省接大老爹。

来富来到省城，问着大老爹的下处在高底街。到了寓处门口，只见四个戴红黑帽子的，手里拿着鞭子，站在门口：吓了一跳，不敢进去。站了一会，看见跟大老爹的四斗子出来，才叫他领了他进去。看见敞厅上中间摆着一乘彩轿，彩轿旁边竖着一把遮阳，遮阳上帖着“即补县正堂”。四斗子进去请了大老爹出来，头戴纱帽，身穿圆领补服，脚下粉底皂靴。来富上前磕了头，递上书信。大老爹接着看了道：“我知道了。我家二相公恭喜，你且在这里伺候。”来富下来，到厨房里看见厨子在那里办席。新人房在楼上，张见摆的红红绿绿的，来富不敢上去。

直到日头平西，不见一个吹手来。二相公戴着新方巾，披着红，簪着花，前前后后走着着急，问吹手怎的不来。大老爹在厅上嚷成一片声，叫四斗子快传吹打的。四斗子道：“今日是个好日子，八钱银子一班叫吹手还叫不动，老爹给了他二钱四分低银子[7]，又还扣了他二分戥头[8]，又叫张府里抑着他来。他不知今日应承了几家，他这个时候怎得来？”大老爹发怒道：“放狗屁！快替我去！来迟了连你一顿嘴巴！”四斗子骨都着嘴，一路絮聒了出去，说道：“从早上到此刻，一碗饭也不给人吃，偏生有这些臭排场！”说罢，去了。

直到上灯时候，连四斗子也不见回来，抬新人的轿夫和那些戴红黑帽子的又催的很，厅上的客说道：“也不必等吹手，吉时已到，且去迎亲罢。”将掌扇掮起来，四个戴红黑帽子的开道，来富跟着轿，一直来到周家。那周家敞厅甚大，虽然点着几盏灯烛，天井里却是不亮。这里又没有个吹打的，只得四个戴红黑帽子的，一递一声在黑天井里喝道，喝个不了。来富看见，不好意思，叫他不要喝了。周家里面有人吩咐道：“拜上严老爷，有吹打的就发轿，没吹打的不发轿。”正吵闹着，四斗子领了两个吹手赶来，一个吹箫，一个打鼓，在厅上滴滴打打的，总不成个腔调。两边听的人笑个不住。周家闹了一会，没奈何，只得把新人轿发来了。新人进门，不必细说。

过了十朝，叫来富同四斗子去写[9]了两只高要船。那船家就是高要县的人。两只大船，银十二两，立契到高要付银。一只装的新郎、新娘，一只严贡生自坐。择了吉日，辞别亲家，借了一副“巢县正堂”的金字牌，一副“肃静”“回避”的白粉牌，四根门枪，插在船上：又叫了一班吹手，开锣掌伞，吹打上船。船家十分畏惧，小心伏侍，一路无话。

那日将到了高要县，不过二、三十里路了，严贡生坐在船上，忽然一时头晕上来，两眼昏花，口里作恶心，哕出许多清痰来。来富同四斗子，一边一个，架着膊子，只是要跌。严贡生口里叫道：“不好！不好！”叫四斗子快丢了去烧起一壶开水来。四斗子把他放了睡下。一声不倒一声的哼。四斗子慌忙同船家烧了开水，拿进舱来。严贡生将钥匙开了箱子，取出一方云片糕来，约有十片，一片一片剥着，吃了几片，将肚子揉着，放了两个大屁，登时好了。剩下几片云片糕，搁在后鹅口板上，半日也不来查点。那掌舵驾长害馋痨，左手扶着舵，右手拈来，一片片的送在嘴里了。严贡生只作不看见。

少刻，船拢了马头。严贡生叫来富着速叫他两乘轿子来，摆齐执事，将二相公同新娘先送了家里去：又叫些马头上人来把箱笼都搬了上岸，把自己的行李也搬上了岸。船家水手都来讨喜钱。严贡生转身走进舱来，眼张失落的，四面看了一遭，问四斗子道：“我的药往那里去了？”四斗子道：“何曾有甚药？”严贡生道：“方才我吃的不是药？

分明放在船板上的!”那掌舵的道:“想是刚才船板上几片云片糕。那是老爷剩下不要的,小的大胆就吃了。”严贡生道:“吃了?好贱的云片糕!你晓的我这里头是些甚么东西?”掌舵的道:“云片糕无过是些瓜仁、核桃、洋糖,粉面做成的了,有甚么东西?”严贡生发怒道:“放你的狗屁!我因素日有个晕病,费了几百两银子合了这一料药,是省里张老爷在上党做官带了来的人参,周老爷在四川做官带了来的黄连!你这奴才!‘猪八戒吃人参果,全不知滋味’!说的好容易,是云片糕!方才这几片,不要说值几十两银子,‘半夜里不见了枪头子攮[10]到贼肚里’,只是我将来再发了晕病却拿甚么药来医?你这奴才,害我不浅!”叫四斗子开拜匣,写帖子,“送这奴才到汤老爷衙里去,先打他几十板子再讲!”掌舵的唬了,赔着笑脸道:“小的刚才吃的甜甜的,不知道是药,只说是云片糕。”严贡生道:“还说是云片糕!再说云片糕先打你几个嘴巴!”说着,已把帖子写了递给四斗子。

四斗子慌忙走上岸去,那些搬行李的人帮船家拦着,两只船上船家都慌了,一齐道:“严老爷,而今是他不是,不该错吃了严老爷的药。但他是个穷人,就是连船都卖了,也不能赔老爷这几十两银子。若是送到县里,他那里耽得住?如今只是求严老爷开恩,高抬贵手,恕过他罢。”严贡生越发恼得暴躁如雷。搬行李的脚子[11]走过几个到船上来道:“这事原是你船上人不是,方才若不如是着紧的问严老爷要喜钱、酒钱,严老爷已经上轿去了。都是你们拦住那严老爷,才查到这个药。如今自知理亏,还不过来向严老爷跟前磕头讨饶!难道你们不赔严老爷的药,严老爷还有些贴与你不成?”众人一齐捺着掌舵的磕了几个头。严贡生转弯道:“既然你众人说,我又喜事匆匆,且放着这奴才,再和他慢慢算帐!不怕他飞上天去!”骂毕,扬长上了轿,行李和小厮跟着,一哄去了。船家眼睁睁看着他走去了。

严贡生回家,忙领了儿子和媳妇拜家堂,又忙的请奶奶来一同受拜。他浑家正在房里抬东抬西,闹得乱哄哄的。严贡生走来道:“你忙甚么?”他浑家道:“你难道不知道家里房子窄瘪瘪的?统共只得这一间上房，媳妇新新的，又是大家子姑娘，你不挪与他住？”严贡生道：“呸！我早已打算定了，要你瞎忙！二房里高房大厦的，不好住？”他浑家道：“他有房子，为甚的与你的儿子住？”严贡生道：“他二房无子，不要立嗣的？”浑家道：“这不成，他要继我们第五个哩。”严贡生道：“这都由他么？他算是个甚么东西！我替二房立嗣，与他甚么相干？”他浑家听了这话，正摸不着头脑。只见赵氏着人来说：“二奶奶听见大老爹回家，叫请大老爹说话。我们二位舅老爷也在那边。”严贡生便走过来，见了王德、王仁，“之乎也者”了一顿，便叫过几个管事家人来吩咐：“将正宅打扫出来，明日二相公同二娘来住。”赵氏听得，还认他把第二个儿子来过继，便请舅爷，说道：“哥哥，大爷方才怎样说？媳妇过来，自然在后一层，我照常住在前面，才好早晚照顾，怎倒叫我搬到那边去？媳妇住着正屋，婆婆倒住着厢房，天地世间也没有这个道理！”王仁道：“你且不要慌，随他说着，自然有个商议。”说罢走出去了。彼此谈了两句淡话，又吃了一杯茶。王家小厮走来说：“同学朋友候着作文会。”二位作别去了。

严贡生送了回来，拉一把椅子坐下，将十几个管事的家人都叫了来，吩咐道：“我家二相公明日过来承继了，是你们的新主人，须要小心伺候。赵新娘是没有儿女的，二相公只认得他是父妾，他也没有还占着正屋的，吩咐你们媳妇子把群屋[12]打扫两间，替他搬过东西去，腾出正屋来，好让二相公歇宿，彼此也要避个嫌疑。二相公称呼他‘新娘’，他叫二相公、二娘是‘二爷’、‘二奶奶’。再过几日二娘来了，是赵新娘先过来拜见，然后二相公过去作揖。我们乡绅人家，这些大礼都是差错不得的。你们各人管的田房、利息账目，都连夜攒造清完，先送与我逐细看过，好交与二相公查点，比不得二老爹在日，小老婆当家，凭着你们这些奴才朦胧作弊！此后若有一点欺隐，我把你这些奴才，三十板一个，还要送到汤老爷衙门里追工本饭米哩！”众人应诺下去，大老爹过那边去了。

这些家人、媳妇领了大老爹的言语，来催赵氏搬房，被赵氏一顿臭骂，又不敢就搬。平日嫌赵氏装尊，作威作福，这时偏要领了一班人来房里说："大老爹吩咐的话，我们怎敢违拗？他到底是个正经主子。他若认真动了气，我们怎样了得？"赵氏号天大哭，哭了又骂，骂了又哭，足足闹了一夜。次日，一乘轿子抬到县门口，正值汤知县坐早堂，就喊了冤。知县叫补进词来，次日发出："仰族亲处覆。"

赵氏备了几席酒，请来家里。族长严振先乃城中十二都的乡约⑬，平日最怕的是严大老官，今虽坐在这里，只说道："我虽是族长，但这事以亲房为主，老爷批处，我也只好拿这话回老爷。"那两位舅爷王德、王仁，坐着就像泥塑木雕的一般，总不置一个可否。那开米店的赵老二、扯银炉的赵老汉，本来上不得台盘，才要开口说话，被严贡生睁开眼睛，喝了一声，又不敢言语了。两个人自心里也裁划道："姑奶奶平日只敬重的王家哥儿两个，把我们不瞅不睬，我们没来由，今日为他得罪严老大，'老虎头上扑苍蝇'怎的？落得做好好先生。"把个赵氏在屏风后急得像热锅上蚂蚁一般，见众人都不说话，自己隔着屏风请教大爷，数说这些从前已往的话。数了又哭，哭了又数，捶胸跌脚，号做一片。严贡生听着不耐烦，道："像这泼妇，真是小家子出身，我们乡绅人家，那有这样规矩！不要恼犯了我的性子，揪着头发臭打一顿，登时叫媒人来领出发嫁！"赵氏越发哭喊起来，喊的半天云里都听见，要奔出来揪他，撕他，是几个家人媳妇劝住了。众人见不是事，也把严贡生扯了回去。当下各自散了。

次日商议写覆呈，王德、王仁说："身在黉宫，片纸不入公门。"不肯列名。严振先只得混帐覆⑭了几句话，说："赵氏本是妾，扶正也是有的；据严贡生说与律例不合，不肯叫儿子认做母亲，也是有的。总候大老爷天断。"那汤知县也是妾生的儿子，见了覆呈道："'律设大法，理顺人情'，这贡生也忒多事了！"就批了个极长的批语，说："赵氏既扶过正，不应只管说是妾。如严贡生不愿将儿子承继，听赵氏自行拣择，立贤立爱⑮可也。"严贡生看了这批，那头上的火直冒了有十几丈，随即写呈到府里去告。府尊也是有妾的，看着觉得多事，"仰高要县查案。”知县查上案去，批了个“如详缴”⑯。严贡生更急了，到省赴按察司一状，司批：“细故赴府县控理。”严贡生没法了，回不得头，想道：“周学道是亲家一族，赶到京里，求了周学道在部里告下状来，务必要正名分！”只因这一去，有分教：

多年名宿，今番又掇高科；英俊少年，一举便登上第。

不知严贡生告状得准否，且听下回分解。

【注释】

①养娘：女仆。

②热孝在身：亲丧或夫丧未久，最重的丧服还在身。

③执柯作伐：《诗经·伐柯》“伐柯如何，匪斧不克”下有“取妻如何，匪媒不得”，后来一般把做媒称“伐柯”“执柯”“作伐”。

④入帘：贡院办公处分内、外帘，内帘是看卷子的地方，入帘就是被聘为考官的意思。

⑤不照题位：不按照题目的要求。

⑥灌浆：天花出足。

⑦低银子：成色不足的银子。

⑧扣了他二分戥头：少称了二分。称细小贵重物品时的小秤，叫戥子。

⑨写：立约租雇之意。

⑩攮：戳。

⑪脚子：脚夫。

⑫群屋：主人所居的正屋以外的房屋。

⑬十二都的乡约：都是乡镇下的一个区。十二都就是第十二区。奉官命处理一区轻微事故并按时做劝善宣传的一种义务职，叫“乡约”。

⑭混账：这里是糊里糊涂的意思。

⑮立贤立爱：按清朝律例，继父、母如果不满意他的继子，可以告官，另立一个他认为贤能或亲爱的。汤知县这话的意思是说，

赵氏可以根据律例自由选择继子。

⑯“如详缴”：详是下级呈与上级文书的一种，“如详”就是说“依来呈办理”，“缴”是批文末尾“此缴”二字的略写。

【集评】

1.（清）卧闲草堂本评：

此篇是放笔写严大老官之可恶，然行文有次第，有先后，如源泉盈科，放乎四海，虽支分派别，而脉络分明；非犹俗笔稗官，凡写一可恶之人，便欲打，欲骂，欲杀，欲割，惟恐人之不恶之，而究竟所记之事皆在情理之外，并不能行之于当世者。此古人所谓“画鬼怪易，画人物难”，世间惟最平实而为万目所共见者，为最难得其神似也。

省中乡试回来，看见两套衣服、二百两银子，满心欢喜，一口一声称呼“二奶奶”，盖此时大老意中之所求不过如此，既已心满志得，又何求乎？以此写晚近之人情，乃刻棘刻楮手段。如谓此时大老胸中已算定要白占二奶奶家产，不惟世上无此事，亦无此情。要知严老大不过一混账人耳，岂必便是毒蛇猛兽耶？

严老大笔下必定干枯，二王笔下必定杂乱。三人同席谈论时，针锋相对，句句不放过，真是好看杀。

严老大一生所说之话大概皆谎也，然其中亦有一、二句是真的。就如静斋作伐之说虽不可信，周家结亲之事则真。惟有船上发病一事，则至今无有人能辨其真伪者。至于云片糕之非药，则不独驾长知之，脚子知之，四斗子知之，即阅者亦知之也：何也？以其中断断不得有人参、黄连也。

赵氏自以为得托于二王，平生之泰山也，孰知一到认真时，毫末靠不得。天下惟此等人最多，而此等人又自以为奸巧得计。故余之恶王于依更甚于恶严老大。

严老大一生离离奇奇，却颇有名士风味。时时刻刻说他是个乡绅，究竟岁贡生能有多大？时时刻刻说他相与汤父母，究竟汤公并不认得他！似此一副老面皮，也亏他磨炼得出。

许多可笑可厌的事：如叫吹手，摆红黑帽，帖“即补县正堂”等件，却从四斗子口中以“臭排场”三字结之，文笔真有通身筋节。

【导读】

《儒林外史》虽以批判科举制度的弊端为主旨，以揭发假儒、假名士的行径为主要手段来塑造人物、描述故事，但其中“完全的坏人”是十分少见的，大多数人物体现了其性格的复杂性。但严贡生这个人物是少有的纯粹恶人，其恶德恶行在小说中体现得淋漓尽致，成为中国文学史上的经典形象。

在科举时代，府、州、县生员（秀才）中成绩或资格优异者，可以升入国子监读书，称为贡生，意在给皇帝贡献人才。贡生虽是科举出身的异途，却在理论上可以当官了。严贡生本名严大位，是个地主，靠着拉关系送礼出了一个贡，之后其贪婪本性更加变本加厉，处处凌虐百姓，甚至连亲人也不放过。小说第5—6回主要讲述了严贡生的故事。

为了出贡，严贡生四处拉关系送贺礼，把能走动的地方都走动了，欠下许多债务，这些债务基本是从厨子、屠户等底层百姓手中赊的，但等他成功后，他却翻脸不认，始终不肯还。为了给自己的二儿子娶亲，他只肯用二钱四分银子去请八分银子的一班吹手，又克扣二分，结果吹手一个不来，最终搞得婚礼一通混乱，贻笑大方。不止如此，为了赖掉船费，他装病用云片糕敲诈船家，说人家吃了他贵重的救命药。种种迹象表明，严贡生贪婪吝啬成性，无品无度。

更可耻的是，为了捞取更多钱财，严贡生还欺压百姓。严贡生自家小猪走到王小二家，他硬逼王小二买下小猪，等小猪长大，他又把猪克扣，说本来就是他的，让自己儿子把王家人的腿打折了。此外，他以虚钱实契讹诈农民黄梦统，把人家的驴和米都敲诈回来。在弟弟严监生死后，他还将歪心思动在寡妇赵氏身上。强迫赵氏纳自己的二儿子为子，又不让二儿子承认赵氏续弦的身份，进而侵占严监生留下的巨额财产。可以说严贡生为了满足自己的贪婪欲望已经丧心病狂，毫无人性可言。

但就是这样的人平日装作伪善，竟说自己“小弟只是一个为人率真，在乡里之间，从不晓得占人寸丝半粟的便宜”这种恬不知耻的话，令人咋舌。为了找到保护伞，他处处攀附高官，不惜编造故事拉拢关系，唬诈旁人，与贪官污吏沆瀣一气，充当其爪牙。

可以说，作者将世间全部的恶和虚伪都加在严贡生身上，使其成为一个纯粹的恶人，这样恶性霸道的乡绅竟然还能成为给皇帝贡献人才的“贡生”。作者正是用这样一种极尽的反差与羞辱来揭示这种现状，进而反映出科举制度带来的种种弊端。

李汉秋认为，严贡生和严监生兄弟俩并非空来杜撰的，而是有其原型。在清代阮葵生《茶余客话》卷15中记载了一个扬州商人，其富而吝啬的本性颇似严监生，其有一个觊觎家产的兄弟，此兄弟应该就是严贡生的原型。只是这样的小人物在历史长河中没有留下具体姓名，但正因如此，更可见到科举制度下污浊的社会现实。

鲁翰林怜才择婿　蘧公孙富室招亲

话说娄家两位公子在船上，后面一只大官船赶来，叫拢了船，一个人上船来请。两公子认得是同乡鲁编修家里的管家，问道：“你老爷是几时来家的？”管家道：“告假回家，尚未曾到。”三公子道：“如今在那里？”管家道：“现在大船上，请二位老爷过去。”两公子走过船来，看见贴着“翰林院”的封条，编修公已是方巾便服，出来站在舱门口。编修原是太保的门生，当下见了，笑道：“我方才远远看见船头上站的是四世兄，我心里正疑惑你们怎得在这小船上，不想三世兄也在这里，有趣的紧。请进舱里去。”

让进舱内，彼此拜见过了坐下。三公子道：“京师拜别，不觉又是半载，世老先生因何告假回府？”鲁编修道：“老世兄，做穷翰林的人，只望着几回差事[①]。现今肥美的差都被别人钻谋去了，白白坐在京里，赔钱度日。况且弟年将五十，又无子息，只有一个小女，还不曾许字人家，思量不如告假返舍，料理些家务，再作道理。二位世兄为何驾着一只小船在河里？从人也不带一个，却做甚么事？”四公子道：“小弟总是闲着无事的人，因见天气晴暖，同家兄出来闲游，也没甚么事。”鲁编修道：“弟今早在那边镇上去看一个故人，他要留我一饭，我因匆匆要返舍，就苦辞了他，他却将一席酒肴送在我船上。今喜遇着二位世兄，正好把酒话旧。”因问从人道：“二号船可曾到？”船家答应道：“不曾到，还离的远哩。”鲁编修道：“这也罢了。”叫家人：“把二位老爷行李搬上大船来，那船叫他回去罢。”吩咐摆了酒席，斟上酒来同饮，说了些京师里各衙门的细话。

鲁编修又问问故乡的年岁，又问近来可有几个有名望的人。三公子因他问这一句话，就说出杨执中这一个人，可以算得极高的品行，就把这一张诗拿出来送与鲁编修看。鲁编修看罢，愁着眉道：“老世兄，似你这等所为，怕不是自古及今的贤公子？就是信陵君、春申君，也不过如此。但这样的人，盗虚声者多，有实学者少。我老实说：他若果有学问，为甚么不中了去[②]？只做这两句诗当得甚么？就如老世兄这样屈尊好士，也算这位杨兄一生第一个好遭际了，两回躲着不敢见面，其中就可想而知。依愚见，这样人不必十分周旋他也罢了。”两公子听了这话，默然不语。又吃了半日酒，讲了些闲话，已到城里，鲁编修定要送两位公子回家，然后自己回去。

两公子进了家门，看门的禀道：“蘧小少爷来了，在太太房里坐着哩。”两公子走进内堂，见蘧公孙在那里，三太太陪着。公孙见了表叔来，慌忙见礼，两公子扶住，邀到书房。蘧公孙呈上乃祖的书札并带了来的礼物。所刻的诗话每位一本，两公子将此书略翻了几页，称赞道：“贤侄少年如此大才，我等俱要退避三舍矣。”蘧公孙道：“小子无知妄作，要求表叔指点。”两公子欢喜不已，当夜设席接风，留在书房歇息。次早起来，会过蘧公孙，就换了衣服，叫家人持帖，坐轿子去拜鲁编修。拜罢回家，即吩咐厨役备席，发帖请编修公，明日接风。

走到书房内，向公孙笑着说道："我们明日请一位客，劳贤侄陪一陪。"蘧公孙问："是那一位？"三公子道："就是我这同乡鲁编修，也是先太保做会试总裁[3]取中的。"四公子道："究竟也是个俗气不过的人，却因我们和他世兄弟，又前日船上遇着就先扰他一席酒，所以明日邀他来坐坐。"

说着，看门的人进来禀说："绍兴姓牛的牛相公，叫做牛布衣，在外侯二位老爷。"三公子道："快请厅上坐。"蘧公孙道："这牛布衣先生，可是曾在山东范学台幕中的？"三公子道："正是。你怎得知？"蘧公孙道："曾和先父同事，小侄所以知道。"四公子道："我们倒忘了尊公是在那里的。"随即出去会了牛布衣，谈之良久，便同牛布衣走进书房。蘧公孙上前拜见，牛布衣说道："适才会见令表叔，才知尊大人已谢宾客[4]，使我不胜伤感，今幸见世兄如此英英玉立，可称嗣续有人，又要破涕为笑。"因问："令祖老先生康健么？"蘧公孙答道："托庇粗安。家祖每常也时时想念老伯。"牛布衣又说起："范学台幕中查一个童生卷子，尊公说出伺景明的一段话，真乃：'谈言微中[5]，名士风流'。"因将那一席话又述了一遍，两公子同蘧公孙都笑了。三公子道："牛先生，你我数十年故交，凡事忘形，今又喜得舍表侄得接大教，竟在此坐到晚去。"少顷，摆出酒席，四位论酒，直吃到日暮，牛布衣告别，两公子问明寓处，送了出去。

次早，遣家人去邀请鲁编修，直到日中才来，头戴纱帽，身穿蟒衣[6]，进了厅事就要进去拜老师神主[7]。两公子再三辞过，然后宽衣坐下，献茶。茶罢，蘧公孙出来拜见。三公子道："这是舍表侄，南昌太守家姑丈之孙。"鲁编修道："久慕久慕！"彼此谦让坐下，寒暄已毕，摆上两席酒来。鲁编修道："老世兄，这个就不是了。你我世交，知己间何必做这些客套！依弟愚见，这厅事也太阔落，意欲借尊斋，只须一席酒，我四人促膝谈心，方才畅快。"两公子见这般说，竟不违命，当下让到书房里。鲁编修见瓶、花、垆、几，位置得宜，不觉怡悦。奉席坐了，公子吩咐一声叫"焚香"，只见一个头发齐眉的童子，在几上捧了一个古铜香炉出去，随即两个管家进来放下暖帘，就出去了。足有一个时辰，酒斟三巡，那两个管家又进来把暖帘卷上。但见书房两边墙壁上板缝里，都喷出香气来，满座异香袭人。鲁编修觉飘飘有凌云之思。三公子向鲁编修道：“香必要如此烧，方不觉得有烟气。”

编修赞叹了一回，同蘧公子谈及江西的事，问道：“令祖老先生南昌接任便是王讳惠的了？”蘧公孙道：“正是。”鲁编修道：“这位王道尊却是了不得，而今朝廷捕获[8]得他甚紧。”三公子道：“他是降了宁王的。”鲁编修道：“他是江西保荐第一能员，及期就是他先降顺了。”四公子道：“他这降，到底也不是。”鲁编修道：“古语道得好：‘无兵无粮，因甚不降？’只是各伪官也逃脱了许多，只有他领着南赣数郡一齐归降，所以朝廷尤把他罪状的很[9]，悬赏捕拿。”公孙听了这话，那从前的事一字也不敢提。鲁编修又说起他请仙这一段故事，两公子不知。鲁编修细说这件事，把《西江月》念了一遍，后来的事逐句讲解出来。又道：“仙乩也古怪，只说道他归降，此后再不判了，还是吉凶未定。”四公子道：“‘几者，动之微，吉之先见。’这就是那扶乩的人一时动乎其机。说是有神仙，又说有灵鬼的，都不相干。”

换过了席，两公子把蘧公孙的诗和他刻的诗话请教，极夸少年美才。鲁编修叹赏了许久，便向两公子问道：“令表侄贵庚？”三公子道：“十七。”鲁编修道：“悬弧之庆[10]在于何日？”三公子转问蘧公孙。公孙道：“小侄是三月十六亥时生的。”鲁编修点了一点头，记在心里。到晚席散，两公子送了客，各自安歇。

又过了数日，蘧公孙辞别回嘉兴去，两公子又留了一日。这日，三公子在内书房写回复蘧太守的书。才写着，书童进来道：“看门的禀事。”三公子道：“着他进来。”看门的道：“外面有一位先生，要求见二位老爷。”三公子道：“你回他我们不在家，留下了帖罢。”看门的道：“他没有帖子，问着他名姓，也不肯说，只说要面会二位老爷谈谈。”三公子道：“那先生是怎样一个人？”看门的道：“他有五六十岁，头上也戴的是方巾，穿的件茧绸直裰，像个斯文人。”三公子惊道：

“想是杨执中来了。”忙丢了书子，请出四公子来，告诉他如此这般，似乎杨执中的行径，因叫门上的：“去请在厅上坐，我们就出来会。”看门的应诺去了，请了那人到厅上坐下。

两公子出来相见，礼毕，奉坐。那人道：“久仰大名，如雷灌耳，只是无缘，不曾拜识。”三公子道：“先生贵姓，台甫？”那人道：“晚生姓陈，草字和甫，一向在京师行道。昨同翰苑鲁老先生来游贵乡，今得瞻二位老爷丰采。三老爷‘耳白于面，名满天下[11]’：四老爷土星[12]明亮，不日该有加官晋爵之喜。”两公子听罢，才晓得不是杨执中，问道：“先生精于风鉴[13]?”陈和甫道：“卜易、谈星，看相、算命，内科、外科，内丹、外丹[14]，以及请仙判事，扶乩笔录，晚生都略知道一二。向在京师，蒙各部院大人及四衙门[15]的老先生请个不歇，经晚生许过他升迁的，无不神验。不瞒二位老爷说，晚生只是个直言，并不肯阿谀趋奉，所以这些当道大人，俱蒙相爱。前日正同鲁老先生笑说，自离江西，今年到贵省，屈指二十年来，已是走过九省了！”说罢哈哈大笑。左右捧上茶来吃了。四公子问道：“今番是和鲁老先生同船来的？愚弟兄那日在路遇见鲁老先生，在船上盘桓了一日，却不曾会见。”陈和甫道：“那日晚生在二号船上，到晚才知道二位老爷在彼。这是晚生无缘，迟这几日，才得拜见。”三公子道：“先生言论轩爽，愚兄弟也觉得恨相见之晚。”陈和甫道：“鲁老先生有句话托晚生来面致二位老爷，可借尊斋一话。”两公子道：“最好。”

当下让到书房里。陈和甫举眼四面一看，见院宇深沉，琴书潇洒，说道：“真是‘天上神仙府，人间宰相家’！”说毕，将椅子移近跟前道：“鲁老先生有一个令爱，年方及笄，晚生在他府上是知道的，这位小姐德性温良，才貌出众，鲁老先生和夫人因无子息，爱如掌上之珠，许多人家求亲，只是不允。昨在尊府会见南昌蘧太爷的公孙，着实爱他才华，所以托晚生来问，可曾毕过姻事？”三公子道：“这便是舍表侄，却还不曾毕姻。极承鲁老先生相爱，只不知他这位小姐贵庚多少？年命可相妨碍？”陈和甫笑道：“这个倒不消虑。令表侄八字，鲁老先生在尊府席上已经问明在心里了，到家就是晚生查算，替他两人合婚：小姐少公孙一岁，今年十六岁了，天生一对好夫妻，年、月、日、时，无一不相合，将来福寿绵长，子孙众多，一些也没有破绽的。”四公子向三公子道：“怪道他前日在席间谆谆问表侄生的年月，我道是因甚么，原来那时已有意在那里。”三公子道：“如此极好。鲁老先生错爱，又蒙陈先生你来作伐，我们即刻写书与家姑丈，择吉央媒到府奉求。”陈和甫作别道：“容日再来请教，今暂告别，回鲁老先生话去。”两公子送过陈和甫，回来将这话说与蘧公孙道：“贤侄，既有此事，却且休要就回嘉兴，我们写书与太爷，打发盛从回去取了回音来，再作道理。”蘧公孙依命住下。

家人去了十余日，领着蘧太守的回书来见两公子道：“太老爷听了这话，甚是欢喜，向小人吩咐说：自己不能远来，这事总央烦二位老爷做主。央媒拜允，一是[16]二应老爷拣择：或娶过去，或招在这里，也是二位老爷斟酌。呈上回书并白银五百两，以为聘礼之用。大相公也不必回家，住在这里办这喜事。太老爷身体是康强的，一切放心。”两公子收了回书、银子，择个吉日，央请陈和甫为媒，这边添上一位媒人，就是牛布衣。

当日两位月老齐到娄府，设席款待过，二位坐上轿子，管家持帖，去鲁编修家求亲。鲁编修那里也设席相留，回了允帖，并带了庚帖[17]过来。到第三日，娄府办齐金银珠翠首饰，装蟒、刻丝[18]绸缎绫罗衣服，羊酒、果品，共是几十抬，行过礼去。又备了谢媒之礼，陈、牛二位，每位代衣帽银十二两，代果酒银四两，俱各欢喜。两公子就托陈和甫选定花烛之期，陈和甫选在十二月初八日不将[19]大吉，送过吉期去。鲁编修说，只得一个女儿，舍不得嫁出门，要蘧公孙入赘。娄府也应允了。

到十二月初八，娄府张灯结彩，先请两位月老吃了一日。黄昏时分，大吹大擂起来。娄府一门官衔灯笼就有八十多对，添上蘧太守家灯笼，足摆了三四条街，还摆不了。全副执事，又是一班细乐，八对纱灯。这时天气初晴，浮云尚不曾退尽，灯上都用绿绸雨帷罩着，引着四人大轿，蘧公孙端坐在内。后面四乘轿子，便是娄府两公子、陈和甫、牛布衣，同送公孙入赘。到了鲁宅门口，开门钱[20]送了几封，只见重门洞开，里面一派乐声，迎了出来。四位先下轿进去，两公子穿着公服，两山人也穿着吉服。鲁编修纱帽蟒袍，缎靴金带，迎了出来，揖让升阶；才是一班细乐，八对绛纱灯，引着蘧公孙，纱帽宫袍，簪花披红，低头进来。到了厅事，先奠了雁[21]，然后拜见鲁编修。编修公奉新婿正面一席坐下，两公子、两山人和鲁编修两列相陪。献过三遍茶，摆上酒席，每人一席，共是六席，鲁编修先奉了公孙的席，公孙也回奉了。下面奏着细乐。鲁编修去奉众位的席。蘧公孙偷眼看时，是个旧旧的三间厅古老房子，此时点几十支大蜡烛，却极其辉煌。

须臾，坐定了席，乐声止了。蘧公孙下来告过丈人同二位表叔的席，又和两山人平行了礼，入席坐了。戏子上来参了堂，磕头下去，打动锣鼓，跳了一出“加官”，演了一出“张仙送子”，一出“封赠[22]”。这时下了两天雨才住，地下还不甚干，戏子穿着新靴，都从廊下板上大宽转走了上来。唱完三出头，副末[23]执着戏单上来点戏，才走到蘧公孙席前跪下，恰好侍席的管家捧上头一碗脍燕窝来上在桌上。管家叫一声“免”，副末立起，呈上戏单。忽然“乒乓”一声响，屋梁上掉下一件东西来，不左不右，不上不下，端端正正掉在燕窝碗里，将碗打翻。那热汤溅了副末一脸，碗里的菜泼了一桌子。定睛看时，原来是一个老鼠从梁上走滑了脚，掉将下来。那老鼠掉在滚热的汤里，吓了一惊，把碗跳翻，爬起就从新郎官身上跳了下去，把簇新的大红缎补服都弄油了。众人都失了色，忙将这碗撤去，桌子打抹干净，又取一件圆领与公孙换了。公孙再三谦让，不肯点戏，商议了半日，点了“三代荣[24]”，副末领单下去。

须臾，酒过数巡，食供两套，厨下捧上汤来。那厨役雇的是个乡下小使，他靸了一双钉鞋，捧着六碗粉汤，站在丹墀[25]里尖着眼睛看戏。管家才掇了四碗上去，还有两碗不曾端，他捧着看戏，看到戏场上小旦装出一个妓者，扭扭捏捏的唱，他就看昏了，忘其所以然，只道粉汤碗已是端完了，把盘子向地下一掀，要倒那盘子里的汤脚，却“叮当”一声响，把两个碗和粉汤都打碎在地下。他一时慌了，弯下腰去抓那粉汤，又被两个狗争着，咂嘴弄舌的来抢那地下的粉汤吃。他怒从心上起，使尽平生气力，跷起一只脚来踢去，不想那狗倒不曾踢着，力太用猛了，把一只钉鞋踢脱了，踢起有丈把高。陈和甫坐在左边的第一席，席上上了两盘点心，一盘猪肉心的烧卖，一盘鹅油白糖蒸的饺儿，热烘烘摆在面前。又是一大深碗索粉八宝攒汤，正待举起箸来到嘴，忽然席口一个乌黑的东西的溜溜的滚了来，“乒乓”一声，把两盘点心打的稀烂。陈和甫吓了一惊，慌立起来，衣袖又把粉汤碗招翻，泼了一桌。满坐上都觉得诧异。鲁编修自觉得此事不甚吉利，懊恼了一回，又不好说。随即悄悄叫管家到跟前骂了几句，说：“你们都做甚么？却叫这样人捧盘，可恶之极！过了喜事，一个个都要重责！”乱着，戏子正本做完，众家人掌了花烛，把蘧公孙送进新房。厅上众客换席看戏，直到天明才散。

次日，蘧公孙上厅谢亲，设席饮酒。席终，归到新房里，重新摆酒，夫妻举案齐眉。此时鲁小姐卸了浓装，换几件雅淡衣服，蘧公孙举眼细看，真有沉鱼落雁之容，闭月羞花之貌。三四个丫鬟养娘，轮流侍奉，又有两个贴身侍女，一个叫做采苹，一个叫做双红，都是袅娜轻盈，十分颜色。此时蘧公孙恍如身游阆苑蓬莱，巫山洛浦。只因这一番，有分教：

闺阁继家声，有若名师之教；草茅隐贤士，又招好客之踪。

毕竟后事如何，且听下回分解。

【注释】

①差事：这里指的是派出去做主考、副主考或学政。主考、副主考到外省主乡试，地方官要送他公费、程仪；学政到各地主院试，州、县要送他棚规。此外，还可能存在舞弊出卖举人、秀才。所以

下文称“肥美的差”。

②为甚么不中了去：醉心科举的人，只承认中举人、中进士是正途，别的出身，他们瞧不起。

③会试总裁：会试主考官。

④谢宾客：讳言别人死亡，说他不见客了。

⑤谈言微中：说话巧妙，恰中事理。

⑥蟒衣：缎地绣龙蟒袍子，以蟒多为贵。

⑦神主：上面写死人的名字，作为灵魂依附的木制牌位。

⑧捕获：捕拿。

⑨尤把他罪状的很：更把他的罪行看得重。

⑩悬弧之庆：男子的生日庆祝。古代风俗重武，生了男孩挂弓（弧）在门首。

⑪耳白于面，名满天下：相法认为耳朵比脸白是贵相，可以居高位，享大名。

⑫土星：就是鼻子。星相书的名词。

⑬风鉴：相术。

⑭内丹、外丹：道家迷信说法，炼丹服食可以长生。用自己的精气炼的是“内丹”，用丹砂等矿物炼的是“外丹”。

⑮四衙门：翰林院、詹事府、六科及各道（监察御史）。明朝习语的“四衙门”有吏部没有詹事府。

⑯一是：一概由。

⑰允帖、庚帖：婚礼女家回给男家允许结婚的帖子，就是“允帖”；写有女子年庚八字的帖子，作为决定凭证的，就是“庚帖”。

⑱装蟒、刻丝：“装”是装花缎，即妆缎；“蟒”是蟒缎。刻丝是一种以色丝和杂线缀成图案的丝织品。

⑲不将：星相书中的名词，指某一个适当选择、凡事皆宜的日辰。

⑳开门钱：女家临时索取，作为放喜轿进门的条件的喜钱。

㉑奠了雁：古时把雁当作爱情的不二象征。

㉒封赠：明代《金印记》的一出，演苏秦六国封相的故事。

㉓副末：戏曲中的角色名称。“开场”和类似事务性的事情，多由副末担任。

㉔三代荣：明代戏曲《百顺记》的另一名称，演宋人王曾中状元、任高职，子又中武状元、立边功、封三代的故事。

㉕丹墀：宫殿阶前的地方，这里说的是天井。

【集评】

1.（清）卧闲草堂本评：

此篇文字要与严二相公娶亲对看，乃觉一处锦铺绣列，一处酸气逼人。

两公子一片求贤访道之盛心，被鲁编修兜头一瓢冷水，真有并剪哀梨之妙。却又能画出编修惟以资格论人，开口便是“敝衙门”俗套，可谓双管齐下矣。四公子云：“究竟也是个俗气不过的人。”又被一语道破也。

吉期饮宴时忽然生出两件奇事，是埋伏后文编修将病而死，所以点名“编修自觉此事不甚吉利”。但阅者至此，惟觉峰飞天外，绝倒之不暇，亦不足寻味其中线索之妙。

2.（清）张文虎《儒林外史评》：

末带出采苹、双红十分颜色，亦是伏笔。

【导读】

选文主要讲述了鲁编修的故事。作者通过对鲁编修形象的塑造，向读者展示出一位“科举通达的失意者”的精神世界，同样可见科举制度对人民的荼毒。

自明英宗时起，社会上就流传着“非进士不入翰林，非翰林不入内阁”的说法，所以读书人无不以中进士、进翰林院为人生目标，因为进入翰林院意味着政治上飞黄腾达的可能。鲁编修就是这样一位“科举通达”的普通人，他考中了进士也如期进入了翰林院，但他并不开心，因为“翰林”本身是一个“清水官”，每天的工作无非就是编书、写文章，因此鲁编修戏称自己为“穷翰林”，那些有油水的差事都被别人钻营了过去。

鲁编修意识到问题所在，那就是出身不够，远不如其他有背景的“官二代”，因此他将全部希望寄托在下一辈身上。可惜的是鲁编修没有儿子，只有一个女儿，虽然他从小就把女儿当儿子教，鲁小姐也被培养得学问了得，但是女子终究无法参加科举进入仕途，因此他将希望寄托在女婿身上。在一次偶然的相逢中，鲁编修见到了娄三、娄四公子的侄子蘧公孙，他是“名人之后”，言谈举止也并非“俗人”，鲁编修十分欢喜。为了达成自己的精神夙愿，鲁编修强调蘧公孙需“入赘”，蘧公孙同意了，却没想到他本身对科举这等“俗事”毫不在意，这让鲁编修大为恼火。

深感后继无人，鲁编修决定再娶一房、再生一子来达成夙愿，但终究年老体弱，不想“跌了一跤，半身麻木，口眼有些歪斜”，患了中风。鲁编修请陈和甫把脉，虽然症状诊断正确，却没有判断出症结所在，鲁编修因此落下病根，终日郁郁寡欢。终于，鲁编修在等到朝廷旨意而升任皇帝侍读时，因欢喜过度，中风大发不省人事了。

作者通过对鲁编修悲剧故事的记载，展现出科举制度对普通士人的荼毒，哪怕科举顺利，也不意味着因此能够飞黄腾达。但科举之路将天下士人的精神、意志折磨得空虚无物，似乎“科举”“仕途”成了人生的唯一目标。鲁编修这样的人看似饱读诗书，其实也不过是一“俗人”，书中说他瞧不上善于吟诗作对却没有举业的“杨执中”，出言挖苦讽刺而被娄四公子鄙视。从鲁编修对杨执中的讽刺中，我们看到了他精神世界的空虚，这才是他悲剧命运的真正根源。书中对鲁小姐婚礼的场面描写宏大、细致，却处处充满不吉利的因素，这正是对鲁编修后来悲剧命运的暗示，可看作其人生转折的关键节点。

红楼梦

《红楼梦》，是中国古代章回体长篇虚构小说，中国古典四大名著之首。其通行本共120回，一般认为前80回是清代作家曹雪芹所著，后40回作者为无名氏，由高鹗、程伟元整理。小说以贾、史、王、薛四大家族的兴衰为背景，以大荒山青埂峰下顽石幻化的通灵宝玉为视角，以贾宝玉与林黛玉、薛宝钗的爱情婚姻悲剧为主线，描绘了一些闺阁佳人的人生百态，展现了真正的人性美和悲剧美，是一部从各个角度展现中国古代社会百态的史诗性著作。《红楼梦》全面而深刻地反映了封建社会盛极而衰的时代特征。它所描写的不是“洞房花烛、金榜题名”的爱情故事，而是写封建贵族青年贾宝玉、林黛玉、薛宝钗之间的恋爱和婚姻悲剧。小说的巨大社会意义在于：它不是孤立地去描写这个爱情悲剧，而是以这个恋爱、婚姻悲剧为中心，写出了当时具有代表性的贾、史、王、薛四大家族的兴衰。其中又以贾府为中心，揭露了封建社会后期的种种黑暗和罪恶，及其不可克服的内在矛盾，对腐朽的封建统治阶级和行将崩溃的封建制度作了有力的批判，使读者预感到它必然要走向覆灭的命运。同时小说还通过对贵族叛逆者的歌颂，表达了新的朦胧的理想。

《红楼梦》是一部具有世界影响力的人情小说、我国封建社会的百科全书、中华优秀传统文化的集大成者，具有非凡的艺术成就。作者以“大旨谈情，实录其事”自勉，依照独有的事体情理，按迹循踪，摆脱旧套，新鲜别致，“它像生活和自然本身那样丰富、复杂，而且天然浑成”，作者把生活写得逼真而有味道，其中的大事件和大波澜都描写得非常出色，故事在进行，人物性格在显现，洋溢着生活的兴味，揭露了生活的秘密。它的细节描写、语言描写继承发展了前代优秀小说的传统。“真事隐去，假语存焉”的特殊笔法更是令后世读者脑洞大开，揣测之说久而遂多。20世纪以来，《红楼梦》更以其丰富深刻的思想底蕴和异常出色的艺术成就使学术界产生了以其为研究对象的专门学问——红学。

选文参考清华大学出版社2020年版《红楼梦脂评汇校本》。

开生面梦演红楼梦　立新场情传幻境情

题曰：

春困葳蕤拥绣衾，恍随仙子别红尘。

问谁幻入华胥境？千古风流造孽人。

却说薛家母子在荣府中寄居等事略已表明，此回则暂不能写矣。如今且说林黛玉自在荣府以来，贾母万般怜爱，寝食起居，一如宝玉，迎春、探春、惜春三个亲孙女倒且靠后。便是宝玉和黛玉二人之亲密友爱，亦自较别个不同，日则同行同坐，夜则同息同止，真是言和意顺，略无参商。不想如今忽然来了一个薛宝钗，年岁虽大不多，然品格端方，容貌丰美，人多谓黛玉所不及。而且宝钗行为豁达，随分从时，不比黛玉孤高自许，目无下尘。故比黛玉大得下人之心。便是那些小丫头子们，亦多喜与宝钗去顽笑。因此黛玉心中便有些悒郁不忿之意，宝钗却浑然不觉。那宝玉亦在孩提之间，况自天性所禀来的一片愚拙偏僻，视姊妹弟兄皆出一体，并无亲疏远近之别。其中因与黛玉同随贾母一处坐卧，故略比别个姊妹熟惯些。既熟惯，则更觉亲密，既亲密，则不免一时有求全之毁，不虞之隙。这日不知为何，他二人言语有些不合起来，黛玉又气的独在房中垂泪，宝玉又自悔语言冒撞，前去俯就，那黛玉方渐渐的回转来。

因东边宁府中花园内梅花盛开，贾珍之妻尤氏乃治酒请贾母、邢夫人、王夫人等赏花。是日，先携了贾蓉之妻二人来面请。贾母等于早饭后过来，就在会芳园游玩。先茶后酒，不过皆是宁荣二府女眷家宴小集，并无别样新文趣事可记。一时宝玉倦怠，欲睡中觉，贾母命人好生哄着，歇息一回再来。贾蓉之妻秦氏便忙笑回道：“我们这里有给宝叔收拾下的屋子，老祖宗放心，只管交与我就是了。”又向宝玉的奶娘丫鬟等道："嬷嬷姐姐们，请宝叔随我这里来。"贾母素知秦氏是个极妥当的人，生的袅娜纤巧，行事又温柔和平，乃重孙媳中第一个得意之人，见他去安置宝玉，自是安稳的。

当下秦氏引了一簇人来至上房内间。宝玉抬头看见一幅画贴在上面，画的人物固好，其故事乃是《燃藜图》①，也不看系何人所画，心中便有些不快。又有一副对联，写的是：

世事洞明皆学问，人情练达即文章。

既看了这两句，纵然室宇精美，铺陈华丽，亦断断不肯在这里了，忙说："快出去！快出去！"秦氏听了笑道："这里还不好，可往那里去呢？不然往我屋里去吧。"宝玉点头微笑。有一个嬷嬷说道："那里有个叔叔往侄儿的房里睡觉的礼？"秦氏笑道："嗳哟哟！不怕他恼。他能多大了，就忌讳这些个！上月你没看见我那个兄弟来了，虽然和宝叔同年，两个人若站在一处，只怕那一个还高些呢。"宝玉道："我怎么没见过？你带他来我瞧瞧。"众人笑道："隔着二三十里，那里带去？见的日子有呢。"说着，大家来至秦氏房中。刚至房门，便有一股细细的甜香袭了人来。宝玉便愈觉得眼饧骨软，连说："好香！"入房向壁上看时，有唐伯虎画的《海棠春睡图》②，两边有宋学士秦太虚写的一副对联，其联云：

嫩寒锁梦因春冷，芳气笼人是酒香。

案上设着武则天当日镜室中设的宝镜，一边摆着飞燕立着舞过的金盘，盘内盛着安禄山掷过伤了太真乳的木瓜。上面设着寿阳公主于含章殿下卧的榻，悬的是同昌公主制的联珠帐。宝玉含笑连说："这里好！"秦氏笑道："我这屋子大约神仙也可以住得了。"说着，亲自展开了西子浣过的纱衾，移了红娘抱过的鸳枕，于是众奶母伏侍宝玉卧好，款款散去，只留下袭人、媚人、晴雯、麝月四个丫鬟为伴。秦氏便分付小丫鬟们，好生在廊檐下看着猫儿狗儿打架。

那宝玉刚合上眼，便惚惚睡去，犹似秦氏在前，遂悠悠荡荡，随了秦氏，至一所在。但见朱栏白石，绿树清溪，真是人迹希逢，飞尘不到。宝玉在梦中欢喜，想道："这个去处有趣！我就在这里过一生，纵然失了家也愿意，强如天天被父母、师傅打去。"正胡思之间，忽听山后有人作歌曰：

春梦随云散，飞花逐水流。寄言众儿女，何必觅闲愁。

宝玉听了，是女子的声音。歌声未息，早见那边走出一个人来，蹁跹袅娜，端的与人不同。有赋为证：

方离柳坞，乍出花房。但行处，鸟惊庭树；将到时，影度回廊。仙袂乍飘兮，闻麝兰之馥郁；荷衣欲动兮，听环佩之铿锵。靥笑春桃兮，云堆翠髻；唇绽樱颗兮，榴齿含香。纤腰之楚楚兮，回风舞雪；珠翠之辉辉兮，满额鹅黄。出没花间兮，宜嗔宜喜；徘徊池上兮，若飞若扬。蛾眉颦笑兮，将言而未语；莲步乍移兮，待止而欲行。羡彼之良质兮，冰清玉润；慕彼之华服兮，烱灼文章；爱彼之貌容兮，香培玉琢；美彼之态度兮，凤翥龙翔。其素若何？春梅绽雪。其洁若何？秋菊披霜。其静若何？松生空谷。其艳若何？霞映澄塘。其文若何？龙游曲沼。其神若何？月射寒江。应惭西子，实愧王嫱。吁！奇矣哉，生于孰地，来自何方？信矣乎，瑶池不二，紫府无双。果何人哉？如斯之美也！

宝玉见是一个仙姑，喜的忙上来作揖，笑问道："神仙姐姐，不知从那里来，如今要往那里去？我也不知这里是何处，望乞携带携带。"那仙姑笑道："吾居离恨天之上，灌愁海之中，乃放春山遣香洞太虚幻境警幻仙姑是也。司人间之风情月债，掌尘世之女怨男痴。因近来风流冤孽，缠绵于此处，是以前来访察机会，布散相思。今忽与尔相逢，亦非偶然。此离吾境不远，别无他物，仅有自采仙茗一盏，亲酿美酒一瓮，素练魔舞歌姬数人，新填《红楼梦》仙曲十二支，试随吾一游否？"宝玉听了，喜悦非常，便忘了秦氏在何处，竟随了仙姑，至一所在，有石牌横建，上书“太虚幻境”四个大字，两边一副对联，乃是：

假作真时真亦假，无为有处有还无。

转过牌坊，便是一座宫门，也横书四个大字，道是“孽海情天”。又有一副对联，大书云：

厚地高天，堪叹古今情不尽：痴男怨女，可怜风月债难偿。

宝玉看了，心下自思道：“原来如此。但不知何为‘古今之情’，又何为‘风月之债’？从今倒要领略领略。”宝玉只顾如此一想，不料早把些邪魔招入膏肓了。当下随了仙姑进入二层门内，只见两边配殿，皆有匾额、对联，一时看不尽许多，惟见有几处写的是：“痴情司”“结怨司”“朝啼司”“夜哭司”“春感司”“秋悲司”。看了，因向仙姑道：“敢烦仙姑引我到那各司中游玩游玩，不知可使得？”仙姑道：“此各司中皆贮的是普天之下所有的女子过去未来的簿册。尔凡眼尘躯，未便先知的。”宝玉听了，那里肯依，复央之再四。仙姑无奈，说：“也罢，就在此司内略随喜随喜罢了。”宝玉喜不自胜，抬头看这司的匾上，乃是“薄命司”三字，两边对联写的是：

春恨秋悲皆自惹，花容月貌为谁妍？

宝玉看了，便知感叹。

进入门来，只见有十数个大厨，皆用封条封着。看那封条上，皆是各省地名。宝玉一心只拣自己的家乡封条看，遂无心看别省的了。只见那边厨上封条上大书七字云：“金陵十二钗正册”。宝玉因问：“何为‘金陵十二钗正册’？”警幻道：“即贵省中十二冠首女子之册，故为‘正册’。”宝玉道：“常听人说，金陵极大，怎么只十二个女子？如今单我们家里，上上下下，就有几百女孩儿呢。”警幻冷笑道：“贵省女子固多，不过择其紧要者录之。下边二厨则又次之。余者庸常之辈，则无册可录矣。”宝玉听说，再看下首二厨上，果然一个写着“金陵十二钗副册”，又一个写着“金陵十二钗又副册”。宝玉便伸手先将“又副册”厨门开了，拿出一本册来，揭开一看，只见这首页上画着一幅画，又非人物，亦非山水，不过是水墨滃染的满纸乌云浊雾而已。后有几行字迹，写道是：

霁月难逢，彩云易散。心比天高，身为下贱。风流灵巧招人怨。寿夭多因毁谤生，多情公子空牵念。

宝玉看了，又见后面画着一簇鲜花，一床破席。也有几句言词，写道是：

枉自温柔和顺，空云似桂如兰。
堪羡优伶有福，谁知公子无缘。

宝玉看了不解。遂掷下这个，又去开了“副册”厨门，拿起一本册来，揭开看时，只见画着一株桂花，下面有一池沼，其中水涸泥干，莲枯藕败。后面书云：

根并荷花一茎香，平生遭际实堪伤。
自从两地生孤木，致使香魂返故乡。

宝玉看了仍不解。便又掷了，再去取“正册”看。只见头一页上便画着两株枯木，木上悬着一围玉带，又有一堆雪，雪下一股金簪。也有四句言词，道是：

可叹停机德，堪怜咏絮才，
玉带林中挂，金簪雪里埋。

宝玉看了仍不解。待要问时，情知他必不肯泄漏，待要丢下，又不舍。遂又往后看时，只见画着一张弓，弓上挂一香橼[③]。也有一首歌词云：

二十年来辨是非，榴花开处照宫闱。
三春争及初春景，虎兕相逢大梦归。

后面又画着两人放风筝，一片大海，一只大船，船中有一女子掩面泣涕之状。也有四句写云：

才自精明志自高，生于末世运偏消。
清明涕送江边望，千里东风一梦遥。

后面又画几缕飞云，一湾逝水。其词曰：

富贵又何为？襁褓之间父母违。
展眼吊斜晖，湘江水逝楚云飞。

后面又画着一块美玉，落在泥垢之中。其断语云：

欲洁何曾洁，云空未必空。
可怜金玉质，终陷淖泥中。

后面忽画一恶狼，追扑一美女，欲啖之意。其书云：

子系中山狼，得志便猖狂。
金闺花柳质，一载赴黄粱。

后面便是一所古庙，里面有一美人在内看经独坐。其判云：

堪破三春景不长，缁衣顿改昔年妆。
可怜绣户侯门女，独卧青灯古佛旁。

后面便是一片冰山，上有一只雌凤。其判曰：

凡鸟偏从末世来，都知爱慕此生才。
一从二令三人木，哭向金陵事更哀。

后面又是一座荒村野店，有一美人在那里纺绩。其判云：

势败休云贵，家亡莫论亲。
偶因济刘氏，巧得遇恩人。

后面又画着一盆茂兰，旁有一位凤冠霞帔的美人。也有判云：

桃李春风结子完，到头谁似一盆兰。

如冰水好空相妒，枉与他人作笑谈。

后面又画着高楼大厦，有一美人悬梁自缢。其判云：

情天情海幻情身，情既相逢必主淫。
漫言不肖皆荣出，造衅开端实在宁。

宝玉还欲看时，那仙姑知他天分高明，性情颖慧，恐把仙机泄漏，遂掩了卷册，笑向宝玉道：“且随我去游玩奇景，何必在此打这闷葫芦！”

宝玉恍恍惚惚，不觉弃了卷册，又随了警幻来至后面。但见珠帘绣幕，画栋雕檐，说不尽那光摇朱户金铺地，雪照琼窗玉作宫。更见仙花馥郁，异草芬芳，真好个所在。又听警幻笑道：“你们快出来迎接贵客！”一语未了，只见房中又走出几个仙子来，皆是荷袂蹁跹，羽衣飘舞，姣若春花，媚如秋月。一见了宝玉，都怨谤警幻道：“我们不知系何‘贵客’，忙的接了出来！姐姐曾说今日今时必有绛珠妹子的生魂前来游玩，故我等久待。何故反引这浊物来污染这清净女儿之境？”宝玉听如此说，便唬得欲退不能退，果觉自形污秽不堪。警幻忙携住宝玉的手，向众姊妹道：“你等不知原委：今日原欲往荣府去接绛珠，适从宁府所过，偶遇宁荣二公之灵，嘱吾云：‘吾家自国朝定鼎以来，功名奕世，富贵传流，虽历百年，奈运终数尽，不可挽回者。故近之子孙虽多，竟无一可以继业。其中惟嫡孙宝玉一人，禀性乖张，生情怪谲，虽聪明灵慧，略可望成，无奈吾家运数合终，恐无人规引入正。幸仙姑偶来，万望先以情欲声色等事警其痴顽，或能使彼跳出迷人圈子，然后入于正路，亦吾兄弟之幸矣。’如此嘱吾，故发慈心，引彼至此。先以彼家上、中、下三等女子之终身册籍，令彼熟玩，尚未觉悟。故引彼再至此处，令其再历饮馔声色之幻，或冀将来一悟，亦未可知也。”

说毕，携了宝玉入室。但闻一缕幽香，竟不知所焚何物。宝玉遂不禁相问，警幻冷笑道：“此香尘世中既无，尔何能知！此香乃系诸名山胜境内初生异卉之精，合各种宝林珠树之油所制，名‘群芳髓’。”宝玉听了，自是羡慕。已而大家入座，小鬟捧上茶来。宝玉自觉清香味异，纯美非常，因又问何名。警幻道：“此茶出在放春山遣香洞，又以仙花灵叶上所带之宿露而烹。此茶名曰‘千红一窟’。”宝玉听了，点头称赏。因看房内，瑶琴、宝鼎、古画、新诗，无所不有，更喜窗下亦有唾绒[④]，奁间时渍粉污。壁上也有一副对联，书云：

幽微灵秀地，无可奈何天。

宝玉看毕，无不羡慕。因又请问众仙姑姓名：一名痴梦仙姑，一名钟情大士，一名引愁金女，一名度恨菩提，各各道号不一。少刻，有小鬟来调桌安椅，设摆酒馔。真是：琼浆满泛玻璃盏，玉液浓斟琥珀杯。更不用再说那肴馔之盛。宝玉因闻得此酒清香甘冽，异乎寻常，又不禁相问。警幻道：“此酒乃是百花之蕊，万木之汁，加以麟髓之醅，凤乳之麯酿成，因名为‘万艳同杯’。”宝玉称赏不迭。

饮酒间，又有十二个舞女上来，请问演何词曲。警幻道：“就将新制《红楼梦》十二支演上来。”舞女们答应了，便轻敲檀板，款按银筝。听他歌道是：

开辟鸿蒙……

方歌了一句，警幻便说道：“此曲不比尘世中所填传奇之曲，必有生旦净末之别，又有南北九宫之限。此或咏叹一人，或感怀一事，偶成一曲，即可谱入管弦。若非个中人，不知其中之妙。料尔亦未必深明此调，若不先阅其稿，后听其歌，翻成嚼蜡矣。”说毕，回头命小丫鬟取了《红楼梦》的原稿来，递与宝玉。宝玉揭开，一面目视其文，一面耳聆其歌曰：

第一支　红楼梦引子

开辟鸿蒙，谁为情种？都只为风月情浓。趁着这奈何天，伤怀日，寂寥时，试遣愚衷。因此上，演出这怀金悼玉的《红楼梦》。

第二支　终身误

都道是金玉良姻，俺只念木石前盟。空对着，山中高士晶莹雪；终不忘，世外仙姝寂寞林。叹人间，美中不足今方信。纵然是齐眉举案，到底意难平。

第三支　枉凝眉

一个是阆苑仙葩，一个是美玉无瑕。若说没奇缘，今生偏又遇着他；若说有奇缘，如何心事终虚化？一个枉自嗟呀，一个空劳牵挂。一个是水中月，一个是镜中花。想眼中能有多少泪珠儿，怎经得秋流到冬尽，春流到夏！

宝玉听了此曲，散漫无稽，不见得好处，但其声韵凄惋，竟能销魂醉魄。因此也不察其原委，问其来历，就暂以此释闷而已。因又看下道：

第四支　恨无常

喜荣华正好，恨无常又到。眼睁睁把万事全抛，荡悠悠把芳魂消耗。望家乡，路远山高。故向爹娘梦里相寻告：儿命已入黄泉，天伦呵，须要退步抽身早！

第五支　分骨肉

一帆风雨路三千，把骨肉家园齐来抛闪。恐哭损残年，告爹娘，休把儿悬念。自古穷通皆有定，离合岂无缘？从今分两地，各自保平安。奴去也，莫牵连。

第六支　乐中悲

襁褓中，父母叹双亡。纵居那绮罗丛，谁知娇养？幸生来英豪阔大宽宏量，从未将儿女私情略萦心上。好一似霁月光风耀玉堂。厮配得才貌仙郎，博得个地久天长，准折得幼年时坎坷形状。终久是云散高唐，水涸湘江。这是尘寰中消长数应当，何必枉悲伤！

第七支　世难容

气质美如兰，才华阜比仙。天生成孤僻人皆罕。你道是啖肉食腥膻，视绮罗俗厌。却不知太高人愈妒，过洁世同嫌。可叹这青灯古殿人将老，辜负了红粉朱楼春色阑。到头来，依旧是风尘肮脏违心愿。好一似无瑕白玉遭泥陷，又何须王孙公子叹无缘。

第八支　喜冤家

中山狼，无情兽，全不念当日根由。一味的骄奢淫荡贪还构。觑着那侯门艳质同蒲柳；作践的公府千金似下流。叹芳魂艳魄，一载荡悠悠。

第九支　虚花悟

将那三春看破，桃红柳绿待如何？把这韶华打灭，觅那清淡天和。说什么天上夭桃盛，云中杏蕊多。到头来谁见把秋捱过？则看那白杨村里人呜咽，青枫林下鬼吟哦。更兼着连天衰草遮坟墓。这的是昨贫今富人劳碌，春荣秋谢花折磨。似这般生关死劫谁能躲？闻说道西方宝树唤婆娑⑤，上结着长生果。

第十支　聪明累

机关算尽太聪明，反算了卿卿性命。生前心已碎，死后性空灵。家富人宁，终有个家亡人散各奔腾。枉费了意悬悬半世心，好一似荡悠悠三更梦。忽喇喇似大厦倾，昏惨惨似灯将尽。呀！一场欢喜忽悲辛。叹人世，终难定！

第十一支　留余庆

留余庆，留余庆，忽遇恩人，幸娘亲，幸娘亲，积得阴功。劝人生，济困扶穷，休似俺那爱银钱、忘骨肉的狠舅奸兄！正是乘除加减，上有苍穹。

第十二支　晚韶华

镜里恩情，更那堪梦里功名！那美韶华去之何迅！再休提绣帐鸳衾。只这带珠冠，披凤袄，也抵不了无常性命。虽说是，人生莫受老来贫，也须要阴骘积儿孙。气昂昂头戴簪缨，气昂昂头戴簪缨，光灿灿胸悬金印，威赫赫爵禄高登，威赫赫爵禄高登，昏惨惨黄泉路近。问古来将相可还存？也只是，虚名儿与后人钦敬。

第十三支　好事终

画梁春尽落香尘。擅风情，秉月貌，便是败家的根本。箕裘颓堕皆从敬，家事消亡首罪宁。宿孽总因情。

第十四支　收尾　飞鸟各投林

为官的家业凋零，富贵的金银散尽。有恩的死里逃生，无情的分明报应。欠命的命已还，欠泪的泪已尽。冤冤相报岂非轻，分离聚合皆前定。欲知命短问前生，老来富贵也真侥幸。看破的遁入空门，痴迷的枉送了性命。好一似食尽鸟投林，落了片白茫茫大地真干净！

歌毕，还要歌副曲。警幻见宝玉甚无趣味，因叹："痴儿竟尚未悟！"那宝玉忙止歌姬不必再唱，自觉朦胧恍惚，告醉求卧。警幻便命撤去残席，送宝玉至一香闺绣阁之中，其间铺陈之盛，乃素所未见之物。更可骇者，早有一位女子在内，其鲜艳妩媚，有似乎宝钗，风流袅娜，则又如黛玉。正不知何意。忽警幻道："尘世中多少富贵之家，那些绿窗风月，绣阁烟霞，皆被淫污纨绔与那些流荡女子悉皆玷辱。更可恨者，自古来多少轻薄浪子，皆以'好色不淫'为饰，又以'情而不淫'作案，此皆饰非掩丑之语也。好色即淫，知情更淫。是以巫山之会，云雨之欢，皆由既悦其色，复恋其情所致也。吾所爱汝者，乃天下古今第一淫人也！"宝玉听了，唬的忙答道："仙姑差了。我因懒于读书，家父母尚每垂训饬，岂敢再冒'淫'字？况且年纪尚小，不知'淫'字为何物。"警幻道："非也。淫虽一理。意则有别。如世之好淫者，不过悦容貌，喜歌舞，调笑无厌，云雨无时，恨不能尽天下之美女供我片时之趣兴，此皆皮肤淫滥之蠢物耳。如尔则天分中生成一段痴情，吾辈推之为'意淫'。'意淫'二字，惟心会而不可口传，可神通而不可语达。汝今独得此二字，在闺阁中固可为良友，然于世道中未免迂阔怪诡，百口嘲谤，万目睚眦。今既遇令祖宁荣二公剖腹深嘱，吾不忍君独为我闺阁增光，见弃于世道，是以特引前来，醉以灵酒，沁以仙茗，警以妙曲，再将吾妹一人，乳名兼美字可卿者，许配于汝。今夕良时，即可成姻。不过令汝领略此仙闺幻境之风光尚然如此，何况尘境之情景哉？而今后万万解释，改悟前情，将谨勤有用的工夫，置身于经济之道。”说毕，便秘授以云雨之事，推宝玉入帐。

那宝玉恍恍惚惚，依警幻所嘱之言，未免有阳台、巫峡之会。数日来，柔情缱绻，软语温存，与可卿难解难分。

那日，警幻携宝玉、可卿闲游。至一个所在，但见荆榛遍地，狼虎同群。忽尔大河阻路，黑水淌洋，又无桥梁可通。宝玉正自徬徨，只听警幻道："宝玉休前进，作速回头要紧！"点醒世人。宝玉忙止步问道："此系何处？"警幻道："此即迷津也。深有万丈，遥亘千里，中无舟楫可通，只有一个木筏，乃木居士掌舵，灰侍者撑篙，不受金银之谢，但遇有缘者渡之。尔今偶游至此，如堕落其中，则深负我从前一番以情悟道、守理衷情之言矣。"宝玉方欲回言，只听迷津内水响如雷，竟有一夜叉般怪物窜出，直扑而来。吓得宝玉汗下如雨，一面失声喊叫："可卿救我！可卿救我！"慌得袭人、媚人等上来扶起，拉手说："宝玉别怕，我们在这里！"

秦氏在外听见，连忙进来，一面说丫鬟们，好生看着猫儿狗儿打架。又闻宝玉口中连叫"可卿救我"，因纳闷道："我的小名这里没人知道，他如何从梦里叫出来？"正是：

一场幽梦同谁近，千古情人独我痴。

【注释】

①《燃藜图》：见晋代王嘉的《拾遗记》："刘向于成帝之末，校书天禄阁，专精覃思。夜有老人，着黄衣，植青藜杖登阁而进，见向暗中独坐诵书。老人乃吹杖端，烟燃，因以见向，说开辟以前。向因受五行洪范之文，恐辞说繁广忘之，乃裂裳及绅，以记其言。至曙而去，向请问姓名，云：'我是太乙之精，天帝闻卯金之子有博学者，下而观焉'。"这个传说充满了神奇的色彩，充斥着阴阳灾异

之说，却成为后世劝人勤读苦读的图画。

②《海棠春睡图》：此图为杜撰，唐寅究竟画未画过此图，尚待考证。但唐寅有《海棠美人图》一诗："褪尽东风满面妆，可怜蝶粉与蜂狂。自今意思和谁说，一片春心付海棠。"以此诗之意配文中的对联"嫩寒锁梦因春冷，芳气笼人是酒香"甚为契合。

③香橼：其栽培史在中国已有二千余年，东汉时杨孚《异物志》称之为枸橼，唐、宋以后，多称之为香橼，本志从之。《南方草木状》曾记载："枸橼，子肉甚厚，白如芦菔，女工竞雕镂花草，渍以蜂蜜，亦名香橼。"

④唾绒：主要指的是古代妇女在刺绣过程中，每当停针换线或咬断绣线时，口中常会沾留一些线绒，并随口吐出，这种行为被俗称为"唾绒"。

⑤婆娑：原意为舞动的样子，后引申为蓬松，散乱。此处疑为曹公误用，将形容词误用为名词。

【集评】

1. 甲戌本眉批：

此处如此写宝钗，前回中略不一写，可知前回迥非十二钗之正文也。欲出宝钗，便不肯从宝钗身上写来，却先款款叙出二玉，陡然转出宝钗，三人方可鼎立。行文之法又一变体。

2. 甲戌本侧批：

总是奇峻之笔，写来健拔，似新出之一人耳。

3. 甲戌本眉批：

按此书凡例，本无赞赋闲文，前有宝玉二词，今复见此一赋，何也？盖此二人乃通部大纲，不得不用此套。前词却是作者别有深意，故见其妙。此赋则不见长，然亦不可无者也。

4. 甲戌本眉批：

世之好事者争传《推背图》之说，想前人断不肯煽惑愚迷，即有此说，亦非常人供谈之物。此回悉借其法，为儿女子数运之机。无可以供茶酒之物，亦无干涉政事，真奇想奇笔。

5. 甲戌本眉批：

奇笔摅奇文。作书者视女儿珍贵之至，不知今时女儿可知？余为作者痴心一哭，又为近之自弃自败之女儿一恨。

6. 戚序本总评：

将一部全盘点出几个，以陪衬宝玉。使宝玉从此倍偏倍痴，倍聪明倍潇洒，亦非突如其来。作者真妙心妙口，妙笔妙人。

【导读】

《红楼梦》第5回的标题是《贾宝玉神游太虚境　警幻仙曲演红楼梦》，单看标题便知此回与梦有关，且为唯一在章目中显示“红楼梦”三个字的，由此可以判断此回在整个《红楼梦》作品中所存在的地位是非同一般的。清代王希廉认为是一部书之大纲领。学者杜景华也说，《红楼梦》第5回囊括着丰富的思想内容和艺术结晶，是全书的总序幕。

此回的开篇先从现实世界说起，时光一转来到了黛玉入府以来的生活情形，在言及三春姐妹的同时，亦提及了新入府的宝钗。对于新加入的这个人物，作者亦没有从正面提及，此做法被批注者称赞，称之为“总是奇峻之笔，写来健拔，似新出一人耳”（甲戌侧批）。而作者安排宝钗在这里出现亦有其深意，在主角人物关系的建构中起到了决定性的作用，正如甲戌侧批所提及的“欲出宝钗，便不肯从宝钗身上写来，却先款款叙出二玉，陡然转出宝钗，三人方可鼎立”。看似日常之事寻常之语，却为日后人物关系的建立及人物间的情感走向做好了铺设。正是这个往往被读者忽略的内容，成就了全书的爱情副线，作品中人物关系和情节也因此变得更加丰富和立体。

此回第二段话头一转来到了宁国府花园中，在这段中说到了因宁府中花园内梅花盛开，尤氏邀请贾母一行人前来赏花。而作者在叙述这一事件时提到“不过皆是宁荣二府女眷家宴小集，并无别样新文趣事可记”，看似轻松一笔，却不经意提到了两个关键点，一个为“梅花的开放”预示元春的到来，一个为宝玉的入梦设置了原因，即醉酒。在介绍完秦可卿房屋中的陈设后，本回的红楼之梦拉开了巨幕，从整部作品来看，这个梦境也是最大最丰富的。梦境从一首歌曲展开，而这首被后人称之为《春梦歌》的歌曲则为整个诗歌的前序，道出了“春梦消散，飞花逐水”的人间悲剧。在这里特别留意一下作者对于警幻仙子的出场介绍：“歌声未息，早见那边走出一个人来，蹁跹袅娜，端的与人不同。有赋为证……”这是中国古典小说中惯用的人物出场介绍方式，警幻仙子赋与曹植《洛神赋》的形式手法极为接近，作者显然想以千古经典的洛神形象来比拟警幻仙子，因而终究未能超脱传统的笔调模式，遭到诟病。此处显示出作者在作品创作前期的不成熟，脂砚斋亦指出此处：“此赋则不见长”。其后便为各个人物的判词，在整个回目当中诗词有39首之多，值得注意的是作者并没有一味地按照传统小说的“有诗为证”“后人有诗叹曰”“赞曰”等套路走下去，而是将这些韵文以水中着盐的方式巧妙融于情节当中，成为后面人物命运走向的有机组成部分。作者更能够根据不同人物特点、身世走向为之量身定制相应的作品，给后人留下了无限的解读空间。这种别开生面的艺术手法，正如警幻仙姑向宝玉解释的那样：“此曲不比尘世中所填传奇之曲……非个中人，不知其中之妙。”

在红楼梦的众多章节中，此回的梦境描写独具特色，也是整部作品中最长、最充实且最迷离的一次梦境。作者亦通过梦境叙事来造就种种线索，构建了一种动态叙事，而梦境成为动态叙事的“动力结构”。

正确理解和评价第5回，对于全面领会《红楼梦》的精髓至关重要。作者以奇幻之笔将天上与人间融为一体，让人不禁感叹虚幻与现实的紧密相连，“虚”与“实”，“情”与“爱”的辩证关系被体现出来，在这一回中，《红楼梦》的现实主义创作手法与浓厚的浪漫主义色彩交织在一起，为读者呈现出一幅别开生面的画卷。

此回中的诗词韵文与深情绵邈的情怀与人物命运的悲剧感贯穿始终。在这部作品中，作者巧妙地化用了前人的诗句、诗境和典型诗歌意象，使得整个故事充满了浓郁的文学气息。

韵文在叙事文本中起到了独特的双重作用：一方面，它与文本故事紧密承接，为读者呈现出一个生动、立体的世界；另一方面，诗语还蕴含着一层独立于文本内容之外的寓意，仿佛名言或警语，对社会人生某些哲理进行了独到的解读。《红楼梦》以诗语承载情怀和哲思，将创作手法和意旨融入诗语之中，这正是这部小说的独特之处。诗语不仅辅助了叙事功能，更在很大程度上显现了作品的情旨。总的来说，《红楼梦》的诗意表现在形式、语言、情怀、主旨和感伤等方面，使得这部作品成了一部具有独特艺术价值的文学巨著。而诗语在此回中的运用，更是为读者呈现了一个诗意盎然的红楼世界，同时也展现了作者对社会人生的深刻洞察。

大观园试才题对额　荣国府归省庆元宵

诗曰：

豪华虽足羡，离别却难堪。博得虚名在，谁人识苦甘？

话说秦钟既死，宝玉痛哭不已，李贵等好容易劝解半日方住，归时犹是凄恻哀痛。贾母帮了几十两银子，外又另备奠仪，宝玉去吊纸。七日后便送殡掩埋了，别无记述。只有宝玉日日思慕感悼，然亦无可如何了。

又不知历过几何时，这日贾珍等来回贾政："园内工程俱已告竣，大老爷已瞧过了，只等老爷瞧了，或有不妥之处，再行改造，好题匾额对联的。"贾政听了，沉思一回，说道："这匾额对联倒是一件难事。论理该请贵妃赐题才是，然贵妃若不亲睹其景，大约亦必不肯妄拟；若直待贵妃游幸过再请题，偌大景致，若干亭榭，无字标题，也觉寥落无趣，任有花柳山水，也断不能生色。"众清客在旁笑答道："老世翁所见极是。如今我们有个愚见：各处匾额对联断不可少，亦断不可定名。如今且按其景致，或两字、三字、四字，虚合其意，拟了出来，暂且做出灯匾联悬了。待贵妃游幸时，再请定名，岂不两全?”贾政等听了，都道：“所见不差。我们今日且看看去，只管题了，若妥当便用；不妥时，然后将雨村请来，令他再拟。”众人笑道：“老爷今日一拟定佳，何必又待雨村。”贾政笑道：“你们不知，我自幼于花鸟山水题咏上就平平；如今上了年纪，且案牍劳烦，于这怡情悦性文章上更生疏了，纵拟了出来，不免迂腐古板，反不能使花柳园亭生色，似不妥协，反没意思。”众清客笑道：“这也无妨。我们大家看了公拟，各举其长，优则存之，劣则删也，未为不可。”贾政道：“此论极是。且喜今日天气和暖，大家去逛逛。”说着起身，引众人前往。

贾珍先去园中知会众人。可巧近日宝玉因思念秦钟，忧戚不尽，贾母常命人带他到园中来戏耍。此时亦才进去，忽见贾珍走来，向他笑道：“你还不出去，老爷就来了。”宝玉听了，带着奶娘小厮们，一溜烟就出园来。方转过弯，顶头贾政引众客来了，躲之不及，只得一边站了。贾政近日因闻得塾掌[1]称赞宝玉专能对对联，虽不喜读书，偏倒有些歪才情似的，今日偶然撞见这机会，便命他跟来。宝玉只得随往，尚不知何意。

贾政刚至园门前，只见贾珍带领许多执事人来，一旁侍立。贾政道：“你且把园门都关上，我们先瞧了外面再进去。”贾珍听说，命人将门关了。贾政先秉正看门。只见正门五间，上面桶瓦泥鳅脊；那门栏窗隔，皆是细雕新鲜花样，并无朱粉涂饰；一色水磨群墙，下面白石台矶，凿成西番草花样。左右一望，皆雪白粉墙，下面虎皮石，随势砌去，果然不落富丽俗套，自是欢喜。遂命开门，只见迎门一带翠嶂挡在前面。众清客都道：“好山，好山！”贾政道：“非此一山，一进来园中所有之景悉入目中，则有何趣。”众人道：“极是。非胸中大有丘壑，焉想及此。”说毕，往前一望，见白石崚嶒[2]，或如鬼怪，或如猛兽，纵横拱立，上面苔藓成斑，藤萝掩映，其中微露羊肠小径，贾政道："我们就从此小径游去，回来由那一边出去，方可遍览。"

说毕，命贾珍在前引导，自己扶了宝玉，逶迤进入山口。抬头忽见山上有镜面白石一块，正是迎面留题处。贾政回头笑道："诸公请看，此处题以何名方妙？"众人听说，也有说该题"叠翠"二字，也有说该题"锦嶂"的，又有说"赛香炉"的，又有说"小终南"的，种种名色，不止几十个。原来众客心中早知贾政要试宝玉的功业进益何如，只将些俗套来敷衍。宝玉亦料定此意。贾政听了，便回头命宝玉拟来。宝玉道："尝闻古人有云：'编新不如述旧，刻古终胜雕今。'况此处并非主山正景，原无可题之处，不过是探景一进步耳。莫如直书'曲径通幽处'这句旧诗在上，倒还大方气派。"众人听了，都赞道："是极！二世兄天分高，才情远，不似我们读腐了书的。"贾政笑道："不当谬奖。他年小，不过以一知充十用，取笑罢了。再俟选拟。"

说着，进入石洞来，只见佳木茏葱，奇花闪灼，一带清流，从花木深处曲折泻于石隙之下。再进数步，渐向北边，平坦宽豁，两边飞楼插空，雕甍绣槛，皆隐于山坳树杪之间。俯而视之，则清溪泻雪，石磴穿云，白石为栏，环抱池沿，石桥三港，兽面衔吐。桥上有亭。贾政与诸人上了亭子，倚栏坐了，因问："诸公以何题此？"诸人都道："当日欧阳公《醉翁亭记》有云：'有亭翼然。'就名'翼然'。"贾政笑道："'翼然'虽佳，但此亭压水而成，还须偏于水题方称。依我拙裁，欧阳公之'泻出于两峰之间'，竟用他这一个'泻'字。"有一客道："是极，是极。竟是'泻玉'二字妙。"贾政拈髯寻思，因抬头见宝玉侍侧，便笑命他也拟一个来。宝玉听说，连忙回道："老爷方才所议已是。但是如今追究了去，似乎当日欧阳公题酿泉用一'泻'字则妥，今日此泉若亦用'泻'字，则觉不妥。况此处虽为省亲驻跸别墅，亦当入于应制之例，用此等字眼，亦觉粗陋不雅。求再拟较此蕴藉含蓄者。"贾政笑道："诸公听此论若如？方才众人编新，你又说不如述古；如今我们述古，你又说粗陋不妥。你且说你的来我听。"宝玉道："有用'泻玉'二字，则莫若'沁芳'二字，岂不新雅？"贾政拈髯点头不语。众人都忙迎合，赞宝玉才情不凡。贾政道：“匾上二字容易，再作一副七言对联来。”宝玉听说，立于亭上，四顾一望，便机上心来，乃念道：

绕堤柳借三篙翠，隔岸花分一脉香。

贾政听了，点头微笑。众人先称赞不已。

于是出亭过池，一山一石，一花一木，莫不着意观览。忽抬头看见前面一带粉垣，里面数楹修舍，有千百竿翠竹遮映。众人都道：“好个所在！”于是大家进入，只见入门便是曲折游廊，阶下石子漫成甬路。上面小小两三间房舍，一明两暗，里面都是合着地步打就的床几椅案。从里间房内又得一小门，出去则是后院，有大茉莉花兼着芭蕉。又有两间小小退步。后院墙下忽开一隙，得泉一派，开沟仅尺许，灌入墙内，绕阶缘屋至前院，盘旋竹下而出。

贾政笑道：“这一处还罢了。若能月夜坐此窗下读书，不枉虚生一世。”说毕，看着宝玉，唬的宝玉忙垂了头。众客忙用话开释，又说道：“此处的匾该题四个字。”贾政笑问：“那四字？”一个道是“淇水遗风[③]。”贾政道：“俗。”又一个是“睢园雅迹”。贾政道：“也俗。”贾珍笑道：“还是宝兄弟拟一个来。”贾政道：“他未曾作，先要议论人家的好歹，可见就是个轻薄人。”众客道：“议论的极是，其奈他何。”贾政道：“休如此纵了他。”因命他道：“今日任你狂为乱道，先设议论来，然后方许你作。方才众人说的，可有使得的？”宝玉见问，答道：“都似不妥。”贾政冷笑道：“怎么不妥？”宝玉道：“这是第一处行幸之处，必须颂圣方可。若用四字的匾，又有古人现成的，何必再作。”贾政道：“难道‘淇水’‘睢园’不是古人的？”宝玉道：“这太板腐了。莫若‘有凤来仪’四字。”众人都哄然叫妙。贾政点头道：“畜生，畜生，可谓‘管窥蠡测’矣。”因命：“再题一联来。”宝玉便念道：

宝鼎茶闲烟尚绿，幽窗棋罢指犹凉。

贾政摇头说道："也未见长。"说毕，引众人出来。

方欲走时，忽又想起一事来，因问贾珍道："这些院落房宇并几案桌椅都算有了，还有那些帐幔帘子并陈设玩器古董，可也都是一处一处合式配就的？"贾珍回道："那陈设的东西早已添了许多，自然临期合式陈设。帐幔帘子，昨日听见琏兄弟说，还不全。那原是一起工程之时就画了各处的图样，量准尺寸，就打发人办去的。想必昨日得了一半。"贾政听了，便知此事不是贾珍的首尾，便令人去唤贾琏。

一时贾琏赶来。贾政问他共有几种，现今得了几种，尚欠几种。贾琏见问，忙向靴桶内取靴掖内装的一个纸折略节来，看了一看，回道："妆、蟒、绣、堆，刻丝、弹墨，并各色绸绫大小幔子一百二十架，昨日得了八十架，下欠四十架。帘子二百挂，昨日俱得了。外有猩猩毡帘二百挂，金丝藤红漆竹帘二百挂，墨漆竹帘二百挂，五彩线络盘花帘二百挂，每样得了一半，也不过秋天都全了。椅搭、桌围、床裙、桌套，每分一千二百件，也有了。"

一面走，一面说，倏尔青山斜阻。转过山怀中，隐隐露出一带黄泥筑就矮墙，墙头上皆用稻茎掩护。有几百株杏花，如喷火蒸霞一般。里面数楹茅屋。外面却是桑、榆、槿、柘，各色树稚新条，随其曲折，编就两溜青篱。篱外山坡之下，有一土井，旁有桔槔辘轳之属。下面分畦列亩，佳蔬菜花，漫然无际。

贾政笑道："倒是此处有些道理。固然系人力穿凿，此时一见，未免勾引起我归农之意。我们且进去歇息歇息。"说毕，方欲进篱门去，忽见路旁有一石碣④，亦为留题之备。众人笑道："更妙，更妙！此处若悬匾待题，则田舍家风一洗尽矣。立此一碣，又觉生色许多，非范石湖田家之咏不足以尽其妙。" 贾政道："诸公请题。"众人道："方才世兄有云，'编新不如述旧'，此处古人已道尽矣，莫若直书'杏花村'妙极。"贾政听了，笑向贾珍道："正亏提醒了我。此处都妙极，只是还少一个酒幌，明日竟作一个，不必华丽，就依外面村庄的式样作来，用竹竿挑在树梢。"贾珍答应了，又回道："此处竟还不可养别的雀鸟，只是买些鹅鸭鸡类，才都相称了。”贾政与众人都道：“更妙。”贾政又向众人道：“‘杏花村’固佳，只是犯了正名，村名直待请名方可。”众客都道：“是呀。如今虚的，便是什么字样好？”大家想着，宝玉却等不得了，也不等贾政的命，便说道：“旧诗有云：‘红杏梢头挂酒旗。’如今莫若‘杏帘在望’四字。”众人都道：“好个‘在望’！又暗合‘杏花村’意。”宝玉冷笑道：“村名若用‘杏花’二字，则俗陋不堪了。又有古人诗云：‘柴门临水稻花香。’何不就用‘稻香村’的妙？”众人听了，亦发哄声拍手道：“妙！”贾政一声喝断：“无知的业障！你能知道几个古人，能记得几首熟诗，也敢在老先生前卖弄！你方才那些胡说的，不过是试你的清浊，取笑而已，你就认真了！”说着，引众人步入茆堂，里面纸窗木榻，富贵气象一洗皆尽。贾政心中自是喜欢，却瞅宝玉道：“此处如何？”众人见问，都忙悄悄的推宝玉，教他说好。宝玉不听人言，便应声道：“不及‘有凤来仪’多矣。”贾政听了道：“无知的蠢物！你只知朱楼画栋，恶赖富丽为佳，那里知道这清幽气象。终是不读书之过！”宝玉忙答道：“老爷教训的固是，但古人常云‘天然’二字，不知何意？”

众人见宝玉牛心，都怪他呆痴不改。今见问“天然”二字，众人忙道：“别的都明白，为何连‘天然’不知？‘天然’者，天之自然而有，非人力之所成也。”宝玉道：“却又来！此处置一田庄，分明见得人力穿凿扭捏而成。远无邻村，近不负郭，背山山无脉，临水水无源，高无隐寺之塔，下无通市之桥，峭然孤出，似非大观。争似先处有自然之理，得自然之气，虽种竹引泉，亦不伤于穿凿。古人云‘天然图画’四字，正畏非其地而强为其地，非其山而强为其山，虽百般精而终不相宜……”未及说完，贾政气的喝命：“叉出去！”刚出去，又喝命：“回来！”命再题一联：“若不通，一并打嘴！”宝玉只得念道：

新涨绿添浣葛处，好云香护采芹人。

贾政听了，摇头说：“更不好。”一面引人出来，转过山坡，穿花度柳，抚石依泉，过了荼蘼架，再入木香棚，越牡丹亭，度芍药圃，入蔷薇院，出芭蕉坞，盘旋曲折。忽闻水声潺湲，泻出石洞，上则萝薜倒垂，下则落花浮荡。众人都道："好景，好景！"贾政道："诸公题以何名?"众人道："再不必拟了，恰恰乎是'武陵源'三个字。"贾政笑道："又落实了，而且陈旧。"众人笑道："不然就用'秦人旧舍'四字也罢了。"宝玉道："这越发过露了。'秦人旧舍'说避乱之意，如何使得？莫若'蓼汀花溆'四字。"贾政听了，更批胡说。

于是要进港洞时，又想起有船无船。贾珍道："采莲船共四只，座船一只，如今尚未造成。"贾政笑道："可惜不得入了。"贾珍道："从山上盘道亦可进去。"说毕，在前导引，大家攀藤抚树过去。只见水上落花愈多，其水愈清，溶溶荡荡，曲折萦迂。池边两行垂柳，杂着桃杏，遮天蔽日，真无一些尘土。忽见柳阴中又露出一个折带朱栏板桥来，度过桥去，诸路可通，便见一所清凉瓦舍，一色水磨砖墙，清瓦花堵。那大主山所分之脉，皆穿墙而过。

贾政道："此处这所房子，无味的很。"因而步入门时，忽迎面突出插天的大玲珑山石来，四面群绕各式石块，竟把里面所有房屋悉皆遮住，而且一株花木也无。只见许多异草：或有牵藤的，或有引蔓的，或垂山巅，或穿石隙，甚至垂檐绕柱，萦砌盘阶，或如翠带飘摇，或如金绳盘屈，或实若丹砂，或花如金桂，味芬气馥，非花香之可比。贾政不禁道："有趣！只是不大认识。"有的说："是薜荔藤萝。"贾政道："薜荔藤萝不得如此异香。"宝玉道："果然不是。这些之中也有藤萝薜荔，那香的是杜若蘅芜，那一种大约是茝兰，这一种大约是清葛，那一种是金簦草，这一种是玉蕗藤，红的自然是紫芸，绿的定是青芷。想来《离骚》《文选》等书上所有的那些异草，也有叫什么藿蒳姜荨的，也有叫什么纶组紫绛的，还有石帆、水松、扶留等样，又有叫作什么绿荑的，还有什么丹椒、蘼芜、风连。如今年深岁改，人不能识，故皆象形夺名，渐渐的唤差了，也是有的。"未及说完，贾政喝道："谁问你来！"唬的宝玉倒退，不敢再说。

贾政因见两边俱是超手游廊，便顺着游廊步入。只见上面五间清厦连着卷棚，四面出廊，绿窗油壁，更比前几处清雅不同。贾政叹道："此轩中煮茶操琴，亦不必再焚香矣。此造已出意外，诸公必有佳作新题以颜其额，方不负此。"众人笑道："再莫若'兰风蕙露'贴切了。"贾政道："也只好用这四字。其联若何？"一人道："我倒想了一对，大家批削改正。"念道是：

麝兰芳霭斜阳院，杜若香飘明月洲。

众人道："妙则妙矣，只是'斜阳'二字不妥。"那人道："古人诗云：'蘼芜满手泣斜晖'。"众人道："颓丧，颓丧。"又一人道："我也有一联，诸公评阅评阅。"因念道：

三径香风飘玉蕙，一庭明月照金兰。

贾政拈髯沉吟，意欲也题一联。忽抬头见宝玉在旁不敢作声，因喝道："怎么你应说话时又不说了？还要等人请教你不成！"宝玉听说，便回道："此处并没有什么'兰麝''明月''洲渚'之类，若要这样着迹说来，就题二百联也不能完。"贾政道："谁按着你的头，叫你必定说这些字样呢？"宝玉道："如此说，匾上则莫若'蘅芷清芬'四字。对联则是：

吟成豆蔻才犹艳，睡足酴醾梦也香。

贾政笑道："这是套的'书成蕉叶文犹绿'，不足为奇。"众客道："李太白'凤凰台'之作，全套'黄鹤楼'，只要套得妙。如今细评起来，方才这一联，竟比'书成蕉叶'尤觉幽娴活泼。视'书成'之句，竟似套此而来。"贾政笑说："岂有此理！"

说着，大家出来。行不多远，则见崇阁巍峨，层楼高起，面面琳宫合抱，迢迢复道萦纡，青松拂檐，玉栏绕砌，金辉兽面，彩焕螭头。贾政道："这是正殿了。只是太富丽了些。"众人都道："要如此方是。虽然贵妃崇节尚俭，天性恶繁悦朴，然今日之尊，礼仪如此，不为过也。”一面说，一面走，只见正面现出一座玉石牌坊来，上面龙蟠螭护，玲珑凿就。贾政道：“此处书以何文？”众人道：“必是‘蓬莱仙境’方妙。”贾政摇头不语。宝玉见了这个所在，心中忽有所动，寻思起来，倒像在那里曾见过的一般，却一时想不起那年月日的事了。贾政又命他作题，宝玉只顾细思前景，全无心于此了。众人不知其意，只当他受了这半日的折磨，精神耗散，才尽辞穷了；再要考难逼迫，着了急，或生出事来，倒不便。遂忙都劝贾政：“罢，罢，明日再题罢了。”贾政心中也怕贾母不放心，遂冷笑道：“你这畜生，也竟有不能之时了。也罢，限你一日，明日若再不能，我定不饶。这是要紧之处，更要好生作来！”

说着，引人出来，再一观望，原来自进门起，所行至此，才游了十之五六。又值人来回，有雨村处遣人来回话。贾政笑道：“此数处不能游了。虽如此，到底从那一边出去，纵不能细观，也可稍览。”说着，引众客行来，至一大桥前，水如晶帘一般奔入。原来这桥便是通外河之闸，引泉而入者。贾政因问：“此闸何名？”宝玉道：“此乃沁芳泉之正源，就名‘沁芳闸’。”贾政道：“胡说！偏不用‘沁芳’二字。”

于是一路行来，或清堂茅舍，或堆石为垣，或编花为牖，或山下得幽尼佛寺，或林中藏女道丹房，或长廊曲洞，或方厦圆亭，贾政皆不及进去。因说半日腿酸，未尝歇息，忽又见前面又露出一所院落来，贾政笑道：“到此可要进去歇息歇息了。”说着，一径引人绕着碧桃花，穿过一层竹篱花障编就的月洞门，俄见粉墙环护，绿柳周垂。贾政与众人进去，一入门，两边都是游廊相接。院中点衬几块山石，一边种着数本芭蕉，那一边乃是一棵西府海棠，其势若伞，丝垂翠缕，葩吐丹砂。众人赞道：“好花，好花！从来也见过许多海棠，那里有这样妙的。”贾政道：“这叫作‘女儿棠’，云彼国此种最盛，亦荒唐不经之说罢了。”众人笑道：“然虽不经，如何此名传久了？”宝玉道：“大约骚人咏士，以花之色红晕若施脂，轻弱似扶病，大近乎闺阁风度，所以以‘女儿’命名。想因被世间俗恶听了，他便以野史纂入为证，以俗传俗，以讹传讹，都认真了。”众人都摇身赞妙。

一面说话，一面都在廊外抱厦下打就的榻上坐了。贾政因问：“想几个什么新鲜字来题此？”一客道：“‘蕉鹤’二字最妙。”又一个道：“‘崇光泛彩’方妙。”贾政与众人都道：“好个‘崇光泛彩’！”宝玉也道：“妙极。”又叹：“只是可惜了。”众人问：“如何可惜？”宝玉道：“此处蕉棠两植，其意暗蓄‘红’‘绿’二字在内。若只说蕉，则棠无着落；若只说棠，蕉亦无着落。固有蕉无棠不可，有棠无蕉更不可。”贾政道：“依你如何？”宝玉道：“依我，题‘红香绿玉’四字，方两全其妙。”贾政摇头道：“不好，不好！”

说着，引人进入房内。只见这几间房内收拾的与别处不同，竟分不出间隔来的，原来四面皆是雕空玲珑木板，或“流云百蝠”，或“岁寒三友”，或山水人物，或翎毛花卉，或集锦，或博古，各种花样，皆是名手雕镂，五彩销金嵌宝的。一槅一槅，或有贮书处，或有设鼎处，或安置笔砚处，或供花设瓶、安放盆景处，其槅各式各样，或天圆地方，或葵花蕉叶，或连环半壁。真是花团锦簇，剔透玲珑。倏尔五色纱糊就，竟系小窗；倏尔彩绫轻覆，竟系幽户。且满墙满壁，皆系随依古董玩器之形抠成的槽子。诸如琴、剑、悬瓶、桌屏之类，虽悬于壁，却都是与壁相平的。众人都赞：“好精致想头！难为怎么想来？”

原来贾政等走了进来，未进两层，便都迷了旧路，左瞧也有门可通，右瞧又有窗暂隔，及到了跟前，又被一架书挡住。回头再走，又有窗纱明透，门径可行；及至门前，忽见迎面也进来了一群人，都与自己形相一样，——却是一架玻璃大镜相照。及转过镜去，一发见门子多了。贾珍笑道：“老爷随我来。从这门出去，便是后院，从后院出去，倒比先近了。”说着，又转了两层纱厨锦隔，果得一门出去，院中满架蔷薇、宝相。转过花障，则见清溪前阻。众人诧异：“这股水又是从何而来？”贾珍遥指道：“原从那闸起流至那洞口，从东北山坳里引到那村庄里，又开一道岔口，引到西南上，共总流到这里，仍旧合在一处，从那墙下出去。”众人听了，都道：“神妙之极！”说着，忽见大山阻路。众人都道："迷了路了。"贾珍笑道："随我来。"仍在前导引，众人随他，直由山脚边忽一转，便是平坦宽阔大路，豁然大门前见。众人都道："有趣，有趣，真搜神夺巧之至也！"于是大家出来。

那宝玉一心只记挂着里边，又不见贾政吩咐，少不得跟到书房。贾政忽想起他来，方喝道："你还不去？难道还逛不足！也不想逛了这半日，老太太必悬挂着。快进去，疼你也白疼了。"宝玉听说，方退了出来。

【注释】

①塾掌：掌管私塾的人。在古代，私塾是私人设立的教学场所，塾掌负责在这些私塾中教授学生。这个词在《红楼梦》第9回中亦出现："特共举年高有德之人为塾掌，专为训课子弟。"这里的"塾掌"是指那些被特别选出来、年纪较大且品德高尚的人，专门负责教育和训导子弟。

②崚嶒：指山势高峻重叠。南朝梁代沈约《游钟山诗应西阳王教》："郁律构丹巘，崚嶒起青嶂。"

③淇水遗风："淇园"是西周时卫国的竹园，位于"淇奥"，是古代我国著名的三大产竹基地（渭川、南山）之一。《诗经》中的《淇奥》篇歌咏淇园的竹子："瞻彼淇奥，绿竹猗猗……绿竹青青……绿竹如箦。"之后，历代古诗赋中咏及淇竹的诗句很多。所以"淇水遗风""睢园雅迹"是形容大观园中的茂盛的竹子，简直犹如淇园、睢园的竹子那样。

④石碣：圆顶的石碑，一般只有在朝为官的人才能立这种碑。

【集评】

1. 甲戌本眉批：

此处如此写宝钗，前回中略不一写，可知前回迥非十二钗之正文也。欲出宝钗，便不肯从宝钗身上写来，却先款款叙出二玉，陡然转出宝钗，三人方可鼎立。行文之法又一变体。

2. 甲戌本侧批：

总是奇峻之笔，写来健拔，似新出之一人耳。

3. 甲戌本眉批：

按此书凡例，本无赞赋闲文，前有宝玉二词，今复见此一赋，何也？盖此二人乃通部大纲，不得不用此套。前词却是作者别有深意，故见其妙。此赋则不见长，然亦不可无者也。

4. 甲戌本眉批：

世之好事者争传《推背图》之说，想前人断不肯煽惑愚迷，即有此说，亦非常人供谈之物。此回悉借其法，为儿女子数运之机。无可以供茶酒之物，亦无干涉政事，真奇想奇笔。

5. 甲戌本眉批：

奇笔摅奇文。作书者视女儿珍贵之至，不知今时女儿可知？余为作者痴心一哭，又为近之自弃自败之女儿一恨。

6. 戚序本总评：

将一部全盘点出几个，以陪衬宝玉。使宝玉从此倍偏倍痴，倍聪明倍潇洒，亦非突如其来。作者真妙心妙口，妙笔妙人。

【赏析】

《红楼梦》第17回是容易被读者大众忽略的精要篇章。通篇以众人游赏为线，以宝玉、贾政等的题咏为据点来展开叙写。从表层来看，作者通过宝玉高超出群灵秀才气来反衬贾政、清客一流的世俗迂腐。从深的层面来讲，作者透过众人游赏题咏这一行为，来展开自己的园林书写，向人们一点儿一点儿展开这个文人臆想中的桃花源。

从第17回开始，众人的活动场所将为之改变，从荣国府到大观园，空间符号为之一变，由世俗之地走向桃源幻境。作者对于众人活动的空间描写从来都不吝惜笔墨，对于大观园的抒写亦是如此。这一篇章主要由景物与诗文题对来构成，所采用书写手法亦为游记式的移步换景，在作者的设定下众人随着宝玉的脚步与视角，把大观园的主要建筑与结构大致了解了一番，这个清晰的空间概念是由作者来主导的。庚辰本此一回目的批注为："此回乃一部纲绪，不得不细写，尤不可不细批注。盖后文十二钗书，出入来往之境，方不能错乱，观者亦如身临足到矣。”从批注中可以看出，作者对于此章的设定是匠心独具的，是第一次系统地完整地将大观园展示在读者面前，并从开始就给大家以直观而颇具特点的景观概貌，如黛玉的住处“忽抬头看见前面一带粉垣，里面数楹修舍，有千百竿翠竹遮映。”李纨住处则：“隐隐露出一带黄泥筑就矮墙，墙头皆用稻茎掩护。有几百株杏花，如喷火蒸霞一般。里面数楹茅屋。”宝钗处则为：“只见许多异草：或有牵藤的，或有引蔓的，或垂山巅，或穿石隙，甚至垂檐绕柱，萦砌盘阶，或如翠带飘飘，或如金绳盘屈，或实若丹砂，或花如金桂，味芬气馥，非花香之可比。”这些园林形态表现出鲜明的特点，从空间布局到植物配置上都不一而同，可见作者的匠心独具与无限美好的创造力。这一理想空间为无数文人铸就了精神之“巢”，这是一种陶渊明式的田园美学的表达，其中的审美理想与生命态度深深契合了中国农耕文化的深层底蕴与士大夫的内心情结。在陶渊明所创设的桃花源之后，大观园成为士大夫文人又一经典的精神堡垒。

然而作者并没有停留在空间的简单描绘上。他为这个用心建造的花园进行了灵魂上的装饰，那就是题咏。题咏在园林艺术中扮演着举足轻重的角色，其内涵丰富多彩。

首先，园林的题对吟咏，是对大观园内在精神的额外彰显，能够简洁明了地揭示园林的主题灵魂，营造出独特的艺术氛围。一如造园家陈从周所说的“研究中国园林，应先从中国诗文入手。则必求其本，先究其源，然后有许多问题可迎刃而解，如果就园论园，则所解不深”。

其次，以楹联、园记、诗歌等文学形式进一步阐述了造园理念，使山水景观充满诗意与主题情怀。此外，题咏强调精神性和人文性，成为区分园林艺术与自然景观的关键要素。题咏传达着主体性和人文性，对自然物象的深刻理解与占有，在园林物质生态序列的基础上，构建出一种精神生态序列。这对于追求心灵化的文人园林具有重要意义。通过题咏，园林不再是单纯的自然景观，而是富有文化底蕴、充满情感与思考的艺术品。在园林的设计与欣赏过程中，题咏起到画龙点睛的作用，使园林艺术焕发出独特的魅力。

中国古典文人园林是文人内心世界的投射，园林环境反映了文人思想与爱好的差异，并尤其突出地呈现在题咏作品中。如陈从周先生所言，“古人构园成必题名，皆有托意，非泛泛为之者”，即指文人园林的主题性。园林的主旨思想常源自经典诗文意象，即“园为诗宅”，成熟的园林造园思想又通过题咏传递给观赏者并影响后世，尽管历代园林台榭草木湮没不存，但文人造园的思想内核传承不断。明代文震亨提到“园林之以金碧著，不若以文章著”，对于那些无力造园的贫寒文人而言，将心目中理想的栖居之所平移到纸笔之中，把物质园林一笔一笔地引渡到精神的世界里来，让读者在精神园林里左顾右盼，在永恒的艺术中遨游。正如钱泳在《履园丛话》中所说的：“造园如作诗文,必使曲折有法,前后呼应。最忌堆砌,最忌错杂,方称佳构。”文学也好，园林也好，都是一种精神的释放和升华。大观园是曹雪芹的梦，也是读者们的梦。

滴翠亭杨妃戏彩蝶　埋香冢飞燕泣残红

话说林黛玉正自悲泣，忽听院门响处，只见宝钗出来了，宝玉、袭人一群人送了出来。待要上去问着宝玉，又恐当着众人问，羞了他倒不便，因而闪过一旁，让宝钗去了，宝玉等进去关了门，方转过来，犹望着门洒了几点泪。自觉无味，便转身回来，无精打彩的卸了残妆。

紫鹃、雪雁素日知道他的情性：无事闷坐，不是愁眉，便是长叹，且好端端的不知为了什么，便常常的就自泪自干。先时还解劝，怕他思父母，想家乡，受了委曲，用话来宽慰解劝。谁知后来一年一月竟常常的如此，把这个样儿看惯了，也都不理论了。所以没人去理，由他去闷坐，只管睡觉去了。那林黛玉倚着床栏杆，两手抱着膝，眼睛含着泪，好似木雕泥塑的一般，直坐到三更多天方才睡了。一宿无话。

至次日，乃是四月二十六日，原来这日未时交芒种节。尚古风俗：凡交芒种节的这日，都要设摆各色礼物，祭奠花神，言芒种一过，便是夏日了，众花皆卸，花神退位，须要饯行。然闺中更兴这件风俗，所以大观园中之人都早起来了。那些女孩子，或用花瓣柳枝编成轿马的，或用绫锦纱罗叠成干旄旌幢[1]的，都用彩线系了。每一棵树每一枝花上，都系上了这些物事。满园中绣带飘摇，花枝招展，更又兼这些人打扮得桃羞杏让，燕妒莺惭，一时也道不尽。

且说宝钗、迎春、探春、惜春、李纨、凤姐等并巧姐、大姐、香菱与众丫鬟们在园内顽要，独不见林黛玉。迎春因说道："林妹妹怎么不见？好个懒丫头！这会子还睡觉不成？"宝钗道："你们等着，我去闹了他来。"说着便丢下众人，一直的往潇湘馆来。正走着，只见文官等十二个女孩子也来了，见宝钗问了好，说了一回闲话。宝钗回身指道："他们都在那里呢，你们找去罢。我叫林姑娘去就来。"说着便往潇湘馆来。忽然抬头见宝玉进去了，宝钗便站住，低头想了一想：宝玉和林黛玉是从小一处长大，他二人间多有不避嫌疑之处，嘲笑喜怒无常；况且黛玉素习猜忌，好弄小性儿。此刻自己也进去，一则宝玉不便，二则黛玉嫌疑，倒是回来的妙。

想毕，抽身要寻别的姊妹去，忽见前面一双玉色蝴蝶，大如团扇，一上一下的迎风翩跹，十分有趣。宝钗意欲扑了来顽要，遂向袖中取出扇子来，向草地下来扑。只见那一双蝴蝶忽起忽落，来来往往，穿花度柳，将欲过河。倒引的宝钗蹑手蹑脚的，一直跟到池中的滴翠亭，香汗淋漓，娇喘细细，也无心扑了。刚欲回来，只听亭子里面嘁嘁喳喳有人说话。原来这亭子四面俱是游廊曲桥，盖在池中，周围都是雕镂槅子[2]糊着纸。

宝钗在亭外听见说话，便站住往里细听，只听说道："你瞧瞧这手帕子，果然是你丢的那块，你就拿着；要不是，就还芸二爷去。"又有一人道："可不是那块！拿来给我罢。"又听说道："你拿什么谢我呢？难道白寻了来不成。"又答道："我既许了谢你，自然不哄你。"又听说道："我寻了来给你，自然谢我：但只是拣的人，你就不拿什么谢他？"又回道："你别胡说。他是个爷们家，拣了我们的东西，自然该还的。叫我拿什么给他呢？"又听说道："你不谢他，我怎么回他呢？况且他再三再四的和我说了，若没谢的，不许给你呢。"半晌，又听答道："也罢，拿我这个给他，就算谢他的罢。你要告诉别人呢？须说个誓来。"又听说道："我要告诉一个人，就长一个疔，日后不得好死！"又听说道："嗳呀！咱们只顾说话，看有人来悄悄的在外头听见。不如把这槅子都推开了，便是有人见咱们在这里，他们只当我们说顽话呢。若走到跟前，咱们也看的见，就别说了。"

宝钗在外面听见这话，心中吃惊，想道："怪道从古至今那些奸淫狗盗的人，心机都不错。这一开了，见我在这里，他们岂不臊了。况才说话的语音儿，大似宝玉房里的红儿。他素习眼空心大，最是个头等刁钻古怪的东西。今儿我听了他的短儿，一时人急造反，狗急跳墙，不但生事，而且我还没趣。如今便赶着躲了，料也躲不及，少不得要使个'金蝉脱壳'的法子。"犹未想完，只听"咯吱"一声，宝钗便故意放重了脚步，笑着叫道："颦儿，我看你往那里藏！"一面说，一面故意往前赶。那亭子里的红玉、坠儿刚一推窗，只见宝钗如此说着往前赶，宝钗反向他二人笑道："你们把林姑娘藏在那里了？"坠儿道："何曾见林姑娘了。"宝钗道："我才在河边看着他在这里蹲着弄水儿的。我要悄悄的唬他一跳，还没走到跟前，他倒看见我了，朝东一绕就不见了。必是藏在这里头了。"一面说，一面故意进去寻了一寻，抽身就走，口里说道："一定又是在那山子洞里去。遇见蛇，咬一口也罢了。"一面说一面走，心里又好笑。这件事算遮过去了，不知他二人是怎么样。

谁知红玉听见了宝钗的话，便信以为真，让宝钗去远，便拉坠儿道："了不得了！林姑娘蹲在这里，一定听了话去了！"坠儿听说，也半日不言语。红玉又道："这可怎么样呢？"甲坠儿道："便听见了，管谁筋疼，各人干各人的就完了。"红玉道："若是宝姑娘听见，还倒罢了。林姑娘嘴里又爱刻薄人，心里又细，他一听见了，倘或走露了，怎么样呢？"二人正说着，只见文官、香菱、司棋、侍书等上亭子来了。二人只得掩住这话，且和他们顽笑。

只见凤姐儿站在山坡上招手叫红玉，红玉连忙弃了众人，跑至凤姐前，笑问："奶奶使唤作什么？"凤姐打量了一打量，见他生的干净俏丽，说话知趣，因说道："我的丫头今儿没跟进来。我这会子想起一件事来，要使唤个人出去，可不知你能干不能干，说的齐全不齐全？"红玉道："奶奶有什么话，只管吩咐我说去。若说不齐全，误了奶奶的事，凭奶奶责罚罢了。"凤姐笑道："你是谁房里的？我使你出去，他回来找你，我好替你答应。"红玉道："我是宝二爷房里的。"凤姐听了笑道："嗳哟！你原来是宝玉房里的，怪道呢。也罢了，你到我家，告诉你平姐姐：外头屋里桌子上汝窑盘子架儿底下放着一卷银子，那是一百二十两，给绣匠的工价，等张材家的来要，当面称给他瞧了，再给他拿去。再里头屋里床上有个小荷包，拿了来给我。"

红玉听了，撤身去了。回来只见凤姐不在这山坡上了。因见司棋从山洞里出来，站着系裙子，便上来问道："姐姐，不知道二奶奶往那去了？"司棋道："没理论。"红玉听了，又往四下里看，只见那边探春、宝钗在池边看鱼。红玉便走来赔笑问道："姑娘们可看见二奶奶没有？"探春道："往大奶奶院里找去。"红玉听了，才往稻香村来，顶头只见晴雯、绮霰、碧痕、紫绡、麝月、待书、入画、莺儿等一群人来了。晴雯一见了红玉，便说道："你只是疯罢！花儿也不浇，雀儿也不喂，茶炉子也不爖，就在外头逛。"红玉道："昨儿二爷说了，今儿不用浇花，过一日再浇罢。我喂雀儿的时候，姐姐还睡觉呢。"碧痕道："茶炉子呢？"红玉道："今儿不是我爖的班儿，有茶没茶别问我。"绮霰道："你听听他的嘴！你们别说了，让他逛去罢。"红玉道："你们再问问我逛了没有。二奶奶才使唤我说话取东西去的。"说着将荷包举给他们看，方没言语了，大家分路走开。晴雯冷笑道："怪道呢！原来爬上高枝儿去了，把我们不放在眼里。不知说了一句半句话，名儿姓儿知道了不曾呢，就把他兴的这样！这一遭儿半遭儿的算不得什么，过了后儿还得听呵！有本事的从今儿出了这园子，长长远远的在高枝儿上才算得。"一面说着走了。

这里红玉听说，也不便分证，只得忍着气来找凤姐。到了李氏房中，果见凤姐在那里说话儿呢。红玉便上来回道："平姐姐说，奶奶刚出来了，他就把银子收起来了，才张材家的来取，当面称了给他拿去了。"说着将荷包递了上去，又道："平姐姐叫我回奶奶：旺儿进来讨奶奶的示下，好往那家子去的。平姐姐就把这话按着奶奶的主意打发他去了。"凤姐笑道："他怎么按我的主意打发去了？"红玉道："平姐姐说：我们奶奶问这里奶奶好。原是我们二爷不在家，虽然迟了两天，只管请奶奶放心。等五奶奶好些，我们奶奶还会了五奶奶来瞧奶奶呢。五奶奶前儿打发人来说，舅奶奶带了信来了，问奶奶好，还要和这里的姑奶奶寻两丸延年神验万全丹。若有了，奶奶打发人来，只管送在我们奶奶这里。明儿有人去，就顺路给那边舅奶奶带去的。"

话未说完，李纨笑道："嗳哟哟！这话我就不懂了。什么'奶奶''爷爷'的一大堆。"凤姐笑道："怨不得你不懂，这是四五门子的话呢。"说着又向红玉笑道："好孩子，倒难为你说的齐全。别像他们扭扭捏捏蚊子似的。嫂子不知道，如今除了我随手使的这几个人之外，我就怕和别人说话。他们必定把一句话拉长了作两三截儿，咬文咬字，拿着腔，哼哼唧唧的，急的我冒火。先时我们平儿也是这么着，我就问着他：必定装蚊子哼哼，难道就是美人了？说了几遭才好些了。"李宫裁笑道："都像你破落户才好。"凤姐又道："这个丫头就好。方才说话虽不多，听那口气就简断。"说着又向红玉笑道："你明儿伏侍我去罢。我认你作女儿，我再调理调理，你就出息了。"

红玉听了，扑哧一笑。凤姐道："你怎么笑？你说我年轻，比你能大几岁，就作你的妈了？你别作春梦呢！你打听打听，这些人都比你大的大的，赶着我叫妈，我还不理呢！”红玉笑道：“我不是笑这个，我笑奶奶认错了辈数了。我妈是奶奶的女儿，这会子又认我作女儿。”凤姐道：“谁是你妈？”李宫裁道：“你原来不认得他？他就是林之孝之女。”凤姐听了十分诧异，因笑道：“哦！原来是他的丫头。”又笑道：“林之孝两口子都是锥子扎不出一声儿来的。我成日家说，他们倒是配就了的一对，夫妻一双天聋地哑。那里承望养出这么个伶俐丫头来！你十几岁了？”红玉道：“十七岁了。”又问名字，红玉道：“原叫红玉的，因为重了宝二爷，如今叫红儿了。”

凤姐听了将眉一皱，把头一回，说道：“讨人嫌的很！得了玉的益似的，你也玉，我也玉。”因说道：“既这么着，上月我还和他妈说，‘赖大家的如今事多，也不知这府里谁是谁，你替我好好的挑两个丫头我使’，他一般的答应。他饶不挑，倒把他这女孩子送了别处去。难道跟我必定不好？”李氏笑道：“你可是又多心了。他进来在先，你说话在后，怎么怨得他妈呢！”凤姐道：“既这么着，明儿我和宝玉说，叫他再要人。叫这丫头跟我去。可不知本人愿意不愿意？”红玉笑道：“愿意不愿意，我们不敢说。只是跟着奶奶，我们也学些眉眼高低，出入上下，大小的事也得见识见识。”刚说着，只见王夫人的丫头来请，凤姐便辞了李宫裁去了。红玉回怡红院，不在话下。

如今且说林黛玉因夜间失寐，次日起迟了，闻得众姊妹都在园中作饯花会，恐人笑他痴懒，连忙梳洗了出来。刚到了院中，只见宝玉进门来了，笑道：“好妹妹，昨儿可告我不曾？叫我悬了一夜心。”林黛玉便回头叫紫鹃道：“把屋子收拾了，下一扇纱屉子：看那大燕子回来，把帘子放下来，拿狮子倚住：烧了香，就把炉罩上。”一面说一面仍往外走。宝玉见他这样，还认作是昨日中晌的事。那知晚间的这段公案，还打恭作揖的。黛玉正眼也不看，各自出了院门，一直找别的姊妹去了。宝玉心中纳闷，自己猜疑：看起这个光景来，不像是为昨日的事：但只昨日我回来的晚了，又没见他，再没有冲撞了他的去处。一面想，一面走，又由不得从后面追了来。

只见宝钗、探春正在那边看仙鹤，见黛玉来了，三个一同站着说话儿。又见宝玉来了，探春便笑道：“宝哥哥，身上好？整整三天没见了。”宝玉笑道：“妹妹身上好？我前儿还在大嫂子跟前问你呢。”探春道：“哥哥往这里来，我和你说话。”宝玉听说，便跟了他，来到一棵石榴树下。探春因说道：“这几天老爷可叫你没有？”宝玉道：“没有叫。”探春道：“昨儿我恍惚听见说老爷叫你出去的。”宝玉笑道：“那想是别人听错了，并没叫的。”探春又笑道：“这几个月，我又攒下有十来吊钱了。你还拿去，明儿逛去的时候，或是好字画、书籍卷册、轻巧顽意儿，给我带些来。”宝玉道：“我这么城里城外、大廊小庙的逛，也没见个新奇精致东西，左不过是金玉铜器、没处撂的古董，再就是绸缎、吃食、衣服了。”探春道：“谁要那些。像你上回买的那柳枝儿编的小篮子，整竹子根抠的香盒儿，胶泥垛的风炉儿，这就好。把我喜欢的什么似的，谁知他们都爱上了，都当宝贝似的抢了去了。”宝玉笑道：“原来要这个。这不值什么，拿五百钱出去给小子们，管拉两车来。”探春道：“小厮们知道什么。你拣那朴而不俗、直而不倨者，这些东西，你多多的替我带了来。我还像上回的鞋作一双你穿，比那双还加工夫，如何呢？”

宝玉笑道：“你提起鞋来，我想起个故事来：那一回我穿着，可巧遇见了老爷。老爷就不受用，问是谁作的。我那里敢提‘三妹妹’三个字，我就回说是前儿我的生日，是舅母给的。老爷听了是舅母给的，才不好说什么，半日还说：‘何苦来！虚耗人力，作践绫罗，作这样的东西。’因而我回来告诉袭人，袭人说这还罢了，赵姨娘气的抱怨的了不得：‘正紧兄弟。鞋搭拉袜搭拉的没人看见，且作这些东西！’”探春听说，登时沉下脸来，道：“你说，这话糊涂到什么田地！怎么我是该做鞋的人么？环儿难道没有分例的，没有人的？衣裳是衣裳，鞋袜是鞋袜，丫头、老婆一屋子，怎么抱怨这些话！给谁听呢！我不过闲着没有事，作一双半双的，爱给那个哥哥兄弟，随我的心。谁敢管我不成！这也是他气的？”宝玉听了，点头笑道：“你不知道，他心里自然又有个想头了。”探春听说，一发动了气，将头一扭，说道：“连你也糊涂了！他那想头自然有的，不过是那阴微鄙贱的见识。他只管这么想，我只管认得老爷、太太两个人，别人我一概不管。就是姊妹弟兄跟前，谁和我好，我就和谁好，什么偏的庶的，我也不知道。论理我不该说他，但他特昏愦的不像了！还有笑话儿呢。就是上回我给你那钱，替我带那顽的东西。过了两天，他见了我，也是说没钱使，怎么难，我也不理论。谁知后来丫头们出去了，他就抱怨起我来，说我攒了钱为什么给你使，倒不给环儿使了。我听见这话，又好笑又好气，我就出来往太太屋里去了。”正说着，只见宝钗那边笑道：“说完了，来罢。显见的是哥哥妹妹了，丢下别人，且说梯己[3]去。我们听一句儿就使不得了！”说着，探春、宝玉二人方笑着来了。

宝玉因不见林黛玉，便知他是躲了别处去了，想了一想，越性迟两日，等他的气消一消再去也罢了。因低头看见许多凤仙、石榴等各色落花，锦重重的落了一地，因叹道：“这是他心里生了气，也不收拾这花儿了。待我送了去，明儿再问他。”说着，只见宝钗约着他们往外头去。宝玉道：“我就来。”说毕，等他二人去远了，便把那花兜了起来，登山渡水，过树穿花，一直奔了那日同林黛玉葬桃花的去处。将已到了花冢，犹未转过山坡，只听山坡那边有呜咽之声，一行数落着，哭的好不伤感。宝玉心中想道：“这不知是那房里的丫头，受了委曲，跑到这个地方来哭。”一面想，一面煞住脚步，听他哭道是：

花谢花飞飞满天，红消香断有谁怜？
游丝软系飘春榭，落絮轻沾扑绣帘。
闺中女儿惜春暮，愁绪满怀无释处。
手把花锄出绣帘，忍踏落花来复去。
柳丝榆荚自芳菲，不管桃飘与李飞。
桃李明年能再发，明年闺中知有谁？
三月香巢已垒成，梁间燕子太无情！

明年花发虽可啄，却不道人去梁空巢也倾。

一年三百六十日，风刀霜剑严相逼，
明媚鲜妍能几时，一朝飘泊难寻觅。
花开易见落难寻，阶前闷杀葬花人，
独倚花锄泪暗洒，洒上空枝见血痕。
杜鹃无语正黄昏，荷锄归去掩重门。
青灯照壁人初睡，冷雨敲窗被未温。
怪奴底事倍伤神，半为怜春半恼春：
怜春忽至恼忽去，至又无言去不闻。
昨宵庭外悲歌发，知是花魂与鸟魂？
花魂鸟魂总难留，鸟自无言花自羞。
愿奴胁下生双翼，随花飞到天尽头。

天尽头，何处有香丘？

未若锦囊收艳骨，一抔净土掩风流。
质本洁来还洁去，强于污淖陷渠沟。
尔今死去侬收葬，未卜侬身何日丧？
侬今葬花人笑痴，他年葬侬知是谁？
试看春残花渐落，便是红颜老死时。
一朝春尽红颜老，花落人亡两不知！

宝玉听了，不觉痴倒。要知端底，再看下回。

【注释】

①干旄旌幢：“干”指的是盾牌，而“旄”“旌”“幢”都是古代的旗子。具体来说，旄是一种旗子，其特点是旗杆顶端缀有牦牛尾，旌与旄相似，但旌是由五彩折羽装饰的，幢的形状类似于伞，实际上是指仪仗队使用的旗帜。综上所述，“干旄旌幢”描述的是古代用于祭祀或仪仗的旗帜和盾牌。

②槅子：一种中式家具，通常指一种带有多个小格子的立式结

构，用于放置物品。它可以是有门的，也可以是无门的，其特点是在上部设置有多样的格眼，用以展示或存放各种物品。槅子可以是一个整体结构，也可以是分开的两部分，如门和窗。在古代文献中，槅子也有用作屏障或装饰的含义。

③梯己：亲近的言谈，也有体己的意思，指的是贴心言语或者私下交流。

【集评】

1. 庚辰本批：

《葬花吟》是大观园诸艳之归源小引，故用在饯花日诸艳毕集之期。饯花日不论其典与不典，只取其韵耳。

2. 庚辰本侧批：

二玉文字岂是容易写的，故有此截。庚眉：《石头记》用截法、岔法、突然法、伏线法、由近渐远法、将繁改简法、重作轻抹法、虚敲实应法种种诸法，总在人意料之外，且不曾见一丝牵强，所谓“信手拈来无不是”是也。己卯冬夜。

3. 甲戌本侧批：

数句大观园景，倍胜省亲一回，在一园人俱得闲闲寻乐上看，彼时只有元春一人闲耳。庚侧：数句抵省亲一回文字，反觉闲闲有趣有味的领略。

4. 庚辰本眉批：

写凤姐随大众一笔，不见红玉一段则认为泛文矣。何一丝不漏若此。畸笏。

5. 甲戌本侧夹批：

诗词歌赋，如此章法写于书上者乎？庚侧：诗词文章，试问有如此行笔者乎？

6. 甲戌本眉批：

“开生面”“立新场”，是书多多矣，惟此回（处）[更]生更新。非颦儿断无是佳吟，非石兄断无是情聆。难为了作者了，故留数字以慰之。

7. 庚辰本眉批：

“开生面”“立新场”是书不止“红楼梦”一回，惟是回更生更新，且读去非阿颦无是佳吟，非石兄断无是章法行文，愧杀古今小说家也。畸笏。

8. 戚序本总评：

幸逢知己无回避，密语隔窗怕有人。总是关心浑不了，叮咛嘱咐为轻春。心事将谁告，花飞动我悲。埋香吟哭后，日日敛双眉。

9. 庚辰本眉批：

余读《葬花吟》凡三阅，其凄楚感慨，令人身世两忘，举笔再四不能加批。先生想身非宝玉，何得而下笔？即字字双圈，料难遂颦儿之意。俟看过玉兄后文再批。噫嘻！客亦《石头记》化来之人！故掷笔以待。

10. 甲戌本批：

饯花辰不论典与不典，只取其韵致生趣耳。池边戏蝶，偶尔适兴；亭外急智，[金蝉]脱壳。明写宝钗非拘拘然一女夫子。凤姐用小红，可知晴雯等埋没其人久矣，无怪有私心私情。且红玉后有宝玉大得力处，此于千里外伏线也。《石头记》用截法、岔法、突然法、伏线法、由近渐远法、将繁改简法、重作轻抹法、虚敲实应法种种诸法，总在人意料之外，且不曾见一丝牵强，所谓“信手拈来无不是”是也。不因见落花，宝玉如何突至埋香冢；不至埋香冢又如何写《葬花吟》。埋香冢葬花乃诸艳归源，《葬花吟》又系诸艳一偈也。

【导读】

此回的开篇，作者就煞有介事地向人们展示了一个节气“芒种节”：“尚古风俗：凡交芒种节的这日，都要设摆各色礼物，祭莫花神，言芒种一过，便是夏日了，众花皆卸，花神退位，须要饯行。”作者用对此节日的起源和习俗做了生动有趣的诠释，为读者们呈现了一个立体、丰富的节日画卷，这个原本凭空杜撰的节日让读者们信以为真。现实中的芒种为民间传统二十四节气之一，在一些文献中曾经出现。如明朝冯应京《月令广义》卷一《五月令·节令》："忙种五月节。"南朝梁代崔灵恩《三礼义宗》卷三《仲夏之月》："五月芒种为节者，言时可以种有芒之谷，故以芒种为名。"明朝郎瑛《七修类稿》卷三《天地类·气候集解》："芒种五月节，谓有芒之谷可稼种矣。"由以上文献看来，芒种与庄稼农忙联系得更为紧密，而与春季花神似乎关联不强。因而有学者考证，关于此节气的描述更接近于江南一代的"花朝节"（参见赵云芳《红楼"花朝节"小考》，《红楼梦学刊》，2013年第2辑）。清代苏州人顾禄《清嘉录》对苏州地区二月十二花朝节的记载印证了这一点："十二日，为百花生日，闺中女郎剪五彩缯黏花枝上，谓之赏红。虎丘花神庙，击牲献乐以祝仙诞，谓之花朝。"又如《吴郡岁华纪丽》："世言花朝月夕，在春秋之中，以二月半为花朝，以八月半为月夕。宋制，官员于二月十五花朝节出郊劝农。洛阳风俗则以二月二日。今吴俗以二月十二日为百花生日，盖本《翰墨记》《诚斋诗话》《宣府志》之说也。是日闺中女郎扑蝶会，并效崔元微护百花避风姨故事，剪五色彩缯，系花枝上为彩旛，谓之赏红。虎丘花农争于花神庙陈牺献乐，以祝神诞，谓之花朝。是时春色二月，花苞孕艳，芳菲酝酿，红紫胚胎，天公化育，始于兹。故俗以是日晴和，占百果之成熟云。"里面所提到的仪式，如"系花枝""扑蝶会"均在《红楼梦》此回中出现，可见作者对于吴地这一习俗是非常熟悉的。但需要注意的是作者是清醒地记得这两个节日的区别的，他并没有直接把花朝节改头换面直接因袭过来，而是有意设置了"芒种节"这样一个与"花朝节"对立的节气：花朝为迎接春花、花神的来临，芒种节则为践行花神。一为春初，一为春暮。从艺术手法来看，这是一个充满暗示与象征意味的节气，为的是对红尘迷者进行间接点化。众女子无法掌控的命运，红颜的逝去，家族的陨落，美好事物的破灭，无一不跟这场饯别相关。这种禅机谶语式的点化，实际上是一种预言性叙事，使神秘主义和象征主义色彩在作品中得到了淋漓尽致地展现。读者在阅读过程中，仿佛置身于一个充满禅机的奇幻世界，随着故事的展开，一步步揭开谜团，感受到世间万物的玄奥。而这种独特的叙事方式，也使得作品的艺术魅力无限精彩。

在“芒种节”这一背景的统一下，作者岔开两条线来分别叙述宝黛两个人物，从题目到情节的展现均采用对比手法。对于春季的逝去，宝钗以她戏玩的方式来回应。对于冷美人的表现更进一步。而黛玉以悲痛的哀歌来道别。黛玉对于青春逝去是最为敏感的，在一冷一热中完成对人物的塑造。扑蝶与葬花，这么重要的对仗式诗写，曹雪芹必是要精心挑选日子：四月二十六日芒种节，春天结束日——花飞花谢之时，也是蝴蝶飞的时刻。《红楼梦》中情节两两相对是寻常的，但曹公常把相对融于日常，不露卯榫痕迹，就像诗里头的流水对。

在这一回中，无论是韵文，还是人物塑造，都兼得众家之长，将“优柔”“温淳”“雄刚”“精深”“简切”等各风格融为一体，在对立中追寻统一之平衡。本章末黛玉的《葬花吟》把本回的情感带入了高潮，也是本回中的一个点睛之笔，是《红楼梦》诗意叙事的代表。《红楼梦》中诗意叙事不仅仅是大量诗词曲赋的直观介入，更是一种立足于微观、俯瞰全局的设计视野。在这种视野下，作者不仅充分运用了诗词曲赋等形式，还将之与小说情节紧密结合，使其成为塑造人物性格、展现情感世界的重要手段。诗意叙事是一种立足于过去，烛照未来的叙事思维。在这种思维方式下，作者通过对往事的回忆和描绘，以及对未来的预示，使小说的叙事更具深度和内涵。这种叙事方式不仅丰富了小说的艺术表现力，更使读者在领略故事的同时，感受到了人生的沧桑和历史的厚重。

秋爽斋偶结海棠社　蘅芜苑夜拟菊花题

这年贾政又点了学差，择于八月二十日起身。是日拜过宗祠及贾母起身，宝玉诸子弟等送至洒泪亭。

却说贾政出门去后，外面诸事不能多记。单表宝玉每日在园中任意纵性的旷荡[1]，真把光阴虚度，岁月空添。这日正无聊之际，只见翠墨进来，手里拿着一副花笺送与他。宝玉因道："可是我忘了，才说要瞧瞧三妹妹去的，可好些了，你偏走来。"翠墨道："姑娘好了，今儿也不吃药了，不过是凉着一点儿。"宝玉听说，便展开花笺[2]看时，上面写道：

娣探谨奉二兄文几：前夕新霁，月色如洗，因惜清景难逢，讵忍就卧，时漏已三转，犹徘徊于桐槛之下，未防风露所欺，致获采薪之患。昨蒙亲劳抚嘱，复又数遣侍儿问切，兼以鲜荔并真卿墨迹见赐，何痌瘝惠爱之深哉！今因伏几凭床处默之时，因思及历来古人中处名攻利敌之场，犹置一些山滴水之区，远招近揖，投辖攀辕，务结二三同志盘桓于其中，或竖词坛，或开吟社，虽一时之偶兴，遂成千古之佳谈。娣虽不才，窃同叨栖处于泉石之间，而兼慕薛林之技。风庭月榭，惜未宴集诗人；帘杏溪桃，或可醉飞吟盏。孰谓莲社之雄才，独许须眉；直以东山之雅会，让余脂粉。若蒙棹雪而来，娣则扫花以待。此谨奉。

宝玉看了，不觉喜的拍手笑道："倒是三妹妹的高雅，我如今就去商议。"一面说，一面就走，翠墨跟在后面。

刚到了沁芳亭，只见园中后门上值日的婆子手里拿着一个字帖走来，见了宝玉，便迎上去，口内说道："芸哥儿请安，在后门只等着，叫我送来的。”宝玉打开看时，写道是：

> 不肖男芸恭请父亲大人万福金安。男思自蒙天恩，认于膝下，日夜思一孝顺，竟无可孝顺之处。前因买办花草，上托大人金福，竟认得许多花儿匠，并认得许多名园。因忽见有白海棠一种，不可多得。故变尽方法，只弄得两盆。大人若视男是亲男[3]一般，便留下赏玩。因天气暑热，恐园中姑娘们不便，故不敢面见。奉书恭启，并叩台安。男芸跪书。

宝玉看了，笑道：“独他来了，还有什么人？”婆子道：“还有两盆花儿。”宝玉道：“你出去说，我知道了，难为他想着。你便把花儿送到我屋里去就是了。”一面说，一面同翠墨往秋爽斋来，只见宝钗、黛玉、迎春、惜春已都在那里了。

众人见他进来，都笑说：“又来了一个。”探春笑道：“我不算俗，偶然起个念头，写了几个帖儿试一试，谁知一招皆到。”宝玉笑道：“可惜迟了，早该起个社的。”黛玉道：“你们只管起社，可别算上我，我是不敢的。”迎春笑道：“你不敢谁还敢呢。”宝玉道：“这是一件正经大事，大家鼓舞起来，不要你谦我让的。各有主意自管说出来大家平章[4]。宝姐姐也出个主意，林妹妹也说个话儿。”宝钗道：“你忙什么，人还不全呢。”一语未了，李纨也来了，进门笑道：“雅的紧！要起诗社，我自荐我掌坛。前儿春天我原有这个意思的。我想了一想，我又不会作诗，瞎乱些什么，因而也忘了，就没有说得。既是三妹妹高兴，我就帮你作兴起来。”

黛玉道：“既然定要起诗社，咱们都是诗翁了，先把这些姐妹叔嫂的字样改了才不俗。”李纨道：“极是，何不大家起个别号，彼此称呼则雅。我是定了‘稻香老农’，再无人占的。”探春笑道：“我就是‘秋爽居士’罢。”宝玉道：“‘居士’，‘主人’到底不恰，且又瘰赘。这里梧桐芭蕉尽有，或指梧桐芭蕉起个倒好。”探春笑道：“有了，我最喜芭蕉，就称‘蕉下客’罢。”众人都道别致有趣。黛玉笑道：“你们快牵了他去，炖了脯子吃酒。”众人不解。黛玉笑道：“古人曾云‘蕉叶覆鹿[5]’。他自称‘蕉下客’，可不是一只鹿了？快做了鹿脯来。”众人听了都笑起来。探春因笑道：“你别忙中使巧话来骂人，我已替你想了个极当的美号了。”又向众人道：“当日娥皇女英洒泪在竹上成斑，故今斑竹又名湘妃竹。如今他住的是潇湘馆，他又爱哭，将来他想林姐夫，那些竹子也是要变成斑竹的。以后都叫他作‘潇湘妃子’就完了。”大家听说，都拍手叫妙。林黛玉低了头方不言语。李纨笑道：“我替薛大妹妹也早已想了个好的，也只三个字。”惜春迎春都问是什么。李纨道：“我是封他‘蘅芜君’了，不知你们如何。”探春笑道：“这个封号极好。”宝玉道：“我呢？你们也替我想一个。”宝钗笑道：“你的号早有了，‘无事忙’三字恰当的很。”李纨道：“你还是你的旧号‘绛洞花王’就好。”宝玉笑道：“小时候干的营生，还提他作什么。”探春道：“你的号多的很，又起什么。我们爱叫你什么，你就答应着就是了。”宝钗道：“还得我送你个号罢。有最俗的一个号，却于你最当。天下难得的是富贵，又难得的是闲散，这两样再不能兼有，不想你兼有了，就叫你‘富贵闲人’也罢了。”宝玉笑道：“当不起，当不起，倒是随你们混叫去罢。”李纨道：“二姑娘四姑娘起个什么号？”迎春道：“我们又不大会诗，白起个号作什么？”探春道：“虽如此，也起个才是。”宝钗道：“他住的是紫菱洲，就叫他‘菱洲’；四丫头在藕香榭，就叫他‘藕榭’就完了。”

李纨道：“就是这样好。但序齿我大，你们都要依我的主意，管情说了大家合意。我们七个人起社，我和二姑娘四姑娘都不会作诗，须得让出我们三个人去。我们三个各分一件事。”探春笑道：“已有了号，还只管这样称呼，不如不有了。以后错了，也要立个罚约才好。”李纨道：“立定了社，再定罚约。我那里地方大，竟在我那里作社。我虽不能作诗，这些诗人竟不厌俗客，我作个东道主人，我自然也清雅起来了。若是要推我作社长，我一个社长自然不够，必要再请两位副社长，就请菱洲藕榭二位学究来，一位出题限韵，一位誊录监场。亦不可拘定了我们三个人不作，若遇见容易些的题目韵脚，我们也随便作一首。你们四个却是要限定的。若如此便起，若不依我，我也不敢附骥了。”迎春惜春本性懒于诗词，又有薛林在前，听了这话便深合己意，二人皆说：“极是。”探春等也知此意，见他二人悦服，也不好强，只得依了。因笑道：“这话也罢了，只是自想好笑，好好的我起了个主意，反叫你们三个来管起我来了。”宝玉道：“既这样，咱们就往稻香村去。”李纨道：“都是你忙，今日不过商议了，等我再请。”宝钗道：“也要议定几日一会才好。”探春道：“若只管会的多，又没趣了。一月之中，只可两三次才好。”宝钗点头道：“一月只要两次就够了。拟定日期，风雨无阻。除这两日外，倘有高兴的，他情愿加一社的，或情愿到他那里去，或附就了来，亦可使得，岂不活泼有趣。”众人都道：“这个主意更好。”

探春道：“只是原系我起的意，我须得先作个东道主人，方不负我这兴。”李纨道：“既这样说，明日你就先开一社如何？”探春道：“明日不如今日，此刻就很好。你就出题，菱洲限韵，藕榭监场。”迎春道：“依我说，也不必随一人出题限韵，竟是拈阄公道。”李纨道：“方才我来时，看见他们抬进两盆白海棠来，倒是好花。你们何不就咏起他来？”迎春道：“都还未赏，先倒作诗。”宝钗道：“不过是白海棠，又何必定要见了才作。古人的诗赋，也不过都是寄兴写情耳。若都是等见了作，如今也没这些诗了。”迎春道：“既如此，待我限韵。”说着，走到书架前抽出一本诗来，随手一揭，这首竟是一首七言律，递与众人看了，都该作七言律。迎春掩了诗，又向一个小丫头道：“你随口说一个字来。”那丫头正倚门立着，便说了个“门”字。迎春笑道：“就是门字韵，‘十三元’了。头一个韵定要这‘门’字。”说着，又要了韵牌匣子过来，抽出“十三元”一屉，又命那小丫头随手拿四块。那丫头便拿了“盆”“魂”“痕”“昏”四块来。宝玉道：“这‘盆’‘门’两个字不大好作呢！”

待书一样预备下四份纸笔，便都悄然各自思索起来。独黛玉或抚梧桐，或看秋色，或又和丫鬟们嘲笑。迎春又令丫鬟炷了一支“梦甜香”。原来这“梦甜香”只有三寸来长，有灯草粗细，以其易烬，故以此烬为限，如香烬未成便要罚。一时探春便先有了，自提笔写出，又改抹了一回，递与迎春。因问宝钗：“蘅芜君，你可有了？”宝钗道：“有却有了，只是不好。”宝玉背着手，在回廊上踱来踱去，因向黛玉说道：“你听，他们都有了。”黛玉道：“你别管我。”宝玉又见宝钗已誊写出来，因说道：“了不得！香只剩了一寸了，我才有了四句。”又向黛玉道：“香就完了，只管蹲在那潮地下作什么？”黛玉也不理。宝玉道：“我可顾不得你了，好歹也写出来罢。”说着也走在案前写了。李纨道：“我们要看诗了，若看完了还不交卷是必罚的。”宝玉道：“稻香老农虽不善作却善看，又最公道，你就评阅优劣，我们都服的。”众人都道：“自然。”于是先看探春的稿上写道是：

咏白海棠　限门盆魂痕昏

斜阳寒草带重门，苔翠盈铺雨后盆。
玉是精神难比洁，雪为肌骨易消魂。
芳心一点娇无力，倩影三更月有痕。
莫谓缟仙能羽化，多情伴我咏黄昏。

大家看了，称赏一回，又看宝钗的道：

珍重芳姿昼掩门，自携手瓮灌苔盆。
胭脂洗出秋阶影，冰雪招来露砌魂。
淡极始知花更艳，愁多焉得玉无痕。。
欲偿白帝凭清洁，不语婷婷日又昏。

李纨笑道：“到底是蘅芜君。”说着又看宝玉的，道是：

秋容浅淡映重门，七节攒成雪满盆。
出浴太真冰作影，捧心西子玉为魂。
晓风不散愁千点，宿雨还添泪一痕。

独倚画栏如有意，清砧怨笛送黄昏。

大家看了，宝玉说探春的好，李纨才要推宝钗这诗有身分，因又催黛玉。黛玉道：“你们都有了？”说着提笔一挥而就，掷与众人。李纨等看他写道是：

半卷湘帘半掩门，看了这句，宝玉先喝起彩来，只说“从何处想来！”又看下面道：

偷来梨蕊三分白，借得梅花一缕魂。

众人看了也都不禁叫好，说“果然比别人又是一样心肠。”又看下面道是：

月窟仙人缝缟袂，秋闺怨女拭啼痕。
娇羞默默同谁诉，倦倚西风夜已昏。

众人看了，都道是这首为上。李纨道：“若论风流别致，自是这首；若论含蓄浑厚，终让蘅稿。”探春道：“这评的有理，潇湘妃子当居第二。”李纨道：“怡红公子是压尾，你服不服？”宝玉道：“我的那首原不好了，这评的最公。”又笑道：“只是蘅潇二首还要斟酌。”李纨道：“原是依我评论，不与你们相干，再有多说者必罚。”宝玉听说，只得罢了。李纨道：“从此后我定于每月初二、十六这两日开社，出题限韵都要依我。这期间你们有高兴的，你们只管另择日子补开，那怕一个月每天都开社，我只不管。只是到了初二、十六这两日，是必往我那里去。”宝玉道：“到底要起个社名才是。”探春道：“俗了又不好，特新了，刁钻古怪也不好。可巧才是海棠诗开端，就叫个海棠社罢。虽然俗些，因真有此事，也就不碍了。”说毕大家又商议了一回，略用些酒果，方各自散去。也有回家的，也有往贾母王夫人处去的。当下别人无话。

且说袭人因见宝玉看了字帖儿便慌慌张张的同翠墨去了，也不知是何事。后来又见后门上婆子送了两盆海棠花来。袭人问是那里来的，婆子便将宝玉前一番缘故说了。袭人听说便命他们摆好，让他们在下房里坐了，自己走到自己房内秤了六钱银子封好，又拿了三百钱走来，都递与那两个婆子道：“这银子赏那抬花来的小子们，这钱你们打酒吃罢。”那婆子们站起来，眉开眼笑，千恩万谢的不肯受，见袭人执意不收，方领了。袭人又道：“后门上外头可有该班的小子们？”婆子忙应道：“天天有四个，原预备里面差使的。姑娘有什么差使，我们吩咐去。”袭人笑道：“有什么差使？今儿宝二爷要打发人到小侯爷家与史大姑娘送东西去，可巧你们来了，顺便出去叫后门小子们雇辆车来。回来你们就往这里拿钱，不用叫他们又往前头混碰去。”婆子答应着去了。

袭人回至房中，拿碟子盛东西与史湘云送去，却见槅子上碟槽空着。因回头见晴雯、秋纹、麝月等都在一处做针黹，袭人问道：“这一个缠丝白玛瑙碟子那去了？”众人见问，都你看我我看你，都想不起来。半日，晴雯笑道：“给三姑娘送荔枝去的，还没送来呢。”袭人道：“家常送东西的家伙也多，巴巴的拿这个去。”晴雯道：“我何尝不也这样说。他说这个碟子配上鲜荔枝才好看。我送去，三姑娘见了也说好看，叫连碟子放着，就没带来。你再瞧，那槅子尽上头的一对联珠瓶还没收来呢。”

秋纹笑道：“提起瓶来，我又想起笑话。我们宝二爷说声孝心一动，也孝敬到二十分。因那日见园里桂花，折了两枝，原是自己要插瓶的，忽然想起来，说这是自己园里的才开的新鲜花，不敢自己先顽，巴巴的把那一对瓶拿下来，亲自灌水插好了，叫个人拿着，亲自送一瓶进老太太，又进一瓶与太太。谁知他孝心一动，连跟的人都得了福了。可巧那日是我拿去的。老太太见了这样，喜的无可无不可，见人就说：‘到底是宝玉孝顺我，连一枝花儿也想的到。别人还只抱怨我疼他。’你们知道，老太太素日不大同我说话的，有些不入他老人家的眼的。那日竟叫人拿几百钱给我，说我可怜见的，生的单柔。这可是再想不到的福气。几百钱是小事，难得这个脸面。及至到了太太那里，太太正和二奶奶、赵姨奶奶、周姨奶奶好些人翻箱子，找太太当日年轻的颜色衣裳，不知给那一个。一见了，连衣裳也不找了，且看花儿。又有二奶奶在旁边凑趣儿，夸宝玉又是怎么孝敬，又是怎样知好歹，有的没的说了两车话。当着众人，太太自为又增了光，堵了众人的嘴。太太越发喜欢了，现成的衣裳就赏了我两件。衣裳也是小事，年年横竖也得，却不像这个彩头。”

晴雯笑道：“呸！没见世面的小蹄子！那是把好的给了人，挑剩下的才给你，你还充有脸呢。”秋纹道：“凭他给谁剩的，到底是太太的恩典。”晴雯道：“要是我，我就不要。若是给别人剩下的给我，也罢了。一样这屋里的人，难道谁又比谁高贵些？把好的给他，剩下的才给我，我宁可不要，冲撞了太太，我也不受这口软气。”秋纹忙问：“给这屋里谁的？我因为前儿病了几天，家去了，不知是给谁的。好姐姐，你告诉我知道知道。”晴雯道：“我告诉了你，难道你这会退还太太去不成？”秋纹笑道：“胡说。我白听了喜欢喜欢。那怕给这屋里的狗剩下的，我只领太太的恩典，也不犯管别的事。”众人听了都笑道：“骂的巧，可不是给了那西洋花点子哈巴儿了。”袭人笑道：“你们这起烂了嘴的！得了空就拿我取笑打牙儿。一个个不知怎么死呢。”秋纹笑道：“原来姐姐得了，我实在不知道。我陪个不是罢。”袭人笑道：“少轻狂罢。你们谁取了碟子来是正紧。”麝月道：“那瓶得空儿也该收来了。老太太屋里还罢了，太太屋里人多手杂。别人还可以，赵姨奶奶一伙的人见是这屋里的东西，又该使黑心弄坏了才罢。太太也不大管这些，不如早些收来正紧。”晴雯听说，便掷下针黹道：“这话倒是，等我取去。”秋纹道：“还是我取去罢，你取你的碟子去。”晴雯笑道：“我偏取一遭儿去。是巧宗儿你们都得了，难道不许我得一遭儿？”麝月笑道：“通共秋丫头得了一遭儿衣裳，那里今儿又巧，你也遇见找衣裳不成。”晴雯冷笑道：“虽然碰不见衣裳，或者太太看见我勤谨[6]，一个月也把太太的公费里分出二两银子来给我，也定不得。”说着，又笑道：“你们别和我装神弄鬼的，什么事我不知道。”一面说，一面往外跑了。秋纹也同他出来，自去探春那里取了碟子来。

袭人打点齐备东西，叫过本处的一个老宋妈妈来，向他说道："你先好生梳洗了，换了出门的衣裳来，如今打发你与史姑娘送东西去。"那宋嬷嬷道："姑娘只管交给我，有话说与我，我收拾了就好一顺去的。"袭人听说，便端过两个小掐丝盒子来。先揭开一个，里面装的是红菱和鸡头[7]两样鲜果；又那一个是一碟子桂花糖蒸新栗粉糕。又说道："这都是今年咱们这里园里新结的果子，宝二爷送来与姑娘尝尝。再前日姑娘说这玛瑙碟子好，姑娘就留下顽罢。这绢包儿里头是姑娘上日叫我作的活计，姑娘别嫌粗糙，能着用罢。替我们请安，替二爷问好就是了。"宋嬷嬷道："宝二爷不知还有什么说的，姑娘再问问去，回来又别说忘了。"袭人因问秋纹："方才可见在三姑娘那里？"秋纹道："他们都在那里商议起什么诗社呢，又都作诗。想来没话，你只去罢。"宋嬷嬷听了，便拿了东西出去，另外穿戴了。袭人又嘱咐他："从后门出去，有小子和车等着呢。"宋妈去后，不在话下。

一时，宝玉回来，先忙着看了一回海棠，至房内告诉袭人起诗社的事。袭人也把打发宋妈妈与史湘云送东西去的话告诉了宝玉。宝玉听了，拍手道："偏忘了他。我自觉心里有件事，只是想不起来，亏你提起来，正要请他去。这诗社里若少了他还有什么意思。"袭人劝道："什么要紧，不过玩意儿。他比不得你们自在，家里又作不得主儿。告诉他，他要来又由不得他；不来，他又牵肠挂肚的，没的叫他不受用。"宝玉道："不妨事，我回老太太打发人接他去。"正说着，宋妈妈已经回来，回复道生受，与袭人道乏，又说："问二爷作什么呢，我说和姑娘们起什么诗社作诗呢。史姑娘说，他们作诗也不告诉他去，急的了不的。"宝玉听了立身便往贾母处来，立逼着叫人接去。贾母因说："今儿天晚了，明日一早再去。"宝玉只得罢了，回来闷闷的。

次日一早，便又往贾母处来催逼人接去。直到午后，史湘云才来，宝玉方放了心，见面时就把始末原由告诉他，又要与他诗看。李纨等因说道："且别给他诗看，先说与他韵。他后来，先罚他和了诗；若好，便请入社：若不好，还要罚他一个东道再说。”史湘云道：“你们忘了请我，我还要罚你们呢。就拿韵来，我虽不能，只得勉强出丑。容我入社，扫地焚香我也情愿。”众人见他这般有趣，越发喜欢，都埋怨昨日怎么忘了他，遂忙告诉他韵。史湘云一心兴头，等不得推敲删改，一面只管和人说着话，心内早已和成，即用随便的纸笔录出，先笑说道：“我却依韵和了两首，好歹我却不知，不过应命而已。”说着递与众人。众人道：“我们四首也算想绝了，再一首也不能了。你倒弄了两首，那里有许多话说，必要重了我们。”一面说，一面看时，只见那两首诗写道：

其　一

神仙昨日降都门，种得蓝田玉一盆。
自是霜娥偏爱冷，非关倩女亦离魂。
秋阴捧出何方雪，雨渍添来隔宿痕。
却喜诗人吟不倦，岂令寂寞度朝昏。

其　二

蘅芷阶通萝薜门，也宜墙角也宜盆。
花因喜洁难寻偶，人为悲秋易断魂。
玉烛滴干风里泪，晶帘隔破月中痕。
幽情欲向嫦娥诉，无奈虚廊夜色昏。

众人看一句，惊讶一句，看到了，赞到了，都说：“这个不枉作了海棠诗，真该要起海棠社了。”史湘云道：“明日先罚我个东道，就让我先邀一社可使得？”众人道：“这更妙了。”因又将昨日的与他评论了一回。

至晚，宝钗将湘云邀往蘅芜苑安歇去。湘云灯下计议如何设东拟题。宝钗听他说了半日，皆不妥当，因向他说道：“既开社，便要作东。虽然是顽意儿，也要瞻前顾后，又要自己便宜，又要不得罪了人，然后方大家有趣。你家里你又作不得主，一个月通共那几串钱，你还不够盘缠呢。这会子又干这没要紧的事，你婶子听见了，越发抱怨你了。况且你就都拿出来，做这个东道也是不够。难道为这个家去要不成？还是往这里要呢？”一席话提醒了湘云，倒踌躇起来。宝钗道：“这个我已经有个主意。我们当铺里有个伙计，他家田上出的很好的肥螃蟹，前儿送了几斤来。现在这里的人，从老太太起连上园里的人，有多一半都是爱吃螃蟹的。前日姨娘还说要请老太太在园里赏桂花吃螃蟹，因为有事还没有请呢。你如今且把诗社别提起，只管普通一请。等他们散了，咱们有多少诗作不得的。我和我哥哥说，要几篓极肥极大的螃蟹来，再往铺子里取上几坛好酒，再备上四五桌果碟，岂不又省事又大家热闹了。”湘云听了，心中自是感服，极赞他想的周到。宝钗又笑道：“我是一片真心为你的话。你千万别多心，想着我小看了你，咱们两个就白好了。你若不多心，我就好叫他们办去的。”湘云忙笑道：“好姐姐，你这样说，倒多心待我了。凭他怎么糊涂，连个好歹也不知，还成个人了？我若不把姐姐当亲姐姐一样看，上回那些家常话烦难事也不肯尽情告诉你了。”宝钗听说，便叫一个婆子来：“出去和大爷说，依前日的大螃蟹要几篓来，明日饭后请老太太姨娘赏桂花。你说大爷好歹别忘了，我今儿已请下人了。”那婆子出去说明，回来无话。

这里宝钗又向湘云道：“诗题也不要过于新巧了。你看古人诗中那些刁钻古怪的题目和那极险的韵了，若题过于新巧，韵过于险，再不得有好诗，终是小家气。诗固然怕说熟话，更不可过于求生，只要头一件立意清新，自然措词就不俗了。究竟这也算不得什么，还是纺绩针凿是你我的本等。一时闲了，倒是于你我深有益的书看几章是正经。”

湘云只答应着，因笑道：“我如今心里想着，昨日作了海棠诗，我如今要作个菊花诗如何？”宝钗道：“菊花倒也合景，只是前人太多了。”湘云道：“我也是如此想着，恐怕落套。”宝钗想了一想，说道：“有了，如今以菊花为宾，以人为主，竟拟出几个题目来，都是两个字：一个虚字，一个实字，实字便用‘菊’字，虚字就用通用门的。如此又是咏菊，又是赋事，前人也没作过，也不能落套。赋景咏物两关着，又新鲜，又大方。”湘云笑道：“这却很好。只是不知用何等虚字才好。你先想一个我听听。”宝钗想了一想，笑道：“《菊梦》就好。”湘云笑道：“果然好。我也有一个，《菊影》可使得？”宝钗道：“也罢了。只是也有人作过，若题目多，这个也夹的上。我又有了一个。”湘云道：“快说出来。”宝钗道：“《问菊》如何？”湘云拍案叫妙，因接说道：“我也有了，《访菊》如何？”宝钗也赞有趣，因说道：“越性拟出十个来，写上再来。”说着，二人研墨蘸笔，湘云便写，宝钗便念，一时凑了十个。湘云看了一遍，又笑道：“十个还不成幅，越性凑成十二个便全了，也如人家的字画册页一样。”宝钗听说，又想了两个，一共凑成十二。又说道：“既这样，越性编出他个次序先后来。”湘云道：“如此更妙，竟弄成个菊谱了。”宝钗道：“起首是《忆菊》：忆之不得，故访，第二是《访菊》：访之既得，便种，第三是《种菊》：种既盛开，故相对而赏，第四是《对菊》：相对而兴有余，故折来供瓶为玩，第五是《供菊》：既供而不吟，亦觉菊无彩色，第六便是《咏菊》：既入词章，不可不供笔墨，第七便是《画菊》：既为菊如是碌碌，究竟不知菊有何妙处，不禁有所问，第八便是《问菊》：菊如解语，使人狂喜不禁，第九便是《簪菊》：如此人事虽尽，犹有菊之可咏者，《菊影》《菊梦》二首续在第十第十一：末卷便以《残菊》总收前题之盛。这便是三秋的妙景妙事都有了。”

湘云依说将题录出，又看了一回，又问“该限何韵？”宝钗道：“我平生最不喜限韵的，分明有好诗，何苦为韵所缚。咱们别学那小家派，只出题不拘韵。原为大家偶得了好句取乐，并不为那般难人。”湘云道：“这话很是。这样大家的诗还进一层。但只咱们五个人，这十二个题目，难道每人作十二首不成？”宝钗道：“那也太难人了。将这题目誊好，都要七言律，明日贴在墙上。他们看了，谁作那一个就作那一个。有力量者，十二首都作也可；不能的，一首不成也可。高才捷足者为尊。若十二首已全，便不许他后赶着又作，罚他就完了。”湘云道：“这倒也罢了。”二人商议妥贴，方才息灯安寝。要知端的，且听下回分解。

【注释】

①旷荡：亦作“旷汤”。空阔宽广，广大，旷达，大度，闲游浪荡。

②花笺：古代笺名。精致华美的信笺、诗笺。古代文人雅士往往自制笺纸，以标榜其高雅，不入俗流。有的上饰有各种纹样。

③亲男：即男亲、亲男儿，指亲儿子。

④平章：《尚书·尧典》里有“平章百姓”的话。平的意思是辨别之义，平、便、辨三字互为通假，义为辨别。章通“彰”，有彰明、显著、鲜明的意思。出自《千字文》：“坐朝问道，垂拱平章。”

⑤蕉叶覆鹿：春秋时，郑国樵夫打死一只鹿，怕被别人看见，就把它藏在坑中，盖上蕉叶，后来他去取鹿时，忘了所藏的地方，于是就以为是一场梦。后以“蕉叶覆鹿”比喻得失荣辱如梦幻。这里暗指众人的聚会如一场梦境。

⑥勤谨：指勤劳、勤快，勤劳谨慎。出处见《汉书·食货志上》：“治田勤谨则亩益三升，不勤则损亦如之。”

⑦鸡头：即芡实，在《史记》中有记载，《神农本草经》列为上品，别名鸡头米。

【集评】

1．己卯本批：

美人用别号，亦新奇花样，且韵且雅，呼去觉满口生香。结社出自探春意，作者已伏下回“兴利除弊”之文也。此回才放笔写诗、写词、作札，看他诗复诗、词复词、札又札，总不相犯。湘云，诗客也，前回写之。其今才起社，后用不即不离闲人数语数折，仍归社中。何巧活之笔如此？

2.戚序本批：

海棠名诗社，林史傲秋闺。纵有才八斗，不如富贵儿。

3. 已卯本夹批：

宝钗诗全是自写身份，讽刺时事。只以品行为先，才技为末。纤巧流荡之词、绮靡秾艳之词，一洗皆尽。非不能也，屑而不为也。最恨近日小说中，一百美人诗词语气，只得一个艳稿。

4. 戚序本总评：

薛家女子何贞侠，总因富贵不须夸。发言行事何其嘉，居心用意不狂奢。世人若肯平心度，便解云、钗两不暇。

【赏析】

这一回主要说的是雅集诗社的成立。开篇作者创作了一个无限自由的环境："这年贾政又点了学差……却说贾政出门去后，外面诸事不能多记。单表宝玉每日在园中任意纵性的旷荡，真把光阴虚度，岁月空添。"有了这样自由的条件，众人的诗社得以成立开展。整个行文布局是俗雅兼容的，从探春花笺邀请到贾芸的字帖，一雅一俗形成了鲜明对比。然而正是这一雅一俗的交融成就了这个桃花源的无限风光。

雅事：探春提议创立诗社，文中始于一次偶然的兴致，但这并非简单的偶然行为，其中蕴含着深厚的文化底蕴。她在请柬中表达希望诗社能成为流传千古的美好佳谈，这反映出她对前代文人雅集行为的深刻理解和认同。明清时期，文人结社盛行，尽管女性作家并未大规模结社，但她们的交游唱和，以及在此基础上形成的具有文学社团特质的小群体并不少见。如清代才媛林以宁与同好"倡'蕉园七子之社''艺林传为美谈'"。

因此，我们不妨将海棠诗社看作是曹雪芹对当时文学风貌的精彩总结，而非对某一特定社团的文学参照。海棠诗社的成立，既得益于偶然的机遇，也与社员们丰富的文化底蕴，以及当时社会风气对结社的包容和支持密不可分。这正是偶然性与必然性的完美结合，使得诗社得以在文学史上留下浓墨重彩的一笔。

俗事：贾芸送来白海棠，从而确定了题咏对象。在此回中贾芸送花的目的耐人寻味，此时的贾芸刚从凤姐手里讨来了一门管理大观园花木的差事，为了能够在贾府中长久做下去，需要笼络讨好贾府中的核心人物。他将罕见的白海棠赠与宝玉，一方面为讨好宝玉，牢固他在贾府中的地位，另一方面极尽附庸风雅之势，表现出与常人送礼不一样的行为与品位。就是这样再通俗不过的人情往来，却成就了大观园诗社吟咏的第一个主题，完成了大俗向大雅的转换。在诗社的活动中主题选定尤为关键，从历次文人雅集活动来看，其吟咏对象多为山川花草等景观风物，而“遇景命题”的情形亦不在少数，在《红楼梦》中的海棠诗社，其五次雅集的题咏对象也遵循了这个原则，分别以白海棠、菊花、柳絮等为主题。这种选题方式不仅展现了诗社成员们的个性风采，亦丰富了小说的诗性表现。这种传统文人墨客“情以物迁，辞以情发”的创作方式，充分展现了自然景物与神采文思之间的有机结合。

此回的文史价值有三：

首先，此章中的诗词韵文较多，是诗社的创建之始，同样也映射出当时社会及作者的创作主张。从仅仅服务于主体思想的取舍和剪裁，逐渐转变为因物命题、随景赋诗的创作方式。这个过程不仅体现了文学创作方法的演变，更是文学自觉意识成长的一种表现。作者以女孩子们的创作来抒发其对自然景物的直观感受，以及对内心情感的真挚表达。这些人物不再仅仅依赖主观思想来塑造作品，而是让作品与客观事物相结合，使之更具个性和魅力。这种转变可以从诗人实录和小说文本中找到痕迹。作者关注自然景物在作品中的表现，使之与人物性格、故事情节相互映衬，丰富作品的内涵。

其次，作为史料的补充。结社，这一中国文人的传统习好，在明清尤为盛行。据统计，当时有三四百个有名的文人社团，主要分布在江浙皖闽等东南沿海地区。在这样的背景下，一些文学世家纷纷涌现出女性文学群体。例如吴江的沈家和叶家、山阴的祁家、桐城的方家等，他们都拥有自己独特的女性文学群体。这些女性文学家们在诗社中相互交流、切磋，创作出一批优秀的文学作品，为后世留下了丰富的文化瑰宝。嘉庆时许夔臣曾辑成《国朝闺秀香咳集》云：“我朝文教昌明闺阁之中名媛杰出。于染脂弄粉之暇时亲笔墨较之古人亦不多让焉。”

最后，作为社会变迁的缩影。明清时期随着经济中心南移，江南一带的社会风气相对松动，这使得女性有了更多的机会走出内闱，参与社会活动。这种变化不仅体现在女性行为的解放，更表现在女性思维的增强。她们开始有了自己的观点和主张，对社会产生更大影响力。名门闺秀亦展现出其精彩而独具个性的一面，诗社的兴起反映了一个时代女性在社会发展中的角色变迁。钱谦益盛赞吴江叶氏家族的女子：“闺房之秀代兴，彤管之诒交作也。”因而在诗社中皆由女子担任社长，承担诗社的主要角色。

主要参考文献

[1] 田汝成．西湖游览志余[M]. 上海：上海古籍出版社，1998.

[2] 贾仲明．新校录鬼簿正续编 [M]. 浦汉明校．成都：巴蜀书社，1996.

[3] 胡应麟．少室山房笔丛[M]. 上海：上海书店，2001.

[4] 鲁迅．中国小说史略[M]. 北京：商务印书馆，2011.

[5] 胡适．中国章回小说考证[M]. 北京：中国社会科学出版社，2013.

[6] 石昌渝．中国小说源流论[M]. 北京：生活．读书．新知三联书店，1994.

[7] 夏志清．中国古典小说导论[M]. 合肥：安徽文艺出版社，1988.

[8] 杨义．中国古典小说史论[M]. 北京：中国社会科学出版社，1995.

[9] 孙楷第．中国通俗小说书目[M]. 北京：人民文学出版社，1996.

[10] 丁锡根．中国历代小说序跋集[M]. 北京：人民文学出版社，1996.

[11] 罗贯中．三国志通俗演义[M]. 上海：上海古籍出版社，1994.

[12] 陈其欣．名家解读三国演义[M]. 济南：山东人民出版社，1998.

[13] 朱一玄，刘毓忱．三国演义资料汇编[M]. 天津：南开大学出版社，2012.

[14] 竺青．名家解读水浒传[M]. 济南：山东人民出版社，1998.

[15] 朱一玄，刘毓忱．水浒传资料汇编[M]. 天津：百花文艺出版社，1981.

[16] 吴承恩，张书绅．西游记（注评本）[M]. 上海：上海古籍出版

社，2014.

[17] 朱一玄，刘毓忱.西游记资料汇编[M].北京：中华书局，1983.

[18] 刘荫柏.西游记研究资料[M].上海：上海古籍出版社，1990.

[19] 陆钦.名家解读西游记[M].济南：山东人民出版社，1998.

[20] 梅新林，崔小敬.20世纪《西游记》研究[M].北京：文化艺术出版社，2008.

[21] 萨孟武.《西游记》与中国古代政治[M].北京：北京出版社，2013.

[22] 竺洪波.《西游记》通识[M].北京：中华书局，2022.

[23] 郭健.明清时期的《西游记》证道书研究[M].北京：中国社会科学出版社，2021.

[24] 谭正璧.三言二拍资料[M].上海：上海古籍出版社，1980.

[25] 罗小东."三言""二拍"叙事艺术研究[M].北京：中国社会科学出版社，2010.

[26] 谭耀炬.三言二拍语言研究[M].成都：巴蜀书社，2005.

[27] 朱全福."三言""二拍"研究[M].广州：暨南大学出版社，2012.

[28] 郑亮."二拍"与晚明文化变迁[M].济南：齐鲁书社，2014.

[29] 陈永正."三言""二拍"的世界[M].天津：天津人民出版社，2020.

[30] 姜良存.三言二拍与佛道关系之研究[M].济南：山东人民出版社，2014.

[31] 李汉秋.《儒林外史》研究[M].上海：华东师范大学出版社，2001.

[32] 竺青.名家解读《儒林外史》[M].济南：山东人民出版社，1999.

[33 张国风.《儒林外史》试论[M].北京：中华书局，2002.

[34] 陈文新.吴敬梓与《儒林外史》[M].郑州：中州古籍出版社，

2019.

[35] 商伟.礼与十八世纪的文化转折：《儒林外史》研究[M].北京：生活·读书·新知三联书店，2012.

[36] 何满子.《儒林外史》简说[M].北京：文津出版社，2020.

[37] 顾鸣塘.《儒林外史》与江南士绅生活[M].北京：商务印书馆，2005.

[38] 朱一玄，刘毓忱.聊斋志异资料汇编[M].天津：南开大学出版社，2002.

[39] 朱一玄.红楼梦资料汇编[M].天津：南开大学出版社，1985.

[40] 俞平伯.俞平伯论红楼梦[M].上海：上海古籍出版社，1988.

[41] 周汝昌.红楼梦与中华文化（增订本）[M].北京：中华书局，2009 .

[42] 周汝昌.红楼梦新证[M].北京：人民文学出版社，1976.

[43] 李希凡，蓝翎.红楼梦评论集[M].北京：人民文学出版社，1973.

[44] 韩进廉.红楼史稿[M].石家庄：河北人民出版社，1981.

[45] 刘再复.红楼哲学笔记[M].北京：生活·读书·新知三联书店，2009.

[46] 张俊.红楼摭谭[M].北京：北京师范大学出版社，2019.